Sandro Veronesi

DIE BERÜHRTEN

Roman

Aus dem Italienischen von
Michael von Killisch-Horn

Klett-Cotta

Klett-Cotta
www.klett-cotta.de
Die Originalausgabe erschien unter dem Titel »Gli Sfiorati«.

Printed in Germany
Umschlag: Rothfos & Gabler, Hamburg
Unter Verwendung eines Fotos von © Federico Mauro
Gesetzt von Kösel Media GmbH, Krugzell
Gedruckt und gebunden von Friedrich Pustet GmbH & Co. KG, Regensburg
ISBN 978-3-608-93993-4

ERSTES KAPITEL

Melius nubere quam uri.
Es ist besser zu heiraten, als sich in Begierde zu verzehren.
Paulus Korinther 1,7

Folgen

Sein Geruchssinn war bereits wach genug, um ihn mit einem Mistgestank zu quälen. Das Morgenlicht brach sich Bahn durch die zarten Lider, die sich langsam hoben wie zwei Zwillingsleinwände, über welche die letzten Bilder des Traums liefen, der auf sie projiziert worden war. Zunächst hatte er Mühe, die Kokosnuss zu erkennen, die neben seinem formlosen Körper auf der Bettdecke lag. Unmöglich, dachte er und schloss schnell wieder die Augen.

Doch es war so, er musste sich damit abfinden. Aufgrund einer Reihe überraschender Enthüllungen war er gezwungen, die hässliche Realität dieses Morgens zu akzeptieren: Eine Kokosnuss lag neben ihm auf dem Bett; unter der Decke hatte er vollständig angekleidet geschlafen, mit Jacke und Schuhen. Besonders die Schuhe mit ihren dicken Profilsohlen aus Gummi hatten zwischen den Laken eine nichts Gutes verheißende braune Substanz verteilt. Das Telefon war auf den Boden gefallen, der Hörer, aus dem das Besetztzeichen drang, lag daneben, und irgendwo im Zimmer summte eine Fliege. Das Zimmer war jedenfalls seins, dasjenige, in dem Mète seit sechs Monaten bis zu diesem

Morgen ziemlich regelmäßig jeden Tag im Herzen Roms aufgewacht war. Reglos, außerstande, im Augenblick auch nur einen Finger zu bewegen, beschränkte er sich darauf, seine Aufmerksamkeit auf diese befremdliche Situation zu richten, die sich immer deutlicher als *Folge* von etwas erwies. Aber noch gelang es ihm nicht, sich zu erinnern wovon und sich den Grund für die heftigen Gewissensbisse zu erklären, die ihn jetzt quälten.

Das Erste, was er zu tun vermochte, war, den Hörer an sein Ohr zu führen, mit der zeitlupenhaften Langsamkeit eines Astronauten in der Leere des Alls. Als wie üblich Radio Vatikan aus dem Hörer tönte (es musste die Stimme des Papstes sein, die mit dem Besetztzeichen rivalisierte), war er erleichtert. Er blieb noch etwas liegen und lauschte heiligen Worten, um seinen ganzen Mut zusammenzunehmen und aktiv zu werden.

Und jede Menge Mut brauchte er, um sich jeder einzelnen dieser Folgen zu stellen. Er zog unverzüglich die Schuhe aus und stellte sie aufs Fensterbrett. Wütend riss er Laken und Decken vom Bett, knüllte sie zusammen und schleuderte das Knäuel, fest entschlossen, es nie mehr anzurühren, in die entfernteste Ecke des Zimmers. Er stellte das Telefon auf den Nachttisch zurück. Dann begann er den braunen Fußabdrücken auf dem Boden zu folgen, die ihn seinen nächtlichen Weg zurückverfolgen ließen, aus dem Schlafzimmer durch den Salon, der mit archäologischen Funden vollgeräumt war, und den zweiten, leeren, bis in die Diele. Dort bemerkte er, dass die Spuren sich gabelten, die eine Abzweigung führte weit in die Küche hinein bis zur Spüle und wieder zurück, die andere glitt unter der Wohnungstür nach draußen. Mète spähte durch den Spion ins Halbdunkel des zu einer Seifenblase verzerrten Treppenabsatzes und sah, dass die Spuren sich bis zum Lift fortsetzten, wenige Zentimeter von der Tür einer anderen Wohnung entfernt, in die er vor ein paar Tagen Terence Hill hatte gehen sehen.

Er eilte in die Küche, nahm einen Schwamm, füllte einen Eimer mit Wasser, stürzte ins Treppenhaus und begann den eleganten Fußboden aus Impruneta Terracotta zu reinigen.

Während er, über den Boden gebeugt, die Fliesen scheuerte und innerlich bereute und um Vergebung flehte für das, was er in der vergangenen Nacht getan hatte, was immer es auch gewesen sein mochte, öffnete sich die Lifttür vor ihm und gab den Blick frei auf die winzige Gestalt von Dani, der ihn verblüfft anstarrte. In ebendiesem Augenblick klingelte in der Wohnung das Telefon. Mète erhob sich und ging einen Schritt auf die Eingangstür zu. Dann überlegte er es sich anders und machte einen Schritt zurück in Richtung Dani. Das Telefon hörte nicht auf zu klingeln. Mète zögerte noch einen Augenblick, doch als er sah, dass Dani etwas sagen wollte, kam er ihm zuvor.

»Geh nicht in diese Wohnung«, sagte er, »rühr dich nicht vom Fleck, nicht einen Millimeter.«

Sein Ton duldete keinen Widerspruch. Dann verschwand er mit zwei Sprüngen durch die Tür.

Wer dieser Dani ist

Nutzen wir, während Mète telefoniert, die Gelegenheit, um zu erklären, wer dieser Dani ist. Er ist ein sehr ungewöhnlicher Mensch, wie jeder bezeugen kann, der ihn kennengelernt hat, und wie, sehr viel wissenschaftlicher, die graphologische Analyse beweist, der Mète seine Handschrift unterzogen hat. Er ist in erster Linie Philippino und arbeitet als Hausangestellter in der Villa der Lebensgefährtin von

Mètes Vater. (Mètes *Stiefmutter* wird sich im vorliegenden Fall als die zutreffendere Bezeichnung erweisen.) Nach der ältesten Tradition orientalischer Diener ist Dani gebildet und kultiviert, mehr als seine Herrschaft. Sein Nachname lautet Elección. An der Universität von Manila hat er Psychologie studiert. Er spricht gut Englisch, Spanisch und Italienisch mit leichtem Akzent. Er ist siebenunddreißig und lebt seit sechs Jahren in Italien. Er ist verheiratet mit Mila Elección (einer Cousine zweiten Grades), die ebenfalls als Hausangestellte in besagter Villa arbeitet, wodurch sie das berüchtigte »Paar« bilden. Als praktizierender Katholik hat er an einem Mittwoch dem Papst die Hand geschüttelt. Er hat einen italienischen Führerschein und nennt ein Auto sein eigen, einen zitronengelben Fiat 127. Seine Ersparnisse belaufen sich zum Zeitpunkt seines Auftritts auf 19 700 amerikanische Dollar. Er hat *Flash Art*, *Casabella* und *Linus* abonniert. Sternzeichen Schütze. Im chinesischen Horoskop Schwein. Er hat langes, nach hinten gekämmtes Haar, das ihm eine hohe Stirn nach Art D'Annunzios verleiht, und seine Laune ist in der Regel ausgezeichnet, manchmal gut, sehr selten mäßig und niemals schlecht. Mit Mète teilt er ein kleines Geheimnis, das wir später enthüllen werden.

Zum Abschluss dieser knappen Beschreibung (Mète legt gerade den Hörer auf) möchten wir noch hinzufügen, dass Dani Elección sich mit seiner ausgezeichneten Bildung bemüht, seine Landsleute, die wie er in Rom arbeiten und für die er ein geistiger Führer und eine Stütze ist, in ihrer Selbständigkeit zu stärken. Seine Anstrengungen richten sich insbesondere darauf, sie zu überzeugen, nicht Marcos nachzuweinen oder, wie manche es immer noch tun, einen Teil ihrer Ersparnisse den Guerrilleros zu schicken, die dem Diktator treu geblieben sind. Doch jetzt kommt Mète zurück.

Wer auch immer am Telefon gewesen ist, er muss ihn mit seinen Worten aufgerichtet haben, denn er ist nicht mehr so bestürzt wie vorhin. Jetzt lächelt er.

»Ich habe ein Problem, Dani«, sagt er. Der Philippino hat sich keinen Millimeter von der Stelle gerührt, erst jetzt wagt er sich mit Mètes Erlaubnis in die Wohnung.

Doch wer war am Telefon?

Wer am Telefon war

Es war Damiano, ein Freund von Mète. Der eigentliche Grund für seinen Anruf war reine Unrast gewesen (die übrigens auch für seinen ausgeprägten Geschlechtstrieb verantwortlich war und für seine Schlaflosigkeit, die ihn mit Mète verband). Doch als bei Mète mehr als eine Stunde besetzt gewesen war, hatte der Grund seines Anrufs sich in den Wunsch verwandelt zu erfahren, warum der Anschluss seines Freundes besetzt war. Eine Störung? Eine Unterbrechung der Leitung durch die Telefongesellschaft? Der Hörer nicht richtig aufgelegt? Langer heimlicher Anruf eines Philippinos nach den Philippinen? Langes Telefongespräch von Mète? (Und, in diesem Fall, mit wem?)

Als Mète endlich drangegangen war und ihn mit einer nicht in Erwägung gezogenen Erklärung überrascht hatte (Telefon zu Boden gefallen, Hörer daneben), hatte Damiano ihm geholfen, seinem Gedächtnis auf die Sprünge zu helfen, indem er ihm in groben Zügen die Ereignisse der vergangenen Nacht in Erinnerung gerufen hatte. Sie waren gemeinsam auf einem Kostümfest gewesen, allerdings ohne sich zu kostümieren. Sie hatten sich nicht amüsiert, die Mädchen waren hässlich gewesen in ihren raffinierten Verkleidungen und sowieso alle in festen Händen. Die Musik war ziemlich schrecklich gewesen, und ein Knirps war alle zwanzig

Minuten aufgewacht und allen zwischen den Beinen herumgelaufen. Mète hatte gesoffen »wie eine Motorpumpe« (wörtlich). Haarsträubend betrunken, hatte er sich mit einer Hawaiianerin gestritten, welche die Bedeutung des Wortes »Stachanowist« nicht gekannt hatte. Dann hatte er festgestellt, dass niemand auf diesem Fest die Bedeutung von »Stachanowist« kannte, und sich tierisch aufgeregt. Damiano war ihm beigesprungen, obwohl er ihm jetzt am Telefon gestanden hatte, dass er ebenfalls die Bedeutung dieses Wortes nicht kannte.

An diesem Punkt hatte auch Damiano seine Erinnerung im Stich gelassen. Waren sie freiwillig gegangen oder waren sie hinausgeworfen worden? Hatte die Hausherrin ihnen beim Hinausgehen einen Müllbeutel in die Hand gedrückt? Und wenn ja, hatten sie ihn mitgenommen oder hatten sie die junge Frau beschimpft und ihn in der Diele ausgeschüttet?

Die Kokosnuss hatte Mète auf dem Fest wohl von einem Tablett genommen, auf dem exotische Früchte aufgetürmt waren.

In die Scheiße war er mit Sicherheit auf der Straße getreten, nachdem sie sich verloren hatten. (Ja, *verloren,* eben waren sie noch nebeneinander hergegangen und im nächsten Augenblick nicht mehr.)

Was Mète an diesem Sonntag machen würde? Er würde auf die Hochzeit seines Vaters gehen, war ihm plötzlich eingefallen. Würden sie sich abends sehen? Schwierig, da würde das Hochzeitsessen stattfinden. Würde er, Damiano, auch kommen können, falls er für den Abend nichts anderes vorhabe? Ja.

Sie hatten sich verabschiedet, ruhiger geworden alle beide. Damiano, weil er seine Unrast zumindest vorübergehend besänftigt hatte, Mète, weil er jetzt wusste, was die Ursache der Umstände gewesen war, in denen er aufgewacht war.

Den Valentinstag gibt es nicht

Eine halbe Stunde später hatte Dani-der-Weiße-Wirbelwind die Wohnung bereits vollständig geputzt und deodorisiert. Gewaschen, rasiert, umgezogen, die Vergebung Gottes in der Tasche, tunkte Mète einen Vollkornzwieback in einen lauwarmen Milchkaffee. Dani wühlte in einem anderen Zimmer in Metalltrödel herum und verursachte klirrende Geräusche.

»Was suchst du?«

»Tabletts, Signore. Silbertabletts.«

»Bist du deswegen heute Morgen gekommen?«

»Ja. Wir brauchen noch Silbertabletts für das Buffet.«

»Wenn ihr genügend Tabletts gehabt hättet, wärst du nicht gekommen?«

»Nein, Signore. Es gibt viel Arbeit in der Villa.«

»Und wenn ich dich angerufen hätte, um dich zu bitten, zu kommen und mir zu helfen, wärst du gekommen?«

»Gewiss, Signore. Es hätte sich ja um einen Notfall gehandelt.«

»Und wie hättest du es angestellt? Was hättest du Virna gesagt, damit sie dich gehen lässt?«

»Ich hätte mir einen Vorwand ausgedacht.«

»Was hättest du dir ausgedacht?«

»Ich hätte behauptet, es wären nicht genügend Silbertabletts vorhanden, Signore.«

Die Unterhaltung hatte stattgefunden, ohne dass Mète und Dani sich sahen, in einem gekünstelten und theatralischen Ton, begleitet von den Geräuschen, die beide verursachten. Erst jetzt erschien Dani in der Küchentür, ein breites Lächeln auf den Lippen und eine Plastiktüte in der Hand, aus der die verzierten Griffe einiger Silbertabletts ragten. Er war bereit zu gehen und hatte wieder seinen üblichen alten zerknitterten Trenchcoat angezogen, der ihn wie eine fernöstliche Ausgabe von Inspektor Columbo aussehen ließ.

»Ich geh dann jetzt, Signore.«

»Wann ist die Zeremonie?«

»Um halb sechs, Signore.«

Mète stand auf und spülte die Tasse mit einem Strahl aus, der so heftig war, dass er alles mit milchkaffeefarbenen Spritzern besudelte.

»Weißt du, ich habe vorhin auf den Kalender da geschaut.«

Er deutete auf den Kalender, der an der Wand hing, ein Werbekalender für Scavolini-Küchen, der den Februar 1988 anzeigte.

»Da steht etwas Komisches.«

Dani betrachtete eingehend den Kalender, seine lebhaften Äuglein hüpften von Datum zu Datum wie Eichhörnchen auf einer Kiefer.

»Schau mal, was da unter dem heutigen Datum steht.«

Dani starrte auf den 14. Februar. Das Datum war rot eingekreist, und in dem weißen Raum neben der Zahl stand in Schönschrift das Wort *Wedding*, versehen mit einem Ausrufezeichen.

»Das hat Mila geschrieben. Sie kann noch nicht Italienisch schreiben.«

»Nein, das meine ich nicht. Sieh dir die Heiligen an!«

Mète deutete auf die entsprechende Stelle.

»Schau genau hin. ›Vierzehn. Sonntag. Heilige Kyrill und Method.‹«

»Ja. Sie haben recht.«

»Da beschließt man liebevoll, am Valentinstag zu heiraten, verschickt die Hochzeitsanzeigen, die Wunschliste, organisiert die Feier, und dann stellt sich heraus, dass es diesen Tag gar nicht gibt.«

»Das ist wirklich seltsam.«

»Die Heiligen Kyrill und Method. Die den Osten christianisiert haben.«

Dani stellte die Tüte mit den Tabletts ab, kramte in seiner Tasche, zog einen winzigen Taschenkalender voller Notizen heraus und blätterte darin.

»Hier auch. Das war mir nie aufgefallen.«

Mète ließ sich den Taschenkalender geben. Er war ein Werbegeschenk der Edizioni Paoline, also zuverlässig, über jeden Verdacht erhaben.

»Den Valentinstag gibt es nicht. Man müsste es ihnen sagen, meinst du nicht?«

»Ich glaube nicht, dass das von großer Bedeutung ist, Signore.«

»Der heilige Valentin ist besiegt, aus den Kalendern verbannt worden!«

»Die Straßen sind aber voll von Blumenständen, Signore.«

»Den Leuten fallen Veränderungen doch nie auf, Dani.«

Dani nahm die Tüte, steckte den Kalender wieder in seine Tasche und ließ seinen Schlüsselbund klirren, den er wie eine Kastagnette in der Hand bewegte.

»Ich geh dann jetzt, Signore.«

»Ciao, Dani. Und vielen Dank. Ich weiß nicht, was ich ohne dich gemacht hätte.«

»Es war mir ein Vergnügen.«

»Bis heute Abend.«

»Auf Wiedersehen.«

Dani ging hinaus. Mète kehrte in die Küche zurück und setzte sich wieder an den Tisch, auf dem reglos wie eine Sphinx die Kokosnuss thronte.

Graphologische Analysen I

Es ist Sonntag, viertel nach eins, die Saucen köcheln in den Pfannen. In weiten Sweatshirts bereiten die Italiener sich auf das Mittagessen vor, während die Nachrichten im Fernsehen über den Valentinstag berichten und die Heiligen Kyrill und Method ignorieren. Sehen wir Mète ein bisschen bei seiner lautlosen Tätigkeit zu, über ein Tischchen gebeugt in einem Zimmer, in dem alles Ruhe atmet. Das Fenster steht offen, und in der Luft liegt noch immer ein leichter Mistgeruch. Von draußen dringt der Donner eines tief hängenden Himmels in Aufruhr herein, den gewaltige schwarze Schatten und Lichtblitze bevölkern. Und auch ein kalter, regennasser Luftzug dringt ins Zimmer, der die Ecke eines Plakats an der Wand flattern lässt, die keine Reißzwecke abbekommen hat. Sehen wir ihm ein bisschen zu, denn vermutlich ist Mète in ebendiesem Augenblick in ganz Italien die einzige Person, welche die Graphologie genannte Wissenschaft betreibt.

Auf den ersten Blick werden wir so gut wie nichts von dem verstehen, was er da macht. Vor ihm auf dem Tisch liegt eine Reihe von Fotokopien eines engzeilig geschriebenen Briefes. Darum herum liegen verstreut Farbstifte, Zeichendreiecke, Lineale, ein Winkelmesser, ein Vergrößerungsglas und ein Taschenrechner. Außerdem ein schwarzes Heft, ein weißes Heft und ein rosa Heft, und weiter hinten an der Wand bilden hohe Bücherstapel die Skyline von New York, wie jeder sie sich vorstellt.

Bei näherem Hinsehen erkennt man, dass auf jeder der

Fotokopien des Briefes die Schrift in Abschnitte eingeteilt, zergliedert, ausgemessen und mit farbigen Zeichen umgeben ist, die an eine stark systematisierte Symbolik erinnern. Unter graphologischem Gesichtspunkt hat das, was in dem Brief steht, keinerlei Bedeutung, doch der Neugier halber sei darauf hingewiesen, dass es sich um eine Ansammlung von Vorwürfen und Beschimpfungen handelt, die eine gewisse Bianca an einen gewissen Vittorino richtet. (»Lass mich endlich in Ruhe«, »ich mache, was ich will«, »deine nervtötende Aufdringlichkeit« und »ich zeige dich bei der Polizei an« seien als typische Beispiele zitiert.)

Mit der Präzision eines mechanischen Instruments führt Mète die einzelnen Arbeitsschritte aus; er misst die Berührungswinkel der runden Buchstaben, die Abstände zwischen Wörtern und Buchstaben, den Grad des Steigens oder Fallens der Zeile, die Höhe und Breite der Buchstaben. Nach jedem Messvorgang schreibt er Zehntelangaben in das weiße Heft, von Zeit zu Zeit addiert er sie und ermittelt den Durchschnitt. Die Ergebnisse schreibt er in das schwarze Heft, in eine Liste, die immer länger wird und sich im Augenblick wie folgt darstellt:

VERSCHÄUMTHEIT	7/10
RUNDHEIT	2/10
WINKEL A	8/10
BUCHSTABENGRÖSSE	4/10
BUCHSTABENABSTAND	3/10
HALTEN DER ZEILE	8/10
FALLENDE ZEILE	2/10
KURVIGKEIT	8/10
»OA« OBEN OFFEN	7/10 *(oft)*
HEUCHLERISCHE SCHNÖRKEL	6/10

Lassen wir es dabei bewenden. Und in der Zeit, die Mète vornübergebeugt am Tisch sitzt und sich immer neue Notizen macht, entlädt sich draußen ein heftiges Gewitter. Und wie immer, wenn eine Wissenschaft betrieben wird oder eine Fußballmannschaft verliert, handelt es sich nicht um irgendeine Zeit, sie verstreicht schneller, sie ist beschleunigt, sie verfliegt.

Also sprach Zarathustra

Um halb fünf klappte Mète seine Hefte zu und legte die Kopien des Briefes, den er gerade analysierte, in die Aktenmappe. Im Himmel klafften Risse nordischen Lichts, und man hätte meinen können, die Sonne ginge gleich auf, anstatt unterzugehen. Der Wind frischte plötzlich auf und bedrohte Mètes herumliegenden zerbrechlichen Gegenstände, und er schloss das Fenster. Sein Blick schweifte in den Hof des Hauses und drang wie eine Frisbeescheibe zwischen halbgeschlossenen Jalousien und Fensterläden hindurch und hinter Gardinen auf halbmast in Esszimmer und Schlafzimmer, wo, wie er vermutete, alles ruhig war. Dann holte er das Telefon, trug es zum Bett, nahm den Hörer ab und tippte eine Taste, um das Signal zum Schweigen zu bringen. Das musste man tun, um die Interferenz von Radio Vatikan freizuschalten, das ihm ungestört Dinge ins Ohr flüsterte. Es handelte sich um Nachrichten in spanischer Sprache. Er tippte eine Nummer, und die Interferenz wurde durch das Freizeichen ersetzt. Ein Telefon klingelte in einer anderen römischen Wohnung, soviel war sicher. Und es klingelte gut sechsmal, bevor eine Hand den Hörer abnahm.

»Hallo?«

»Hallo, Pater Mayer? Ich bin's, Mète.«

»Ah, mein Lieber! Wie geht es dir?«

»Ein bisschen Kopfschmerzen und nichts im Magen. Geht es Ihnen gut?«

»Mir geht es gut. Ich habe mir gerade eine unanständige Sendung im Fernsehen angesehen, aber sonst geht es mir gut.«

»Ich störe Sie nicht? Ich wollte Ihnen nur sagen, dass ich noch eine gefunden habe.«

»Noch eine? Bist du sicher?«

»Hundert Prozent.«

»Noch ein junges Mädchen?«

»Einundzwanzig. Sie ist die Freundin eines Freundes, na ja, nicht wirklich Freundin, und er eigentlich auch nicht ... aber kurz und gut, es ist da.«

»Hast du die Analyse abgeschlossen?«

»Nein, ich bin noch nicht fertig. Aber das Zeichen ist da, und ich wollte es Ihnen sofort sagen.«

»Ich kann kaum erwarten, es zu sehen.«

»Wir können die Analyse gemeinsam beenden.«

»Natürlich. Sogar gleich, wenn du willst.«

»Nein, jetzt kann ich nicht. In einer Stunde heiratet mein Vater, und ich muss zu der Feier.«

»Oh, wunderbar! Und er heiratet ...?«

»Ja. So haben sie es beschlossen. Um halb sechs auf dem Kapitolsplatz.«

»Aber dann ist es ja schon dunkel. Man heiratet nicht im Dunkeln.«

»Mein Vater schon.«

»Hm, komische Idee ... Also, wann sehen wir uns dann?«

»Morgen?«

»Morgen kann ich nicht, ich habe den ganzen Tag Unterricht. Und übermorgen auch, glaube ich. Lass mich mal in meinem Kalender nachsehen.«

»Es eilt ja nicht. Vielleicht beende ich die Analyse in der Zwischenzeit allein. Wann es Ihnen am besten passt.«

»Jetzt hab ich's. Mittwoch, den 17. Ich bin den ganzen Vormittag frei. Sagen wir halb neun?«

»Sagen wir halb zehn.«

»Sagen wir also zehn.«

»Wunderbar.«

»Dann also bis Mittwoch. Und richte deinem Vater meine Glückwünsche aus.«

»Aber Sie kennen ihn doch gar nicht.«

»Das macht nichts. Glückwünsche sind Glückwünsche.«

»Das stimmt. Ich danke Ihnen, Pater.«

»Ciao, Mète.«

»Pater? Haben Sie noch Ihren Kalender vor Augen?«

»Ja.«

»...«

»Hallo?«

»Ja?«

»Ich habe den Kalender vor mir. Warum?«

»Nichts.«

»Sicher?«

»Ja, es ist nichts. Auf Wiedersehen, Pater. Bis Mittwoch.«

»Auf Wiedersehen, Mète.«

Passend oder nicht, *Also sprach Zarathustra* von Richard Strauss war die Erkennungsmelodie von Radio Vatikan, und Mète hörte sie sich bis zum Schluss an, bevor er auflegte.

Die Fassaden der Häuser

Von der Straße aus gesehen sind die Fassaden der Häuser im Zentrum Roms nie gerade. Sie neigen sich nach hinten oder bilden geschwollene Abszesse, als deren Ursache der plötzliche Tod eines Familienoberhauptes vorstellbar ist, der zu einem heftigen Streit zwischen den Kindern um das Erbe geführt hat, der zu einem langen Zivilprozess durch drei Instanzen geführt hat, der zu einer skurrilen Unterteilung der Wohnung mit Hilfe von Zwischenwänden, Hängeböden und überflüssigen Bögen aus Hohlziegeln geführt hat, deren statischer Druck zu erneuten Schwellungen geführt hat. Diese neuen Schwellungen haben, wie vorauszusehen war, zu Rissen und abgeplatztem Verputz geführt, die zu einem ausgiebigen Eindringen von Wasser führten, das wiederum zu heftigem Streit zwischen den Brüdern, die sich mittlerweile geeinigt hatten, und den übrigen Bewohnern des Hauses, zum erneuten Beschreiten des Rechtswegs, neuen Prozessen vor Gericht, weiteren plötzlichen Toden von Familienoberhäuptern und neuem Streit zwischen Erben geführt hat. Manchmal kann dieser Prozess gestoppt werden, indem plötzlich ein Fremder auftaucht, der die Räume im Erdgeschoss des betreffenden Hauses kauft, um darin einen Jeansladen, ein Fastfood-Restaurant oder ein Postergeschäft aufzumachen; dann unterbrechen die Hausbewohner ihren internen Konflikt und schließen sich zusammen in einer leidenschaftlichen Kampagne, bestehend aus Eingaben, Leserbriefen, Sitzungen des Bezirksausschusses und Fackelzügen mit dem Ziel, den Hausbestand der Altstadt vor Spekulanten zu retten. Manchmal gelingt es ihnen, manchmal nicht, doch die Fassaden der Häuser richten sich niemals wieder auf.

Mète war all dies vollkommen bewusst, als er an diesem Nachmittag auf die Straße trat, und er stand eine Weile da, den Kopf erhoben, und betrachtete die Fassade des Hauses gegenüber. Er hätte sich auch alle anderen ansehen können, aber dieses (mittelalterlich, noch mit Resten von Fresken, an drei Straßen gelegen, da es sich an der Spitze eines isolierten Dreiecks befand) fesselte ihn ganz besonders. Ihn faszinierte die ansehnliche Anzahl von berühmten Männern, die im Laufe der Zeit dort gewohnt und es nach hinten geneigt, verbogen, aufgeschürft und aufgebläht hatten mit ihren jeweiligen Umbauten. Soviel er wusste, hatten dort Nicolas Poussin, Sidney Sonnino, Roberto Rossellini und Andrej Tarkowski gewohnt. Jetzt wohnte dort kein Geringerer als der amtierende Ministerpräsident, der ein kurzlebiges Kabinett leitete, in dem zahlreiche frühere und zukünftige Premierminister saßen, die Mète zwei- oder dreimal durch den kleinen Eingang hatte hineingehen oder herauskommen sehen. Die Folge davon war die wachsame Präsenz eines Alfa Romeo 33 als Geleitschutz im angrenzenden Vicolo della Moretta (der wegen Abrissarbeiten im 19. Jahrhundert gar keine Gasse mehr war, sondern ein kleiner rechteckiger Platz, anfällig für Staus). Alle acht Stunden wechselte der Alfa Romeo die Farbe (weiß, blau, braun), und Mète hatte schließlich Bekanntschaft geschlossen mit den drei Gorillapaaren, die sich mit der Wache abwechselten. Im Übrigen hatte jedes Paar ihn anfangs misstrauisch beäugt, wenn er die Fassaden der Häuser betrachtet hatte, und Mète war dreimal zum Alfa Romeo geschleift und nach amerikanischer Art gefilzt worden, die Hände auf der Motorhaube. Anschließend war er jedoch sozusagen ihr Freund geworden, soweit man überhaupt der Freund von Gorillas werden kann, wenn man gegenüber ihrem Käfig wohnt; sie erkannten und grüßten ihn, indem sie mit ihrer Dienstkelle winkten, stets mit einem Hauch von Misstrauen, allerdings ohne ihn zu belästigen und ohne jemals das Wort an ihn zu richten.

An diesem Nachmittag hatte der blaue Alfa Dienst, in dem die beiden Gorillas vom psychedelischen Flackern eines winzigen Farbfernsehers verunstaltet wurden. Einer der beiden bemerkte, dass Mète vorbeiging, und die sparsame Grußzeremonie wurde vollzogen. Der plötzliche Platzregen hatte die Pflastersteine gewaschen, die feucht schimmerten und nicht mehr die Spuren der braunen Fußabdrücke trugen, die Mète in der vergangenen Nacht zweifellos auf ihnen hinterlassen hatte. Oder war Mète vielleicht aus der entgegengesetzten Richtung nach Hause gekommen? Er konnte sich einfach nicht mehr erinnern.

Welcher Wind fegte über das Viertel hinweg? Scirocco? Tramontana? Das Bogenfenster des Hauses des Präsidenten wurde von Halogenlicht erleuchtet, und der Himmel über den wie Umzugskartons ausgebeulten Häusern war methylenblau. Mète ging seines Wegs.

Corso Vittorio

Die Römer nennen den Corso Vittorio Emanuele II liebevoll Corso Vittorio. Er führt vom Tiber zum Largo di Torre Argentina, den die Römer liebevoll Largo Argentina nennen, und ändert ständig sein Aussehen. Nichts in Rom ändert sein Aussehen geradezu stündlich gründlicher als diese Straße. Mal ist sie die Bühne für einen Überfall auf die Banca di Roma, mal eine sonnige Strandpromenade, an der die Kirche Sant'Andrea della Valle zu einem Casino und das Oratorio dei Filippini zu einer Rollschuhbahn wird. Und dann ist sie plötzlich zu einem Parkplatz geworden, und nach einem Schauer wird sie zu einer schlammigen Piste in Zentralafrika, voller Jeeps und Krankenwagen, welche die Einheimischen mit Schlamm bespritzen. Zum Flur eines Castellos, zur Galleria del Vento, zu den Champs-Élysess, zum Giro d'Italia, zu einer langen Asphaltstraße, einer schnurgeraden Modellrennbahnstrecke. Der Corso schillert wie die Krawatten, wie die Hologramme oder die Karten mit den Blondinen, die, je nachdem, wie man sie neigt, nackt oder angezogen sind. Es heißt auch, er bewege sich langsam, krieche, krümme sich, und manche schwören, früher sei der Corso Vittorio gerader oder länger oder abschüssiger gewesen. Doch das sind Gerüchte, die jeder wissenschaftlichen Grundlage entbehren.

Mète ging ihn in Richtung Largo Argentina, im typischen Fünf-Uhr-fünf-Dämmerlicht. Er war sich durchaus bewusst, dass er Teil einer Umgebung war, die sich ständig wandelte. Jetzt begegneten ihm ausschließlich Zigeuner, Krüppel oder Gruppen von Philippinos, die ihren freien Tag hatten (von denen Mète einige durch Dani und das Geheimnis, das er mit ihm teilte, kannte), Scharen von Feuerwehrmännern und Piloten, die frei hatten, Araber, erschöpft vom Verkauf von Feuerzeugen, mehr Polen, als es Windschutzscheiben zu reinigen gab, und Einzelgänger, meist Männer, die auf der Suche nach Essen oder einer nicht sehr wahrscheinlichen Gesellschaft waren. Würde er denselben Weg um elf Uhr abends entlanggehen, wären die genannten Volksgruppen bereits verschluckt worden, unsichtbar geworden oder in die Gassen verjagt von einer kompakten Flotte großer und kleiner Autos, in denen Städter unterschiedlichen Alters in allen erdenklichen Kombinationen säßen, auf dem Weg zu verschiedenen Orten im Zentrum, aber auch ohne ein bestimmtes Ziel und daher bereit anzuhalten, wo irgendeine Verlockung sie verführt, das Ganze reguliert von den Launen der Ampeln und der unbefugt Parkenden.

Kurz, die Masse.

Innerhalb von sechs Stunden würde sich der Corso Vittorio in eine funkelnde und unergründliche Szenerie verwandeln, und Teil davon zu sein würde bedeuten, dass man darin verschwindet; jetzt dagegen, da die Masse noch anderswo beschäftigt ist (damit, die Totoscheine vor dem Fernseher zu überprüfen oder aus dem Olympiastadion zu strömen oder die Mautstellen des großen Autobahnrings zu verstopfen), war er wenig belebt und trostlos wie die Weihnachtskrippe eines armen Schluckers. Wenn man ihn überquerte, reihte man sich in eine Minderheit ein.

Genau das gefiel Mète. Es gefiel ihm, sich als Teil einer Minderheit zu fühlen, egal welcher, während er an diesem Nachmittag in Richtung Kapitolsplatz unterwegs war. Plötzlich setzte sich mit der feierlichen Klarheit von Gedanken, die zum ersten Mal gedacht werden, die folgende Überlegung in seinem Kopf fest: Dort, wo er sich befand, in Rom, gab es tatsächlich nur Minderheiten (denen man aus Gründen der Identität angehört) und die Masse (der alle angehören, auch die Minderheiten). Es gab keine Mehrheit.

Mit diesen Gedanken kreuzte er hart am Wind, mit leichter Schlagseite an Steuerbord, den grauen Schaum der Gewissensbisse hinter sich lassend. Lassen wir ihn gehen, in der Einsamkeit, die so gut zu ihm passt. Wir wissen ja, wohin er unterwegs ist.

Eine rote Tragetasche

Machen wir einen kleinen Sprung vorwärts durch Raum und Zeit. Einen kleinen nur: etwa zwanzig Minuten durch die Zeit und durch den Raum von Tafel 27, Feld C3, zu Tafel 28, Feld B3, von *Tuttocittà*. Wir befinden uns auf dem von Michaelangelo geprägten Kapitolsplatz, eine große trapezförmige Terrasse, die sich über der Stadt Rom erhebt und sozusagen über sie wacht und sie in den Hintergrund drängt, um sie zu zähmen. (Man könnte glauben, genau dies sei die Absicht des visionären Renaissancekünstlers gewesen, einen Raum aus reinen harmonischen Formen mitten im Gerangel der Stadt zu isolieren, ein kleiner Parnass, wo Ordnung herrscht, zu dem man von Zeit zu Zeit heraufkommen kann, um einen verächtlichen Blick auf das erbärmliche Parterre der eigenen Alltagssorgen zu werfen.) An der längeren Grundseite des Trapezes steht der alte Senatorenpalast, an der kürzeren endet eine sanft ansteigende Freitreppe, und in der Mitte erhebt sich ein Sockel, auf dem (Überraschung) *nicht* die majestätische Reiterstatue des Kaisers Marc Aurel glänzt, die in die Werkstatt gebracht wurde, weil sie an einer unangenehmen Krankheit leidet, die sie zerbröseln lässt. Doch tun wir so, als wäre sie da und glänzte, wie ein paar japanische Touristen es genau in diesem Augenblick tun, die abwechselnd den leeren Sockel und die Fotografie der Statue in ihrem illustrierten Führer betrachten. Auf den beiden schrägen Seiten des Trapezes hat Michelangelo zwei symmetrische Fassaden errichtet, von denen eine zu keinem Gebäude gehört, sie steht einfach da wie eine Theaterkulisse, um die unverputzte Seite der Kirche Santa Maria dell'Aracoeli zu verbergen. Die andere gehört dagegen zu einem Bau, in dem heutzutage die standesamtlichen Heiraten gefeiert werden.

Und hier sind Mètes Vater und Virna Cironi Dalmasso im Begriff ...

Doch da kommt Mète über die Freitreppe, ein wenig außer Atem. Wir bemerken sofort, dass sich etwas an ihm verändert hat, ein Farbspritzer, der sich von seiner dunklen Gestalt abhebt. Was Mète da in der Hand hält, sieht aus wie eine rote Tragetasche. Sie ist nicht geschlossen, man könnte sie beinahe für eine Tüte halten, wäre da nicht die ausgezeichnete Qualität des Papiers, beschichtet und verziert mit kleinen Sternen und – genau! – rot, was die Vorstellung eines Geschenkpakets noch verstärkt. Über den offenen Rand ragt eine dunkelgrüne Spitze, etwas Lebendiges, könnte man meinen, da sie sich heftig gegen den Wind wehrt, der sie verbiegen möchte. Was ist das? Was enthält die rote Tragetasche? Wir werden es jetzt nicht erkunden, leider bleibt keine Zeit dazu. Ein fröhlich plappernder Schwarm durchquert Michelangelos Portikus und staut sich vor dem aufgerissenen Rachen eines Eingangs, und Mète verschwindet sofort darin mit seiner Tragetasche.

Der Wind ist nicht zur Hochzeit eingeladen. Er setzt den Fackeln hart zu, die in Reihen an den Lisenen der Fassaden angebracht sind, schüttelt sie kräftig, neigt sie und löscht sie eine nach der anderen aus. Er fährt in den Portikus und kämpft erneut ein paar Sekunden mit der grünen Spitze, wirbelt die Unterröcke hoch und lässt die Schals fröhlich flattern. Doch in das Trauungszimmer vermag er nicht einzudringen, und alles beruhigt sich.

People

Da er die anderen im Durchschnitt um eine gute Handbreit überragt, kann Mète seinen Blick über Nacken und Pelzkragen hinweg schweifen lassen, und dies ist, von links nach rechts, die Aussicht, die sich ihm bietet: ein Streichquartett (sic!) – zwei Männer und zwei Frauen, in Ausübung ihrer Funktion –, das den Raum mit einer süßlichen, unangemessen weihevoll klingenden Melodie berieselt. Die Brautleute, von hinten, beim Unterzeichnen der Papiere, leicht über einen Tisch gebeugt. Ein Pult, hinter dem ein uralter Mann, die Schärpe in den Farben der Trikolore quer über der Brust, vor sich hinzudösen scheint. Ein Fotograf, der Blitze in die

Menge schießt, begleitet vom Surren des winzigen Motors für den schnellen Weitertransport des Films. Dani, der auf Zehenspitzen vor einer Säule steht, in dem vergeblichen Versuch, seine Äuglein über die Schultern der Europäer zu erheben, die ihn überragen. Und schließlich Leute, Leute, *people*, wie viel besser gibt das englische Wort die Idee wieder (durch die beiden aufeinanderfolgenden Verschlusslaute, die uns vor Augen führen sollen, wie viel an peinvoll pressender, Platzangst verursachender explosiver Kompaktheit in besagter Entität steckt); etwa siebzig eingemummelte Personen, die hier drinnen, ohne den Wind, der sie zerzaust, wie siebenhundert wirken.

Und das alles umschlossen von Wänden, die mit einem geblümten roten, damastartigen Stoff überzogen sind.

Heute ist eine standesamtliche Heirat eine schnelle Zeremonie, ein hastiges Herunterleiern von Artikeln, vergleichbar einer Maschinengewehrsalve oder einem 110-Meter-Hürdenlauf. Da gibt es nicht die feierliche Langsamkeit des religiösen Ritus, die wohlbedacht ist, damit einer der beiden Brautleute Zeit hat, die Sache noch einmal zu überdenken und in letzter Sekunde wegzulaufen. Es gibt keine Spannung. Außerdem spricht in diesem Fall der Zelebrant (der Alte mit der Schärpe, ein ehemaliger Stadtrat und Freund des verstorbenen Vaters der Braut) mit so schwacher Stimme, und das Streichquartettt streicht seine Instrumente mit einer solchen Inbrunst, dass man seine Worte schon in der zweiten Reihe nicht mehr vernehmen kann. Einzelne Worte springen durch die Gegend, Fragmente, von denen Mète »Artikel 147« aufzuschnappen vermag und kurz darauf »Nachwuchs« (Macht des Zufalls, gerade das Wort, das sich auf ihn bezieht). Sehr viel besser hört dagegen ein Mann, der, als der alte Stadtrat eine plötzliche Schwäche zu haben scheint und zur Seite sinkt, hinausposaunt: »Jetzt wird er ohnmächtig.«

Es folgt ein Hohngelächter, dann ein hüstelndes Sichfassen, und schon ist die Zeremonie vorbei. Beifall brandet auf, die Frischvermählten küssen sich, Mète wird von der Menge nach draußen geschoben, die keinerlei Rücksicht auf seine rote Tragetasche nimmt und sie gegen seine Brust drückt.

Draußen peitscht die Kälte die nackten Hälse. Mète, der etwas abseits in der Menschenmauer neben dem Eingang steht, bekommt von einer Dame im Pelzmantel eine Handvoll Reis, ohne jede Erklärung, ein stummes Geschenk der Dame, die jetzt in seine Tragetasche schielt und lächelt, als freue sie sich über das, was sie enthält. Dani geht vorbei in seinem Trenchcoat, der flattert wie ein Flugdrache, doch er wird sofort von der Menge verschluckt und verschwindet. Und so steht Mète mit der roten Tragetasche in der einen Hand und dem Reis in der anderen wie alle da und wartet auf das Erscheinen der Frischvermählten.

Diese lassen sich Zeit, das ist immer so.

Mètes Hand ist schweißnass, und die Reiskörner kleben an ihr. Sie sind bereits etwas weniger hart, weicher, als würden sie kochen, getrieben von dem blinden Instinkt, gekocht zu enden. Doch jetzt öffnet sich die Mauer der Menge gegenüber der seinen wie das rote Meer, und vor Mète erscheint plötzlich, bereit, ihre Eltern mit Reis zu bewerfen, Belinda. Beschreiben wir diese Erscheinung, während der Reis kocht.

Diese Erscheinung, während der Reis kocht
Zunächst und vor allem: Blondheit. Nicht nur die Haare, die jetzt im Wind flattern, in einem Spiel feucht schimmernder Reflexe, sondern eine totale Blondheit des ganzen Körpers, ein im Fleisch gefangener Goldrausch. Kleine, nahe beieinander stehende Augen, zwei Haselnüsse unter schmalen geschwungenen Augenbrauen, und schwarze, leicht verklebte Wimpern. Blutleerer rosa Mund und sandfarbene Haut, übersät mit Sommersprossen, geschützt von einem durchsichtigen pubertären Flaum. Blond all ihre Bewegungen, sogar die Reglosigkeit. Dies ist Belindas Blondheit (übrigens, wie es sich gehört, signalisiert von ihrer schwammigen und zylindrischen Handschrift), eine abstrakte, grenzwertige Blondheit, eine Welt für sich. Eine deutliche Einladung, könnte man sagen, sich Ruhe und Weite und Ferne in einem sanften Einverständnis mit dem Nichts vorzustellen.

Der Körper dagegen eine Bombe (»Russland und Amerika haben die Atombombe, wir haben sie«, hatte Damiano über Belinda gesagt, als er sie gesehen hatte, und Mète hatte darauf verzichtet, sie ihm vorzustellen). Doch so, wie sie jetzt auf dem Kapitolsplatz erscheint, ist die Bombe gleichsam entschärft durch einen roten Glockenmantel, der sie bis zum Knie bedeckt, und einem Paar schwarzer Stiefel mit Reißverschluss, welche die Waden eng umschließen und mit denen sie fest auf dem Boden steht. Diese Kleidung verblüfft Mète am meisten und befremdet ihn, da er weiß, dass sie gewöhnlich in schwarzen Fetzen und rowdyhaften Lederjacken oder in Plastikminiröcken und langen Bounty-Killer-Mänteln und Strumpfhosen herumläuft, mit Adlerflügeln auf den Schultern und Metallspitzen an den Stiefeln. Es fällt ihm einigermaßen schwer, sie in diesem Mantel zu akzeptieren, der rot wie seine Tragetasche ist, das ist nicht mehr Belinda, könnte man meinen, sondern ein armes kleines Geschöpf, das den ersten farbigen Seiten der Zeitschrift *L'Intrepido* entsprungen ist, als er ein Junge war und sie Windeln trug.

Dabei gibt es einen Grund für diese Maskerade, und es ist ein ganz einfacher, doch Mète kennt ihn nicht, da er es nicht für nötig gehalten hat, einen Blick auf die Hochzeitseinladung zu werfen, auf der er in schönster Bodoni stand. Aufgrund dessen, was Mète über sie weiß (und das ist, dank der Graphologie, nicht wenig, mehr jedenfalls, als beispielsweise sie selbst über sich weiß), wirkt Belinda derart gekleidet auf ihn, als würde man »Säugetier-Insekten« oder »positiv geladene Elektronen« oder »dunkles Licht« sagen. Ein undenkbarer Widerspruch, eine furchtbare Revolution, eine Häresie. Und Mète, der sein junges Leben bereits für immer dem absoluten Wissen gewidmet hat, kostet jetzt die ungewöhnliche Bestürzung aus, mit etwas Unbekanntem konfrontiert zu werden. Sein Geist gefriert.

Übrigens kommt Mète bei näherem Hinsehen auch die Kleidung der anderen irgendwie eigenartig vor, deplaziert, könnte man sagen, als ob alle plötzlich aus irgendeinem absurden Grund …

Doch da kommen endlich die Frischvermählten.

Der Inhalt der roten Tragetasche

Wir erwähnten den Reis. Er explodierte plötzlich in einer weißen prasselnden Wolke, ein Horror aus glücklichen Schreien, Gelächter und Händeklatschen. Mète zielte auf seinen Vater, rechts von der Braut, und traf ihn ins Gesicht; gewiss hatte er den Reis für eine einfache Jubelgeste viel zu heftig geschleudert. Und das gezierte Benehmen begann von neuem.

»Virna, o Virna …«

»Danke, oh, danke …«

»Herzliche Glückwünsche, oh, herzliche Glückwünsche …«

»Danke, oh, danke …«

»Was ist da drin?«

Belinda tauchte vor ihm auf und fasste ihn an den Schultern, während er im Wind zur Mitte des Platzes zurückwich. Sie küssten sich auf die Wange. Für einen Augenblick konnte Mète einen Apfelduft auf ihrem Hals wahrnehmen, in den sich der Geruch vom geschmolzenen Wachs der Fackeln mischte.

»Komm, lass mich sehen.«

Er betrachtete Belinda, während sie alles daransetzte, einen Blick in die rote Tragetasche zu werfen. Sie war wirklich auf diese absurde Weise gekleidet. Wie konntest du dich nur so ausstaffieren?, wollte er sagen, obwohl er in Wirklichkeit etwas ganz anderes sagte.

»Eine Zypresse«, sagte er.

»Eine Zypresse?«

»Ja, eine Zypresse. Eine Zwergzypresse.«

»Du meinst, eine echte Zypresse?«

»Natürlich echt. Sie ist neun Jahre alt.«

»Ich kann's nicht glauben …«

»Doch, aber hol sie nicht raus. Das ist mein Geschenk.«

Offensichtlich gehörte zu den vielen Dingen, die Belinda nicht kannte, auch die alte japanische Tradition des Bonsai. Sie hörte auf, an dem roten Papier herumzufummeln, und begann, die Spitze der Zypresse zu kitzeln. Sie war fasziniert.

»Nicht zu glauben«, wiederholte sie. »Und wo hast du sie gefunden?«

»Auf dem Corso Vittorio.«

»Auf dem Corso Vittorio?«

»Ja. Auf dem Corso Vittorio gibt es eine Baumschule, die auch sonntags offen hat ...«

»Belinda! Mète, o Mète!«

Das war die Braut, die nach ihnen rief. Angesichts der Umstände ging Mète auf sie zu, wobei er auf das Hochzeitskleid achtete. Es war ein blassrosa Kostüm, sehr eng anliegend, und auch das war, nebenbei bemerkt, einigermaßen seltsam, denn es wirkte ein wenig lächerlich und altmodisch, was irgendwie nicht zu Virna Cironi Dalmasso passte. Was ist los?, fragte Mète sich. Warum? Weshalb?

»O Mète!«

Er küsste die Braut, man sagt ja, es nicht zu tun bringe Unglück. Dann überreichte er ihr die Tragetasche mit all der Liebenswürdigkeit, die ihm zur Verfügung stand.

»Herzliche Glückwünsche.«

»Oh, ein Bonsai! Du bist ein Schatz! Was für eine Freude! Vielen Dank, oh, vielen Dank ...«

Die Arme seines Vaters (die Ärmel eines blauen Jacketts, zum Glück wenigstens dies normal) schlossen sich um ihn. Zwei Küsse, und im Haar seines Vaters entdeckte Mète zahlreiche Reiskörner, die dort hängen geblieben waren, vielleicht sogar diejenigen, die er geworfen hatte. Dann nahm sein Vater Virna die rote Tragetasche ab (er kämpfte sichtbar mit dieser Bürde, denn er hatte auch noch einen Strauß gelber Rosen und Lilien zu halten) und sah sie sich genauer an.

»Was ist das?«, fragte er.

»Eine Zypresse. Herzliche Glückwünsche.«

»Einer dieser Miniaturbäume?«

»Ja. Das ist mein Geschenk. Etwas Lebendiges.«

»Vielen Dank. Was für eine seltsame Idee … Belinda, hast du gesehen? Eine Miniaturzypresse! Vielen Dank, Mète …«

Weitere Küsse. Blitzlicht. Das Geräusch winziger Motoren für den schnellen Weitertransport des Films. Erneute Blitze. Einem dieser Fotos würde es vielleicht gelingen, die schräge kleine Familie in der Menschenansammlung zu isolieren, da die vier sich dank der Zypresse für ein paar Augenblicke Seite an Seite befanden. Doch sie zerstreuten sich sofort wieder, während die rote Tragetasche ihre Reise beendete, indem sie überraschenderweise in Mètes Arme zurückkehrte. Und weitere Gäste stürzten sich auf die Frischvermählten, und der Wind peitschte die Hälse, und Belinda verschwand in einer Gruppe von Verwandten ihres Familienzweigs, in dem das blonde Gen grassierte.

Mète sichtete Dani, der in der Ferne einsam auf die Freitreppe zuschwebte. Er ging zu ihm und bat ihn, ihn zur Villa mitzunehmen. Auch Dani zeigte sich begeistert über den Inhalt der roten Tragetasche, nachdem er ihn begutachtet hatte.

»Mète!«, ein vom Wind herangetragener Schrei. »Wohin gehst du?«

»Nein, komm mit uns!«

»He, Mète, warte!«

Nichts wie die Stufen hinunter …

Es gibt einen Satz, den alle zwischen sieben und siebenundzwanzig sagen, einen Klassiker. Mète hatte ihn noch nicht gesagt, aber jetzt sagte er ihn, da er die Grenze noch nicht überschritten hatte.

»Ich werde niemals heiraten«, sagte er zu dem Philippino.

»Paulus gibt einen anderen Rat, Signore«, sagte Dani.

»Nämlich?«

»Paulus sagt: ›Es ist besser zu heiraten, als sich in Begierde zu verzehren‹, Signore.«

Mète zuckte zusammen. Kann es sein, fragte er sich, dass ich so leicht zu durchschauen bin?

»Ja«, sagte er, »aber Paulus hat in meinem Alter noch Christen verfolgt.«

Ein anmutiger Teufel

Mit den richtigen Fragen an Dani löste Mète auf der Fahrt zur Villa das Rätsel des roten Mantels, der schwarzen Stiefel mit Reißverschluss und des blassrosa Kostüms. Die Lösung stand, wir sagten es, klar und deutlich auf der Einladung zur Hochzeitsfeier, doch Mète hatte sich die Karte nicht genau angesehen, und daher musste der Philippino ihm alles noch einmal von Anfang an erklären. Sie befänden sich mitten im Karneval. Und wenn man mitten im Karneval einen Empfang gebe, auch wenn es sich um eine Hochzeit handele, bedeute das nach dem ehernen Gesetz der mondänen Welt, dass man ein Kostümfest organisieren müsse. Und wenn man ein Kostümfest organisiere, müsse man nach demselben ehernen Gesetz ein Thema wählen, das die Wahl des Kostüms inspiriere. Gut und schön, doch zu Mètes lebhafter Überraschung war das Thema für das Hochzeitsfest seines Vaters und Virnas ein einfaches Datum, der 14. Februar 1970. Alles, was er gesehen hatte und noch sehen würde, ergab sich daraus. Signora Virna habe Wochen gebraucht, um in den Schneiderwerkstätten der Theater ihr Hochzeitskleid und das Kostüm zu finden, das Signorina Belinda trage. Signorina Belinda habe am Nachmittag eine kurze Szene gemacht und sich geweigert, das Kostüm zu tragen, sodass man zehn Minuten lang das Schlimmste habe befürchten müssen. Doch durch das schlichtende Eingreifen ihres Vaters habe sie sich schließlich überzeugen lassen, sie habe nur die schwarze Perücke abgelehnt, die ihr Kostüm krönen sollte, und sie in den Müllcontainer geworfen.

Niederträchtigerweise wollte Mète von dem Philippino auch eine Erklärung für die Wahl dieses Datums. Angesichts der Situation hätte er es durchaus erraten können, doch er verspürte das Bedürfnis, es von einer unschuldigen Stimme zu hören. Und Dani erklärte es ihm, mit großem Taktgefühl, denn er wusste vieles, was er theoretisch nicht hätte wissen dürfen, und wusste, dass Mète wusste, dass er es wusste. (Taktgefühl und Sensibilität waren im Übrigen unbestreitbare Qualitäten des Philippino, wie die neun Zehntel Fadenförmigkeit seiner Handschrift bezeugten.)

Er hüstelte. Er schaltete einen Gang zurück und schnitt ein Moped (der Fahrstil war vielleicht sein wirklicher Schwachpunkt). Signora Virna, erklärte er, habe die Zeit symbolisch auf den Tag zurückdrehen wollen, an dem sie und Mètes Vater vermutlich geheiratet hätten, wenn (er räusperte sich) es möglich gewesen wäre. An dieser Stelle ließ Dani mit einer gespielt ungeschickten Handbewegung den magnetischen heiligen Christophorus, der am Armaturenbrett klebte, auf die Fußmatte fallen, was auch das Gespräch beendete. Er beugte sich hinunter, um ihn aufzuheben (»hoppla«), kam etwas ins Schlingern, was den stummen Fluch eines Autofahrers neben ihm auslöste (Entschuldigung, Señor), erschien lächelnd wieder hinter dem Lenkrad und befestigte den heiligen Christophorus wieder am Armaturenbrett. »Hoppla«, wiederholte er. Auf dem heiligen Christophorus stand neben dem reliefartigen Bild des

Heiligen mit Stock und Christuskind auf den Schultern in goldener Schrift »Geh und komm zurück«, begleitet von einem Detail von Milas Gesicht (Augen, Nase, Oberlippe). Mète erinnerte sich, wie Danis Frau es eines Sonntagvormittags mit einer Nagelschere aus der Fotografie ausgeschnitten und daraufgeklebt hatte.

Diese List hatte ausgereicht, genau die Zeitspanne vergehen zu lassen, nach der man auf Autofahrten das Schweigen nicht mehr durchbricht. Sie fuhren weiter, ohne zu reden, im immer dichter werdenden Verkehr über die durch Schlaglöcher und Straßenbahngleise holprige Fahrbahn donnernd. Dann sahen sie plötzlich einen roten Ball auf das Dach des Wagens vor ihnen fallen. Instinktiv verlangsamte Dani die Geschwindigkeit. Der Ball war über eine hohe Einfriedungsmauer geflogen, über der ein schwacher Lichtschimmer stand; mit einer phantastischen Präzision (die unmenschliche Präzision, über die nur der Zufall verfügt) hatte die langsame Flugbahn ihn auf das Dach des vorbeifahrenden Wagens, ein Mercedes, prallen lassen, und von dort hatte der lebhafte Schwung ihn auf die andere Straßenseite geschleudert, wo er auf dem Gehsteig verschwunden war. Und das alles trotz des Windes, der nach wie vor blies, die Zweige der Platanen in alle Richtungen bog und die Transparente der Ausstellungen wellte, die zwischen den Häusern hingen.

Ein anmutiger geflügelter Teufel, der die Straße überquerte, war aufgetaucht. Flink und scharlachrot.

»Halt an«, sagte Mète.

Dani bremste. Mète drückte ihm die Zypresse in die Hand, die er immer noch auf dem Schoß hielt, und stürzte aus dem Wagen. Der Philippino sah aus dem Augenwinkel, wie er sich bückte und den Ball unter einem Wagen hervorholte, zwei Schritte machte und ihn kraftvoll in die Luft schoss, ganz hoch, bevor er auf der anderen Seite der Mauer wieder zu Boden fiel.

In dem Augenblick kam aus einer kleinen Tür in der Mauer ein Junge ohne Mantel heraus.

Er scheint nicht nur Ruhe gefunden zu haben,
er hat sie gefunden

Eine halbe Stunde ist vergangen. Mète bricht nackt, ein Handtuch über der Schulter, den Verschluss einer Ampulle mit Eukalyptusöl ab. Er gießt es in eine Schöpfkelle voller Wasser, schüttet die Kelle über dem bis oben hin mit glühenden Steinen gefüllten Becken aus, und ein Schwall wohlriechenden Dampfes hüllt ihn ein. Er streckt sich auf der glühendheißen Holzbank aus und beginnt tief durchzuatmen, den Kopf auf dem Handtuch, in der ermatteten Position eines sterbenden Weisen. Er betrachtet seinen Penis, der auf seinem Bauch ruht und wie eine auf dem Rücken liegende tote Eidechse aussieht, der Kinder die Beine ausgerissen haben. Dann schließt er die Augen.

Über ihm, in den Räumen der Villa, ist alles bereit für den Hochzeitsempfang. Das leise Kommen und Gehen der Dienerschaft hat aufgehört, und Alfredo, der Pianist, füllt die Entfernungen mit melancholischen und schrillen Versuchen mit dem elektronischen Schlagzeug. In seiner fernen Abgeschiedenheit glaubt Mète auch den Anfang eines Mambos, zwei vergebliche Takte eines synkopierten Foxtrotts und einen gespenstischen Trommelwirbel zu vernehmen. Nicht die geringste Bewegung belebt seine Glieder, während dicke Schweißtropfen über seinen Körper laufen.

Sein Kopf dagegen ist hellwach. In dieser Sahara-Reglosigkeit scheinen seine Gedanken Räuber vor der Linie des Horizonts zu sein, die einer nach dem anderen in einer feierlichen Karawane vorbeiziehen. Und dann die Erschöpfung, die Hitze, die ihre Krallen in den Körper schlägt, die brennende Erleichterung der Sühne, das Zischen des Wassers, das sich in Dampf verwandelt, alles trägt dazu bei, dieses Gefühl der Unversehrtheit zu destillieren, das ihn erfüllt, ihn von der Reue befreit, die Toxine seiner verwerflichen Liebe auflöst und seine Sinne mit seinem Geist in einer vollkommen reinen Unschuld versöhnt.

Betrachten wir ihn einen Augenblick in diesem Zustand der Gnade; was manche durch das Gebet, durch die Praxis des Zen, durch Drogen, durch Hypnose, durch Fakirismus oder sogar durch die Ekstase des Märtyrertums erlangen, erreicht Mète durch die finnische Sauna. Er schweigt, schwitzt und sieht rot. Er scheint nicht nur Ruhe gefunden zu haben, er hat sie gefunden.

Wird es anhalten? Nein, es wird nicht anhalten. Nach nicht einmal zwei Minuten zerreißt ein plötzliches Geräusch, als würde eine Tür aufgerissen, die Nähte dieser mystischen Benommenheit und weckt ihn gnadenlos.

»Mète!«

Die Tür der Sauna hat sich tatsächlich geöffnet. Sein Vater steht nackt und tropfend vor ihm, mit dem scheinheiligen Lächeln und dem Hof aus dampfender Luft, welche die Erscheinungen von Beelzebub berühmt gemacht haben. Und nun muss erst einmal ein nackter Vater beschrieben werden, denn so etwas sieht man viel zu selten.

Leonardos Mann

Man muss zugeben, dass von allen möglichen nackten Vätern Mètes Vater den anständigsten Anblick bietet. Die schon etwas betagte Haut ist straff und glatt und zeigt nirgends Anzeichen von Schlaffheit. Die dünnen wohlgeformten Beine, die kaum von Haaren verunstaltet werden, tragen einen hageren, drahtigen Oberkörper, an dem die großen und die kleinen Muskeln sich noch immer in einem gefälligen Zusammenspiel verbinden. Die Schultern breit und knochig, die Arme immer noch durchzogen von pochenden Adern, und ein sehniges Glied, das wirkt, als sei es immer noch imstande, sich aufzurichten, weit entfernt von dem traurig baumelnden Rüssel, der das Ergebnis anhaltenden Nichtgebrauchs ist. Es ist der Körper eines Mannes, der im Leben wenig und fröhlich gearbeitet hat, so viel ist sicher. Doch wo dieser Körper herkommt, das begreift man sofort, sobald man das Gesicht genauer betrachtet hat: ein schmaler, straffer, leicht lasziver Mund, kleine schwarze Augen (die gleichen Augen wie Belinda, auf verführerische Weise nichtssagend), eine breite Stirn voller Falten, eingefallene und quer durchfurchte Wangen, eine weich fließende graubraune Mähne, die über die Schläfen fällt und von sanften Locken belebt wird. Mit anderen Worten, der Mann Leonardos, eingesperrt von dem großen Künstler in das subtile Spiel von Kreisen und Quadraten, der im Laufe der Zeit zum Symbol der Harmonie geworden ist. Nur dass in diesem Fall die Kreise und Quadrate fehlen, und statt des finsteren Ausdrucks von Leonardos Mann, der gewiss von all dieser Perfektion gestresst ist, strahlt Mètes Vater eine Art anmutige Unbekümmertheit aus, die mehr zu einer gut genährten Pflanze passt als zu einem Menschen. Alles, von seinem Gang bis hin zu dem Goldring, der neben dem funkelnagelneuen Trauring an seinem Finger blitzt, sein ganzes Wesen strahlt eine unbändige und reine Leichtigkeit aus, als habe er nie Schmerz, Bedauern und Verantwortung kennengelernt. Nun scheint es allerdings als erwiesen, dass in einem menschlichen Uterus die Verbindung von Zellen nicht ohne die Erfahrung des Schmerzes möglich ist, und daher gefällt uns die Vorstellung, dass Mètes Vater ausnahmsweise aus einem Ei oder einer besonderen Bestäubung des Bodens hervorgegangen ist oder geradewegs aus dem Lebendigwerden der Figur von Leonardo auf dem Umschlag des *Bollettino degli Ingegnieri*, der er so sehr ähnelt. Denn befreit aus seinem geometrischen Gefängnis, sähe Leonardos Mann exakt genau so aus am Tag seiner zweiten Heirat, während er zu seinem Sohn in die Privatsauna der Villa seiner neuen Frau kommt: muskulös, unbekümmert und lächelnd. Und auch die bläulichen Augenringe im Gesicht seines Sohnes schaffen es nicht, ihm klarzumachen, dass es auf der Welt auch Schuld, Traurigkeit und Herzeleid gibt.

Kampf der Gene in drei Runden: erste Runde

Leonardos Mann schloss die Tür der Sauna. Gong.

»Das war eine gute Idee von dir«, sagte er. »Ein schöner Saunagang.«

Mète musste beiseite rücken, ihm Platz machen, und sein Vater setzte sich neben ihn und blickte ihn lächelnd an. Auf dem Bauch des Mannes zeigten sich vier dünne Hautfalten, wie bei einem Jugendlichen. Auf Mètes Bauch nur zwei.

»Solltest du nicht oben sein?«, fragte Mète.

»Ach was, die Gäste kommen erst noch.« Er schwieg und schnupperte wie ein Spürhund. »Aber … was ist das für ein Geruch? Es riecht wie Minze …«

»Eukalyptus«, sagte Mète.

»Ach ja, aus den Ampullen«, er atmete tief ein, mit geschlossenen Augen. »Schön … Du verstehst es zu leben …«

»Ich habe sie in deinem Schränkchen gefunden.«

Schweigen trat ein. Mète versuchte nicht ohne eine gewisse Verlegenheit einen finsteren Gesichtsausdruck zu verscheuchen, während sein Vater gleichsam gedankenverloren die Sanduhr aus Holz anstarrte.

»Und ich wollte mit dir reden«, sagte er.

Mète schwieg noch immer. So sehr er sich auch bemühte, heiter und friedlich zu wirken, er war es nicht, und das war ihm mit Sicherheit anzumerken.

»Was ist los«, sagte sein Vater, »hast du keine Lust zu reden?«

»Die Karnevalsfarce hättet ihr euch sparen können.«

»Was sagst du?«

»Ich sagte, dass ich keine Lust habe zu reden.«

Der Vater sah ihn mit einem verschlagenen, entwaffnenden Blick an, wie ein Junge, der argwöhnt, dass man ihn auf den Arm nimmt.

»Du hast etwas anderes gesagt …«

Mète holte Atem. Er troff jetzt vor Schweiß, und man konnte das dumpfe Geräusch hören, mit dem jeder Tropfen von seiner Stirn auf das Holz fiel.

»Ich sagte …«

Er verstummte erneut. Nichts zu machen, sein Vater lächelte noch immer, als hätte er eine Art Spiel im Sinn, wer konnte das wissen. Wer wusste schon, welchen Unsinn er ausheckte, nur um alle Probleme zu verdrängen.

»Ist etwas nicht in Ordnung?«, fragte sein Vater. »Was ist los?«

»Es ist los, dass Mama erst sechs Monate tot ist, das ist

los. Wenigstens das Kostümfest hättet ihr euch sparen können.«

Diesmal konnte sein Vater seine Betroffenheit nicht verbergen. Im Grunde war es eine Lappalie, geeignet für ein Wortgefecht, nicht für einen Zweikampf. Er senkte den Blick und atmete tief durch. Vielleicht war es auch ein Seufzer.

»Ja«, sagte er, »ich dachte mir, dass du …«

Er unterbrach sich, füllte das Schweigen aber mit seinem Zögern, wodurch er Mète daran hinderte, ihn zu bedrängen. Man braucht viel Übung, große Erfahrung in der Kunst, jemanden erfolgreich unter Kontrolle zu halten.

»Virna wünschte es sich so sehr«, fuhr er fort, »und ich dachte, dass im Grunde nichts Schlimmes dabei wäre. Sie hat so lange gewartet …«

»Sie hätte den Anstand haben können, noch etwas länger zu warten.«

»Ich weiß …«

Erneut bremste der Vater den Ausbruch des Sohnes mit einer langen Pause, die er dazu benutzte, sich die Stirn abzuwischen, die Augen zuzukneifen und wieder zu öffnen, zu seufzen und währenddessen Kräfte für seine Verteidigung zu sammeln.

»Ich weiß, dass du Virna nicht magst«, fuhr er fort, »dass ihr Glück dir nicht am Herzen liegt. Du bemühst dich nicht im Geringsten zu verstehen, dass auch sie in all diesen Jahren … du begreifst nicht …«

»Du hast recht. Ich begreife es nicht.«

»Aber du hast unrecht. Es ist nun mal, wie es ist, Mète, versuch dich damit abzufinden. Ich hätte Virna auch vorschlagen können, überhaupt keine Feier zu machen und einfach so zu heiraten, in aller Stille, ohne Gäste … Aber was hätte das geändert?«

Sein Vater war jetzt wieder bei klarem Verstand und zum Gegenangriff übergegangen. Mète, der ihn bis vor einem Augenblick noch in der Hand gehabt hatte, bemerkte, dass er ihm jetzt auf gefährliche Weise entglitt, sich durch gesunden Menschenverstand unangreifbar machte.

»Oder noch ein Jahr zu warten oder überhaupt nicht zu heiraten und Belinda das Recht auf einen Familienstand zu verweigern, wie er jedem zusteht, sicher, dass hätte ich tun können … Aber du hättest immer irgendetwas gefunden, das du mir hättest vorwerfen können, denn du weigerst dich zu begreifen, dass Virna die Frau meines Lebens ist, dass wir uns lieben und dass …«

»Ich bitte dich …«

»Aber es ist so! Mète, du bist jetzt ein Mann, du musst es begreifen. Dass deine Mutter es nicht begriffen hat, ist eine Sache, aber du … Ein Mann kann sich irren, auch du wirst dich irren. Ich habe mich damals geirrt, als ich deine Mutter geheiratet habe, aber jetzt irre ich mich nicht … Wohin gehst du?«

Mète hatte sich abrupt erhoben, ohne ein Wort, und den Schritt gemacht, der ihn von der Tür trennte. Er sah keinen anderen Ausweg als Flucht.

»Mète, geh nicht weg … Ich muss mit dir reden …«

»Ich gehe unter die Dusche«, sagte Mète. Er schloss die Tür und schleppte sich zur Dusche. Gong. Ende der ersten Runde.

Pause

Unter dem Rauschen des eiskalten Wassers verhärtete sich Mète. Seit er Strohhüte in der Emilia, der Romagna und in den Marken verkauft hatte, hatte sein Vater es stets verstanden, einen mit ausgesuchter Höflichkeit zu verletzen und einem mit größter Liebenswürdigkeit das Messer in den Rücken zu rammen. Er hatte gelernt, allen recht zu geben und zu tun, was er wollte. Es war ihm als Einzigem gelungen, nach den Überschwemmungen 1966 einen gewaltigen Posten nass gewordener Florentiner Hüte unter die Leute zu bringen. Er hatte sein ganzes Leben hindurch die Minen gemieden, die um ihn herum verstreut waren, während diejenigen in seiner Nähe in die Luft flogen. Wie ein Handelsreisender reinsten Wassers hatte er die Welt auf das Maß einer Mustermesse zurechtgestutzt, die Frauen gewechselt, wie man die Firma wechselt, die Kinder wie Ware und die Städte wie Plätze. Niemand hatte ihn je auf seine Verantwortung festgenagelt, und unseligerweise hatte er sich eingebildet, tatsächlich keine zu haben. Das war sein Vater, dachte Mète, der ihn jetzt um eine Wechselbürgschaft bat, um den Segen für die letzte Schaufel schwarzer Erde, die auf das Grab seiner Mutter geworfen werden muss, damit der Boden eben genug ist, um den Tisch für die Cocktails daraufzustellen. Und als Gegenleistung bot er ihm die Seelenruhe seiner neuen Familie, das unantastbare Recht einer armen Milliardärin, ihn nach fast zwanzigjährigem Zusammenleben endlich als Ehemann zu bekommen, im Namen ihrer zärtlichsten, aber leider späten Liebe, die erblüht war, weil das Schicksal es so gewollt hatte, und die seine erste Ehe und den Sohn, der daraus hervorgegangen war, plötzlich in einen bedauernswerten Irrtum verwandelt hatte.

Mit diesem autogenen Training versuchte Mète unter der Dusche zu neuen Kräften zu kommen. Der eiskalte Strahl schenkte ihm ein ungewolltes, fast ärgerliches Wohlbefinden, und seine Kräfte vervielfachten sich unter seiner Haut zu einem mysteriösen Gefühl von Allmacht. Liebte er seinen Vater? Hasste er ihn? Oder empfand auch er jenes zärtliche Gefühl des Mitgefühls, das sein Vater so meisterhaft zu wecken verstand, eine Mischung aus Mitleid und ferner Bewunderung, die zur Nachsicht zwingt, mit Sicherheit etwas Klebriges, wenn man bedachte, wie sehr es ihn letztlich bewegungsunfähig machte und knebelte? Aber nein, dachte Mète, zu behaupten, die Liebe und die Treue, die man einer Frau schwört, mal angenommen, er hat sie ihr wirklich geschworen, könnten das Brandmal des Verrats und der Untreue, begangen an einer anderen Frau, auslöschen, ist ein Frevel. Und selbst bei allem guten Willen, den er im Übrigen nicht aufzubringen bereit war, würde Mète sich sein Leben und das seiner Mutter niemals als einen einfachen verfluchten, kläffenden Vorort der Ortschaft vorstellen können, in dem sein Vater seine wirkliche Geschichte zu leben beschlossen hatte. Nein, wiederholte er sich, nein, nein, nein, nein, nein. Zwei Verse eines Kinderreims fielen ihm wieder ein, die seine Mutter ihm als Kind vorgesungen hatte:

Ich habe drei Schlangen in meiner Brust
und eine Eule im Gehirn

Er drehte das Wasser ab, konzentrierte sich und kehrte in die Sauna zurück. Ring frei.

Zweite Runde

Gong.

»Uff«, stöhnte sein Vater. In seiner Abwesenheit hatte er sich ausgestreckt, und jetzt setzte er sich auf und hinterließ auf dem Holz den dunklen Abdruck eines schwitzenden Körpers wie Jesus auf dem Grabtuch. Mète setzte sich neben ihn und konnte nicht umhin, einen Blick auf sein rotes Glied zu werfen, das zwischen seinen Schenkeln hervorlugte: Seine Geburt war also einem einfachen Irrtum im Umgang mit ihm zu verdanken? Liebend gern hätte er es zerquetscht.

»Weißt du«, sagte sein Vater, »ich will dich zu nichts zwingen. Ich weiß, daß ich nicht das Recht dazu habe ... Ich verlange nicht, dass du Virna magst. Andererseits hat Virna dich in all diesen Jahren, obwohl sie dich so gut wie nie gesehen hat, immer gemocht. Ich bitte dich nur, nett zu ihr zu sein, sie nicht zu kränken. Alles, was sie tut, das versichere ich dir, tut sie, um dir eine Freude zu machen. Du weißt ja, dass sie dir die Wohnung in der Via di Monserrato gegeben hat, ohne ...«

»Halt«, unterbrach Mète ihn, »ich habe die Koffer noch nicht ausgepackt. Noch ein Wort und morgen ziehe ich wieder in die Pension Isa.«

»Nein, nein, um Gottes willen. Das würde ihr das Herz brechen. Ich wollte nicht sagen ... Ich habe mich schlecht ausgedrückt. Weißt du, es ist so schwer, mit dir zu reden ... Aber zum Beispiel dieses Angebot, das Virna dir gemacht hat ...«

»Ich habe schon gesagt, dass ich nicht kann.«

Da er bemerkte, dass sein Vater ganz rot im Gesicht war und nach Luft schnappte, goss Mète eine Kelle Wasser auf die heißen Steine, um ihn noch mehr zu schwächen.

»Aber du kannst nicht behaupten … uff«, sein Vater senkte den Kopf und schloss die Augen, um dem Hitzeschwall standzuhalten. Dann fuhr er mit großer Mühe fort: »Du kannst nicht behaupten, dass du keine Zeit hast … Du könntest es tun, wann immer du willst … es verpflichtet dich zu nichts …«

Mète sah ihn an. Sein Vater kniff die Augen zusammen und konnte die Hitze nur mit Mühe ertragen, womöglich würde er einen Kollaps bekommen.

»Darüber wolltest du also mit mir reden?«, fragte er, und der drohende, fast empörte Ton, mit dem er die Frage hatte stellen wollen, war ihm gut gelungen.

»Nein, nicht darüber … das sollte nur ein Beispiel sein … Ich habe es nur gesagt, weil … uff, ich komme um vor Hitze … Kurz und gut, Virna hat gedacht, damit könntest du dir etwas verdienen. So viel hast du ja nicht …«

»Ich habe die Einkünfte aus der Wohnung, die Mama mir hinterlassen hat, das ist schon mal was. Und es ist sehr wahrscheinlich, dass ich ein neues graphologisches Zeichen entdeckt habe, was dir vermutlich nichts sagt, aber es ist, als hätte ein Physiker ein unbekanntes Materieteilchen entdeckt oder als wäre es einem Biologen gelungen, ein neues Virus zu isolieren. Ihr braucht euch also keine Sorgen um mich zu machen. Ich habe Virna gesagt, dass ich keine Zeit habe, um mich zu bemühen, nett zu sein, aber wenn du darauf bestehst, sage ich ihr klipp und klar, dass ich nicht die Absicht habe, eine graphologische Kolumne in ihrer Zeitschrift zu schreiben, weil diese, wie soll ich sagen, Dümmlichkeit, diese widerliche Oberflächlichkeit, mit der die Leute sich heutzutage für alles interessieren, mich anwidert, weil ich sie verachte, da würde ich, falls nötig, lieber Kapern salzen, um zu überleben, oder als Klavierträger oder Maronenverkäufer arbeiten oder Windschutzscheiben putzen.«

Mètes tödlicher Dreh hatte diesmal deutliche Zeichen hinterlassen. Mète hätte jetzt bis zum Gehtnichtmehr weitermachen können, die Worte würden nur so aus ihm heraussprudeln, ohne dass er innehalten müsste, um Atem zu holen, doch als er sah, dass sein Vater sich nach vorn beugte und den Kopf zwischen die Hände nahm, hörte er auf. Vielleicht war er mit diesem Ergebnis zufrieden, oder er empfand Mitleid mit diesem Mann, der vor diesen groben Worten wie Butter zerfloss. Stumm beobachtete er ihn. Er keuchte, rieb die Hände an seinen Schenkeln, stöhnte und gähnte. Die hölzerne Sanduhr hatte ihren Sandinhalt, der zehn Minuten entsprach, vollständig von einer Kugel in die andere umgefüllt. Das Thermometer zeigte 86° Celsius an, das Hygrometer vierzig Grad relative Luftfeuchtigkeit. Das Glied seines Vaters war verschwunden und hatte sich ins rötliche Versteck der Leiste zurückgezogen. Dennoch gab der Mann noch immer schwache Zeichen des Widerstands von sich. Mète sah, dass er nach dieser Pause trübseligen Schweigens erneut den Kopf hob und Luft holte und dass auf seinem Gesicht, das die Farbe einer Aubergine angenommen hatte, das Abziehbild eines Lächelns klebte.

»Mète«, flüsterte er, »man kann mit dir über nichts reden … Ich will mich nicht in dein Leben einmischen«, seufzte er. »Ich habe dich lediglich gebeten, nicht … Nein, was tust du?«

Mète hatte blitzschnell eine weitere Kelle Wasser über die glühenden Steine gegossen. Er musste um jeden Preis diesen verzweifelten Widerstand brechen, gegen den er, wie er deutlich spürte, nichts mehr tun konnte. Eine glühend heiße Dampfwolke erhob sich.

»Ich habe nur ein bisschen Wasser aufgegossen«, zischte Mète.

Es schien wirklich der Gnadenstoß zu sein. Sein Vater vermochte nicht mehr zu sprechen. Mühsam stand er auf und schleppte sich schwankend mit geschlossenen Augen zur Tür. Als er sie öffnete, rettete die kühle Luft ihm das Leben.

»Ich kann nicht mehr atmen«, sagte er. »Ich gehe unter die Dusche. Aber warte auf mich … Ich habe dir noch nicht gesagt, was ich dir zu sagen habe …«

Ich auch nicht, dachte Mète.

Gong.

Pause

Mit elf hatte Mète einen funkelnagelneuen Lederball mit der dazugehörigen Ventilnadel zum Aufblasen gegen einen Karabiner mit Bleikugeln eines Klassenkameraden getauscht. Diesen Tausch hatte er vor seiner Mutter geheim gehalten, denn sie hätte ihm nie die Benutzung eines Gewehrs erlaubt, den Karabiner in einem sicheren Versteck aufbewahrt und sich Lügen (Zigeuner, Diebstahl) ausgedacht, um das Verschwinden des Balls zu erklären. Der Garten ihres Hauses in Recanati grenzte an den einer Familie, die zerbrochen war durch den plötzlichen Tod des Sohnes, der Rennfahrer war, dem der Tod des Vaters (Herzinfarkt) und des Großvaters (Alter) gefolgt waren; es war nur noch die Mutter übrig, von der es hieß, sie sei verrückt. In diesem Garten konnte Mète mit der Komplizenschaft der verrückten Frau lange Nachmittage der Jagd mit seinem Karabiner verbringen und auf Dosen, dürre Äste und Flaschen schießen. Ein dichter grüner Vorhang aus Ahorn, Magnolien und hohen Oleanderhecken dämpfte das Geräusch der Schüsse, sodass seine Mutter nichts bemerkte. Die Verrückte schoss von Zeit zu Zeit zusammen mit ihm oder folgte ihm stumm bei seinen Streifzügen, beobachtete ihn und lud ihn dann und wann zu Tee und Keksen ein.

Eines Tages fand Mète in diesem mittlerweile sich selbst überlassenen Garten, in dem Brennnesseln zwischen den Kacheln wuchsen und die Käfer die Erlaubnis hatten, den Rosen den Garaus zu machen, eine Schildkröte. Sie war klein, braun und stur; in welche Position Mète sie auch brachte, stets drehte sie sich ein bisschen um sich selbst, orientierte sich und lief dann immer in die gleiche Richtung. Die Verrückte verfolgte stumm Mètes Experimente, und dann sagte sie plötzlich: »Wer weiß, ob der Panzer deinem Karabiner standhält.« Daraufhin berührte Mète den Panzer und schlug mit der Hand und einem Stein darauf; er schien undurchlöcherbar. Die Verrückte bedrängte ihn, es zu versuchen, da der Panzer ja standhalten würde. Mète setzte die Schildkröte auf ein Mäuerchen und feuerte aus einer Entfernung von zehn Schritten einen Schuss ab. In dem Augenblick, in dem er den Abzug drücken wollte, beschloss er, es nicht zu tun, doch der Schuss ging von allein los. Sofort schoss ein dünner Strahl dunklen Blutes aus dem Panzer.

Die Schildkröte streckte sich trotzdem und schob sich nach vorn, um loszulaufen, während das Blut auf eines ihrer Beine tropfte. Sie schob ihren faltigen Hals nach draußen, schloss und öffnete die Augen, riss den Mund auf, röchelte leise und wollte unbedingt in ihre geheimnisvolle Richtung laufen. Mète betrachtete sie aus der Nähe, sie verlor zu viel Blut, sie litt zu sehr, es wäre grausam, sie so leiden zu lassen. Sie musste getötet werden. Er nahm all seinen Mut zusammen und schoss ein zweites Mal aus nächster Nähe, wobei er die Mündung des Karabiners an die Öffnung hielt, in die das Tier den Kopf zurückgezogen hatte. Einen Augenblick später schob die Schildkröte erneut ihren Kopf heraus und versuchte von neuem loszulaufen. Die Kugel hatte ihr ein Auge weggeschossen, und das Blut besudelte jetzt ihre ganze Schnauze. Verzweifelt schoss Mète noch einmal und dann noch mal, durch das Loch für den Kopf, dasjenige des Schwanzes, diejenigen der Beine und erneut durch den Panzer; und stets zeigte das Tier ihm wieder die gemarterte Schnauze, bewegte mit unendlicher Geduld die noch vorhandene Wimper und begann loszulaufen. Mète schoss weiter auf sie, durchlöcherte sie von allen Seiten und schoss ihr Teile der Schnauze und Fleischfetzen weg, bis er alle Kugeln verbraucht hatte. Doch die Schildkröte starb einfach nicht, sie litt und lief immer wieder los. Daraufhin schlug die Verrückte vor, sie zu ertränken.

Mète trug die Schildkröte zum Waschtrog, wobei er sich die Hände und das T-Shirt mit dem Blut beschmierte, das überall heraustropfte. Die Verrückte füllte den Trog mit Wasser, und Mète tauchte die Hand hinein, die das Tier hielt. Es gelang ihm jedoch nicht, sie loszulassen, und so behielt er sie in der Hand und drückte sie sehr lange unter Wasser. Dann zog er sie heraus, und die Schildkröte bewegte erneut die Beinchen und schob den Hals nach draußen. Mète tauchte sie wieder ins Wasser und hielt sie dort, wie ihm schien, doppelt so lange als vorher fest. Doch als er sie wieder herausnahm, war die Schildkröte noch immer nicht tot und bewegte sich wild hin und her. Das Wasser im Waschtrog war dunkel wie Jodtinktur.

Von Panik gepackt, beschlossen Mète und die Verrückte, sie zu beerdigen, um sie wenigstens nicht weiter leiden zu sehen, wenn es schon nicht möglich war, ihrem Leiden ein

Ende zu setzen. Mète grub mit einer Schaufel ein tiefes, sehr tiefes Loch, in dem er selbst Platz gehabt hätte. Die Schildkröte nutzte die Zeit, um in ihre übliche Richtung zu laufen, sodass Mète sie, als er mit dem Graben fertig war, unter einem Brennnesselstrauch hervorholen musste. Er setzte sie ins Loch, und bevor er sie mit Erde bedeckte, warf er auch seinen Karabiner hinein. Lange stand er zitternd neben der Verrückten und starrte auf den frischen Erdhaufen, bis seine Mutter ihn durch das Fenster rief und er gehen musste. Es wurde dunkel. Die Verrückte blieb wie angewurzelt stehen und starrte mit irrem Blick auf das Grab.

Etwas später, während Mète beim Abendessen seine Suppe hinunterwürgte, läutete es an der Haustür, und seine Mutter ging öffnen. Es war die Verrückte, kreidebleich, verstört, der Blick noch irrer als sonst. Sie warf sich Mètes Mutter an den Hals, brach in Tränen aus, umarmte sie, drückte sie schluchzend an sich und nuschelte schreckliche Worte, die Mète nur mit Mühe verstand: »Hilfe, sie lebt immer noch, sie ist herausgekrochen, ich habe sie herauskommen sehen, sie lebt ...«

Dritte und letzte Runde

Gong. Sein Vater tauchte vor ihm auf, wieder leichtfüßig und leonardesk, Wassertropfen auf seiner Haut. Mète, noch in seine Erinnerung versunken, erschrak und wurde unschön in eine wüstenhafte Holzregion zurückgestoßen, in der die Luft unerträglich heiß war und der Feind energiegeladen zurückkam.

»Mète«, sagte sein Vater, »solltest du nicht besser hinausgehen?«

»Nein, es geht mir gut«, erwiderte Mète, »ich fühle mich wohl hier.«

Doch es ging ihm nicht gut. Die Rollen waren plötzlich vertauscht, was in finnischen Saunen nicht selten ist, in denen fünf Minuten ein Zeitalter bedeuten und ein kalter Wasserstrahl der Erfindung des Schießpulvers vergleichbar ist.

»Wie du willst …«

Ja, vertauscht. Sein Vater setzte sich, und Mète kauerte sich zusammen, zog die Knie an und stützte das Kinn darauf, sodass kein Teil seines Körpers sich der unerträglichen Anstrengung aussetzen musste, sich allein aufrechtzuhalten. Wie fern war jetzt die Zeit, da sein Vater eine röchelnde, wehrlose Beute gewesen war, kurz davor, sich zu demütigen und zu beichten (»Ja, es stimmt, ich bin schuldig, ich bitte dich auf Knien am Grab deiner Mutter um Verzeihung«, et cetera), wenn der Sohn die Bosheit besessen hätte, ihn unbarmherzig zu hetzen.

»Mète, ich wollte mit dir über Belinda reden …«

»Über Belinda?«, sagte Mète mit schwacher Stimme.

»Ja, über Belinda. Wir machen uns etwas Sorgen …«

»Warum?«

Und auch der Gesprächsfaden, den Mète vorher in der Hand gehabt hatte, wohin war er verschwunden? Aufgelöst auch er in einer Wolke heißen Dampfes?

»Sie führt ein seltsames Leben, Mète, sie tut nichts, sie geht fast gar nicht mehr in die Schule …« Hier machte sein Vater eine seiner dramatischen Pausen. »Sie nimmt Drogen …«

Mète zuckte zusammen, soweit ihm das in seiner fötalen Reglosigkeit möglich war. Sagen wir, er flatterte mit den Lidern, bewegte den Kopf und schloss die Augen einen Spalt, das war sein Zusammenzucken.

»Ja, sie raucht ständig dieses Zeug. Bis jetzt war es nur ein

Joint von Zeit zu Zeit ... Weißt du, wir haben ihr nie etwas verboten, aber jetzt ... Wir haben keine Ahnung, mit was für Leuten sie verkehrt, sie bleibt nachts weg, ohne zu sagen, wo sie ist ...«

Bekanntlich gibt es keinen schlimmeren Feind als den, der sich nicht bewusst ist, dass er dich angegriffen hat. Das Thema Belinda erwies sich als tödliche Falle für Mète, es war ein Schlag unter die Gürtellinie.

»Bestraft sie«, war alles, war er zu sagen vermochte.

»Nein, mach keine Witze, es ist ernst ... Sie hat keine Freundinnen, sie hat keine Interessen, sie macht keinen Sport. Sie schläft in einem fort ...«

»Dann geht mit ihr zum Arzt ...«

»Wir waren mit ihr beim Arzt, zum Glück ist sie gesund wie ein Fisch im Wasser. Wir waren auch bei einem Psychologen mit ihr, aber sie ist nicht mehr hingegangen. Und sie ist auch nicht traurig oder deprimiert, wir haben keine Ahnung, was sie hat. Sie hängt einfach nur herum ...«

»Vielleicht ist sie glücklich«, murmelte Mète.

»Nein, sie hat irgendwas, das sieht man ... Also, ich habe mir gedacht, ihr beide habt nie Kontakt miteinander gehabt, selbst seit du hier in Rom bist, seht ihr euch nie. Du bist ein ernsthafter Junge, fleißig. Vielleicht fehlt ihr genau das, ein Vorbild ... Wenn du dich um sie kümmern würdest, sie mit einem anderen Milieu vertraut machen würdest ... Und ich bin sicher, dass es ihr Freude machen würde, die wenigen Male, wo sie sich nach etwas erkundigt, erkundigt sie sich immer nach dir ...«

Diese Worte drangen direkt in Mètes Herz und lähmten ihn vollständig. Jetzt war es zu spät, um zu fliehen, seine Muskeln waren wie Gelatine, und die Hitze löste die letzten verzweifelten Impulse seines Gehirns auf (»aufstehen«, »sich nach draußen schleppen«, »trinken«).

»Und wonach erkundigt sie sich?«, stammelte er.

»Nichts, sie fragt, was du tust, warum du nie zum Abendessen kommst, aber einfach nur so, nebenbei, wie sie eben fragt … Kurz und gut, jetzt, da Virna und ich verreisen, dachten wir, das Beste wäre, sie würde bei dir wohnen, in der Via di Monserrato. Bis wir zurückkommen …«

Jetzt geschah etwas Merkwürdiges. Mète empörte sich und schrie (»Neeiiin, ich beschwöre dich, neeiiin!«), und dann packte er seinen Vater bei den Schultern und schrie immer weiter (»Sie ist eure Tochter, kümmert euch gefälligst selbst um sie! Haltet sie fern von mir! Sei wenigstens für sie ein Vater! Habt den Anstand, wenigstens auf die Hochzeitsreise zu verzichten!«, und so weiter und so fort), und schüttelte ihn und drückte ihm die Nägel in die Vertiefung der Schlüsselbeine, doch in Wahrheit tat er nichts von alledem, er schwieg, rührte sich nicht, blieb stumm sitzen, schnappte nach Luft und ließ Schweiß auf das glühende Holz tropfen. Sein Vater sprach währenddessen weiter.

»… damit sie nicht allein ist, verstehst du? Wir haben ihr gesagt, dass wir Renovierungsarbeiten im Haus durchführen lassen werden, wir haben schon einen Termin mit den Maurern gemacht, sie kommen morgen. Sie wird also zu dir ziehen, und du kannst sie im Auge behalten, mit ihr reden, herausfinden, was sie hat. Ich habe großes Vertrauen zu dir, im Grunde ist sie ja deine Schwester …«

Mète hatte die Augen endgültig geschlossen. Zuerst war der Atem zu einem Schneidbrenner in seiner Lunge geworden, dann das Herz zu einem verrückt spielenden Holzhammer in seiner Brust, dann seine Schläfen zu einem Erdbeben in Japan, und schließlich kam die Erleichterung: die Lippen, die sich im glückseligen Lächeln der Überwältigten kräuselten und der massive Abfall des Blutdrucks durch eine starke allgemeine Gefäßerweiterung, wie das Grande Dizionario Garzanti den Kollaps definiert.

Hintergründe

When I find myself in times of trouble
Mother Mary comes to me ...

Dies sang unterdessen der Pianist Alfredo. Als gewissenhafter Profi hatte er ein umfangreiches Programm von Stücken für dieses Fest vorbereitet, alle aus den Jahren 1969 und 1970. Doch die Musik in den großen, sorgfältig dekorierten und mit für das bevorstehende große Fressen gedeckten Tischen vollgestellten Salons, die Musik an diesem Ort war eine unbedeutende Nebensache, eine Unterhaltung, wie sie Tradition ist auf den Festen der Erwachsenen. Alfredos Stimme, zwar teuer bezahlt, ging unter im Stimmengewirr der in kurzen Abständen eintreffenden Gäste, im ständigen Läuten der Klingel, in den »Oh!«- und »Ah!«-Rufen, die einem Lachen, einem Austausch von Küssen, einem Kompliment vorausgingen. In ihren farbenfrohen Kostümen begegneten sich die Gäste in einem oberflächlichen Kontertanz, für den es keine Regeln gab, außer dass alles andere als reiner Hintergrund diente: Hintergrund das Peitschen des Windes gegen die Fensterscheiben, Hintergrund das Sichdurchlavieren der philippinischen Kellner mit den Tabletts voller Häppchen, Hintergrund die ganze Villa mit ihrem Marmor und ihren Gemälden, ihren Teppichen und ihrem imposanten Trödel der Einrichtung, Hintergrund die Frischvermählten selbst, wenn sie sich auf den Mund küssen werden, und das betrunkene Model, das auf den Tisch steigen wird, um seine Schenkel zu zeigen. Hintergrund erst recht auch die Musik, die immerhin ausgewählt wurde und gespielt wird, allerdings hoffentlich in gemäßigter Lautstärke. (Das ist die Rache dieser Bürger an allem, was ihre verflogene Jugend beherrscht hat, endlich die Lautstärke zu senken, alles in einen reinen Hintergrund zu verwandeln, gegen den man sich jetzt abheben kann.)

Dennoch stach, gegen den Willen aller, etwas in diesem Konklave heraus, klarer und offensichtlicher als das Konklave selbst. Ein schriller Kampf zwischen Kostümen sprang in die Augen. Dieses Datum, der 14. Februar 1970, das als Inspirationsquelle für die Kostüme gewählt worden war, enthüllte die Existenz zweier entgegengesetzter Schulen mondänen Denkens, je nachdem, ob man sich noch den sechziger Jahren oder schon den siebziger Jahren zugehörig fühlte. Und so mischten sich schmächtige, leichenhafte Gestalten aus den Filmen Antonionis mit dieser eigenartigen Mixtur aus Easy Rider, Suche-nach-sich-Selbst und Ölkrise. Wenn man weiterhin bedachte, dass manche, aufgrund dessen, was die Philosophen »Zurückhaltung« nennen, auf jede Kostümierung verzichtet und sich für Kleidung und Frisuren nach der gängigen Mode entschieden hatten (die wiederum die Vorlieben von mindestens zwei weiteren vorangegangenen Jahrzehnten spiegelte), vermischten sich in diesen Räumen jetzt die Stile und Formen, und dieses Sichvermischen der Formen und Stile ist in einer Kultur stets das erste Anzeichen für den Rückfall in die Barbarei. Ein Anzeichen, das gewöhnlich ebenfalls im Hintergrund bleibt, bis es die ersten Opfer zu beklagen gibt.

Die Räume füllten sich also, die Klingel läutete alle paar Augenblicke, und Alfred sang vergeblich »Let it be«. Dani empfing die Gäste in der Diele und nahm ihnen sofort ihre Befangenheit, indem er ihnen ein Kompliment über ihr Kostüm machte, aus welchem Jahrzehnt es auch immer stammen mochte, ohne sich allerdings sonderlich für den Gast und das Kostüm zu interessieren, lediglich darum bemüht, die Garderobennummern nicht zu verwechseln. Anschließend schleppte René, ein weiterer für den Anlass rekrutierter Cousin, die Neuankömmlinge zum ersten »Oh!«, an dem sie festmachen konnten, und so bewegten sich die Gäste weiter, ganz so, wie es im Übrigen sein sollte.

Doch jetzt bahnt sich vor all diesen Hintergründen ein Individuum den Weg, in dem die Aufgeweckteren mit einiger Mühe den Bräutigam erkennen, in einer sehr ungewöhnlichen Verkleidung: grüner Frotteebademantel und tropfende Schlappen. Die weniger Aufgeweckten erkennen ihn nicht, während er mit großen Schritten durch die Menge geht und nasse Abdrücke auf dem Boden hinterlässt.

»Gerardo!«, ruft er immer wieder. »Ist Gerardo schon da? Gerardo!«

Das ist der Augenblick, in dem Alfredo »Whisper words of wisdom« in »Motocicletta 10 HP« übergehen lässt, ein weiterer Fund seiner sinnlosen Suche in den Hitparaden einer Epoche, die um ihn herum so gar nicht wieder zum Leben erwachen will. Der Bräutigam bleibt schließlich neben einer Gipsstatue stehen, die mit ihrer aufgesetzten Ornamentik eine Gruppe von Hippies überragt. Gerardo ist einer dieser Hippies, in geblümter Tunika, Sandalen und mit einer Lederschnur um die Stirn, welche die wenigen noch vorhandenen, kurzen graumelierten Haare zusammenhält.

Er hört sich einen Augenblick an, was der Bräutigam ihm zu sagen hat, folgt ihm dann wortlos und verschwindet mit seiner flatternden Tunika aus den Hintergründen.

Zu Mète, der ihn verblüfft von der Liege aus anblicken wird, auf der er aufgewacht ist, wird er, während er dessen Blutdruck misst, die folgenden Worte sagen: »1970 kleidete ich mich so.«

Und Mète würde am liebsten wieder ohnmächtig werden.

Schriften umgeben ihn

Das Zentrum, um das die Interessen jeder Tierart kreisen, ist das Binom Ernährung – Fortpflanzung; und ebenso ist auch das Zentrum dieser Feste der Hautevolee (Kostümfeste, Hochzeiten oder Geburtstage) das Buffet oder Essen, Trinken und Sichanfassen. Was das Sichanfassen betrifft, so lohnt es sich nicht, Zeit damit zu verschwenden, denn es gibt Orte, wo man sich dieser Tätigkeit bequemer hingeben kann, und wenn der Moment gekommen ist, werden wir darauf zurückkommen. Was das Essen und Trinken betrifft, so ist es leider ebenso angenehm, an derartigen Empfängen teilzunehmen, wie es unangenehm ist, sie zu beschreiben; denn Ausdrücke wie »Faisan en barbouille«, »Tagliata vom Rind«, »weißer Trüffel« und »Dolcetto d'Alba 1977« machen geschrieben nicht satt und bereiten keinerlei Genuss, während andere wie »Stückchen Salat, das an den Zähnen klebt«, »mit Creme verschmierter Mundwinkel«, »Lippenstift am Glas« oder »Tomatensauce im Schurrbart« so peinlich sind, wie sie klingen. Übergehen wir das also oder fertigen wir es allenfalls mit einer einzigen Bemerkung ab: Mit dem Essen, das gegessen wird, und dem, das in den Kastenformen eintrocknet, kann ein hungerndes Dorf in Zentralafrika einen ganzen Monat ernährt werden. Diese Bemerkung klingt weniger demagogisch – Achtung! –, wenn man bedenkt, dass der Wunsch, als Missionar in den Dörfern Zentralafrikas zu arbeiten, eines von Mètes langlebigsten hohen Idealen gewesen ist.

Apropos Mète: Auferstanden wie Lazarus von Bethanien und die gleiche verzehrende Qual im Herzen (wer kann nach dem Wunder schon sagen, wie sehr er gelitten hat, bevor es ihm gelingt, erneut zu sterben?) und wieder im Vollbesitz seines normalen Blutdrucks (80 – 110), wurde er während des gesamten Zeitraums des Essens von seinem Vater und von Gerardo, dem Hippie-Arzt, überwacht, damit er etwas aß. Denn es war bekannt, dass er zum Fasten neigte. Und so trank er und aß, aber ohne Appetit, gezwungenermaßen und vor allem schlecht, indem er Speisen und Getränke unvernünftig in einer schwer verdaulichen Mischung in der Dunkelheit seines Magens anhäufte. Aus der Ferne sah er zu, wie sein Vater, der jetzt wieder seinen blauen Hochzeitsanzug trug, die Hand der Braut beim Anschneiden der sechsstöckigen Torte führte. Er tauschte ein paar Eindrücke mit dem Pianisten Alfredo aus, den er gut kannte, da sie zusammen mit Damiano viele Dienstagabende und -nächte in dem Nachtlokal Olimpia verbracht hatten, wo Alfredo in der Pianobar arbeitete. Er rief Damiano an, über dessen Gesellschaft er sich jetzt sehr gefreut hätte, doch er traf ihn nicht an. Schließlich begann er, ängstlich bemüht, jeglichen Kontakt mit Belinda zu vermeiden, seine Bahnen zwischen den Gästen zu ziehen.

Er war von Geschöpfen umgeben. Mète versuchte sich immer wieder klarzumachen, dass es sich um Geschöpfe handelte, um menschliche Wesen, trotz ihres offensichtlichen Abstiegs zu Vogelscheuchen. Um ihn herum bewegten sich wirre Gestalten, Hemden in schreienden Farben über Rollkragenpullovern, Gürtel, die auf den Hüften saßen, Hosen mit Schlag, rost-, stroh-, pflaumen-, flaschengrünfarben, falsche Koteletten, Sandalen, Tuniken, Medaillons und auch schwarze Jacketts mit drei Knöpfen, Beatles-Mähnen, karierte Röckchen, toupierte Frisuren, rosa Schleifen und Schulterpolster, schwarze Strümpfe, Netzstrümpfe, Strümpfe mit Naht, mit gestickten Schmetterlingen, Röhrenhosen, Pfennigabsätze, Miniröcke, Maxiröcke und Hosenröcke; und in seiner Nase vermischten sich angenehme und abstoßende Gerüche, Puder-, Maiglöckchen-, Feuchtigkeitscremedüfte, Käse-, Braten-, Schweiß-, Leder-, Moosessenzgerüche und Schwaden von Acqua Velva Ice Blue; dennoch hämmerte Mète sich weiterhin ein, dass es sich um Männer und Frauen handelte, um nichts anderes, um Tiere also, begabt mit einer Psyche und mit Gesten, durch die sich, sofern man sie zu entschlüsseln verstand, die Psyche offenbarte. Geschöpfe vor allem, von denen jedes mit einer besonderen, ganz persönlichen Handschrift begabt war, aus der Mète verborgene Wahrheiten herauslesen konnte. Dies weckte in ihm ein Verlangen, das jeden Anflug von Menschenfeindlichkeit auslöschte.

Schriften umgaben ihn also, um besser eine Vorstellung davon zu geben, wie Mète sie einschätzte.

Brüske oder runde Gesten, anmutige oder ungeschickte, beherrscht von elastischen Muskulaturen, die je nach dem physiologischen Willen der Psyche zusammengezogen oder übertrieben ausgeprägt waren, verloren sich unter seinen Blicken in blitzschnellen, nicht entschlüsselbaren Handlungen; doch er wusste sehr gut, dass diese Gesten, sobald sie in die ehernen Regeln der alphabetischen Schrift eingesperrt waren, seinem Scharfsinn nicht mehr entkommen konnten, sondern im Gegenteil die Wahrheit von Körper und Psyche enthüllen würden.

Reduziert auf die Buchstaben des Alphabets auf einem Blatt Papier, wird jeder Mensch durchsichtig. Von daher Mètes Verlangen, ein Verlangen, das aufgrund einer noch knusprigen Jugend mehr dem heftigen Verlangen eines Bäckergesellen nach einem Motorrad ähnelte als dem ruhigen eines Gelehrten nach Wissen. Zugang zu der angeborenen Persönlichkeit eines Individuums zu haben bedeutete für ihn, es zu besitzen, sich seiner Seele zu bemächtigen, auch wenn das, was er dann mit dieser Seele würde anfangen können, offen bleibt. Denn es geschah etwas Merkwürdiges: Da es an und für sich wenig nutzte, die angeborene Veranlagung der Individuen zu kennen, trieb Mètes Verlangen ihn, anstatt gestillt zu sein, sobald er die in einer Psyche verborgene Wahrheit gefunden hatte, zurück zu der äußeren Erscheinung, von der Psyche zur Muskulatur und von der Muskulatur erneut zum Körper und zu den Gesten, bis es in den Lenden die Zündschnur der Begierde entzündete, wie bei jedem Unwissenden. Und dies sogar erst recht, wenn es denn stimmt, dass, wie die Weisen sagen, das Wissen sinnlich ist und *ignoti nulla cupido*, Unbekanntes nicht begehrt wird.

Und genau das widerfuhr ihm an diesem Abend; vom mühsamen Ertragen der Anwesenheit gewisser Bräute und junger Fräulein führte nur ein kleiner Schritt zu dem Verlangen, mit ihnen ein Nümmerchen zu schieben. Im Übrigen sagte schon Augustinus: »Niemand kann enthaltsam sein, wenn du es ihm nicht gibst.« Und auf Mètes Gewissen lag ein Felsblock, den er vom morgigen Tag an von sich würde wälzen müssen. Daher war es besser, diese unreinen Sinne anderswo zu zerstreuen.

Die unmerkliche Verwandlung seiner Gesichtszüge

Beobachten wir ein bisschen Mètes Beutezüge. Sie werden in diesem Fall von ein paar vorteilhaften Umständen begünstigt, insbesondere von der wertvollen Hilfe seiner neuen Stiefmutter, die, kaum vierzigjährig, bereits von der senilen fixen Idee besessen ist, dass jeder unverheiratete junge Mann, besonders wenn er zur Familie gehört, zwangsläufig ein zügelloser Mensch sein muss. Es ist bekannt, dass die Qualität des Auftritts und die Anzahl sympathischer Eindrücke, die man bei seinem Gegenüber weckt, noch bevor dieses die Zeit hat, sich eine eigene Meinung zu bilden, entscheidend für den Erfolg jeder Verführung sind; und bezüglich dieser beiden Aspekte garantierte Virnas Beitrag Mète die höchste Eroberungsrate. Um die Ausdrucksweise zu benutzen, die sein Freund Damiano so schätzte, musste Mète zugeben, dass Virnas Art, ihn vorzustellen, echte »Steilvorlagen« waren. Dennoch müssen wir, bevor wir Mète bei seinen Irreführungen folgen, an eine allgemeine Wahrheit erinnern, die seine Gemütsverfassung zutreffend beschreibt; denn allzu häufig vergisst man, dass in jedem Mann, der gierig auf der Suche nach einer Frau ist, eine herzzerreißende, quälende, bohrende Verzweiflung wohnt, deren Ursache stets eine andere Frau ist, die unbewusst oder bewusst an einem anderen interessiert ist.

In unserem Fall hatte Belinda sich hinter dem Keyboard neben den Pianisten Alfredo (»Tu chiamale se vuoi emozioni«) gesetzt, in der trägen Position mancher Hunde, die untätig am Straßenrand hocken.

Nun also Mètes Jagd.

In allererster Linie achtete er darauf, nicht selbst zur Beute zu werden, denn die Räume wimmelten nur so von unersättlichen dummen Hühnern mit welker Haut, die von

Quarzen und Liftings zerfressen war und denen gegenüber Virna voll des Lobes über ihn gewesen war. Daher blieb er ständig in Bewegung, machte einen Bogen um die Sofas und achtete darauf, kein fixes Ziel zu bilden und niemals in die Nähe Alfredos zu kommen, wo eine blonde Hitze seine Flügel zum Schmelzen gebracht hätte. Während er umherschlenderte, behielt er seine Stiefmutter im Auge, die als Hausherrin bemüht war, sich mit jedem ihrer Gäste zu unterhalten. Er wartete geduldig, wenn er sah, dass sie sich zu einer Gruppe anderer Männer gesellte oder Frauen, die nicht seiner Vorstellung von Attraktivität entsprachen und im Übrigen die große Mehrheit bildeten. Er schlich sich zum Tisch mit den Cocktails, strich an einer Glaswand entlang oder versteckte sich hinter einem Riesenfarn. Doch sobald er sah, dass Virna sich einem der wenigen möglichen Opfer näherte, ging er mit kalkulierter Gleichgültigkeit näher heran und begann Signale auszusenden, um seine Anwesenheit kundzutun (sich eine Zigarette anzünden, husten oder, falls nötig, ein Glas zu Boden fallen lassen). Virna sah ihn, rief ihn sofort zu sich (»Mète, o Mète«) und stellte ihn, des Lobes voll, dem Mädchen vor. Nachdem sie ihre Funktion erfüllt hatte, verschwand sie und ließ ihn allein die Vorlage nutzen. Zweierlei konnte jetzt geschehen: Mète stellte fest, dass er sich geirrt hatte, denn aus der Nähe besehen erwies sich das Opfer als nicht geeignet (korrigierte Nase, unregelmäßiges Gebiss, schlaffe Brüste, weiches »r«, Valgismus waren Mängel, die aus der Entfernung schwer zu erkennen waren), und er war gezwungen zu gehen und von vorn zu beginnen; oder er fand sofort einen Grund, am Ball zu bleiben (ausgeprägter Po, Schwanenhals, weiße Haut, nahe beieinanderstehende Augen, willensstarkes Kinn), und blieb am Ball.

Und damit begann die unmerkliche Verwandlung seiner Gesichtszüge, die nur ein erfahrener Physiologe mit bloßem Auge hätte wahrnehmen können: Die Muskeln des Gesichts zogen sich zusammen, glätteten die Lippen und ließen sie leicht anschwellen; ebenso verkrampften sich auch die Muskeln der Gliedmaßen, entfernten die Arme und Beine voneinander und spreizten seine Finger; seine Gesten bekamen etwas Steifes, und seine Nasenlöcher weiteten sich.

Physiologisch gesprochen, war er bereit, sich zu paaren.

Er war jedoch erst am Anfang eines endlos langen Annäherungsprozesses, der ihn am Ende eventuell, vielleicht, mit etwas Glück erschöpft und lügend, dass sich die Balken bogen, zum Vollzug des Geschlechtsaktes führen würde. Man konnte den Mut verlieren. Doch verloren etwa die Winkerkrabben, die Schlammspritzer oder die Andenklippenvögel den Mut angesichts des gleichen Problems? Ist die Hartnäckigkeit der Männchen dieser drei Tierarten, die zu den benachteiligsten der Schöpfung gehören, etwa nicht vorbildlich?

Drei benachteiligte Tierarten

Die Winkerkrabben leben im Schlamm der Mangrovensümpfe, Landinseln, die in unmittelbarer Nähe der tropischen Deltas aus dem Meer auftauchen. Sie schleppen sich durch den Schlamm, den die Ebbe mit Mikroorganismen anreichert, die den Winkerkrabben als Nahrung dienen. Mit ihren Scheren nehmen sie Schlamm auf, aus dem sie in einer Reihe von Siebvorgängen, ausgeführt von einem besonderen Borstenapparat, nur die Bestandteile zu filtern imstande sind, die sie als Nahrung verwerten können. Dennoch ist die Menge an Nahrung, die in einer Portion

Schlamm enthalten ist, sehr gering, sodass die Scheren der Winkerkrabben ständig, fast besessen, in Bewegung sind.

Die weiblichen Winkerkrabben können den Schlamm mit beiden Scheren aufnehmen. Die männlichen, die zum Überleben die gleiche Menge Nahrung brauchen, müssen die ganze Arbeit dagegen nur mit einer Schere erledigen, denn die andere ist übermäßig vergrößert und daher unbrauchbar. Die Funktion dieser abnorm großen Schere, die ihnen den Namen *Winkerkrabbe* eingetragen hat, ist nicht die einer Gabel, sondern eines sexuellen Lockmittels, wie eine Art Signalflagge. Sie ist auffällig gefärbt, und das Männchen schwenkt sie vor dem Weibchen, führt dabei gymnastische Übungen aus und fährt mit der anderen Schere fort, sich zu ernähren. Da aber alle Männchen mit dieser Riesenschere ausgestattet sind, muss sich jedes von ihnen, um das Interesse des Weibchens zu erregen, eine andere Bewegung ausdenken. Daher bewegen einige die Schere im Kreis und erheben sich auf die Zehenspitzen, andere bewegen sie wild vor und zurück, und wieder andere halten sie ruhig und vollführen Sprünge. Die Botschaft ist aber immer die gleiche: Das Männchen möchte sich paaren. Das Weibchen sucht aus den Signalen dasjenige aus, das am besten zu ihm passt, bewegt sich schließlich auf das auserwählte Männchen zu, folgt ihm in seinen Bau und paart sich mit ihm.

Die Schlammspringer teilen mit den Winkerkrabben das Unglück, in den Mangrovensümpfen zu leben, doch das Schicksal hat ihnen noch übler mitgespielt. Sie sind in jeder Hinsicht Fische, wenn auch von geringer Größe, doch die Natur hat es so eingerichtet, dass sich die Substanzen, von denen sie sich ernähren, ausschließlich außerhalb des Wassers befinden. Daher sind die Schlammspringer gezwungen, den Sumpf zu durchstreifen, auf den Flossen trippelnd, auf der Suche nach Nahrung im flüssigen Matsch. Sie sind grundsätzlich Einzelgänger und haben ein ausgeprägtes Revierbewusstsein. Da sie Kiemen haben, muss ihr Maul ständig mit Wasser gefüllt sein, damit sie mit Sauerstoff versorgt werden, und wenn das Wasser verbraucht ist, müssen sie nachtanken, indem sie sich in eine Pfütze stürzen. Mit anderen Worten, sie sind verdammt, in einer Art umgekehrter Apnoe zu leben.

Zu dieser Qual kommt für das Männchen noch diejenige der Balz hinzu, die ebenfalls außerhalb des Wassers stattfindet. Wie bei manchen Fischen erfolgt die Aussendung sexueller Locksignale durch Bewegungen der Rückenflossen, die aufgerichtet und stolz zur Schau gestellt werden mit ihren auffälligen Farben. Dieses Signal genügt jedoch nicht, um die Aufmerksamkeit in dieser weiten und flachen Schlammebene zu erregen, auf der ein kleiner Fisch mit aufgerichteten Flossen nicht leicht zu erkennen ist. Daher ist ein Schlammspringer, der daran interessiert ist, seine Liebesabsichten einem Weibchen kundzutun, gezwungen, ständig heftige Schläge mit dem Schwanz auszuführen, die ihn mit ausgebreiteten Flossen senkrecht in die Luft schnellen lassen. Wenn ein Weibchen darauf aufmerksam wird, begibt es sich zu ihm und paart sich, dann entfernt es sich wieder.

Das Schicksal des Andenklippenvogels ist vielleicht am ergreifendsten. Ein großer Tänzer Südamerikas, zeichnet sich das Männchen durch eine wunderschöne orangerote Farbe aus, schwarze Schwungfedern und einen langen Kamm, der bis über den Schnabel reicht. Das Weibchen dagegen ist blasser und sehr viel weniger elegant. In der

Paarungszeit versammeln sich die Männchen im Wald und teilen das Gelände in zahlreiche kleine Arenen auf, in denen sie sich in Szene setzen können. Dann ziehen sie sich auf die Bäume zurück, hocken sich auf die niedrigsten Äste oder die Lianen, die bis zum Boden hängen, und warten. Wenn schließlich ein Weibchen erscheint, stürzen sie sich mit heiseren Schreien in ihre Arenen und beginnen zu tanzen. Um sich von den anderen zu unterscheiden, führt jeder seine ganz eigenen Figuren vor. Das Weibchen beobachtet sie aufmerksam, bis es seine Wahl getroffen hat; dann steigt es in die Arena des Favoriten und knabbert an seinen Schwanzfedern. Das ist das Signal. Sofort bespringt das Männchen es in der Arena. Die anderen kehren betrübt auf die Bäume zurück.

Die Paarung dauert nur wenige Sekunden. Danach fliegt das Weibchen in den Wald, wo es die Eier ablegt und die Jungen in völliger Einsamkeit aufzieht, wobei sein unauffälliges Gefieder es vor den Raubtieren schützt. Das Männchen wird es nicht wiedersehen; leuchtend wie eine Flamme kehrt es zusammen mit den anderen auf die Äste zurück und wartet erneut, bereit, immer wieder herunterzukommen und zu tanzen, sofern es nicht einem vorbeifliegenden Raubvogel zum Opfer fällt.

Soldatenlohn

Mète besaß keine Schwungfedern, keine Rückenflossen und keine Riesenscheren, aber die Ausstrahlung eines Waisenkindes, das sich nicht besonders als sexuelles Lockmittel eignete. Das Einzige, was ihn attraktiv machte, war die Graphologie, doch es war ausdrücklich verboten, mit Laien darüber zu sprechen, damit sie nicht mit den tausend Salmonellen in den Blutkreislauf geriet, welche die Zivilisation infizieren und verderben. Damit vor einer Frau zu prahlen, um ihre Phantasie zu entzünden, war ein Sakrileg, so lautete die Regel; entweder man respektierte oder man verletzte sie. Mète verletzte sie an diesem Abend. Gewiss, er verschwieg viel mehr, als er preisgab, leugnete mehr, als er bestätigte, und überließ es den Mädchen, die ihm ins Netz gegangen waren, ihn zu der wenngleich minimalen Übertretung zu zwingen. Aber er beging sie, und das war es, was zählte.

Wie Petrus verriet er dreimal vor dem Morgengrauen, denn so viele Gelegenheiten hatte er dazu: mit einer Physiotherapeutin mit Kirschmund, mit einer Verkäuferin von Nippessachen aus Kristall, die über ein sehr ausgeprägtes Gesäß verfügte, und mit einer Modedesignerin mit kupferfarbenem Haar und einem schmachtenden Blick, der jeden schwach machte. Er ließ sich ziemlich bitten, bevor er nachgab, doch dreimal beging Mète das Sakrileg, wobei er ausschließlich auf den Tanz der Brüste unter dem Dekolleté oder die nackten Beine achtete, die raschelnd übereinandergeschlagen wurden. Dreimal nahm er ein Buch aus einem Regal, öffnete es und ließ jede von ihnen mit einem Füllfederhalter dieselbe Passage auf ein weißes Blatt abschreiben. Das Buch war, nur der Neugier halber, *Soldatenlohn* von William Faulkner, und dies war die Passage:

> Sergeant Madden dachte später, an einem anderen Tage, wieder an Green, als er bei Cantigny über die aufgewühlte Erde rannte und sagte: »Weiter, weiter, Kerls, wollt ihr denn ewig leben?« Er vergaß Green vorübergehend, als er mit einem jungen Mann, der ihm früher in der Heimat Schuhe verkauft hatte, in einem Granattrichter lag, der zu klein für sie war. Er fühlte, wie sein herausragendes

Bein vom Luftdruck gepeitscht wurde wie ein buschiger Zweig von einem Sturm. Nach einer Weile brach die Nacht herein, die Luft wurde still, und der Mann neben ihm starb.

Alle drei schrieben die Passage mit äußerster Sorgfalt ab, als handelte es sich um ein Steuerformular. Auf jedes Blatt ließ Mète sich den Taufnamen, die vollständige Unterschrift und die Telefonnummern zu Hause und in der Arbeit schreiben. Alle drei erwarteten, dass Mète die Analyse sofort vornehmen würde, doch er erklärte jeder mit großem Ernst, dass man eine graphologische Analyse nicht einfach so auf die Schnelle machen könne, sie verlange Zeit und Konzentration. Dann steckte er das Blatt ein, darauf hoffend, dass seinem Opfer von allein bewusst würde, dass er von diesem Augenblick an seine Seele in der Tasche hatte, sich darüber aufregen und ihm vorspielen würde, es bereue, sie ihm ausgehändigt zu haben. Und ohne sich auf weitere Gespräche einzulassen, packte er schließlich die erste Gelegenheit beim Schopf, um sich aus dem Staub zu machen. Denn diese Mädchen hätten ihn sonst möglicherweise stundenlang über die Graphologie ausgefragt und wären mit den Antworten so zufrieden gewesen, dass sie am nächsten Tag alles vergessen hätten; dabei war es unabdingbar, dass sie sich immer noch vor Neugier verzehrten, wenn er beschließen würde, sie wiederzusehen. Daher ließ er sie abrupt stehen, eine nach der anderen, damit die Phantasien, die er in ihnen geweckt hatte, wie immer sie auch aussehen mochten, nicht gratis befriedigt werden konnten. Er gab ihnen nicht einmal seine Telefonnummer, damit sie ihn nicht von sich aus erreichen konnten, sondern verschwand einfach. Gewiss zweifelte keine der drei an seiner Seriosität als Graphologe, obwohl Mète sich wie ein ausgemachter Scharlatan benommen hatte.

All dies beanspruchte fast zwei Stunden lang seine ganze Aufmerksamkeit. Als er aus diesem Zustand der Verzückung in das festliche Treiben zurückkehrte, tanzten viele der Gäste. Die Kostüme hatten ihre verfremdende Wirkung verloren, und auch der Krieg zwischen den Jahrzehnten war in den Hintergrund getreten. Man konnte nun nicht mehr von Barbarei reden, reine Dekadenz, Langeweile und mühsame Verdauung waren die angemesseneren Begriffe. Virna flatterte nach wie vor von Sofa zu Sofa und verstreute einen unfruchtbar gewordenen Pollen. Alfredo hatte sein sinnloses Programm aus zeittypischen Stücken aufgegeben und spielte jetzt sein Repertoire aus dem Olimpo.

Belinda saß nicht mehr neben ihm. Mète blickte sich gründlich um; sie war verschwunden. Dafür entdeckte er das gerötete Gesicht seines Vaters, das zwischen den anderen Köpfen auf der Tanzfläche auftauchte und verschwand. Auch er erblicke Mète und zwinkerte ihm zu, als wollte er ihm bedeuten, dass er ihn nicht aus den Augen verloren hätte, und ihm zur Wahl seiner Verführungsopfer gratulieren. Es fiel ihm nicht im Traum ein, zu Mète zu gehen, ihn bei den Schultern zu packen und ihn anzuknurren, eine Graphologiekolumne in einer Modezeitschrift zu schreiben und deren Leserinnen mit dem Versprechen einer graphologischen Analyse zu ködern, sei mehr oder weniger das Gleiche; das war ein Gewissenskonflikt, den Mète mit sich selbst ausmachen musste. Sein Vater lächelte ihm zu, alle lächelten ihm zu, niemand missbilligte sein Verhalten.

Fliegendes Haar

Vor den Fenstern waren die Pflanzen in Aufruhr, wie eine Herde Pferde, die spürt, dass die Indianer sich nähern. Die Hecken wogten in erzwungenen heftigen, gleichwohl einladenden Verbeugungen, und Mète verspürte das Bedürfnis, hinauszugehen und sich die kalte Luft um die Nase wehen zu lassen. Auf der anderen Seite der Glaswand befand sich eine breite Terrasse, die zum Garten hinausging, und zur Dunkelheit, welche die Aufgeblasenheit von Zierbäumchen verschluckte und weiter entfernt einen Swimmingpool, von dem Mète wusste, dass er leer und verwahrlost war. Er hatte plötzlich Lust zu überprüfen, ob man ihn in der Dunkelheit noch erkennen könnte. Ohne Mantel ging er verstohlen nach draußen, und die eisige Kälte kratzte seine Haut. Er stützte sich mit den Ellbogen auf die Brüstung der Terrasse, warf einen Blick zwischen den Bäumen hindurch und atmete tief ein und aus. Der Swimmingpool war nicht zu erkennen. Von dem Fest drang kein Laut zu ihm, nur Donnergrollen war in der Ferne zu vernehmen.

Ihm war, als hätte er Propeller im Kopf. Der Tag war wie die Luke eines Düsenflugzeugs gewesen, die sich mitten im Flug öffnet. Eine brüllende Kraft hatte alles beschleunigt, und Mète fühlte sich jetzt ins Leere gesaugt. Sein Vater hatte sich wieder verheiratet, seine Mutter war zum zweiten Mal gestorben, und Belinda würde unter seinem Dach leben. Was würde geschehen? Merkwürdigerweise hatte er das Gefühl, es jetzt schon genau zu wissen und zugleich keine Ahnung zu haben. Das Verhalten der Menschen wird durch das gesteuert, was sie sind, und Mète war, was er war; konnte er allein durch seinen Willen anders handeln? Alle Priester, die ihn erzogen hatten, würden ihm sofort antworten, ja, das könne man, man *müsse* es, doch das Leben ist komplizierter für denjenigen, der nur von der Gnade gestreift worden ist, ihren Wind gespürt und gesehen hat, wie sie einen anderen trifft. Was sollte Mète jetzt machen? Würde er sich dem Hinausgesaugtwerden widersetzen können, indem er sich an die Reste seines Gewissens klammerte? Oder reichte es, einfach nur die Telefonnummern zu wählen, die er an diesem Abend gesammelt hatte, und alle anderen, die er besaß, und weitere, die er sich links und rechts verschaffen würde, indem er wie ein Schimpanse auf irgendeine Schönheit zustürzen würde, die sich in seiner Nähe tummelte, um sich zu beruhigen und vor der Katastrophe zu retten, die auszulösen er andererseits kaum erwarten konnte? Reichte es wirklich, von einem Schoß zum nächsten weiterzuziehen, um sich von dem einzigen fernzuhalten, der einen quält?

Dies waren die Dilemmata, die Mète in seinem Kopf nährte, während der Sturm donnernd näherkam. Der Wind frischte plötzlich auf und riss eines der jungen Bäumchen um und dann ein zweites. Ein Blitz zeichnete ein wildes Gekritzel in die Dunkelheit, und für einen Augenblick blitzte zwischen dem kobaltblauen Laub der bläuliche Widerschein des Swimmingpools auf. Dann wurde alles wieder schwarz. Mète hob den Blick, und unter dahinjagenden Wolkenfetzen sah er, dass Licht in Belindas Zimmer brannte. Im Rahmen des Fensters hob sich fliegendes Haar gegen die Decke des Zimmers ab. Oder fliehen, dachte er, weit weg und sofort.

In diesem Augenblick begann es zu regnen.

ZWEITES KAPITEL

Die Römer sind wie die Arbeiter der Zigarettenfabrik, welche die Erlaubnis haben, sich umsonst so viel Tabak zu nehmen, wie sie wollen.
Giacomo Casanova

Livia Antequero

LIVIA ANTEQUERO:
13. DEZEMBER 1987

LIEBE LIVIA, ES IST SCHWIERIG, DIR HIER 1 BRIEF ZU SCHREIBEN. NICHT GERADE BEQUEM.
ERINNERST DU DICH AN DEN ABSCHEULICHEN »VIRGILIO«? ES IST 5 UHR. MORGENGRAUEN. ICH SITZE HIER UND SCHLAGE DIE ZEIT TOT.
ICH WARTE AUF DEN TAG, NICHT DASS MIR DARAN VIEL LÄGE, IN DER LANGEWEILE DIESER TAGE WÜRDE ICH ES EHER VORZIEHEN, DASS MIR ETWAS PASSIERT, SELBST ETWAS UNANGENEHMES, ALS NACH HAUSE ZU GEHEN. ES IST UNHEIMLICH STILL ... DAS FÖRDERT DAS DENKEN, UND DIE MORGENLUFT IST EISIG, SIE BELEBT, ERFRISCHT DEN GEIST.
EINES TAGES WERDEN WIR GEMEINSAM DEN TAG ERWARTEN. ICH ERINNERE MICH, DU HAST FLAUBERT

GELESEN UND DIE DOORS . . . AHHH, »THE END«,
WER WEISS, WO DU JETZT BIST, NACH 5 JAHREN,
OB DU IMMER NOCH SO LEBHAFT BIST,
MYSTISCH

ICH BIN ♏
SKORPION. ANDREA. HA, HA, HA.

Ponte Sisto, Ort heimlicher Treffen

Ein Mann mit Hut steht vor diesem auf eine graue Eisenplatte gesprühten Grafitto und starrt es an. Das einfache Volk, das im Winter den Ponte Sisto überquert (eingemummelt in Mäntel, Atemwölkchen vor dem Mund), das Pasolini als »anonym und daher rein« bezeichnet hat, geht an ihm vorbei und wirft ihm Blicke spitz wie Pfeile zu. Andere dagegen gehen schnell vorbei, ohne auf ihn zu achten. Ungepflegte Mädchen mit Rotznasen und geschwollenen Augen, gerade der Jugend entwachsen, schleppen sich in Plateau-Schuhen von einem Tiberufer zum anderen. Jede von ihnen könnte Livia Antequerro sein, aber so, wie die Welt nun mal ist, mit Zufällen mehr als knauserig, kann man sicher sein, dass sie nicht darunter ist.

Und er ist traurig, der Ponte Sisto, eingesperrt in sein Gerüst; er erinnert an eine dieser Autobahnüberführungen, gestützt von ihrer langweiligen und lokalen Nützlichkeit, auf denen die Bauern, das eiserne Schutzgitter umklammernd, die Zeit totschlagen, indem sie die vorbeidonnernden *long vehicles* betrachten. Wozu dieses Gerüst um den Ponte Sisto dient, weiß niemand, es scheint eher so, dass man es vergessen hat; doch es wird toleriert, denn es ist einfacher, sich an die Hässlichkeit zu gewöhnen, als zu versuchen, sie sich zu erklären.

Traurig also, und glanzlos, der Ponte Sisto, das einzige Stückchen Rom, das an diesem Morgen nicht glänzt. Der Himmel leuchtet in einem kristallklaren Blau, reingefegt vom Wind. Es glänzt im Licht, was nur glänzen kann, von der eiffelturmartigen Antenne auf dem Monte Mario dort oben über dem weißen Stein des Petersdoms bis hin zu den Rückspiegeln der Vespas und, nicht zu vergessen, den kahlen Schädeln. Und in der eisigen Luft liegt dieser absurde Geruch von Sauberkeit, den nur eine dreckige Stadt ausströmen kann nach dem schwarzen Shampoo einer Gewitternacht; der Geruch von wieso auch immer frisch gemähtem Gras, von urbar gemachter Erde, von Gletscher, von *Savon de Marseille*, von Talkumpuder, von gesprengtem Garten. Und all dies in Rom am Ponte Sisto.

Der Mann mit Hut starrt immer noch auf das Grafitto vor sich. Er ist groß, kolossal …

Kolossalität

Wir werden nur das über ihn sagen, was sich nicht verschweigen lässt. So müssen wir beispielsweise sein stierhaftes Aussehen erwähnen, und um es zu beschreiben, müssen wir uns als Vorbild George Foreman nehmen, den Koloss von Boxer; nicht den schwarzen Foreman allerdings, sondern einen weißen, kein Waisenkind aus Texas, sondern in eine Bauernfamilie aus der Toskana hineingeboren, abgehärtet nicht durch eine vorstädtische Einsamkeit, sondern durch eine bäuerliche. Machen wir ihn gebildeter als Foreman, machen wir ihn ein paar Jahre älter, lassen wir ihn emigrieren und vor allem, halten wir ihn fern von jeder Art von Sieg oder Berühmtheit oder Ruhm oder Erfolg oder Reichtum. Und setzen wir ihm einen Hut schwarz wie der Teufel auf den Kopf, legen wir ihm den Umhang eines Straßenräubers um die Schultern, und stellen wir ihn mitten auf den Ponte Sisto wie die Parksäule einer blauen Zone, und wir haben unseren Mann.

Über seinen Blick ist zu sagen, dass er Raum braucht, dass er immer wirkt, als würde er in die Tiefe eines Tals geworfen, und dass er in der Regel starr, gebannt auf etwas gerichtet zu sein scheint, wie jetzt auf das Grafitto, auch wenn es vor ihm nichts, aber auch gar nichts zu sehen gibt. Starr bleibt er auch, wenn der Mann, selten genug, spricht, mit dem Ergebnis, dass jedes seiner Worte augenblicklich einen feierlichen und untröstlichen Beiklang von Bitterkeit bekommt.

Drei Falten auf seiner Stirn, die wie Schützengräben aus dem Ersten Weltkrieg wirken, und eine schroffe, riesige Nase, wie die eines Propheten des Alten Testaments.

Was wir aber vor allem erwähnen müssen, ist der Eindruck totaler Kolossalität, die sein ganzes Wesen ausstrahlt, von seinem Oberkörper, auf dem ein Lämmchen seine ersten Gehversuche machen kann, über die Wellen seines schallenden Gelächters, in das er sehr viel häufiger ausbricht, als er fröhlich ist, bis hin zu dem Mäandern seiner abnorm großen Handschrift; eine Kolossalität, die nicht an einen Menschen erinnert, sondern an eine ganze Region des Atlas, unbewohnt und gewittrig, die sich über mehrere Grenzen erstreckt, Armenien beispielsweise oder Kurdistan, mit ihren Unterdrückern und Partisanen, die sich gegenseitig bombardieren. Dies ist der Mann mit dem Hut, und im Leben eines solchen Mannes kann es nichts Kleines geben. So viel zu ihm.

Fehlt noch sein Name. Doch da erscheint Mète mit großen Schritten auf dem Ponte Sisto und geht auf ihn zu, und da er jetzt bei ihm ist und ihn an der Schulter berührt, um ihn aus seiner Versunkenheit zu reißen, überlassen wir es ihm, ihn auszusprechen.

Gelächter, Spucken, Plakate

»Oh«, sagte Mète, leider ohne einen Namen auszusprechen.

»Oh«, sagte der Mann, ohne seinen Blick von dem Grafitto zu wenden. Im Gegenteil, er machte Mète mit einer Bewegung des Kinns darauf aufmerksam.

Mète begann den Text zu lesen. Er trug eine dicke schwarze Samtjacke, deren Revers aus wasserdichtem Leinen bestanden, das er gern berührte, und tatsächlich betastete er es, während er las, mit einer Hand. In der anderen hielt er eine grüne Aktenmappe, deren Gummiband zerfranst und deren Ecken ganz abgegriffen waren.

»Was für eine schreckliche Nacht«, sagte der Mann.

»Tja«, sagte Mète. Dann schwieg er und dachte darüber nach, ob die Bemerkung seines Freundes sowohl auf die in dem Grafitto verewigte als auch auf die sturmgepeitschte Nacht, die gerade endete, bezogen werden sollte.

»Wartest du schon lange?«, fragte er endlich.

Zum ersten Mal wandte der Mann sich Mète zu, um ihn anzusehen, und sofort begann er ihn unverwandt anzustarren.

»Ich habe im Lotto gewonnen«, sagte der Mann.

Ein Lächeln breitete sich auf seinem Gesicht aus.

»Und wie viel hast du gewonnen?«, fragte Mète.

Der Mann brach in ein Gelächter aus, das aus seiner Brust geschleudert wurde wie ein zu lange zurückgehaltenes asthmatisches Röcheln. Ein Gelächter, das, wohlgemerkt, nichts bedeutete und demzufolge unschuldig war.

»Es hält sich in Grenzen«, sagte der Mann, »92 000 Lire.«

Außer Atem gekommen, wurde das Gelächter leiser und

schien zu verstummen, doch stattdessen lebte es als Husten wieder auf, während der Mann nickte.

»Aber immerhin besser als nichts …«, fügte er hinzu.

Der Husten wurde immer schlimmer, krampfartig, bedrohlich, sein Gesicht wurde puterrot, und er brauchte eine Weile, um ihn zu beruhigen. Um ihn erneut in Gelächter zu verwandeln, spuckte der Mann schließlich aus.

»Uff«, sagte er.

»Du solltest weniger rauchen«, sagte Mète.

Der Mann nickte, den Blick nach wie vor unverwandt auf Mète gerichtet, der ihm jetzt seine grüne Aktenmappe reichte.

»Ich möchte, dass du das eine Weile für mich aufbewahrst«, sagte Mète.

Der Mann nahm die Mappe und nickte. Er lachte nicht mehr, hatte aber leicht gerötete Augen, als würde noch ein Lämpchen nach dem Gelächter, dem Husten und ihrem Einswerden brennen.

»Das sind Schriftanalysen, die ich gemacht habe«, erklärte Mète. »Meine Schwester wird bei mir wohnen, und ich möchte nicht, dass sie sie liest.«

Der Mann nickte.

»Ihre ist auch dabei, und die ihrer Mutter und die unseres Vaters …«

Der Mann nickte.

»Ich möchte nicht, dass sie sie liest«, wiederholte Mète.

Der Mann nickte.

»Du kannst sie lesen, wenn du willst …«

Der Mann nickte.

»Ich habe keine anderen Kopien, also pass gut darauf auf …«

Der Mann nickte.

»Was machst du heute?«, fragte Mète.

»Ich habe zu tun«, sagte der Mann.

»Dann bis morgen. Ich rufe dich an.«

Der Mann nickte.

»Ciao«, sagte Mète, berührte erneut seine Schulter, die große, unerschütterliche Schulter, und bemerkte, dass die auf ihn gerichteten Augen merkwürdig leuchteten. Er will allein sein, dachte Mète, der den Mann kannte. Dann kehrte er ihm den Rücken und ging seines Wegs.

»Oh!«, rief der Mann.

Mète blieb stehen und drehte sich um. Er hatte nur drei Schritte gemacht.

»Heute Nachmittag muss ich zur Druckerei«, sagte der Mann. »Die Plakate sind fertig.«

Mète wurde blass, wie es in diesen besonderen Augenblicken des Lebens geschieht, wenn man sich plötzlich an ein vergessenes Versprechen erinnert.

»Du hast sie wirklich drucken lassen?«, fragte er.

Als einzige Antwort schnaubte der Mann mit dem Hut erneut sein asthmatisches Lachen und nickte. Doch diesmal kam es Mète so vor, als wäre es weniger unschuldig, teuflischer. Diesmal lachte der Mann wirklich.

»Von meiner Seite«, sagte Mète, »kein Problem.«

Der Mann nickte, zugleich lachend und hustend (wie, wissen wir jetzt).

»Kleben wir sie heute Abend an? Für mich wäre das kein Problem ...«, sagte Mète.

»Heute Abend sind die Theater geschlossen«, brachte der Mann mühsam heraus. »Es ist Montag«, fügte er hinzu. Dann spuckte er erneut aus.

»Dann morgen«, sagte Mète, »morgen Abend. Da du sie hast drucken lassen, kleben wir sie auch an.«

Der Mann nickte.

»Ich rufe dich morgen an«, sagte Mète und machte sich wieder auf den Weg. Nach wenigen Schritten verschwand er in der Menge, die unaufhörlich über den Ponte Sisto strömte. Der Mann sah ihm nach und begleitete ihn mit seinem Grinsen bis zur Tiberpromenade, auf welcher der Verkehr tobte, bis er ihn nicht mehr sah. Er nahm den Hut ab und entblößte einen Schädel, der bis zu den Ohren kahl war, darunter aber von langen Haaren gesäumt wurde, die über den Hals fielen und klebrig wie Algen waren. Er fuhr sich mit der Hand über die Glatze, setzte gleich darauf den Hut wieder auf und hustete. Der Wind peitschte sein Gesicht, das kantig wie eine geschälte rohe Kartoffel war. Die Hände verschwanden in den Taschen des Wintermantels. Mètes grüne Aktenmappe hatte er unter den Arm geklemmt.

Hoch über sich sah der Mann ein Flugzeug, das geräuschlos seine gerade Bahn zog. Warum hinterlässt es keinen Kondensstreifen?, fragte er sich und ließ an diesem blauen Morgen ein drittes Mal seine Spucke glänzen.

Denen zum Trotz, die die Welt akzeptieren, wie sie ist

Wie der Zufall so spielt, könnten in diesem Flugzeug hoch oben am Himmel Mètes Vater und seine Frau Virna sitzen, auf zwei Nichtraucherplätzen in der Business Class. Sie waren gerade gestartet und hatten in ebendiesem Augenblick die Erlaubnis erhalten, die Sicherheitsgurte zu lösen. (In Wirklichkeit ist es gar nicht möglich, dass sie in genau diesem Flugzeug sitzen, denn es fliegt bereits zu hoch, um gerade in Fiumicino gestartet sein zu können, und außerdem deutet seine Richtung in Bezug auf die Sonne darauf hin, dass es nach Süden fliegt und nicht in Richtung Atlantik; das ändert jedoch nichts daran, dass die Frischvermählten genau in diesem Augenblick Rom überflogen, und allein schon um gegen diese Welt aufzubegehren, die wie gesagt mit Zufällen so sehr knausert, um gegen ihre objektive Gefühllosigkeit zu protestieren, beschließen wir einfach hier und jetzt, dass das Flugzeug, das der Mann mit dem Hut auf dem Ponte Sisto beobachtete, ohne jeden Zweifel die Boeing TWA Rom–New York war, mit welcher der Vater und die Stiefmutter seines Freundes unterwegs waren. Denn wenn man genau hinschaute, flog das Flugzeug gar nicht so hoch, dass es nicht eben erst gestartet sein konnte, und war im Begriff, ja, wirklich, ganz sanft, ganz langsam, den Kurs zu ändern und seine Schnauze nach Westen zu drehen, um Kurs auf den Atlantik zu nehmen, denen zum Trotz, die die Welt akzeptieren, wie sie ist.)

Am Bullauge sitzend, nutzte Virna die außergewöhnlich gute Sicht an diesem Morgen, um Abschied von Italien zu nehmen, das weite Panorama Meer–Erde–Berge unter sich mit ihrem flaschengrünen Blick umspannend. Sie wirkte jetzt erheblich schöner als am Abend zuvor, ohne ihr Kostüm, ohne Schminke und mit dem erschöpften Aussehen, das Gott von den Ehefrauen verlangt. Ihre Schönheit hatte etwas Kraftloses, ein Paradox, das sie noch lebhafter machte, als könnte sie durch diese Welkheit sehr viel besser symbolisieren, wie intensiv sie in der Vergangenheit gelebt hatte, und zugleich bewegen, indem sie Jahreszeiten und Gefühle miteinander vermischte. Den Blick geschärft durch die Entfernungen, schien all diese Schönheit, die für immer verflogene der Jugend, die noch immer vorhandene und diejenige, die früher oder später nur noch Erinnerung sein würde, sie in melancholische Stimmung zu versetzen und zu verwirren.

Sie streckte die Hand aus und drückte den Arm ihres

Mannes, während sie weiterhin Rom betrachtete, das sich in Civitavecchia verwandelte.

»Ich fühle mich so klein«, sagte sie.

Der Mann streichelte sie. Sein leonardeskes Gesicht kennen wir ja; es schaute jetzt aus einem Sporttrikot heraus und war wie üblich völlig entspannt. Virna ließ sich von seiner Lässigkeit anstecken, wandte den Blick von dem Panorama ab und legte den Kopf an seine Schulter.

»Ich wäre so glücklich, wenn ...«, sagte die Frau.

»Du sollst dir keine Sorgen machen«, sagte Mètes Vater.

»Vielleicht hätten wir nicht fliegen sollen. Vielleicht bin ich zu egoistisch ...«

»Hab Vertrauen«, sagte der Mann, »du wirst sehen ...«

Plötzlich, ohne Vorwarnung, füllten Virnas schöne Augen sich mit Tränen. Tränen, die allerdings nicht fließen wollten, die an den Wimpern hängen blieben und das Grün der Iris verwässerten.

»Mète wird sich um sie kümmern, du wirst sehen«, sagte der Mann. »Mète hat sie gern ...«

Endlich flossen die Tränen, aber es schienen Freudentränen zu sein, Tränen der Freude und der Müdigkeit.

»Mète«, schluchzte Virna, »der liebe Junge ...«

Und jetzt änderte das Flugzeug wirklich seinen Kurs, und auf einmal war durch das Bullauge nur noch Meer zu sehen.

Bummel durch das Viertel

Während oben am Himmel von ihm gesprochen wurde, trieb Mète sich auf der Erde herum, unruhig und einsam im Zwielicht des Morgens. Nach der kurzen und wahrlich geheimnisvollen Begegnung mit dem Mann mit dem Hut hatte er begonnen, in seiner dicken Samtjacke umherzustreifen, von Zeit zu Zeit stehenbleibend vor einem Haus, im

Zickzackkurs, immer wieder kehrtmachend und die ganze Zeit nervös das Revers betastend. Das einzige Merkmal, das seine Wanderungen auszeichnete, war die Tatsache, dass er immer wieder an seinem Haus vorbeiging, als wäre er ein kleiner Junge, der die Erlaubnis erhalten hatte, nach draußen zu gehen, unter der Bedingung, sich nicht allzu weit zu entfernen ... Ein Bummel durch das Viertel sozusagen, inmitten einer menschlichen Gesellschaft, die wie Müll verstreut war, bestehend aus Kleinkram, Resten, zerlumpten Gestalten und Leuten, die verwirrt waren, weil die Geschäfte am Montagmorgen geschlossen hatten. Mètes Wahrnehmung dieser Gesellschaft war mechanisch, unbewusst, und verstärkte noch das Gefühl der Ratlosigkeit, das er immer stärker in sich verspürte. Im Westen kam er an einer Trattoria vorbei, in der zwei Feuerwehrmänner mithilfe einer Motorpumpe mit lautem Krach das Wasser abpumpten, das den Speisesaal überschwemmt hatte. Ein Mann, dessen Bauch gewölbt wie ein Tonkrug war, wohl der Geschäftsführer, weinte. Er blieb vor dem Museo di Criminologia stehen, einem Ort, den er besonders liebte und wo er so manchen Nachmittag damit verbracht hatte, über seine Lektüre von Lombroso nachzudenken, inmitten von Abgüssen von Schädeln von Mördern und Sammlungen von Waffen, die für die grausigsten Verbrechen benutzt worden waren; er wäre gern hineingegangen, aber es war geschlossen, weil gerade eine Ausstellung vorbereitet wurde, deren Eröffnung für den nächsten Samstag vorgesehen war: INSTRUMENTS DE TORTURE ET DE MORT À TRAVERS LES ÂGES. Im Osten kam er zum Markt auf dem Campo de' Fiori, von dem er sich sofort in ein Gässchen flüchtete, denn vor allem am Tag brauchte Mète sich nur an einem weiten und überfüllten Ort zu befinden, um sich für tot zu halten. In der Via de' Cappellari kam er am Geburtshaus von Metastasio vorbei, das dadurch geehrt worden war, dass direkt davor wild Müll abgeladen worden war. In der Via del Pellegrino streifte ihn der Rückspiegel eines Autos am Ellbogen, das, im Besitz einer ordnungsgemäßen Genehmigung, in der Altstadt zu fahren, an ihm vorbeigerast war. Im Norden trank er eine Latte macchiata in der Pasticceria Bella Napoli am Corso Vittorio.

Doch all diese Orte und Straßen durchquerte Mète zerstreut, sozusagen auf Autopilot, denn er war mit den Gedanken ganz woanders; wie Hunde, die ein Erdbeben im voraus spüren, irrte er umher, doch all seine Sinne waren gerichtet auf das, was an einem bestimmten Punkt im Universum geschehen würde, ohne dass es ihn vollkommen in Beschlag nahm und ohne dass er sich ausreichend davon zu distanzieren vermochte. Das Einzige, was ihn allenfalls davon ablenken konnte, war die Geschichte mit den Plakaten, an die der Mann mit dem Hut auf dem Ponte Sisto ihn wieder einnert hatte, eine Geschichte, die Mète, ehrlich gesagt, mehr oder weniger vergessen hatte (was genau hatten sie auf das Plakat drucken lassen? Er hatte nur noch eine vage Erinnerung an den Text), die ihn jetzt jedoch, da sie wieder zwischen ihnen stand und da er eine freundschaftliche Verpflichtung eingegangen war, in ein nicht ungefährliches Husarenstück hineinzuziehen drohte, vielleicht schon morgen. (Mète kannte die italienischen Gesetze nicht sehr gut, doch falls das, wozu er sich mit seinem Freund in dieser Plakatgeschichte verpflichtet hatte, keine Straftat war, dann lohnte es die Mühe nicht.)

Als er schließlich zum x-ten Mal in den Vicolo della Moretta, sein Gravitationszentrum, bog, war es bereits Mittag vorbei. Die Gorillas des Ministerpräsidenten in ihrem

Alfa 33 (braun an diesem Vormittag) fanden sein Verhalten allmählich verdächtig. Trotz allen guten Willens und obwohl sie seine Eigenheiten kannten und vor allem wussten, dass er hier wohnte, kam es ihnen höchst seltsam vor, dass er seit mehr als zwei Stunden um den kleinen Platz herumstrich und immer wieder an seinem Hauseingang vorbeiging, ohne hineinzugehen, oder zu seinen Fenstern hinaufstarrte. Diskret stiegen die beiden Gorillas aus ihrem Wagen.

In diesem Augenblick bemerkte Mète ein entscheidendes Indiz: Danis gelben Fiat 127, der nicht ganz vorschriftsmäßig vor dem Gittertor des Liceo Virgilio auf der anderen Seite des Platzes parkte. Als er zuletzt vorbeigekommen war, war er noch nicht dagewesen. Kurz entschlossen ging er an den Gorillas vorbei, ohne sie zu grüßen, und mit raschem Schritt ins Haus.

Dieses Manöver kam den Gorillas erst recht verdächtig vor.

Ahnung eines Geruchs von Apfel

Mète überraschte Dani in der Küche, »Eternità« von Camaleonti pfeifend, gewiss eine Reminiszenz an den Pianisten Alfredo. Auf dem Tisch, neben der Kokosnuss, die hartnäckig ihre unerklärliche Präsenz behauptete, standen nebeneinander ein paar in Alufolie eingewickelte Kastenformen.

»Guten Tag, Signore«, sagte der Philippino. »Es ist eisig kalt, nicht wahr?«

»Ja«, sagte Mète.

Aus der Wohnung leise, gedämpfte Geräusche, die Mètes Aufmerksamkeit erregten.

»Das ist Mila«, erklärte Dani. »Sie richtet das Zimmer für Signorina Belinda her.«

In der Tat erblickte Mète, als er vom Flur aus einen Blick in Richtung Schlafzimmer warf, Danis kleine Frau, die mit zwei dicken Decken über den Armen vorbeiging.

»Signora Virna hat gesagt, wir sollen das große Schlafzimmer für sie herrichten«, sagte der Philippino, der sich sehr wohl bewusst war, was das bedeutete. Das große Schlafzimmer grenzte an das einzige richtige Badezimmer der Wohnung, und um es zu erreichen, musste man durch das Schlafzimmer gehen. Es gab zwar noch ein zweites winziges Badezimmer auf der anderen Seite der Wohnung, das vor allem von den Philippinos während des Putzens benutzt wurde, doch um sich dorthin zu begeben, musste Mète die ganze Wohnung, einschließlich der Diele, durchqueren.

»Das bedeutet also, dass ich das kleine Bad benutzen werde.«

Dani räumte die Formen ordentlich und wohlüberlegt in den Kühlschrank.

»Reste«, scherzte er. »Die angenehmste Nachwirkung der großen Feste.«

Dann ging er ohne Vorankündigung aus der Küche, um den Stapel Silbertabletts wieder in den kleinen Schrank zu stellen, aus dem er sie tags zuvor genommen hatte. Mète schaute ihm dabei zu.

»Signorina Belinda ist noch nicht da«, sagte Dani.

»Ist sie in der Schule?«

»Nein, heute Vormittag ist keine Schule, weil Karneval ist. Signorina Belinda ist in der Villa geblieben und schläft …«

Während Mète ihm weiterhin bei seinen häuslichen Besorgungen zuschaute, zwitscherte der Philippino, bester Laune an diesem Vormittag, seine Erklärungen.

»Ihr Vater hat es sehr bedauert, dass er sich nicht von

Ihnen verabschieden konnte. Sehr bedauert, Signore. Das Flugzeug ist pünktlich gestartet, zum Glück war das Gewitter von heute Nacht vorbei. Haben Sie den Donner gehört, Signore? Mila hat vor Angst nicht schlafen können. Man kann kaum glauben, dass heute Morgen herrlichstes Wetter ist ...«

Er ging in denjenigen der beiden Salons, in dem kaum Möbel standen, und begann die Stühle um den Tisch herum zu stellen.

»Wir haben schon mal das Gepäck der Signorina hergebracht ...«

Er verschwand in dem Abstellraum, der durch eine mit merkwürdigen Zierleisten versehene Zwischenwand an einer Seite des Salons abgetrennt worden war und in dem die Philippinos ihre persönlichen Dinge unterbringen und schlafen durften. Es gab eine beeindruckende Ansammlung von Dingen in diesem Zimmerchen, und Mète war verblüfft, dass Dani und Mila trotz alledem noch Platz darin fanden. Es kam ihm irgendwie barbarisch vor, sie in ein solches Loch zu pferchen, wo doch eine so große, praktisch unbewohnte Wohnung zur Verfügung stand, aber die Philippinos waren begeistert, weil dieses Loch für sie eine Art Ferienwohnung darstellte, in der sie an ihren freien Tagen ein unabhängiges Leben führen konnten.

»Signorina Belinda freut sich, hier wohnen zu dürfen«, sagte Dani, als er aus dem Kabuff kam und in den anderen Salon ging.

»Werdet ihr auch hier wohnen?«, fragte oder, besser gesagt, flehte Mète, wie man aus dem Ton seiner Stimme heraushören konnte.

»O nein, Signore ... Wir bleiben in der Villa. Es werden die Maurer da sein, und ich muss ihre Arbeit überwachen.«

»Wenigstens zum Schlafen«, beharrte Mète. »Ihr könntet zum Schlafen herkommen.«

»Nein, Signore. Es wäre nicht gut, die Villa nachts unbewacht zu lassen. Wir müssen dort schlafen.«

Da er dem Philippino die ganze Zeit hinterherlief, gelangte Mète schließlich in Belindas Zimmer, das große Schlafzimmer, durch das er jeden Tag ging, um ins Bad zu gelangen.

»Wir werden natürlich«, sagte Dani, »oft herkommen, um Ihnen Essen zu machen. Signorina Belinda kann nicht kochen ...«

Das Schlafzimmer hatte bereits sein Aussehen verändert. Das Bett war mit der feinen, von Virna bestickten Bettwäsche bezogen. An seinem Fußende standen zwei große geschlossene Koffer, und am Griff des Fensters hingen auf Bügeln ein paar für Belinda typische Kleidungsstücke: Strickkleider, Plastikröcke, Clownsanzüge, die, wenn sie sie nicht trug, wie Putzlumpen wirkten, an ihr aber, wie Mète sehr gut wusste, das Nervensystem eines Mannes völlig durcheinanderbringen konnten.

Mila kam mit schmutzigen Handtüchern über dem Arm aus dem Bad und begrüßte Mète auf Englisch, da sie immer noch große Probleme mit dem Italienischen hatte. Dann verschwand sie mit gesenktem Kopf. Dani lächelte erneut.

»Es ist merkwürdig, Signore«, sagte er leise, »Mila fühlt sich Ihnen gegenüber immer noch befangen.«

Völlig selbstverständlich zog er einen Rosenkranz aus Karneol aus der Tasche und wickelte ihn vorsichtig um einen Messingknauf des Bettes.

»Ach«, sagte er, »Ihr Vater hat mich gebeten, Ihnen einen Umschlag zu geben ... Wo habe ich nur meinen Kopf ... Ich habe ihn auf Ihr Bett gelegt.«

Mète ließ einen letzten Blick durch das Zimmer wandern, in dem er bereits den Geruch von Apfel wahrzunehmen glaubte, der Belinda überall begleitete. Vielleicht waren es ihre Kleidungsstücke, dachte er, oder die Koffer, aber vielleicht reichte es tatsächlich schon, ihren Namen auszusprechen, damit dieser Apfelduft sich überall verbreitete. Auf dem Bett (ausnahmsweise ebenfalls mit gewissenhafter östlicher Anmut gemacht) leuchtete ein verschlossener Umschlag. Mète lehnte die Tür an, streckte sich auf dem Bett aus und öffnete den Umschlag.

Kurzer Brief

Lieber Mète,

warum bist Du so plötzlich verschwunden? Wir konnten uns gar nicht mehr verabschieden. Aber ich habe gesehen, dass Du Dich auf der Feier amüsiert hast, und das hat Virna glücklich gemacht. Glaub nicht, dass ich nicht an Deine Mutter denke, Mète. Ich denke an sie, und ich habe immer an sie gedacht; sie war eine außergewöhnliche Frau, und wenn ich sehe, wie intelligent und ernsthaft Du bist, wird mir bewusst, dass Du es nur ihr zu verdanken hast. Ich bin ein einfacher Mann, Mète, ich war einer solchen Frau nicht gewachsen. Auch Virna ist eine einfache Frau, und die Tochter, die ich mit ihr habe, ist tatsächlich nicht wie Du, das hast Du ja bemerkt. Aber sie ist ein Mädchen voller Qualitäten, und ihr Verhalten macht uns beiden Sorgen. Ich bitte Dich, Mète, kümmere Dich um sie, sprich mit ihr, wir verstehen nicht, was mit ihr los ist. Wir haben keine Ahnung, ob es etwas Schlimmes ist oder nicht, wir waren in ihrem Alter ganz anders. Ich bitte Dich von ganzem Herzen darum. Lass uns telefonieren, sobald wir angekommen sind, ich werde Dir die Telefonnummer unseres Hotels geben. Pass auf Dich auf, und bleib nicht mehr so lange in der Sauna. Ich umarme Dich.

Papa

PS. Die Katze ist krank, und ich habe Belinda gebeten, mit ihr zum Tierarzt zu gehen. Sie wird es bestimmt vergessen, also erinnere sie bitte daran; es ist ihre Katze, sie hat sie nach Hause mitgebracht, und sie muss lernen, sich um die Dinge zu kümmern, die ihr gehören. Es ist nur eine Kleinigkeit, aber auch das trägt dazu bei, ihr Verantwortung beizubringen. Ciao.

Die schamlose Treuherzigkeit dieses Briefes hypnotisierte Mète. Dieses Blatt Papier sprach auf zwei Arten zu ihm, durch die Worte, die ihre Bedeutung hatten, und durch die Schrift, mit der sie geschrieben waren; und beide Male sagte es gnadenlos das Gleiche. Darüber hinaus gab es ein paar ermutigende Anzeichen: Das Italienisch seines Vaters hatte sich beträchtlich verbessert, verglichen mit den Briefen, die er vor einem Vierteljahrhundert geschrieben hatte, und auch die Handschrift bezeugte eine leichte Veränderung; die mörderische Kombination »sexuelle Feinfühligkeit« und »Grobheit« zum Beispiel schien im Großen und Ganzen abgemildert zu sein, als habe sein Vater im Verlauf des Älterwerdens zumindest einen Schritt, einen kleinen inneren Schritt in die Richtung gemacht, die derjenigen, in die sein Wesen ihn getrieben hatte, gegenläufig war. Sollte das wahr sein, und das war es, weil die Handschrift sich nicht zufällig ändert und sei es auch nur minimal, dann erschien die Gestalt seines Vaters in einem etwas menschlicheren Licht; vielleicht fand in seinem Inneren auch ein moralischer

Kampf statt, der ihn zwar möglicherweise nicht von seinen Lastern befreite, ihn aber wenigstens daran hinderte, sie zu perfektionieren. Ein Kampf, der umso wichtiger war, als er ganz offensichtlich von Anfang an verloren war, denn sie ist trügerisch, diese Rhetorik, mit der das Gewissen sich wappnet, nicht um den Fehler auszulöschen, der bis zum Tod unverändert bestehen bleibt, sondern um ihn zu kaschieren und sozusagen mit ein wenig Leid dafür zu bezahlen. Sollte sein Vater mit fünfzig seiner Schuld gewahr werden? Das fragte sich Mète, während er den Brief las, der dadurch zu einem wichtigen Dokument wurde, das er aufbewahren und sorgfältig mit denen vergleichen musste, die er vorübergehend dem Mann mit dem Hut anvertraut hatte.

Was allerdings, ganz objektiv betrachtet, ohne die Spitzfindigkeiten des Sohnes und des Graphologen, den reinen Inhalt des Briefchens betraf, so lief es Mète kalt den Rücken hinunter. Die Falle, die ihm gestellt worden war, würde jeden Augenblick zuschnappen, und wirklich ernsthafte Probleme würden dann nicht mehr sein Vater oder Belinda haben, sondern er.

Von Unglück und Verschwendung

»Signore!« Danis zarte Stimme drang durch die Tür. »Wir kehren in die Villa zurück!«

Mète erhob sich vom Bett und öffnete die Tür. Der Philippino lächelte ihn aus seinem Trenchcoat an, der an diesem Vormittag viel zu dünn war, um ihn vor der Kälte zu schützen.

»Wir haben etwas Paella aufgewärmt«, sagte er. »Sie steht im Ofen.«

Mila wartete an der Tür am Ende des Flurs auf ihn. Wenigstens sie war gut eingemummelt in Schal, Mantel und farbige Wollhandschuhe. Sie wirkte wie ein kleines Mädchen.

»Ich werde später mit Signorina Belinda wiederkommen«, fügte Dani hinzu.

»Sag mal«, sagte Mète, »warum hast du vorhin den Rosenkranz an ihr Bett gehängt?«

Der Philippino machte ein übertrieben ernstes Gesicht.

»Oh«, erwiderte er, »ich habe so viel gebetet mit diesem Rosenkranz ... Ich bin sicher, dass er sie beschützen wird.«

Wusste Dani, dass seine Worte einen Kurzschluss verursachten?

»Vor wem?«, stammelte Mète. »Wovor sollte er sie beschützen?«

»Vor Unglück, Signore. Vor Unglück und vor Verschwendung.«

Nein, dachte Mète, er wusste nichts. Trotz all seiner Scharfsinnigkeit und Sensiblität, trotz seiner neun Zehntel »psychologischem Einfühlungsvermögen« konnte er es nicht wissen. Er hatte das einfach aus Ergebenheit gesagt, ohne sich irgendetwas vorzustellen, ohne irgendetwas zu ahnen. Zumal der Philippino gleich danach, während er durch den schmalen Flur zur Wohnungstür ging, wieder lächelte.

»Schaden«, fügte er hinzu, »wird er ihr jedenfalls bestimmt nicht. Bis später, Signore.«

»Ich werde nicht da sein«, sagte Mète.

»Dann vergessen Sie heute Abend nicht, dass im Kühlschrank eine Menge leckere Dinge stehen.«

»Ich werde auch zum Abendessen nicht da sein«, sagte Mète. »Ich habe eine Verabredung.«

»Oh!« Dani lächelte jetzt nicht mehr. »Dann wird Signorina Belinda ja ganz allein sein.«

»Leider habe ich eine Verabredung«, wiederholte Mète.

Und er machte sich sofort auf den Weg, um sich eine zu verschaffen.

Plansequenz für ein Ereignis

Wetteränderung. Das strahlende Leuchten des Himmels verwandelt sich in einen langsamen, außergewöhnlich farbigen Sonnenuntergang, dessen Klarheit von Scharen kleiner Federwolken emailliert wird, die in großer Höhe in einer dichten Sarabande unaussprechlicher weißer Sätze über den Himmel ziehen. Auf dem Vorplatz der Piazza Barberini tanzt ein Verrückter ohne Mantel, aber mit einer bis über die Ohren gezogenen Kappe, mit der ekstatischen Konzentration der Betrunkenen und den sich kräuselnden Bewegungen harpunierter Kraken. Über die Serpentine der Via Veneto wälzt sich der übliche Strom von Autos, Bussen, Vespas und Mofas hinauf und hinunter. Vor der Botschaft der Vereinigten Staaten steigen Polizisten in ihre Mannschaftswagen, andere verlassen sie und vermitteln den Eindruck von Effizienz. In der Via Boncompagni zieht eine kleine Gruppe ausländischer Priester, frischgebackene Seminaristen, am Schild von Jackie O' vorbei, wo nachts ein ständiges Kommen und Gehen von Parkwächtern, Pagen und Rausschmeißern herrscht. Vor dem Mondadori-Haus in der Via Sicilia kontrollieren ein paar G-Men den Verkehr, ihre Walkie-Talkies am Mund, und aus einem blauen, mit Antennen gespickten Lancia Thema steigt ein Minister der Republik, um mitten auf der Straße mit graumelierten Männern zu plaudern, während sich hinter ihm ein hakenkreuzförmiger Stau bildet. Über seinem Kopf, am altrosa Himmel, kreist eine schwarze Wolke aus Staren, die jeden Tag genau um diese Zeit den Pincio überfliegt und dann den

Rest des Nachmittags damit zubringt, sich auf der einzigen Eiche der Villa Borghese niederzulassen, um dort die Nacht zu verbringen. Endlich verlässt der Minister sein Straßenbüro und verschwindet über die Stufen des Mondadori-Hauses. Der Lancia Thema parkt in der zweiten Reihe, und der Gordische Knoten aus Autos, den er geschnürt hatte, beginnt sich langsam aufzulösen. In dem Gewirr der angrenzenden Straßen (Via Abruzzi, Via Sardegna, Via Marche) wird die Ruhe des Viertels nur durchbrochen vom Hupen der Autos, das von der Muro Torto herüberdringt. In einer dieser Straßen, der Via Toscana, fügt sich zwischen einer rustikalen Trattoria, dem Lieblingslokal der Angestellten, und einem eleganten rußfarbenen Eisengitter ein kleines blankpoliertes Schaufenster ein, in dem ein silbernes Schild glänzt: VIDEODAYS. In dem Geschäft schlendert zwischen roten Regalen, randvoll mit Videokassetten, ein Mann in der Abteilung für Softpornos über einen flauschigen, ebenfalls silberfarbenen Teppichboden. Er trägt einen ziemlich abgewetzten grauen Mantel und hat Schlagseite nach rechts, als trüge er einen Koffer. Aus der Ferne beobachtet ihn ein blonder junger Mann, der bequem vor der Registrierkasse sitzt und auf die stummen Bilder eines Films der Marx Brothers schielt, der in einem eingeschalteten Fernseher läuft. Hinter ihm befindet sich eine halboffene Tür, hinter der im ersten Moment alles dunkel und sinnlos durcheinandergewürfelt wirkt; erst allmählich erkennt man einen tiefen Raum, vollgestellt mit großen Kartons, Teppichbodenrollen und Fernsehapparaten, das Ganze schwach erhellt von einem briefmarkengroßen violetten Licht, etwas, das sich, wenn man weitergeht, als der winzige Bildschirm eines Filmbetrachters erweist, auf dem derselbe Film der Marx Brothers läuft, diesmal allerdings mit Ton.

Schauen wir einen Augenblick zu: Harpo zerschneidet gerade die Zigarre und den Frack von Trentino von Sylvania, während Chico einen Überblick über die Ereignisse gibt:

> Am Montag haben wir vor seinem Haus gewartet, aber er kam nicht heraus, er war nicht zu Hause ... Am Dienstag sind wir zum Spiel gegangen, aber er hat uns versetzt und ist nicht gekommen ... Am Mittwoch ist er zum Spiel gegangen, und wir haben ihn versetzt, wir sind nicht hingegangen ... Am Donnerstag gab es zwei Spiele, aber keiner ist hingegangen ... Am Freitag hat es den ganzen Tag geregnet, und wir haben uns das Spiel im Radio angehört ...

Plötzlich verbreitet sich in der Dunkelheit, die den Bildschirm umgibt, ein milchiges Licht. Es sind zwei Reihen Zähne, die, in plötzliches Kathodenlicht getaucht, blendend weiß wirken. Und jetzt, erst jetzt, als hätte es vorher nicht existiert, als wäre es sozusagen jäh um seine Zähne herum aufgetaucht, können wir auch ein Gesicht erkennen, verzerrt von einem stummen Lachen. Doch die scharfen Gesichtszüge, die Langschädeligkeit, die knochige Stirn, die eingedrückten Schläfen, all das ist nicht verzerrt; selbst hier im Gegenlicht erkennen wir unverwechselbar Mète, ja, ihn, »jung an Jahren und faltig im Aussehen«, wie Foscolo sich selbst beschrieb, fröhlich lachend. Ja, die Komik der Marx Brothers bringt Mète zum Lachen, wenn auch stumm; das Kinn auf die Arme gestützt und die Arme auf die Platte des Filmbetrachters, lacht er herzhaft in der Dunkelheit eines Hinterzimmers. Und das ist ein Ereignis, fast ein Wunder, denn das Lachen ist eine der Grazien, die sich ihm normalerweise hartnäckig verweigern, wenn Mète sie anruft.

Anamnese einen jungen Waisenkindes

An diesem Punkt ist es wohl angebracht zu erklären, dass der Inhaber des Geschäfts, des Hinterzimmers, des Filmbetrachters, der Kopie des Films der Marx Brothers und, in gewisser Weise, auch von Mètes Lachen sein Freund Damiano ist. Haben wir diesen Namen nicht schon einmal gehört? Und haben wir nicht flüchtig einen blonden jungen Mann in dem Laden vor der Registrierkasse gesehen, der einen Kunden im Auge behielt? Nun, es ist Damiano. Und jetzt ist der Augenblick gekommen, seine Akte zu öffnen und zu erzählen, wie er es als Waise geschafft hat, die Konzession für ein Geschäft erteilt zu bekommen.

Geboren am 1. April 1965, brüstet sich Damiano Malaisi mit einer englischen Herkunft aus einer unehelichen Beziehung väterlicherseits (Urgroßmutter im Bett mit einem mittelmäßigen Vedutenmaler in Portovenere, 1909), und das erklärt sofort seine blonde Mähne, seine extrem durchsichtige Haut und seinen schmächtigen Hooligan-Brustkorb. Seine Eltern betrieben eine gutgehende Fahrschule in La Spezia, in der man nicht nur den Führerschein, sondern auch den Segelschein machen konnte, doch bevor er seine Eltern liebgewinnen konnte, verlor Damiano spektakulär beide auf einen Schlag (Frontalzusammenstoß mit einem Lastwagen und Sturz von der Klippe, Tellaro, 1968) in seinem vierten Lebensjahr. Dabei bekam Damiano einen Schlag auf den Kopf, der zu einer leichten Verformung der Schädeldecke führte, doch nach einem Flug von mehr als dreißig Metern wurde er lebendig und als Waise gefunden. Vor dem Heim für Findelkinder bewahrte ihn die Adoption durch den einzigen noch lebenden Verwandten, ein Onkel mütterlicherseits namens Ildo, Junggeselle, steril und Exporteur von Sprengwaffen in Ancona. So wechselte Damiano die Küste und das Meer. Doch der Seehandel brachte dem Onkel zwar genug Geld ein, um seinen Neffen im Wohlstand aufzuziehen, zugleich aber raubte er ihm die Zeit, sich um seine Erziehung zu kümmern. Stets auf Reisen nach Zypern, Rhodos, Athen und Alexandria, blieb ihm nichts anderes übrig, als Damiano in Heime zu geben; allerdings nicht in gewöhnliche Waisenhäuser, sondern in religiöse Internate, deren Ruf dem monatlichen Kostgeld entsprach und in denen der Junge zehn Zwölftel seines Lebens verbrachte. In einem dieser Internate, in Recanati, lernte Damiano Mète kennen; Mète war dort Tagesschüler, und an den Sonntagen und sonstigen Feiertagen nahm er ihn mit nach Hause, wo seine Mutter sich um ihn kümmerte, als wäre er ein zweiter Sohn. (Mète war in der dritten Klasse des Gymnasiums, Damiano in der ersten, und um diese Zeit wurde ihre Freundschaft durch eine Art Blutsbrüderschaft besiegelt, als sie beide von demselben streunenden Hund gebissen wurden und Seite an Seite die Tortur der Tollwutimpfung über sich ergehen lassen mussten.) Nach dem Abitur vom Wehrdienst freigestellt, arbeitete Damiano mit neunzehn als Buchhalter in der Exportfirma für Sprengwaffen seines Onkels, doch das war nicht genau die Art von Arbeit, von der er träumte, zumal sein Instinkt oder die eindeutig falsch ausgestellten Lieferscheine, die er verbuchen musste, ihm zu einem Luftwechsel rieten. (Und er tat gut daran, denn nachdem er mehrfach Probleme mit dem Finanzamt bekommen hatte, sollte Onkel Ildo im Sommer 1987, wenn auch nur als kleiner Fisch, in den Skandal um den Waffenverkauf an islamische Länder verwickelt und verhaftet werden, und bis heute wartet er im Bezirksgefängnis in Ancona auf seine Verurteilung.)

Nachdem Damiano die kleine Erbschaft, die bei der

Banca Commerciale Italiana eingefroren war, abgehoben und mit Onkel Ildo die Parodie der klassischen und melodramatischen Szene von Im-Stich-Lassen, Verrat und Undankbarkeit gespielt hatte, fuhr Damiano also im Alter von zwanzig Jahren mit seinen Ersparnissen in der Tasche die Adriaküste hinunter, um anderswo sein Glück zu suchen. Er fand es sofort, indem er die Multimediageräte lieferte, mit denen alle Diskotheken an der römischen Küste zu werben begannen. Ein geheimnisvolles angeborenes Talent erleichterte ihm die Lösung aller Probleme der Bildwiedergabe; je komplizierter die Ansprüche der Diskothekenbetreiber waren (Videoclips, die in Springbrunnen wogten, auf die Gäste projizierte psychedelische Bilder, Hologramme), desto besser gelang es Damiano, sie zufriedenzustellen und daran zu verdienen. Und während sein Glücksstern (gewiss derselbe, der ihn vor Familie, Tod, Priestern und Gefängnis bewahrt hatte) ihn auf wundersame Weise gegen die Versuchung der um ihn herum konsumierten Drogen immun machte, erlaubte ihm ein weiteres angeborenes Talent, in einem weit über dem Durchschnitt liegenden Maße seine Kenntnisse des Körpers des anderen Geschlechts zu vertiefen. Sein Harem bildete sich auf der Grundlage eines soliden Basiskatalogs von einheimischen Visagistinnen, Shampooneusen, Kosmetikerinnen und Heilpflanzenverkäuferinnen, der im Sommer manchmal durch Hitsängerinnen und Filmsternchen, die für kurze Zeit in der Gegend waren, bereichert wurde. Mit allen begann Damiano phantasievolle, unbeschwerte, ehebrecherische, aber absolut legale Verhältnisse, unbelastet beispielsweise von dieser unangenehmen Manie der Männer, sich vor den Freunden damit zu brüsten. Im Gegenteil, etwas leicht Feminines (das vielleicht von seinem anmutigen Äußeren herrührte oder von seiner Scheuheit eines aus dem Nest gefallenen Vogels) milderte seinen männlichen Elan, und so konnte er seine kleinen Freundinnen genießen, ohne jemals als eine Bedrohung empfunden zu werden.

Doch eines Tages erlegte er sozusagen ein größeres Wild, wechselte die Kategorie, und sein Leben änderte sich vollständig. In Riccione erwarb er sich die Gunst einer regionalen Schönheitskönigin, allerdings genau zu dem Zeitpunkt, da die Glücksgöttin ihr gewogen war und sie von einem diesbezüglich im Kurs stehenden Filmregisseur ausgewählt war, die Rolle des neuen Sexsymbols zu spielen. Unglücklicherweise hatte Damiano sich diesmal wirklich verliebt. Er gab alles auf, um ihr nach Rom zu folgen, und da der Erfolg einem im Filmgeschäft heute schlagartig zufällt, noch bevor man auch nur einen Satz gesprochen hat, fand er sich unvermutet an der Seite eines von den Paparazzi verfolgten Stars wieder. Am Anfang war das ganz amüsant; sie wohnten luxuriös auf Kosten der Produktionsfirma, warfen das Geld für völlig überflüssige Unternehmungen hinaus, die manchmal von den Illustrierten auf Fotos verewigt wurden, die sie stets eng umschlungen zeigten. »Die Liebe ist eine spitze Beule unter einer blonden Mähne«, erklärte das Sexsymbol in einem Interview mit der Zeitschrift *Gente*; und hinter dieser Synekdoche verbarg sich der ganze Damiano, geliebt bis in die Knochenverformung, die er dem Unfall verdankte, der ihn zur Waise gemacht hatte. Dann fingen die Dreharbeiten tatsächlich an, das Mädchen war in das Korsett eines strengen Arbeitsplans gezwängt, und Damiano begann sich in den Studios der Produktionsfirma De Paolis zu langweilen, während er darauf wartete, ihr dabei zuzuschauen, wie sie ziemlich gewagte Szenen in engem Körperkontakt mit einem amerikanischen Schauspieler drehte. Sie verbrachten immer weniger Zeit miteinander, und als die Dreharbeiten in Paris fortgesetzt wurden, erfuhr die Karriere des Mädchens eine erstaunliche Beschleunigung, die das Ende ihrer »Verlobung« bedeutete. Damiano blieb allein in der Ewigen Stadt, gequält von einer Enttäuschung, wie er sie nie zuvor erlebt hatte. Dennoch verlor er nicht den Mut; er war jetzt in Rom gelandet, und es hatte keinen Sinn, wieder zurückzugehen. Über Bekannte bekam er von der Domo Video die Konzession für den Verleih von Videokassetten, kratzte seine Ersparnisse zusammen und eröffnete den Laden in der Via Toscana. In der ersten Zeit schlief er im Hinterzimmer, und nachdem er die Alleinvertretung für Anlagen, Videospiele und Tonbandzubehör für Diskotheken erworben hatte, erlaubte seine berufliche Tätigkeit ihm, die Klippe der ersten Kreditraten zu umschiffen. Er machte einen Aidstest, der negativ ausfiel. Er mietete ein Einzimmerappartement in Trastevere und fing an, sich wieder einen kleinen Harem von Huris zuzulegen, die montags frei hatten, Kosmetikerinnen, Friseusen, Verkäuferinnen bei Benetton, alle von unverwüstlicher Sinnlichkeit und bereit, mit ihm all das zu tun, was sie ihren Verlobten verweigerten, weil sie der Treuherzigkeit, mit der er es von ihnen verlangte, einfach nicht widerstehen konnten. Ein vorher nicht vorhandener Hauch von Melancholie hatte sich in Damianos Verhalten eingeschlichen, aber das war auch schon alles, und auf diese Weise gelang es ihm, nicht in der tiefen Traurigkeit der Verlassenen zu versinken. Im Gegenteil, er konnte sich sogar seine Exverlobte im Kino in dem Film anschauen, der mit großem Presserummel startete, und auch die Interviews lesen, in denen sie von ihren neuen Liebesaffären sprach, ohne sich im Geringsten gekränkt zu fühlen. Er hatte es geschafft, sie zu vergessen.

Der Rest ist jüngste Geschichte. Seit er vor sechs Monaten in Rom nach Jahren reinen Briefkontakts Mète wiederbegegnet ist, hat Damiano auch einen Freund, mit dem er die Nacht unsicher machen kann. Die Weihnachtszeit hat seine Registrierkasse vor Freude jubeln lassen, und so wird ein präziser Wunsch immer mächtiger in ihm: der Kauf eines flammend roten Alfa Romeo 164 Twin Spark. In dem Schaufenster des Autosalons an der Ecke zur Via Boncompagni, nur wenige Schritte von seinem Laden entfernt, steht einer, und wenn er daran vorbeigeht, bleibt er in der Kälte stehen, um ihn zu bewundern, und in seinem Kopf erklingt der immergleiche Refrain, wie eine Art Zenübung: »Ich komme, jeden Tag bin ich dir ein wenig näher.«

Dieser Optimismus ist im Grunde das einzige Geheimnis seines Lebens, das es ihm auf Dauer erträglich macht und worum Mète ihn beneidet; dieser etwas eingebildete, unerklärliche und absurde Optimismus, der Damiano hilft, sich über die Schicksalsschläge zu erheben, und ihn des Mottos würdig erscheinen lässt, das der Mersey, der Fluss, der in die Irische See mündet, Malcolm Lowry ins Ohr flüstert: »Ich habe den *sympathischen* Instinkt, der Schwertfisch schwimmt in mir.«

Ein Rest Pomarola

Fra Diavolo, Die Marx Brothers im Krieg, Love Happy: Mète schaute sie sich an diesem Nachmittag nacheinander an auf dem winzigen Bildschirm von Damianos Filmbetrachter, und das war die sogenannte Verabredung, die er sich erfolgreich verschafft hatte. Zumindest konnte er lachen und an nichts denken, bis es draußen dunkel wurde.

Doch auch für den Abend brauchte Mète eine Verabredung. Also wich er Damiano nicht von der Seite, half ihm, den Laden zu schließen, hörte sich seine tägliche Rede von dem flammend roten Alfa 164 an, und ohne dass er irgendetwas sagen musste, präsentierte sich auch die Verabredung für den Abend. Damiano hatte zu Hause noch einen Rest von Pomarola, die von einem Abendessen übriggeblieben war (vermutlich mit einer seiner Freundinnen, vermutlich am Abend vorher, und deswegen war er vermutlich auch auf so geheimnisvolle Weise verschwunden. Als Mète ihn von der Feier angerufen und nicht angetroffen hatte, hatte Damiano vermutlich das Telefon ausgestöpselt, wie er es zu tun pflegte, wenn er mit einem Mädchen zu Hause war, mit irgendeinem Mädchen, denn da er leicht zufriedenzustellen war, glaubte er in diesen Momenten tatsächlich, dass die Welt ihm nichts Besseres bieten könnte; doch all das vermutete Mète lediglich, denn Damiano sprach nur von einem Rest Tomatensauce), und dies, ein Rest Pomarola, eingetrocknet auf dem Boden einer kleinen Pfanne, genügte, die Einladung zum Abendessen aus dem Hut zu zaubern, die Mète so dringend brauchte. Er nahm die Einladung an und stieg in den 112, den Damiano mehr schlecht als recht auf dem Bürgersteig geparkt hatte, und von dem Augenblick an explodierte ein einziges Feuerwerk von Scheinwerfern, die einen blendeten, von Motorrollerfahrern, die milimetergenau an den Rückspiegeln vorbeifuhren, und von Haaren, die der Wind zerzauste, ein eisiger Wind, der den Pflanzen auf den Dachterrassen zusetzte und den Kindern die Hüte vom Köpfchen riss, die verkleidet von einem Fest kamen (natürlich, es war ja Karneval), an der Hand mitgeschleift von ihren Müttern, die es übertrieben eilig hatten, als würde jeden Augenblick ein ohrenbetäubendes Gewitter losbrechen. Und ebendiese Eile war das tägliche Paradox der Stadt, eine Eile, die verlangsamte und lähmte und eine endlose

Schlange von Autos am Asphalt festnagelte, mittendrin Mète, dessen Augen ein Rom durchforsteten, das ihm auch nach sechs Monaten immer noch aufs prächtigste fremd war, so fremd, dass er es nach wie vor nicht so sah, wie es war, sondern so, wie es zu sein schien; und jetzt schien es ihm die reinste Katastrophe zu sein, eine Meuterei von Antriebsfedern im Schaufenster eines Spielzeuggeschäfts, ein schmerzlicher Exodus, ausgelöst von dem Schrei »Rette sich, wer kann« aus den Hubschraubern, eine wilde, erstarrte Flucht vor einem plötzlichen Regenschauer, obwohl der Himmel klar und preußischblau war hinter dem Gazeschleier des Sonnenuntergangs, und dabei war es einfach nur Abendessenszeit an einem Tag im Februar.

Bei Damiano jedoch, in der winzigen Via dei Salumi in Trastevere, kam ihm dann alles wieder vertraut, bekannt vor, da sein Leben in Rom wie anderswo ein Leben war, das sich in Innenräumen abspielte, zwischen Mauern, hinter Türen, auf Fliesenböden und mit diesem Lärm des Viertels, der in allen Städten der Welt der gleiche ist, wenn man ihn durch ein fest verschlossenes Fenster wahrnimmt, fern vom Horror der offenen Räume. Nach der langen kinematographischen Atempause des Nachmittags und nach der fulminanten Halluzination der Autofahrt zur Stoßzeit meldeten sich daher, gemäß dem alten Konflikt zwischen Gut und Böse, die Gedanken zurück. Das hielt Mète jedoch nicht davon ab, die Spaghetti zu essen, die Damiano abgegossen und mit dem überaus willkommenen Rest von Pomarola gewürzt hatte. Während im Hintergrund der Fernseher lief, unterhielt er sich mit Damiano über verschiedene aktuelle Themen. Nach dem Essen sah er einem Versuch seines Freundes zu, ihnen telefonisch weibliche Gesellschaft zu verschaffen, der allerdings scheiterte, weil Manuela und

Giorgia, Schwestern aus dem Viertel Nuovo Salario, zu Hause bleiben mussten, um auf ihren kleinen Bruder aufzupassen. Kurz und gut, Mètes Verhältnis zur Realität war vollkommen normal, und er wirkte keineswegs verstört. Doch er war es, und in dem Winkel seines Geistes, in den kein Licht drang, fand ein erbitterter Kampf statt. Dass Mète neben Damiano saß und sich ganz normal unterhielt und zuhörte, war nur ein Pyrrhussieg der einen Seite über die andere. Dieser gelang es jedoch in einem letzten Aufbäumen, Mète mit einem Mal flüchtig das ganze Ausmaß seiner Macht erkennen zu lassen, als Damiano sich entfernte, um das Geschirr zu spülen, und Mète allein auf dem Sofa zurückließ; ein Blick zum Telefon, dann auf die Uhr (21 Uhr 40), erneut zum Telefon, und Mètes Hand streckte sich von ganz allein aus, plötzlich und unaufhaltsam wie ein Niesen. Bevor Mète auch nur versuchen konnte, sie zur Ordnung zu rufen, hatte die Hand bereits die Nummer gewählt, und der Apparat in der Via di Monserrato klingelte.

»Hallo?«, sagte Belindas Stimme.

Es stimmte also. Sie war da.

»Hallo?«, wiederholte Belindas Stimme, ihre sanfte, süßliche, blonde Kehlstimme, die durch einen mit Milch getränkten Schwamm zu dringen schien.

»Hallo?«, wiederholte sie ein drittes Mal. »Wer ist da?«

Wie gelähmt, den Hörer in der Hand, spürte Mète, wie er von Rührung überwältigt wurde. Jetzt wird sie Angst haben, dachte er, Angst vor Einbrechern, Mördern und bösen Geistern, wenn ich nicht mit ihr rede. Und vor Rührung brachte er kein Wort heraus.

»Hallo?«, wiederholte die Stimme ein letztes Mal, und eine Spur Angst mischte sich bereits in sie. Dann legte Belinda mit einer Bewegung, die Mète sich langsam, zögernd, beinahe endlos vorstellte, den Hörer auf. Er dagegen saß immer noch reglos und stumm da, den Hörer am Ohr, bis Damiano ihn in dieser Pose überraschte.

»Mit wem hast du telefoniert?«

»Mit niemandem.«

Erst jetzt legte Mète den Hörer auf, und die Gegenseite hatte wieder, wie schon den ganzen Tag über, die Oberhand.

»Hör mal«, sagte Mète, »lass uns ausgehen. Ich habe Lust auszugehen. Frauen zu sehen.«

»Nur sehen?«

»Ja.«

»Nun ja«, sagte Damiano, »sehen ist nicht das Problem.«

Die modernen Charons

In den kalten Winternächten wird das Zentrum von Rom ebenso düster wie der Styx, und es treiben sich dort nur erstarrte Schatten oder finstere Gruppen von Jugendlichen ohne Zukunft herum. Die Stadt kehrt sozusagen zu sich heim, und das Leben zieht sich in die Nachtklubs zurück. Einige von ihnen leisten sich jedoch, um ihre Kundschaft auswählen zu können, ein System von Filtern, das vom horrenden Eintrittspreis bis zur willkürlichen Auswahl aus den Gesichtern am Eingang reicht. Je begehrter diese Lokale sind, desto stärker sieben sie in der Regel ihre Gäste, und je stärker sie sieben, desto begehrter sind sie. Hineingelassen zu werden wird daher zu einem Privileg.

Die modernen Charons sind Wesen, die begraben sind in ihrer Einsamkeit, von den Frauen verachtet und von den Männern verspottet, und deren einziger, um wer weiß welchen Preis erworbener Adelstitel in dem Zugangsrecht zu diesen exklusiven Nachtlokalen besteht, verbunden mit der Macht, auch die Freunde hineinzubringen.

Doch diese »Türöffner« haben keine Freunde.

Sie pendeln einfach nur jede Nacht als Shuttle zwischen den überfülltesten Nachtclubs hin und her, sammeln Leute ein und bringen sie in die Lokale hinein, als Gegenleistung für ein bisschen Gesellschaft. Ihre Hoffnung, früher oder später an jemanden zu geraten, der ihr Freund wird, oder an ein Mädchen, das sich in sie verliebt, ist ebenso unlöschbar wie das Feuer der Hestia, auch wenn sie sich normalerweise mit dem Small Talk zufriedengeben, der während der Fahrt geführt wird. (Und deswegen neigen die modernen Charons dazu, die Fahrten endlos in die Länge zu ziehen, indem sie zwischendurch halten und zu einem Kaffee und anderen Getränken einladen, um wenigstens gesehen zu werden, während sie sich mit jemandem unterhalten.) Denn kaum sind sie drin, verschwinden diese Leute spurlos im Gedränge, und die modernen Charons sind wieder allein und verloren unter all den Menschen, die immer jemanden haben, und müssen wieder los.

Echte moderne Charons gibt es nur wenige, denn die meisten dieser Verzweifelten, die über die Fähigkeiten verfügen, um einer von ihnen zu werden, verzichten lieber auf das mondäne Leben, als diese erbärmliche Situation zu akzeptieren. Ihre Dienste allerdings werden von nicht wenigen in Anspruch genommen, denn durch sie spart man Geld und vermeidet Diskussionen mit den Türstehern, außerdem heben sie die Stimmung, indem sie einem ihr Martyrium vor Augen führen. Ausdrücke wie »Nehmen wir den erstbesten Charon« für eine bestimmte Diskothek sind recht verbreitet unter den Nachtschwärmern, denn Ausdrücke wie diese gehen rasch in den Sprachgebrauch über, ohne dass irgendjemand etwas dafür getan hätte. Doch obwohl so viele ihre Dienste in Anspruch nehmen und sich der kulturellen Konnotationen bewusst sind, macht sich niemand klar, dass, wenn sie Charons sind, die Orte, wohin sie die Leute bringen, trotz empyreischer Namen wie *Olimpo, Notorius* oder *Acropolis* die Höllengräben der Verdammten sind; und dass Charon, in seiner Eigenschaft als Fährmann über den Acheron, demjenigen, der mit ihm fährt, eine furchtbare Verurteilung in Elfsilbern ins Ohr flüstern könnte:

Verworfene Seelen, wehe, nimmermehr
sollt ihr den Himmel sehen, hier gilt kein Hoffen.
Ans andre Ufer bring ich euch hinüber
in ewige Finsternis zu Glut und Eis.

Doch die modernen Charons haben keine Zeit, Dante zu lesen, ihre vergebliche Hetzerei erschöpft sie zu sehr.

Liebeskummerfragment: eine Einkaufstüte

»Ein Ginger Ale! Ein Ginger Ale!«

Ach, da haben wir ihn ja, einen dieser modernen Charons.

»Ein Ginger Ale! Hallo, Mète!«

Er tauchte vor Mète auf, als es gerade Mitternacht schlug, in einem dichten Wald von Loden- und Pelzmänteln und beidseitig tragbaren Paletots, als käme er geradewegs aus der Hölle.

»Was trinkst du? Darf ich dich einladen?«

Mète befand sich zu diesem Zeitpunkt in einem sehr beliebten Nachtlokal, dem *Hemingway*, Treffpunkt für alle Nachtschwärmer der Stadt. Damiano hatte ihn nach einigen Streifzügen durch andere Bars dorthin geführt, um seinem Wunsch zu entsprechen, Frauen zu sehen, doch er hatte sich vorübergehend in Luft aufgelöst (sicher auf der Suche nach Informationen über mögliche Feste, Bälle, nächtliche Vergnügungen) und ihn allein gelassen, an einen Pfosten gelehnt und glühende Breitseiten von Soulmusik in seinem Gehirn speichernd.

Hier gab es mit Sicherheit jede Menge Frauen zu sehen. Doch ...

»Ein Gin Tonic? Wie wär's?«, drängte der moderne Charon. »Einen kleinen Wodka?«

Doch wir müssen dazusagen, dass Mète inzwischen bereute, dass er hatte ausgehen wollen, um Frauen zu sehen in dieser schönen Welt der Müßiggänger, Reichen und Künstler. Er sehnte sich nach seinem kleinen Zimmer, das gar nicht so weit weg war, vollgestopft mit Büchern, die sicher den ganzen Tag über gejault hatten, weil sie sich einsam und verlassen gefühlt und sich nach seiner streichelnden Hand gesehnt hatten; und der dünnen Wand, die dieses Zimmer von dem anderen, Virnas großem Schlafzimmer, trennte, in dem vielleicht in ebendiesem Augenblick, seufzend unter ihren raschelnden Laken, eingehüllt wie in einen Kokon in ihren Apfelduft, beschützt von einem Rosenkranz, Belinda ...

»Ein Ginger Ale also! Ohne Alkohol! Das ist gesund!«

Unser moderner Charon stellte sich auf die Zehenspitzen, schwenkte Geld in seiner Hand und versuchte die Aufmerksamkeit eines Barmanns zu erregen.

»Zwei Ginger Ale! Zwei Ginger Ale!«

Außerdem bereitete ihm die Begegnung mit diesem rührseligen Menschen Unbehagen. Ihn an einem Ort wie dem *Hemingway* zu treffen, war keineswegs überraschend, im Gegenteil, damit musste man rechnen. Hier patroullierte er bevorzugt, und hier hatte Mète ihn vor ein paar Monaten kennengelernt. Sein Name war Vittorino, und wenn wir unser Gedächtnis ein bisschen anstrengen, könnten wir uns an einen Brief gespickt mit Beschimpfungen erinnern, den eine gewisse Bianca einem gewissen Vittorino geschrieben und der in zahlreichen Fotokopien auf dem Tisch in Mètes Zimmer gelegen hatte. Der Brief, den Mète am Tag zuvor analysiert und dessen Analyse er unterbrochen hatte, um sich zur Hochzeit zu begeben, ohne sie am nächsten Tag, o weh, fortgesetzt zu haben; geopfert, könnte man sagen, als Ballast auf der Flucht. Ja, Vittorino lautete der Name dieses Menschen, der fast über ihn drüber kroch, um ihm ein fades, zuckersüßes Gesöff zu servieren; klein, langes struppiges Haar, Fuchsschnauze, bläuliche Augenringe, dieser Schwall von Beschimpfungen traf genau den Richtigen.

»Geschafft!«, sagte Vittorino und drückte ihm triumphierend das Glas in die Hand, das er an Land gezogen hatte. »Wie geht's?«

»...«

Vittorino zwinkerte ihm zu, als hätte er irgendetwas verstanden.

»Du hast dich ja ganz schön lange nicht blicken lassen ...«

Und er riss die Augen auf, als wollte er irgendetwas andeuten. Dann trank er einen Schluck von seinem Ginger Ale.

»Na«, fuhr er fort, »studierst du immer noch so viel?«

Mète ließ verzweifelt seinen Blick durch den kleinen überfüllten Raum wandern, auf der Suche nach einem flüchtigen Hinweis auf Damiano, ein helles Gesicht, eine blonde Mähne, um ihn um Hilfe anzuflehen.

»Ja ...«, nuschelte Mète. »Aber dein Brief ... Ich habe noch keine Zeit gehabt ...«

»Machst du Witze?«, empörte sich der moderne Charon, ganz gegen seine eigenen Interessen. »Das eilt doch überhaupt nicht, das fehlte noch …« Und er senkte den Blick und schüttelte den Kopf, ganz zerknirscht. »Zumal …«

Doch so sehr er auch suchte, Mète konnte seinen Freund nicht finden.

»Weißt du«, fuhr Vittorino fort, und er sprach jetzt leiser, »gestern hat sie mir wieder einen üblen Streich gespielt. Ich sage dir, sie ist verrückt, du wirst gleich sehen, wie verrückt sie ist … Gestern war ihr Verlobter nicht da, er war in Mailand. Ich wusste es, und ich habe sie angerufen, einfach so, um ihre Stimme zu hören …«

Mète trank einen Schluck von seinem Getränk, da er es nun mal in der Hand hielt. Doch die Flüssigkeit drang nur mit Mühe durch die Sperre der Eiswürfel und der Orangenscheibe.

»… ob sie nicht mit mir ins Kino gehen wolle, am Nachmittag, und sie sagte ja. Ich schwör's dir, ich musste sie gar nicht drängen, sie sagt sofort ja. Ich konnte es nicht fassen. Allerdings muss sie vorher einkaufen gehen, und ich begleite sie, stell dir vor … Ich trage ihre Tüten, und sie ist fröhlich, redet mit mir, lächelt mich an. Ein anderer Mensch … Im Kino dann kaum Leute, wir sind praktisch allein, und sie berührt zwei-, dreimal ganz leicht meinen Ellbogen, weißt du, auf der Lehne … Was würdest du denken? Aber ich reagiere nicht, ich schwör's dir. Dann stehen wir auf und gehen hinaus …«

Mète befreite sich endlich von der Orangenscheibe, indem er sie einfach im Ganzen hinunterschluckte, Schale inklusive. Dann erinnerte er sich, dass dies keine gute Zeit für Zitrusfrüchte war.

»… ob sie mit mir abendessen will, einfach so, nur um zu

fragen, und sie fängt an, Ausflüchte zu suchen, sie sagt, sie sei müde, stell dir vor, um acht Uhr abends … Okay, sage ich, wenn du nicht willst, nicht weiter schlimm, aber erfinde keine Ausflüchte … Ist doch wahr, oder? Das ist unnötig … Und schon wird sie wütend, sagt, sie sei müde und basta, aber so richtig böse. Inzwischen sind wir bei ihr angekommen, und ich biete ihr an, sie bis zur Wohnungstür zu begleiten, um ihr die Tüten hochzutragen. Sie hatte wie gesagt eingekauft, und die Tüten waren voll mit Sachen und schwer. Doch auf der Treppe, ein blöder Zufall, reißt eine der Tüten … Wohlgemerkt, eine Tüte mit *ihren* Einkäufen, die *ich* ihr aus reiner Nettigkeit hochgetragen habe. Und du wirst es nicht glauben … Sie hat mich angeschrien, du kannst dir nicht vorstellen, was sie mir alles an den Kopf geworfen hat … Sie hat mir vorgeworfen, denk dir nur, die Tüte absichtlich zerrissen zu haben, um sie nicht nach Hause gehen zu lassen … Sie hat Orangen vom Boden aufgehoben und nach mir geworfen, verstehst du? Einfach so, voller Hass … Ich sage dir, sie ist verrückt … oder etwa nicht? Was sagst du?«

»Ich …«, sagte Mète, »… ich habe es dir schon gesagt, du solltest sie vielleicht vergessen …«

»Ja, aber …«

»Vittorino!«

Ein Schlag auf die Schulter, und endlich, endlich war Damiano da, um ihn zu retten.

Kurzer geflüsterter Dialog

»Wer ist das Mädchen? Die gerade reingekommen ist …«

»Ich kenne sie nicht …«

»Du hast sie nie gesehen?«

»Vielleicht, manchmal …«

»Ich sehe sie dauernd. Immer wenn ich ausgehe, überall …«

»Sie ist schön … Aber da ist irgendwas …«

»Sie ist wunderschön.«

»Sie schielt!«

»Aber nur ganz leicht.«

»Sicher, aber sie ist trotzdem schön … Schau sie dir genau an … Schade, diese Augen …«

»Sie sind wunderschön so … ganz nah beieinander …«

»He, sie hat dich angeschaut.«

»Ich begegne ihr überall … Und immer mit einem anderen Mann.«

»Komisch, ich kann mich nicht erinnern, sie schon mal gesehen zu haben.«

»Ich weiß nicht einmal, wie sie heißt.«

»Hast du Vittorino gefragt? Vielleicht weiß er …«

»Nein. Selbst er kennt sie nicht.«

»Sie hat dich schon wieder angeschaut.«

»Sie ist im Begriff zu gehen.«

»Halt sie auf. Sag irgendwas zu ihr.«

»Das macht sie immer so. Sie kommt, und dann geht sie wieder …«

»Sie hat dich zweimal angeschaut. Auch sie hat dich bemerkt …«

»Immer mit einem anderen Mann …«

»Gefällt sie dir wirklich?«

»Ja.«

»Dann halte sie auf, sag ihr irgendwas …«

»Ich komme immer zu spät … Wer weiß, wo sie hingegangen ist.«

»Lass uns mit Vittorino eine Runde machen. Vielleicht finden wir sie ja …«

»Und dann?«

»Das überlass getrost Damiano, nur keine Sorge …«

Nightclubbing

Da ihnen durch ihren »Türöffner« die schicksalhaften, von den Türstehern verteidigten Türen offenstanden, hatten Mète und Damiano in dieser Nacht Zugang zu einigen Nachtklubs der Stadt. Der erste war der *Talent-Scout*, ein riesiger, in eine Karibikinsel verwandelter Saal, wo ein Karnevalsfest stattfinden sollte; doch die Informationen, über die Vittorino verfügte, wiesen nicht darauf hin, dass das Fest erst um drei Uhr nachts anfangen würde, und als sie zwei Stunden früher hereinkamen, empfing das Lokal sie mit melancholischer Leere. Ein Orchester spielte auf der Bühne für einige wenige Tänzer, meist junge ehrgeizige Politiker, Untersekretäre oder Parteifunktionäre, die sich mit ihren Geliebten zerstreuen wollten, ohne aufzufallen; denn ein lockerer Lebenswandel war noch nicht auf allen Ebenen die Regel, und das Recht der Politiker, sich öffentlich in Begleitung von gewissen Damen zu zeigen, wurde nur hohen Regierungsvertretern zugestanden. Die Handlanger setzten sich immer noch der Gefahr eines Skandals aus.

Die einzige Ausnahme war ein berühmter Fernsehmoderator, der, umgeben von seinem Hofstaat, an einem Tisch saß und dem Vittorino sich anbiederte, um ein bisschen Aufmerksamkeit zu erbetteln. Da es kein Gedränge gab, in dem Mète und Damiano verschwinden konnten, waren sie gezwungen, ihm zu folgen, und sie wurden dem kleinen Serail von Fernsehmenschen pflichtschuldigst vorgestellt. Der Showmaster schenkte ihnen unter seinem schwarzen Hut ein herzliches Lächeln und speiste sie mit einem Witz ab, den er selbst als Pop bezeichnete:

Was ist der Unterschied
zwischen einem *Huhn?*
Keiner, denn es hat
zwei gleiche Beine,
vor allem das linke.

Es folgte eine rasche Folge von Stippvisiten in anderen Nachtlokalen, *Hysteria, Notorius, Gilda, Open Gate*, von denen einige geschlossen waren, andere dagegen so überfüllt, dass die Luft zum Schneiden war und in die sie nur kurz hineinschauten, um sofort wieder zu gehen.

Von dem schielenden Mädchen, das Mète so gefiel, keine Spur.

Das einzige Ergebnis dieser Tour war der Hinweis auf ein großes Fest in einem neuen Nachtklub namens *Ecstasy*, der allerdings nicht in Vittorinos Zuständigkeit fiel und daher für sie verschlossen blieb; und schließlich die Entscheidung, sich mit dem *Olimpo* zu bescheiden, dem einzigen Ort, in den die beiden Freunde auch ohne Hilfe des modernen Charon hineinkonnten. Nach einer Fahrt im Wagen durch die Stadt (Vittorinos Granada, das »nüchterne Boot« des Fährmanns) waren sie schließlich wieder am Ausgangspunkt, einen halben Häuserblock vom *Hemingway* entfernt.

Im *Olimpo* machte Mète sich unabhängig von seinen beiden Begleitern und mischte sich unter die Leute, bis er die Pianobar erreicht hatte, wo der Pianist Alfredo seelenruhig sein Repertoire abspulte. Seine Finger glitten über die Tastatur, während er mit der anpassungsfähigen Stimme eines Imitators sang und sich schamlos aus dem Programm von Stücken des Jahres 1970 bediente, das er für die Hochzeitsfeier am Tag zuvor zusammengestellt hatte. Als er Mète bemerkte, der an einer Wand lehnte, grüßte er ihn mit einer Kopfbewegung, bevor er mit den drei, vier Mädchen weiterflirtete, die sich vor ihm mit den Ellbogen auf das Klavier stützten und auf schaurige Weise mitsangen.

Auch hier keine Spur von dem schielenden Mädchen. Mète verließ daher die Pianobar und ging in die verwinkelte Diskothek zurück.

In diesem Zusammenhang muss darauf hingewiesen werden, dass das *Olimpo* die Schönheit einer Untergrundbahn ausstrahlte. Es bestand aus blau gekachelten Stollen, so etwas wie das Kellergewölbe einer Fleischerei, sollte es das geben. Die Wände waren geschmückt mit zahlreichen gemalten Rissen, von denen manche so echt wirkten, dass man das Gefühl hatte, sich in einem postmodernen Luftschutzkeller, begraben unter Schutthaufen, im Untergrund einer Stadt zu befinden, die von einer schrecklichen Katastrophe zerstört worden war. (Dies war jedenfalls Mètes Eindruck, ob auch der anderen, keine Ahnung.) Die Stollen mündeten alle auf mehr oder weniger gewundenen Wegen einerseits in die Pianobar und andererseits auf die Tanzfläche, wo der Raum sich plötzlich öffnete. Doch immer noch sehr viel weniger, als in allen anderen Diskotheken, und daher wirkte das *Olimpo* immer überfüllt, auch wenn es das, wie an diesem Abend, nicht war; denn es war klein.

Mète entdeckte Damiano auf der Tanzfläche, wo er mit zwei Mädchen tanzte, deren Gesichter ihm irgendwie bekannt vorkamen. Übrigens fiel ihm auf, dass fast alle Anwesenden Gesichtszüge hatten, die ihm mehr oder weniger vertraut waren, so wie ihm eben auch das schielende Mädchen vertraut vorkam, nachdem er es so oft gesehen hatte, ohne seinen Namen zu kennen, mit dem Unterschied allerdings, dass das schielende Mädchen Phantasien in ihm weckte und ihn vor Verlangen brennen ließ, während die anderen, einschließlich der beiden Mädchen, die mit seinem Freund tanzten, nicht diese Wirkung auf ihn hatten. Und das schielende Mädchen befand sich nicht unter all den bekannten Gesichtern um ihn herum.

Und daher verging ihm, etwas, das ihm häufig passierte, beim Anblick dieser Gesichter die Lust, sie weiterhin zu sehen, was sicherlich der Fall wäre, wenn sie ihre Tour durch die Nachtklubs bis zum Morgengrauen fortsetzen würden. Zumal, wie er sich einredete, das schielende Mädchen bestimmt schon längst zu Hause im Bett in den Armen eines neuen Liebhabers liegen oder schlafen würde und ihn für immer vergessen hätte. Und die anderen Frauen, die sich hier seinen Blicken darboten, fröhlich, sich wiegend, halb betrunken, verletzten ihn, anstatt ihn anzuziehen oder abzulenken. Er sah sie, gehüllt in ihren eigenen Reichtum oder den der anderen und in Schwaden von Opium oder Chanel, die ihre blonden Mähnen ausströmten, die Schenkel kaum bedeckt von aufreizenden Miniröcken, trübe Blicke vor allem in die Spiegel werfend, als wollten sie sich selbst verführen; doch sie kamen ihm vor allem bemitleidenswert vor in ihrem Bemühen, trotz allem hässlich zu sein oder erschöpft, ausgelaugt zu wirken; dabei waren sie schön, allerdings von jener kalten, glatten Schönheit, die den Blicken nichts bot, woran sie sich klammern konnten.

Wohingegen sich dort, von wo er geflohen war, erinnerte er sich jetzt, eine sehr viel zugänglichere Schönheit befand, die er endlos betrachten konnte, und vertraut auch sie, ja, aber wirklich vertraut, leider, unheilvollerweise …

In einer akrobatischen Position

Sehr bald schon sollte Mète einen sehr konkreten, man könnte sagen muskulären, taktilen und olfaktorischen Eindruck von seiner verzweifelten Lage bekommen, als er sich durch einen dieser gekachelten Stollen zur Toilette begab. Denn er befand sich in einer Diskothek, und in einer Diskothek, das sollte man immer bedenken, sind die Toilettentüren niemals abschließbar.

Die Mädchen begegnen dieser Unannehmlichkeit dadurch, dass sie stets zu zweit auf die Toilette gehen, und während die eine tut, was sie tun muss, stellt die andere sich vor die Tür und hält Wache. (Diese eigenartige Gewohnheit, zu zweit auf die Toilette zu gehen, ist übrigens eine Gewohnheit, welche die Frauen bis zu einem gewissen Alter pflegen, unabhängig von den jeweiligen Umständen. Und man fragt sich, was sie dort wohl tun.) Die Männer dagegen müssen allein zurechtkommen. Mète ging, wie gesagt, auf die Toilette, und vor der Damentoilette sah er ein Mädchen im Minirock breitbeinig auf seinen mittelhohen Absätzen ganz offensichtlich Schmiere stehen. Die Tür der Herrentoilette stand dagegen einen Spaltbreit offen und war unbewacht. Mète öffnete sie vorsichtig, um demjenigen, der sich möglicherweise darin befand, Zeit zu lassen, seine Anwesenheit zu signalisieren. Doch sie war leer. Daraufhin trat er ein und stellte fest, dass kein Schlüssel im Schloss steckte.

Währenddessen hatte sein Gehirn, wie es oft geschieht, schon allein beim Anblick der kleinen Figur auf der Tür (ein griechischer oder römischer Krieger für die Männer und für die Frauen eine Art Karyatide) die Kontrolle über die Blase gelockert, sodass das Bedürfnis, das einen Augenblick zuvor noch hätte zurückgehalten werden können, jetzt plötzlich unaufschiebbar wurde.

Mète hatte schon einige Male auf dem Klo des *Olimpo* gepisst, er wusste daher mehr oder weniger, was zu tun war. Die Toilette war klein, und die Entfernung zwischen Kloschüssel und Tür war nicht unüberbrückbar. Ungefähr auf halbem Weg stellte er den linken Fuß fest auf den schmutzigen und nassen Fliesenboden; das andere Bein hob er rechtwinklig nach hinten und drückte mit aller Kraft gegen die Tür. Um diesen Druck auszugleichen, verteilte er eine gleich große Kraft auf beide Arme, die er ausgebreitet gegen die Seitenwände drückte. Dadurch war es ihm jetzt aber nicht mehr möglich, die Hose aufzuknöpfen und, was schlimmer war, die Bahn des Strahls zu kontrollieren; daher verlagerte er seinen Schwerpunkt nach hinten und sein ganzes Gewicht auf seinen rechten Arm, wodurch er seinen linken für alle notwendigen Handlungen frei hatte. Er überprüfte die Stabilität seiner Position und machte sich ans Werk.

Die Kloschüssel zu treffen war nicht sehr schwer, die Entfernung betrug nicht mehr als fünfzig Zentimeter; und selbst wenn er sie nicht traf, konnte das angesichts des scharfen Geruchs und der Pfützen überall auf dem Boden keine schlimme Sünde sein.

Daher fing Mète in dieser akrobatischen Position eines Flamingos oder einer Ballerina, einer Position, die in gewisser Hinsicht sogar schön und elegant war, von einer Anmut, die einem Dekorateur aufgefallen wäre, an zu pissen. Doch als er noch mitten dabei war, drückte plötzlich jemand von außen gegen die Tür, um hineinzugelangen, und störte dadurch Mètes Gleichgewicht. Um es wiederzuerlangen, war er gezwungen, seinen Schwerpunkt nach vorn zu verlagern, wodurch er sich in eine sehr gefährliche Position manövrierte. Sein Gleichgewicht konnte jetzt nur dadurch wieder stabilisiert werden, dass er auch den linken Arm gegen die Seitenwand stützte, was bedeuten würde, dass er die Kontrolle über den Strahl verlöre, der dadurch die Erde und möglicherweise sogar seinen Schuh treffen würde. Daher widerstand Mète blitzschnell diesem Reflex, versammelte eine mordsmäßige, absurde Kraft in seinem rechten Arm und klammerte sich mit den Fingern, so unwahrscheinlich das klingt, an der Rille zwischen zwei Kacheln an der Wand fest. Und, unglaublich aber wahr, gelang es ihm zumindest für den Augenblick, unter gewaltigen Anstrengungen standzuhalten und in dieser Position zu bleiben. Doch in genau diesem Augenblick, in dieser nicht mehr sehr anmutigen, sondern wütenden und unhaltbaren Pose, hatte Mète eine sehr präzise Wahrnehmung von sich selbst, diese sehr genaue Empfindung seiner Gefährdetheit, von der wir vorhin sprachen. Er hatte sie zugleich mit den Händen, mit der Nase, mit dem Glied und mit dem Gehirn, ontologisch, könnte man sagen, weit über jede einzelne Situation hinaus: Eine gewaltige Anstrengung wird von mir verlangt, dachte er in diesem Augenblick, gewaltig und sinnlos, weil gegen alle Regeln des Gleichgewichts; brutal und doch verlängert, obwohl das eine mit dem anderen nicht vereinbar ist. Eine Rakete kann dank der Kraft ihrer Triebwerke die Schwerkraft überwinden, abheben und die Atmosphäre durchstoßen, doch wenn sie dann mühelos in der Umlaufbahn bleiben will, muss sie erneut auf diese Kraft zurückgreifen. Von mir wird dagegen das Unmögliche verlangt, eine auf einen Punkt gerichtete Anstrengung zu bewältigen, aber doch gut dosiert und über einen längeren Zeitraum. Doch dazu ist niemand fähig.

Und während er auf diesem Klo kämpfte, um nicht zu Boden zu fallen, alle Muskeln verzweifelt angespannt und den ganzen Körper in einen maximal gespannten Bogen verwandelt, wurde ihm schlagartig die Sinnlosigkeit seiner Anstrengung bewusst; denn es gab ein anderes Badezimmer, nicht weit entfernt, und das war ohne jeden Zweifel das Bad, das Mète benutzen musste. Ganz normal, wie er es in den letzten sechs Monaten getan hatte, in aller Seelenruhe. Nachdem er, um dorthin zu gelangen, ein großes Schlafzimmer durchquert hätte …

Der Bogen war bis zum Krampf gespannt und das Ziel genau bezeichnet, und daher sahen die Türsteher des *Olimpo* in dieser Nacht plötzlich einen Pfeil vorbeisausen.

Zehn kleine Hinweise

Ah! Es ist so weit!

Kein Laut in der Wohnung, kein Licht. Mètes Hand drückt langsam den Griff nach unten, drückt gegen die Tür und öffnet sie.

Die Tür ist offen.

Kein Laut, kein Licht in der Wohnung, aber dennoch nicht wirklich Dunkelheit und Stille, sondern dieser Zwischenzustand, der mitten in der Nacht in den Wohnungen herrscht.

Mète trat in das Zimmer.

Das Herz hüpfte ihm kurioserweise in den Hals, während er von einer Folge einzelner, isolierter Wahrnehmungen überfallen wurde, die sich in folgender Reihenfolge einstellten:

1) Ein süßlicher und schwerer Geruch, sicher nicht von Apfel, aber, wie soll man sagen, ziemlich unverwechselbar, leider, ja, es war kein Zweifel möglich, von Haschisch.

2) Eine mehr wahrnehmbare als sichtbare Unordnung von Gegenständen, die dennoch aufgeräumt wirkten, aus dem einfachen Grund, weil es sich um Gegenstände handelte, die in diesem Zimmer bis jetzt nicht gesehen oder wahrgenommen worden waren.
3) Ein Haufen Kram beispielsweise, ein dunkles Durcheinander von auf dem Boden verstreuten Dingen wie ein vom Wind aufgerissenes Bussardnest oder die Reste der Mahlzeit eines Raubtiers und zwei Schuhe.
4) Ein zweifellos weiches Bündel, das ganz leicht schnarchte, quer auf dem großen Ehebett liegend, ohne Hand und Fuß, eine Erhebung unter der Decke, undefinierbar.

Mète ging weiter ins Zimmer hinein, am Bett vorbei. Steif und angespannt, sich innerlich Sätze wiederholend wie: »Es ist nichts, ich bin's, hab keine Angst, ich geh nur ins Bad, ich hatte vergessen, dass du da bist, ich bin es so gewohnt …«

Er stolperte über etwas.

5) Eine Art Köfferchen aus Korbweide, dunkel, vielleicht schwarz, in der Form an die Briefkästen in den Micky-Maus-Heften erinnernd.

Das Bündel unter der Decke rührte sich nicht, und auch jetzt, als Mète am anderen Ende des Bettes stand und es von vorn betrachtete, konnte er nichts Körperliches erkennen, einen Ellbogen vielleicht, ein paar Finger, ein Handgelenk mit einer Swatch. Nichts. Nur ein schwaches Grunzen.

6) Einen tragbaren Radiorekorder, aber tragbar im Grunde nur deswegen, weil die Schwarzen in Amerika vor ein paar Jahren angefangen hatten, lange und unhandliche Dinger wie diesen auf der Straße über der Schulter zu tragen.

Während er weiter auf die Badezimmertür zuging, an der ein Spiegel hing, erblickte Mète plötzlich seine Gestalt und nahm daran etwas leicht Bedrohliches wahr. Vielleicht ließ die Langsamkeit seiner Bewegung, die Langsamkeit eines Mörders, sie so unheimlich wirken. Dabei ging er nur ins Bad, er wiederholte innerlich, »es ist nichts, ich bin's, Belinda, schlaf weiter …« Doch selbst wenn wirklich eine Belinda unter der Bettdecke lag, schien sie jedenfalls nicht die Absicht zu haben aufzuwachen.

Er öffnete die Badezimmertür, und sie quietschte. Er schloss sie, und sie quietschte wieder. Er machte das Licht an.

7) Ein durchsichtiges Beauty Case, ausgekippt auf dem Tischchen, auf dem Haarspangen, Schmetterlinge, Nagellack und anderer Krimskrams dekorativ verstreut lagen.
8) Ein Föhn.
9) Eine Packung Tampax, eine Tube Zahnpasta und eine gelbe Zahnbürste; und das alles zweimal, weil gespiegelt in dem Spiegel über dem Waschbecken.

Auf dem Badewannenrand sitzend, begann Mète, etwas entspannter jetzt, nachzudenken. Was ist schon dabei?, fragte er sich. Was sind schon zwei Wochen? Wenn er den ganzen Tag nicht zu Hause wäre, wie heute, und erst tief in der Nacht nach Hause käme und geräuschlos durch das Zimmer ginge, in dem sie schläft, nicht gesehen, nicht gehört, würde die Zeit wie im Flug vergehen, er würde es gar nicht merken, und sie erst recht nicht. Diese quälenden Hinweise, das zusammengekauerte Bündel unter der Bettdecke, ihre Sachen, der süßliche Geruch des Rauschgifts und der Apfelduft würden ihn immer weniger verwirren, er würde sich daran gewöhnen und sogar seine Gedanken im Zaum halten können, falls nötig, all seine Sinne, sogar die Träume, wenn er schliefe, und Danis Rosenkranz würde auch ihn beschützen, und er würde bis zur vollkommenen Erschöpfung in der Sauna bleiben und Ruhe finden …

Plötzlich ein absurdes Atmen, ein verstohlenes Kratzen, etwas, das sich in der Ecke bewegte, dort, wo nur ein zusammengeknüllter Wischlappen lag:

10) Eine riesige, graue langhaarige Katze, die gelben verklebten Augen voller Bosheit, zusammengerollt auf ihrer Katzenstreu, daneben eine Plastikschale, auf deren Rand eine freundliche Hand in Druckbuchstaben geschrieben hatte: BEELZEBUB.

Gegenwart und Vergangenheit

Kriegszustand auf der Piazza di Spagna. Leider müssen wir sagen, dass der strahlende Sonnenschein vom Vortag sich eingetrübt hat, und eine weiße Glocke aus milchigem Frost über der Stadt liegt. Mannschaftswagen der Polizei bilden eine Phalanx, und Scharen von Polizisten mit Schutzhelmen verteilen sich über den Platz. Sie sehen sich mit ausgedehnten Gruppen von Jugendlichen konfrontiert, die sich in Wellen bewegen und laute Drohungen ausstoßen, Rasierschaumsprühdosen in der Hand. In einem Korridor, der auf der Seite gegenüber der Treppe freigelassen worden ist, sind ein paar neutrale Fußgänger unterwegs, bereit, in den Modegeschäften (Étienne Aigner, Funaro Uomo, 77, Krizia) Schutz zu suchen, indem sie unter den Rollgittern hindurchschlüpfen, welche die verängstigten Verkäuferinnen seit dem Morgen auf halber Höhe gelassen haben.

Durch diesen Korridor begeben sich die *regazzine* auf das

Schlachtfeld. Sie bilden einen Keil, bis sie ins Freie kommen, deutlich erkennbar an ihrer schwarzen Kleidung und ihren provozierenden Rufen: »Schießt uns doch nieder!«, lautet ihr Kriegsruf; und sofort schwärmen die Jugendlichen aus und durchlöchern das Ozon mit ihren Rasierschaumsalven, die allerdings ins Leere gehen, weil die *regazzine* bereits aus dem Schraubstock der Polizisten entkommen sind. Diese bewegen sich jetzt auf die jungen Leute zu, mit erhobenen Schilden, zum Angriff entschlossen, so als wollten sie eine Katze vertreiben. Die Jugendlichen werden daraufhin langsamer und schleudern Beschimpfungen von großer Reichweite, die wie Speere über die Mauer der Polizisten hinweg die Rücken der *regazzine* treffen, die sich zurückziehen. Es folgt ein langer Augenblick des Zögerns, in dem Jugendliche und Polizisten alle vernünftigen Gründe Revue passieren lassen, sich letzten Endes doch nicht anzugreifen. Und ganz langsam gruppiert sich der Haufen der einen um die Fontana della Barcaccia von Pietro Bernini, während die anderen sich erneut zurückziehen. Zur Enttäuschung der Zuschauer, die sich auf der Treppe drängen (farbige Straßenhändler, Touristen, Studenten), wird die Schlacht verschoben. In der opalisierenden Luft, durch die in der Ferne Zweiklangsirenen gellen, gärt immer noch die Hoffnung, dass die *regazzine* zurückkommen und die Polizisten erneut provozieren.

Und währenddessen zog unbemerkt die Vergangenheit vorbei.

Trinità dei Monti dort oben, mit ihrer leicht schiefen Fassade, als wollte sie sich abwenden, um nicht sehen zu müssen oder wegzugehen. Das ganze düstere Epos der Borromini konzentriert in einem einzigen Blick, von der Piazza di Spagna bis zum Collegio di Propaganda Fide und bis hin zur Fiale von Sant'Andrea delle Fratte, spitz zulaufend wie das

Schwert, mit dem Borromini sich in einer Augustnacht des Jahres 1667 die Brust durchbohrte. Das kleine Museo Shelley-Keats, in dem die Gipsabdrücke des Gesichts, eines Fußes und einer Hand von John Keats aufbewahrt werden, die am Tag nach seinem Tod 1821 von seinem Leichnam genommen wurden; und die aromatischen Harze, mit denen 1822 die sterbliche Hülle von Percy Bisshe Shelley auf dem Strand von Viareggio eingeäschert wurde; und ein paar handschriftliche Dokumente von Keats und Shelley, Severn und Byron, die Mète kurz nach seiner Ankunft in Rom heimlich fotografiert hatte, um die Handschriften analysieren und zahlreiche überflüssige Wahrheiten entdecken zu können.

Und wir kommen gerade rechtzeitig, Mète …

Er durchquert die neutrale Zone an der Piazza di Spagna, während ein Chor skandiert: HU-REN, HU-REN, HUREN. Er geht mit den langen Schritten eines Stelzvogels diesen Weg entlang, dicht an den Schaufenstern vorbei, mit Zweitagebart und vom Schlaf noch trübem Blick. Aus dem Bett gescheucht hat ihn nach einer Nacht, in der er sich im Bett herumgewälzt hat, und nach einem leichten Schlaf im Morgengrauen ein Anruf. »Ich habe die Plakate«, hatte die Stimme im Hörer gesagt, einen schönen gregorianischen Gesang von Radio Vatikan übertönend. »Ich bin unterwegs«, hatte sie hinzugefügt, »wir treffen uns um zwölf vor der Libreria Feltrinelli in der Via del Babuino.« Nur wenige Worte, für Mète jedoch ein Geschenk des Himmels, weil sie ihn aus dieser Wohnung trieben, die sich plötzlich in eine fleischfressende Pflanze verwandelt hatte. Gesegnet seien diese Plakate, dachte er, während er geräuschlos sein Zimmer verließ, ohne sich das noch vom Schlaf zerknitterte Gesicht zu waschen. Bevor er ging, presste er jedoch das Ohr an Belindas Tür: kein Laut, Grabesstille.

Nachdem er das Schlachtfeld (einer Schlacht, die weiterhin nicht stattfindet) hinter sich gelassen hat, biegt Mète in die Via del Babuino, in der noch vereinzelt weniger spektakuläre Angriffe stattfinden, sicherlich verzweifelte letzte Scharmützel, die aber immerhin zu Ende geführt werden; und es stimmt traurig, das Geschimpfe einer mit Rasierschaum verschönerten *regazzina* mit anzuhören, die von niemandem bemitleidet wird; ebenso traurig wie der Jubel ihres Angreifers, der keinen Verkehrspolizisten findet, dem gegenüber er sich seiner Heldentat rühmen könnte. Und Mète geht weiter, ohne diesen ganzen Aufruhr zu beachten, der auch ihn nicht beachtet, weil der Karneval ihn so wenig interessiert, wie er den Karneval interessiert. Seine Aufmerksamkeit scheint vielmehr von irgendetwas in Anspruch genommen zu werden, das sich in Richtung auf den Obelisken der Piazza del Popolo neben dem Bürgersteig befindet. Etwas Bewegliches und Fliehendes, könnte man meinen, danach zu urteilen, mit welcher Sorgfalt Mète es ins Visier nimmt.

Bewegliches Ziel

Denn die Libreria Feltrinelli in der Via del Babuino, vor der Mète verabredet ist, steht nicht still; sie bewegt sich klammheimlich, verschiebt sich ständig längs des Straßenabschnitts zwischen der Piazza del Popolo und der Piazza di Spagna, wandert.

Folgendes geschieht: Wenn man sich erinnert, dass sie näher an einem der beiden Plätze liegt, und von diesem aus in die Straße geht, ist man unversehens schon am anderen Platz angelangt, bevor man ihr spöttisches Schaufenster erreicht. Wenn man jedoch beim nächsten Mal von dem anderen Platz aus in die Straße biegt, muss man sie wiederum fast bis zum Ende entlanggehen, weil die Libreria Feltrinelli heimlich, still und leise frech weiterrückt, flieht, sich versteckt; sie ist praktisch ein Punkt, der es fertigbringt, sich immer auf drei Viertel der Strecke zu befinden, in der einen wie in der anderen Richtung, wie das Diagramm zeigt:

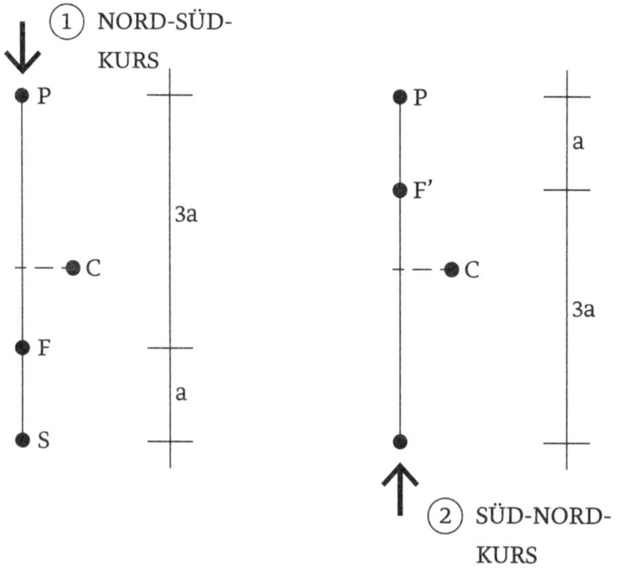

PS: VIA DEL BABUINO
P: PIAZZA DEL POPOLO
S: PIAZZA DI SPAGNA
F, F’: LIBRERIA FELTRINELLI
C: CASA DI FELLINI

In Rom kennen alle dieses merkwürdige Phänomen, und wer es nicht kennt, entdeckt es von allein, wie Mète durch sein vieles staunendes Herumlaufen.

Um ganz offen zu sein, bewegt sich außer der Libreria Feltrinelli auch der Trödelladen für Silbersachen, der unter dem Namen Blue Point firmiert und sich neben ihr befindet (mal rechts, mal links, je nach Tag). Aus der Ferne zeigt das Schild vom Blue Point, das über den Bürgersteig ragt, die Stelle an, zu der die beiden launischen Geschäfte geglitten sind. Sobald man das Schild entdeckt hat, kann man sich eine Vorstellung davon machen, wo sich die Buchhandlung befindet, und man hat ein Ziel. Doch manchmal hat sich nur das Schild bewegt, und dann ist es zum Verzweifeln.

Es ist überflüssig zu sagen, dass Mète an diesem Vormittag das Schild vom Blue Point weit entfernt in der Nähe der Piazza del Popolo erblickte, fast auf Höhe der großen Bar *Canova*. Doch die Entfernung machte ihm nichts aus, er spürte, dass sein Körper bei jedem Schritt in der Kälte ein klein bisschen wacher wurde. Unter dem Schild erkannte er auch eine imposante Gestalt, einen schwarzen Mantel und darüber einen schwarzen Hut, gehüllt in eine Atemwolke; und jetzt konnte die Libreria Feltrinelli gehen, wohin sie wollte, denn Mète hatte seine Anlaufstelle gefunden. Eine schwarze Gestalt, die so vollkommen reglos dastand, dass sie ihre ganze ungewisse Umgebung in Erstarrung versetzte, als strömte sie ein Lähmungsgas aus. Und etwas Weißes, das die Gestalt unter den Arm geklemmt hatte, ebenfalls reglos und voluminös hervorragend, zylindrisch …

Im Laufschritt jetzt.

»Bruno!«, rief Mète, und der Mann mit dem Hut drehte sich um. Denn das war sein Name, Bruno.

»Schneewetter«, sagte er. Dann lächelte er, zog mit einer weit ausholenden Bewegung ein Plakat aus der Rolle, die er unter dem Arm trug, und zeigte es Mète.

Abonnenten, gelegentliche Besucher, bitte
GEHT NACH HAUSE!
Schließt euch freiwillig unserem Aufruf an zur
ABSCHAFFUNG DES THEATERS
in all seinen Formen und Inhalten bis zum Jahr 2000.
Es ist leider eine tote Institution; nichts kann
ihr noch Leben einhauchen, als eine entschlossene
POLIZEIAKTION
oder die unmittelbar bevorstehende Ergreifung
der folgenden Maßnahmen:
SCHLIESSUNG
aller öffentlichen Spielstätten für den genannten Zeitraum
und ihre Umwandlung in Bocciaanlagen,
Billardsäle und Ähnliches
AUFLÖSUNG
auch durch Wasserwerfer jeglicher,
auch spontaner, Zuschaueransammlungen
VERHAFTUNG
aller in flagranti erwischten Schauspieler und Regisseure
BROT UND WASSER
für alle Stückeschreiber, die das Repertoire
nur missbrauchen.
Bürger, ihr werdet nach dieser langen Abstinenz
ehrbarer, als ihr es jetzt seid, in diesen Saal
zurückkehren. Und ihr werdet ein Recht zurückerhalten,
das jetzt regelmäßig mit Füßen getreten wird: das Recht,
einem wirklichen Meisterwerk beizuwohnen, gereift
im Untergrund in den Gedanken der Überlebenden und
inspiriert von zwölf Jahren heilsamer Aufrichtigkeit
UNTERGRUND
Nur auf diese Weise wird das Theater sich der Diktatur
des Kartenverkaufs entziehen, die es heutzutage demütigt.

»Sie sind gut geworden«, sagte Mète.

In Wirklichkeit hatte der Anblick des Plakats ungute Erinnerungen in ihm geweckt …

Das ausdruckslose Gesicht eines gewissen Battistuzzi, Kandidat für das Abgeordnetenhaus auf der Liste des Partito Liberale Italiano, abgebildet auf dem alten Wahlhandzettel, den er auf der Straße aufgelesen hatte; auf die Rückseite dieses Handzettels hatten er und Bruno ihr Manifest gegen das Theater gekritzelt. Es war noch heiß gewesen, und vor der *Bar del Fico* hatten Tische und Stühle gestanden. Gregory Corso hatte sich in dieser Nacht eine Flasche Wein über den Kopf gegossen, angestachelt von einer Gruppe junger Burschen, die ihm immer wieder zugerufen hatten: »Komm schon, Grego, bring uns zum Lachen!« Plötzlich war es zu einer Schlägerei zwischen einem Ägypter und dem Fahrer eines Mercedes gekommen, der vor der *Bar della Pace* ein ziemlich arrogantes Verhalten an den Tag gelegt hatte. Mète erinnerte sich sogar an den Geruch von Gebratenem und Frittiertem, der in jener Nacht in der Luft gelegen hatte. Er erinnerte sich an die phosphoreszierenden Jo-Jos, mit denen Maghrebiner auf der Piazza Navona gespielt hatten, und er erinnerte sich an sich selbst, an die Trauer um seine Mutter, die gerade erst gestorben war, aber auch an die irrationale Hoffnung an der Seite von Bruno, den er gerade kennengelernt hatte, das erregende Gefühl einer Art Wiedergeburt in der Ewigen Stadt, in die er eben erst gekommen war. All das war mit der Zeit mehr oder weniger aus seinem Gedächtnis verschwunden, ebenso wie die Begeisterung, mit der sie das Plakat entworfen hatten, und hatte sich in dem Teil des Gedächtnisses eingenistet, aus dem die Dinge nur sehr selten wieder emporsteigen. Eine der vielen vergessenen, ausgelöschten Nächte. Und plötzlich war da dieses Plakat, gedruckt in schönen schwarzen, leicht futuristischen Buchstaben, die den Invektiven eine gewisse Kraft verliehen und zugleich mit unglaublicher Genauigkeit eine lange Reihe unzusammenhängender Erinnerungen auslösten. Eine tote Katze zwischen Müllsäcken. Der flammende Blick der Kellnerin, die das Bier brachte. Eine Alarmanlage, die, während er und Bruno sich schworen, das Plakat drucken zu lassen und am Eingang aller Theater Roms anzukleben, in einem Auto ganz in ihrer Nähe losschrillte …

Das war das Leben, das war die Realität, und mit welcher Hartnäckigkeit weigerte sie sich zu verschwinden, da sie doch Monate später immer noch aus einem Plakat schrie und flehte, nicht vergessen zu werden.

»Nichts sollte je vergessen werden«, sagte Mète.

Bruno grinste breit, während er das Plakat in die Rolle zurückbeförderte und es dabei leicht verknitterte. Und jetzt starrte Mète ins Leere.

»Nichts, ich sage nichts«, beharrte er, »nicht das Geringste.«

Dann erwachte er plötzlich aus seiner Benommenheit und blickte auf. Aufsässige Jugendliche tobten durch die Via del Babuino, und mittendrin schien Brunos Kolossalität sich unter dem moskowitischen Himmel wie ein Stiefel in Ätzkalk zu drücken. Das Gesicht des Mannes leuchtete jetzt vor Zufriedenheit. Und ein Hauch von Allwissenheit lag in diesem Leuchten, als hätte er Mètes stumme Überlegungen verfolgt und billige seine Schlussfolgerungen.

»Also, kleben wir sie an?«, fragte Mète.

Bruno lachte.

»Sachte«, sagte er, »wenn wir sie jetzt ankleben, wird niemand sie lesen.«

Und jetzt begann das Röcheln.

»Wir müssen den Leim vorbereiten ...«

Er hustete.

»Und wir müssen ein Mofa besorgen ...«

Schließlich spuckte er aus.

»Wir müssen die Sache wissenschaftlich angehen«, schloss er.

Ein Freibeutermofa

19 Uhr 50. Via Giosuè, an der Ecke der Piazza Santiago del Cile. Dort spielt sich die folgende Szene ab:

Durch das unerschütterliche Tohuwabohu des abendlichen Verkehrs sucht sich ein Mofa mit ausgeschaltetem Scheinwerfer im Zickzackkurs seinen Weg. Das gewaltige Hinterteil eines Kolosses mit schwarzem Hut quillt über den Sattel. Auf dem verbleibenden Platz hockt, leicht wie eine Wasserspinne, eine andere Gestalt, bepackt mit Gegenständen, die hin und her schwanken und ihre langen Arme überragen: ein Eimer mit zwei Pinseln, eine Rolle Plakate, ein flatterndes Exemplar von *Tuttocittà*. Das Mofa hält vor dem Eingang des Teatro Parioli; es ist orangefarben, auf dem Tank findet sich, nur noch schwer leserlich, das Abziehbild der Marke: Motobécane. Es ist auf seinen Ständer aufgebockt, allerdings mit laufendem Motor, und das Hinterrad dreht sich weiterhin langsam in der Luft. Der Koloss und die Wasserspinne stehen vor dem Eingang des Theaters, zwei Schatten, und blicken sich verstohlen um. Hinter ihnen hängen in Schaukästen die Plakate des Theaters.

20 Uhr 30 MAURIZIO COSTANZO SHOW
21 Uhr 45 (Abo F/S 2)
VALERIA VALERI, PAOLO FERRARI,
CHIARA SALERNO
in
Sinceramente bugiardi
von A. Ayckbourn

Plötzlich treten die beiden Schatten in Aktion, und alles geht blitzschnell. Schon springen sie wieder aufs Mofa, fahren los und verschwinden im Verkehr, ohne dass jemand mitbekommen hätte, was sie gerade getan haben.

Doch jetzt ist auf den Schaukästen und auch auf den Scheiben der Eingangstür nur noch zu lesen, was das Manifest für die Abschaffung des Theaters verkündet; und ein paar Passanten studieren es bereits, perplex, während die Kassendame aus ihrem Kabuff stürzt, zu Tode erschrocken, als hätte sie gerade einen Überfall erlebt. Man versucht die Plakate zu entfernen, doch der Leim klebt wie der Teufel …

20 Uhr. Teatro Sistina, Via Sistina. Hier treffen wir das Freibeutermofa wieder.

20 Uhr 45 GARINEI UND GIOVANNINI zeigen
MASSIMO RANIERI
in
Rinaldo in campo
Musik von D. Modugno

Die gleiche Blitzaktion der beiden Schatten. Das gleiche Ergebnis. Die Motobécane braust davon …

20 Uhr 10. Und jetzt Via Nazionale. Ein kleines Meisterwerk, zwei Theater in einem: L'Eliseo,

20 Uhr 45 »Premiere«
NINO MANFREDI
in
Gente di facili costumi
von N. MANFREDI und N. MARINO
Inszenierung von N. MANFREDI

und das Piccolo Eliseo,

Um 21 Uhr zeigt die Truppe IL GRAFFIO
GRAZIA SCUCCIMARRA
in
Su e giù per le rotte sca(to)le
von G. SCUCCIMARRA
mit G. BRAVA, V. PREZIOSA, A. MENICHENCHERI

Es trifft beide. Allerdings sind die beiden Schatten gezwungen zu fliehen, bevor sie die Plakate vollständig überklebt haben, sie bleiben noch lesbar; doch das wirkt wie gewollt, denn auf diese Weise springt der Sinn der Invektiven noch deutlicher in die Augen.

Der Pfiff eines Verkehrspolizisten ertönt vergeblich ...

20 Uhr 25. Teatro Argentina. Largo Argentina.

Um 21 Uhr zeigt TEATRO DI GENOVA
L'Egoista
von C. BERTOLAZZI
Inszenierung von M. SCIACCALUGA
mit A. LIONELLO und E. BLANC

Hier kommt es zum einzigen Zwischenfall. Ein »Was machen Sie da?«, gerufen von einem graumelierten Herrn, während die Glastür mit Plakaten tapeziert wird; die Wasserspinne an einem Bein gepackt. Der Koloss, der sie zu sich reißt. ein Stoß von hundertzehn Kilo gegen die Brust des graumelierten Herrn, der auf den Rücken fällt, der Eimer mit dem Leim, der auf dem Bürgersteig umkippt, ein »Haltet sie!«, das ins Leere geht; und die Motobécane verschwindet wie üblich, und die beiden Schatten lösen sich auf in der Nacht. In der Nacht und in der Kälte; ein kleines Digitalthermometer an der Fassade einer Bank zeigt –3° an …

20 Uhr 40, Überraschung. Die Motobécane hält in einer dunklen Gasse in Trastevere, vor einer winzigen Tür, auf der, kaum leserlich, steht: LABORATORIO TEATRALE IL BUCO. Auf derselben Tür ein rechteckiges Plakat, im gleichen Format und mit den gleichen Buchstaben des Manifestes für die Abschaffung des Theaters. Darauf steht:

21 Uhr 15
La volpe che a pisciato su molte nevi
Monolog von BRUNO CAVALCANTI
Eintritt L. 4000

Und daneben, zu beiden Seiten eines Ochsenauges, je ein Foto des Kolosses. Ein kurzes Amen, und dann ist nichts mehr zu sehen. Nur noch das Plakat, auch hier, leimgetränkt, mit seinen Absätzen und seinen Ausrufezeichen. Die beiden Schatten schlüpfen durch die kleine Tür …

Der Fuchs, der auf einen Haufen Schnee pisste

Das Laboratorio Teatrale Il Buco schien bereits vorbereitet auf die Zeit der Kriminalisierung. Es war ein Keller, wahrhaftig ein Keller, mit wenigen Reihen unbequemer Stühle und einer kleinen kahlen Bühne, wie man sie seit mindestens zwanzig Jahren nicht mehr gesehen hat. Man bräuchte bloß das schiefe Schild an der Tür zu entfernen und die Plakate abzureißen, und keine Polizei der Welt käme je auf den Verdacht, dass hier Aufführungen stattfinden.

Mète setzte sich und blickte sich um. Abgesehen von ihm saßen noch ein paar weitere Personen in dem Raum, alle ziemlich schlampig gekleidet und wie erschöpft von einer offensichtlichen existenziellen Klandestinität. Es kam ihm so vor, als hätte er ein paar der jungen Burschen in Hemdsärmeln, die eine Zigarette nach der anderen rauchten, schon gesehen, als er sich zum ersten Mal den Auftritt seines Freundes angesehen hatte; sie waren bestimmt Mitglieder der Kooperative. Aber auch die wenigen unbekannten Zuschauer schienen nicht so sehr gekommen zu sein, um einer Aufführung beizuwohnen, sondern um sich einer Verfolgung zu entziehen. Ein paar Meter von diesem Ort entfernt, ebenfalls im Vicolo del Buco, wohnte übrigens ein bekannter Sänger, der den folgenden Text vertont hatte:

Wir, und wir sind viele,
verstecken uns nachts,
aus Angst vor den Autofahrern, den Setzern,
wir sind die schwarzen Katzen, wir sind Pessimisten,
wir sind die bösen Gedanken,
und wir haben nichts zu essen …

Da der Sänger sich weder versteckte noch Hunger litt, hatte er sich wohl an jemand anderem orientiert.

Doch bevor die Lichter ausgingen, sah Mète drei ungewöhnlich elegante Personen hereinkommen, die sich in die erste Reihe setzten. Es handelte sich um einen älteren Herrn, einen jungen Mann mit weißem Schal und eine braungebrannte junge Frau mit zotteligem Haar und einer auf links gedrehten Jacke aus Schaffell. Auf den ersten Blick war nicht so recht zu erkennen, welche Verbindung zwischen diesem Sammelbecken von Armen im Geiste und solchen Engeln des Wohlstands bestehen mochte, die sicherlich über brillante Fähigkeiten verfügten, die sie sorgfältig zu nutzen verstanden. Es gab bestimmt einen Grund für ihre Anwesenheit, und obwohl Mète ihn nicht kannte, hatte er das Gefühl, als ginge eine leichte Bedrohung von ihnen aus.

Dann ging plötzlich, ohne Vorwarnung, das Licht im Saal aus, und die Vorstellung begann.

Der Fuchs, der auf einen Haufen Schnee pisste war der komische Monolog über Verfolgung und Exil eines Piraten, der in einem Fass steckt, das im Ozean treibt. Ein Bauer, der von der Pellagra geheilt worden ist, irrt, nachdem er seinen Hof verlassen hat, durch die Kerker der ganzen Welt, stets dem Tod von der Schippe springend, der ihn mysteriöserweise verfolgt. Bis er, nachdem er sich den Piraten angeschlossen hat, auch von ihnen gefangengenommen und in einem Fass ins Meer geworfen wird. Und erst jetzt, als der Tod ihn ein weiteres Mal verschont, erkennt er, dass er Gott ist. Der wilde, ursprüngliche Gott, der die Erde nach seinem Bild erschuf und von dem die Völker sich endgültig befreit haben, indem sie ihn durch weniger ungehobelte Usurpatoren ersetzten und ihn zu ewigem Exil verurteilten, in dem er ganz allein an sich glauben und sich verfluchen kann.

Das ist die Geschichte, durchtränkt, wie man sieht, von Brunos unverblümt antiapologetischer Moral. Doch wir sagten, es handele sich um einen komischen Monolog, denn die Leute lachten tatsächlich vom Anfang bis zum Ende. Ein Lachen, das von der gewaltigen, unwiderstehlichen Komik ausgelöst wurde, mit der Bruno auf der Bühne seinen Text vortrug. Die mit einer jakobinischen Wut herausgeschleuderten Worte, absurde Tempi und dieser starre, verstörte Blick hätten vermutlich auch die Reden des Predigers komisch wirken lassen. Eine mehr animalische als menschliche Komik, eine, mit der man einen Hofköter zum Lachen bringen kann, während die Felder um ihn herum in Flammen stehen, eine nervöse und dramatische Komik, die in gewisser Weise die ganze, außerhalb der Bühne unbekannte und unvollständige Persönlichkeit Brunos auflöste. Und lassen wir die Unschuld nicht unerwähnt, mit welcher der Koloss einen so skurrilen und blasphemischen Monolog vorzutragen vermochte; in seinem Mund verwandelte sich noch die obszönste Vulgarität in etwas Engelgleiches.

Kurz und gut, ein Naturtalent in Reinkultur. Aber auch eine verschlungene Persönlichkeit, die Bruno stets daran gehindert hatte, etwas zustandezubringen, was nicht eine Verschwendung dieses Talentes wäre. Während sein Talent jetzt für alle deutlich sichtbar war, blieb seine Persönlichkeit allen verborgen, mit Ausnahme von Mète, der sie mit Hilfe der Graphologie erforscht hatte. Und das brachte ihn wie üblich in eine unangenehme Situation, da er viel mehr von ihm wusste, als er tun konnte, um seinem Freund zu helfen. Alles, was er zum Ausdruck zu bringen vermochte, war ein verzweifelter Respekt für das Elend, das der Koloss mit sich herumschleppte, als wäre dieses Elend sozusagen seine eigentliche Rettung.

Aus genau diesem Grund behagten Mète die drei Zuschauer in der ersten Reihe überhaupt nicht. Er behielt sie während der ganzen Vorstellung im Auge und sah, dass sie herzhaft lachten, obwohl sie doch eigentlich hätten beleidigt sein und den Saal hätten verlassen müssen. Er sah, dass sie am Schluss lange applaudierten, mit einer Begeisterung, welche die Enge des Raums zu sprengen schien. Und es entging ihm nicht, dass sie entschlossenen Schrittes hinter dem Vorhang verschwanden, während alle übrigen Zuschauer dem Ausgang zustrebten.

Er musste eine Weile vor dem kleinen Theater warten, bis auch diese drei herauskamen. Die junge Frau warf ihm sogar einen Blick zu, während sie ihren Schritt beschleunigte auf ihren High Heels, und in diesem Blick lag nichts, wirklich nichts, was mit Brunos steppenhafter Welt zu tun haben könnte, nur Eile, Schönheit und Eitelkeit. Und wenn diese drei Furien aus dem Grau auftauchen, ist man besser auf der Hut.

Als Bruno herauskam, setzte leichter Schneeregen ein.

»Was habe ich dir gesagt?«, rief er. »Schneewetter.«

Mit keinem Wort erwähnte er die Heiligen Drei Könige, die ihn besucht hatten, und Mète stellte keine Fragen. Schweigend saßen sie auf der Motobécane, die sich hartnäckig weigerte zu starten. Schließlich ließen sie sie stehen und gingen zu Fuß, immer noch schweigend. Der Schneeregen hatte schon wieder aufgehört, es hatte sich um einen Fehlalarm gehandelt.

Spaziergang zwischen den Milchstraßen

Wir sind immer noch dabei zu erzählen, wie Mète vor sich selbst flieht, indem er bei anderen Zuflucht sucht.

Er und Bruno sprachen nicht viel, wie wir bereits sahen. An diesem Abend noch weniger als sonst, sie beschränkten sich auf einen endlosen Spaziergang durch die Stadt, durch die der Wind fegte. Außer ihnen war niemand unterwegs. Dennoch waren die Straßen von weißen Seelen bevölkert, die in Gruppen auf den Straßen tanzten, in finsteren und federleichten Posen, und der trägen Materie trotzten. Das waren die Masken des Karnevalsdienstags, fast alle von dem Film *Uhrwerk Orange* inspiriert (und man kam nicht umhin, sich zu fragen, woher dieses Diktat kam, wer sie alle dazu gebracht hatte, die gleiche Idee zu haben, kleine schwarze Plastikbomben im Schreibwarengeschäft zu kaufen, die weißen Sommerkleider ihrer Vorfahren zu exhumieren und Hosenträger und sich mit einem Bisterstift Sterne und Ornamente um die Augen zu malen in der Intimität ihrer kleinen Zimmer in den Mietskasernen in Tufello, Tor Bella Monaca, Magliana, vielleicht unterstützt von dem erfahrenen Händchen einer Freundin). Sie gingen jedoch nicht spazieren; »sich austoben« wäre ein angemessenerer Begriff, um die kratzbürstige, gezwungene Fröhlichkeit zu beschreiben, die ihr Verhalten boshafter Kobolde, ihre kindischen wütenden Angriffe auf Verkehrszeichen und geparkte Autos antrieb. Überall hinterließen sie Milchstraßen aus Rasierschaum, die einzige Materie, die ihrer Verderbtheit entsprach.

In Begleitung seines riesigen Freundes hatte Mète keine Angst vor diesen Meuten; sie waren Spukgestalten, sie lebten ein anderes Leben und konnten ihm nichts antun. Die beiden Freunde setzten ihren Weg fort, ohne ein Wort zu sagen, und dieses so bewusste, offensichtliche Schweigen half der Kälte, die Gedanken in ihrem Kopf einzufrieren, sodass nichts mehr zählte außer der Regelmäßigkeit ihrer Schritte, die Müdigkeit und der Weg. Sie ließen nach und nach alle Orte hinter sich, in denen sich das Leben konzentrierte, gingen die Via del Corso hinauf, überquerten die Piazza del Popolo und tauchten ein ins Dunkel der Via Flaminia, wo sich die Menuette der *Uhrwerk-Orange*-Kostüme in einer komplizierten Arabeske von fahrenden Autos auflösten. Sie befanden sich beide in diesem fast asketischen Prozess, der jeden, der ziellos unterwegs ist, dazu treibt, sich mit zunehmender heilsamer Erleichterung von allem zu entfernen.

Doch auf ihrem Weg lag das *Inferno*. Wer könnte sagen, ob die beiden Freunde sich bewusst waren, dass sie direkt darauf zusteuerten oder ob sie zufällig dorthin gelangten. Oder ob keiner von ihnen, wer auch immer hinter dem anderen herging, Wert darauf legte, gerade hier zu stranden. Sicher ist jedoch, dass dies eine ganz besondere Nacht war, um das *Inferno* zu besuchen …

Gang durch die Hölle

Man sagt, ein Haus wird nach seinem Bad beurteilt und ein Staat nach den Arrestzellen, die in den Kellern seiner Kerker verborgen sind. Wenn das stimmt, dann ist der Besuch der Orte, an denen sich die Transvestiten und Transsexuellen prostituieren, hervorragend geeignet, sich eine Vorstellung von den modernen Städten zu machen.

Rom hat das *Inferno*. Ein ausgedehntes Gebiet hinter dem Olympischen Dorf, versteckt unter dem Viadukt des Corso Francia und überragt von Rippen aus Stahlbeton (des erwähnten Viadukts, des Stadio Flaminio, des Palazzo dello Sport), die den Transvestiten und Transsexuellen, in der Mehrzahl Brasilianer, die sich an den Straßenrändern postieren, ihre strukturalistischen Vorträge halten. Die Straßen sind nach berühmten Sportlern (de Coubertin, Dorando Pietri) und ebenso bedeutenden Ländern benannt. Da und dort gibt es nicht asphaltierte, baumbestandene Flächen, die man mit etwas Phantasie für Macchia halten kann, in die man sich zurückziehen kann. Und es gibt zahlreiche Imbisswägen, die bis zum Morgengrauen Wurst und warme

Porchetta verkaufen. Das Ganze vermittelt den Eindruck einer nicht genehmigten Kirchweih, die jeden Augenblick geräumt werden könnte; und wenn man es recht bedenkt, ist das auch ein bisschen der Eindruck, den die ganze Stadt auf einen macht. Doch das *Inferno* hat etwas leicht Barbarisches, das sich anderswo in diesem Rom der sinnlichen Hügel und der billigen Trattorias versteckt; sich versteckt, obwohl es da ist, unter der Haut, ständig aufgelöst von den antiken Denkmälern und dem guten Essen, in dieser Mischung aus Schönheit und Nachlässigkeit, die man »Toleranz« nennt. In der Welt ist viel die Rede von der Toleranz Roms; doch man braucht nur einmal das *Inferno* aufzusuchen, um zu erkennen, dass es sich um eine auf Verachtung gegründete Toleranz handelt.

Dort also landeten Mète und Bruno während ihres langen und stummen Spaziergangs. Da sie Hunger hatten, blieben sie am ersten beleuchteten Imbisswagen stehen, um ein Panino zu essen. Neben ihnen stärkte sich ein muskulöser Mulatte, dessen glatter Körper in Dessous der Warenhauskette Upim steckte. Um sie herum ertönte ein Gekreisch grimmiger und höhnischer Kommentare, denen der Transvestit die kalte Schulter zeigte. Ihn in ein Brot beißen zu sehen war, als sähe man einen Rennwagen an einer Tankstelle tanken; er verlor an Charisma und Reaktionsvermögen. Das nutzten die affenartigen Gestalten aus, die sich um den Wagen drängten und höhnische Bemerkungen machten, weil es ihnen nicht vergönnt war, beim ersten wirklich lüsternen Blick, mit denen der brasilianische *viado* sie durchbohren würde, vor Geilheit zu vergehen. Der Mulatte strahlte eine Art ruhige Stärke aus, allein schon durch die Selbstverständlichkeit, mit der sein kaum bekleideter tropischer Körper dem Wind und der Kälte zu trotzen vermochte. Nachdem er aufgegessen hatte, ging er, und Bruno und Mète folgten ihm, zu dem Bürgersteig, wo bereits eine kleine Schlange von Wagen auf ihn wartete. Doch es war, wir sagten es bereits, eine besondere Nacht, die Nacht des Karnevalsdienstags, und aus dem Wagenfenster des Toyota an der Spitze der Schlange tauchte plötzlich der Oberkörper eines Scheichs auf, der den Brasilianer mit einer Spraydose besprühte. Mète konnte gerade noch die schwarze Kakerlake auf der Spraydose erkennen, bevor der Transvestit hustend auf die Knie fiel und der Toyota mit quietschenden Reifen davonbrauste.

Der Brasilianer hob einen Stein auf und schleuderte ihn blind in Richtung Straße. Kollegen liefen herbei, um ihm zu helfen. Der Transvestit stand hustend auf, Flüche ausstoßend in seiner Sprache. Die anderen versuchten ihn zu trösten. Bruno und Mète setzten ihren Weg fort.

Auf dem breiten Viale de Coubertin beobachteten sie weitere Angriffe der nur für eine Nacht Verkleideten auf diejenigen, die es ihr ganzes Leben lang waren. Hohnlachende Kostümierte (*Uhrwerk-Orange*-Kostüme, Clowns, Scheichs) fuhren in ihren Schlitten nah an sie heran, bewaffnet mit Insektiziden, Rasierschaum, Müll und toten Mäusen, und wurden mit Anspucken und Steinhagel zurückgedrängt.

Die *viados* hatten gelernt, die Autos der Rowdys blitzschnell von denen der wirklich interessierten Freier zu unterscheiden im Schlamm dieses Sumpfes, in dem alles, selbst ein Müllcontainer, verdächtig wird. Bruno und Mète verließen die Straße und drangen in eine der baumbestandenen Flächen ein.

Etwas geschützter, schien dort eine fröhlichere, wie elektrisierte Atmosphäre zu herrschen. Gruppen von Transvestiten und Transsexuellen tanzten im Licht blendender

Scheinwerfer zur Musik eines Autoradios und zeigten nackte Brüste und Hintern; und Autos übertrumpften sich in absurden Annäherungsmanövern, einem zermürbenden Stellungskrieg, der sie dazu trieb, sich zu streifen, sich plötzlich gegenüberzustehen, sich in einem verrückten Alphabet anzublinken und schließlich blitzschnell den Rückwärtsgang einzulegen und seitlich zu entwischen. Sie kamen Mète wie Ameisen vor, die ihre gewundenen Wege ziehen, ständig aneinandergeraten und mit ihren Fühlern Botschaften austauschen, mit denen sie sich wer weiß was sagen.

Weiter vorn, hinter der dunklen Masse des Stadio Flaminio, wurden die beiden Freunde von einem Aufruhr angelockt. Eine Blondine verrenkte sich an einem Fiesta, dem Nummerschild nach aus Catania, dessen Fahrer nur schemenhaft zu erkennen war. Der Transvestit hatte seinen Arm durch das Wagenfenster ins Innere gesteckt und bewegte ihn schamlos auf und ab. Mit einem starken neapolitanischen Akzent rief er: »Wie besorg ich's dir? Hm, wie besorgt's dir die Jerry? Schaut her! Wie besorg ich's dir?« Eine kleine Menschenansammlung hatte sich gebildet, manche waren aus ihren Wagen gestiegen, pfiffen und spornten den Transvestiten an, der nicht aufhörte, seinen Arm zu bewegen und zu rufen: »Wie besorgt sie's dir, die Jerry? Wie besorgt sie's dir?«

Als sie näherkamen, konnten Bruno und Mète auch den jungen Mann sehen, der da masturbiert wurde, den Kopf auf die Stütze gepresst, der Blick starr, verloren, wie der eines Hundes, der vom Tierarzt eine Spritze bekommt. Ein zutiefst trauriger Blick.

»Wie gut sie's dir besorgt, die Jerry! Schaut her!«

Mit einem Mal konnte Mète diesen Blick und das totale

Schweigen zwischen ihm und Bruno, diese Menschen, die nur noch Augen und Schwänze, versunken in der Nacht, waren, nicht mehr ertragen. So weit, wahrhaftig zu weit entfernt vom Bewusstsein ihrer selbst, so schmerzlich und bedrückend es auch sein mochte …

»Besorgt sie's dir gut, die Jerry?«

Mit einem Mal wünschte Mète sich die Flamme seiner eigenen privaten Qual zurück, sie erschien ihm jetzt fast wie ein Schutzwall gegen die gnadenlose Welt um ihn herum. Er betrachtete Bruno, seine zerfurchte Stirn unter dem Hut, das Helldunkel seines ungeheuren Gesichts und den Mund, auf dem das Schweigen jetzt etwas Unversöhnliches, Grausames hatte …

»Bruno«, flehte er, »lass uns gehen.«

»Es ist so weit, Leute! Er kommt!«

Bruno wandte sich langsam Mète zu.

»Er kommt! Er kommt! Er kommt!«

Bruno lächelte.

»Komm schon«, wiederholte Mète, »lass uns gehen.«

»Gut hat sie's dir besorgt, die Jerry!«

»Und möge«, deklamierte der Koloss, *»eine Flut auf den taunassen Rieselfeldern das Einzelne ins Viele gießen und den inneren Frieden der gefräßigen Stadt auflösen, die in der Kanalisation wieder verbrüdert.«*

Dort oben, auf dem Viadukt des Corso Francia, sausten die Autos einer anderen Welt vorbei. Und noch weiter oben flogen die Flugzeuge über sie hinweg. Mète hatte sich auf den Weg gemacht, er verließ das *Inferno*. Bruno, ein herzzerreißendes Gute Nacht im Blick, nicht.

Eine perfekte Diagonale auf dem Bett

Belindas Zimmer war leer und dunkel. Die Tür stand offen. Innen schwebte ihr Geruch in der Luft, diese Mischung aus Apfel und Haschisch, auf die Mète schon jetzt nicht mehr verzichten zu können glaubte. Ihre üblichen Kleidungsstücke lagen im Zimmer herum, Jeans, Stiefeletten, Socken und manch anderer frivoler Hauch von Nichts, die Mète nicht zu berühren wagte. Die Versuchung war allerdings groß, sie in die Hand zu nehmen und an ihnen zu schnuppern, um sich kopfüber in das Ich zu stürzen, vor dem er den ganzen Tag über geflohen war. Doch er nahm sich zusammen, verließ Belindas Zimmer und schloss sich in seines ein.

Aber wo war sie eigentlich?, fragte er sich. Es war zwei Uhr nachts, warum schlief sie nicht?

Auf dem Bett, neben dem Telefon (doch an diesem Morgen stand das Telefon nicht auf dem Bett, sondern auf dem Nachttisch), fand Mète eine karierte Heftseite, auf der mit Filzstift geschrieben folgende Nachricht stand:

Mète, WO BIST DU?
Papa hat aus New York angerufen. Er lässt dich herzlich grüßen. Mama ebenfalls. Sie wohnen im Mayflower Hotel (schreibt man das so?), 001 212 2650 060
Zimmer 714.
Damiano hat angerufen.
Pater Mayer (ich hab den Namen nicht genau verstanden) hat angerufen, um dich an die Verabredung morgen früh zu erinnern.
Es ist eine merkwürdige leise Musik in deinem Telefon.

Lass dich mal blicken.

Belinda

Mète starrte lange auf das Blatt, nachdem er es gelesen hatte. Auf ihre Handschrift. Diese runde Handschrift, unsicher, aber doch flüssig und doch zerrissen und mit geraden Strichen, dann wieder krumm, steigend, fallend, verfilzt, weich, schwammig, die er gründlich studiert hatte, weil sie das perfekte Beispiel für das neue Zeichen war, das er entdeckt hatte.

Er schnupperte. Ihm war, als würde er auch ganz leicht ihren Geruch wahrnehmen. Er schnupperte am Telefonhörer, und an ihm war er deutlicher, stärker, dieser Apfelgeruch. Und auch auf dem Bett, wenn ihm nicht die Gefühle einen Streich spielten, auf der Decke …

Plötzlich bemerkte er, dass das Bett nicht mehr ungemacht war, wie er es am Morgen zurückgelassen hatte, aber es war auch nicht so sorgfältig gemacht worden, wie wenn Dani und Mila sich darum gekümmert hätten. Laken und Decke waren lediglich glatt gezogen und mit einer reizenden Nachlässigkeit arrangiert worden. Mète stellte sich Belindas nicht sehr eifrige Hände bei dieser Tätigkeit vor, die so ungewohnt für sie und ihre Besitzerin war.

Er nahm den Kopf zwischen die Hände. Was sollte er jetzt tun? Das Zimmer abschließen? Ernsthaft daran denken wegzugehen, Rom zu verlassen? Oder würde er die Kraft haben, diesem steten Tropfen zu widerstehen und ihm weiterhin auszuweichen? Er war wieder am gleichen Punkt wie am Abend vorher; wäre es möglich, dass all sein schöner Verstand ihm nicht helfen konnte?

Er hörte Geräusche, Schlüssel, die gegen die Wohnungstür klirrten, und stand auf. Instinktiv löschte er das Licht. Die Tür öffnete und schloss sich geräuschvoll. Mète öffnete vorsichtig die Tür seines Zimmers, und durch den Spalt sah er, wie das Licht im Flur anging. Er hörte ein Herumkramen in der Küche, ein kurzes Rauschen von Wasser im Waschbecken, Schritte. Schritte, die sich näherten …

Sie ging schwankend an seiner Tür vorbei, eine Waffel in der Hand, eine andere im Mund. Sie verschwand, kam aber gleich darauf wieder angeschlichen, langsam ihre Waffel kauend, und blieb vor der Tür stehen, hinter der Mète den Atem anhielt. Durch den Spalt konnte er sie deutlich sehen, müde, mit roten Augen, den Mund leicht geöffnet und das Haar im Gesicht hängend. Wunderschön …

Belinda schob vorsichtig die Tür auf, öffnete sie genau so weit, um einen Strahl gelben Lichts hereinfallen zu lassen, der eine Diagonale auf das leere Bett zeichnete. In ihrem erloschenen Blick blitzte Verwunderung auf, und ein Stückchen Waffel fiel aus ihrem Mund: »Wo ist er nur, Scheiße!«, murmelte sie. Hinter der Tür, zehn Zentimeter von ihr entfernt, erstarrte Mète zu einer Statue.

Endlich verschwand sie, diesmal wirklich, und das Letzte, was Mète noch erspähte, war ein Lächeln, das ihre Lippen umspielte. Gleich darauf hörte er, wie sie ihre Tür fest schloss, und nun konnte er sich wieder bewegen. Mit zwei Sprüngen war er am Fenster, und von dort aus sah er, wie das Licht im Badezimmer anging und ihr Schatten hin und her lief. Daraufhin legte Mète sich ins Bett, ohne sich auszuziehen, wie es Flüchtlinge machen oder Feuerwehrleute, die Nachtdienst haben, und begann einen Schlaf herbeizuflehen, der möglicherweise erst im Morgengrauen kommen würde, nachdem er auf jedes Rascheln, jedes Geräusch gelauert und sie sich lange vorgestellt haben würde, sogar noch, als sie aufgehört hätten.

So konnte es nicht weitergehen, wirklich nicht weitergehen
Belinda ging an diesem Morgen in die Schule. Sie machte Geräusche, Klingeln des Weckers, laut geschlossenes Fenster, Schlurfen über den Fliesenboden, doch Mète hörte sie nicht. Er schlief unruhig in seinem Zimmer. Irgendetwas in seinem Unterbewusstsein sträubte sich hartnäckig gegen alles, was ihn hätte aufwecken können: das helle Licht, das durch die offenen Fensterläden hereinfiel, das Hupen der Autos, die sich bereits im Vicolo della Moretta stauten, die Stimmen eines kleinen Obst- und Gemüsemarktes, das Dröhnen eines Presslufthammers der Telefongesellschaft in der Via di Monserrato, ein Hubschrauber, der aus irgendeinem geheimnisvollen Grund immer wieder über das Zentrum von Rom flog. Und Mète wehrte sich im Schlaf, klammerte sich an einen Albtraum voller Tiere und Rowdys und Fahrräder, Busse, Masken, Gesichter seiner Mutter und niedergerissener Mauern …

Geweckt wurde er, wie jetzt regelmäßig jeden Morgen, vom Telefon. Nicht so sehr das Klingeln ließ ihn hochschrecken, als das wilde Vibrieren des Apparats, der auf dem Bett geblieben war und wie ein Teddybär dicht neben seinem Körper ruhte. Für Mète war dieses Vibrieren wie ein Stromschlag, der versuchte, ihn im Traum zu töten, bevor ihm bewusst wurde, dass er den Hörer in der Realität abnehmen musste.

»Hallo?«

»Hallo, Mète?«

»Wer spricht da?«

»Ich bin's, Pater Mayer, guten Tag. Habe ich dich aufgeweckt? Hast du geschlafen?«

»Nein, Pater … guten Tag … ich wollte gerade … aus dem Haus gehen.«

»Deine Stimme klingt …«

»Das kommt davon … dass ich heute Morgen noch mit niemandem gesprochen habe … Ich habe nicht geschlafen.«

»Ich wollte wissen, ob du kommst. Es ist halb elf.«

»Halb elf?«

»Ja. Da du nicht gekommen bist, habe ich gedacht …«

»Ich wollte gerade aus dem Haus gehen, Pater … Ich habe gar nicht bemerkt, dass es schon so spät ist.«

»Gut, also dann erwarte ich dich.«

»Ja, Pater, ich bin gleich da. Entschuldigen Sie …«

»So weit kommt's noch … Bis gleich.«

»Zehn Minuten. Ich wollte gerade aus dem Haus gehen.«

Er legte auf. Und das war ein weiteres Zeichen, dass es so nicht weitergehen konnte, wirklich so nicht weitergehen konnte. Außerdem hatte er die Analyse des Briefs nicht beendet, und wer weiß, was für Lügen er dem Priester würde auftischen müssen, um sich zu rechtfertigen …

Der einzige Vorteil war, dass er bereits vollständig angezogen war. Das war zwar nicht sehr hygienisch, aber schon nach einer Minute war Mète ausgehfertig. Und Hygiene war ein Luxus, den er sich im Augenblick nicht leisten konnte.

Die Krankheit des Lächelns

Wenige Schritte von den Mura Vaticane entfernt, im Borgo Pio, ging Mète in das Haus, in dem Pater Mayer wohnte. Eine Portiersfrau bohnerte den Boden des Eingangs und sah ihn schief an, als er die Abdrücke seiner Sohlen auf den Fliesen hinterließ. Was erwartet sie, dachte Mète, dass sie nie mehr von jemandem schmutzig gemacht werden? Irgendwer musste es schließlich tun …

Die Wohnung von Pater Mayer lag im obersten Stockwerk. Aufgrund des hysterischen Wahnsinns, so viel Wohnraum wie möglich zu schaffen, mündete der Lift, wie so häufig in den römischen Häusern, direkt in der Wohnung. Es gab sicher auch Treppen, und sei es nur, um den Bewohnern im Falle eines Feuers einen Fluchtweg zur Verfügung zu stellen, doch Mète hatte keine Ahnung, wo sie sich versteckten.

Er drückte auf die Klingel, die sich direkt an der Tür des Aufzugs befand.

Jetzt müssen wir ein paar Worte über diesen Pater Mayer verlieren, der ihm öffnet und ihn bittet, es sich im Wohnzimmer bequem zu machen, schon allein, um das Grinsen zu erklären, das sein Gesicht dauerhaft verzerrt. Es handelt sich leider um eine Krankheit, eine Verhärtung des Bindegewebes der Haut, welche die Haut um die Lippen versteift, *Sklerodermie* genannt. Eine Krankheit des Lächelns, könnte man sagen, welche die beiden Reihen falscher Zähne, deren Weiß, wie es für Gebisse typisch ist, ins Bläuliche ging, dauerhaft entblößte, wodurch man den Eindruck hatte, der Priester würde ständig lächeln. Dabei litt er wie ein Hund.

Erwähnen wollen wir auch, dass er, davon abgesehen, ein schöner, lebhafter alter Mann von klarem Verstand war, der über einen brillanten Sarkasmus verfügte. Eine anerkannte Autorität auf dem Gebiet der Graphologie, ging er mittlerweile auf die siebzig zu, war aber noch sehr rüstig, von gepflegtem Äußeren und mit einer immer noch üppigen weißen Haarpracht gesegnet. Auf der schmalen, aber würdevollen Nase trug er eine Metallbrille mit dicken bifokalen Gläsern, hinter denen seine Augen sich jugendliche Lebhaftigkeit und jungenhaften Schalk bewahrt hatten. Und doch genügte diese Zerrung der Haut in seinem Gesicht, diese so grausam sichtbare Krankheit, für immer jeden Rest von Jugend auszulöschen und jedes kleine Anzeichen von Verfall an seinem Körper umso deutlicher hervortreten zu lassen. Ein leichtes Zittern der Hand beispielsweise und ein ganz leises, unheimliches Knirschen der Knochen, das Mète wahrzunehmen gelernt hatte, wenn der Priester sich bewegte; das tatsächliche, wenn auch sehr leise Geräusch einer Materie, die zerbröselt in diesem Körper.

Mète hatte seine Notizen über den Brief, dessen Analyse er nicht beendet hatte, mitgebracht. Pater Mayer studierte sie, ohne Anstoß daran zu nehmen, dass die Arbeit nicht beendet war. Er betrachtete lange den Brief Biancas an den modernen Charon, den Mète auf jeder Fotokopie sorgfältig bearbeitet hatte. Ein Mädchen trat ein, das etwas zu jung war, um sie sich als Hausdrachen eines alten Priesters vorstellen zu können, und stellte ein Tablett mit silbernen Kannen und Dosen voller Tee, Milch, weißem und braunem Zucker auf das Tischchen. Dann verschwand sie wieder. Die Blätter zitterten noch immer in den Händen des Priesters.

Verschäumtheit

»Tja«, sagte Pater Mayer, »du hast tatsächlich ein Zeichen entdeckt ... Es ist kaum zu glauben, aber jetzt ist kein Zweifel mehr möglich ... Allerdings müssen wir noch sehr vorsichtig sein ...«

»Ich habe bis jetzt mit niemandem darüber gesprochen, Pater. Ich habe nur Ihnen davon erzählt.«

»Gewiss, Mète ... Aber das ist nicht das Problem.«

Der Priester schlug die Beine übereinander; krick, krack machten seine Knochen. Dann schenkte er sich eine Tasse Tee ein, trank einen Schluck und behielt sie auf seinem Schoß.

»Das Zeichen hast du entdeckt … Trotzdem …«

»Trotzdem?«

Der Priester trank einen weiteren Schluck Tee.

»Willst du nicht ein bisschen Tee? Bedien dich.«

Mète schenkte sich Tee ein, ob er wirklich Lust darauf hatte oder es aus reiner Höflichkeit tat, bleibt sein Geheimnis. Es ist immer schwierig abzulehnen, wenn man zu Besuch ist.

»Weißt du«, fuhr Pater Mayer fort, »du bist andersherum vorgegangen, und das ist das Merkwürdige. Ich habe dich gewähren lassen, weil ich sofort begriffen hatte, dass du, wie soll ich sagen, auf etwas sehr Wichtiges gestoßen bist. Andererseits ist die Graphologie eine archaische, zeitenthobene Disziplin. Du weißt ja, normalerweise geht der Graphologe von einem … Begriff aus und beginnt dann nach dem Zeichen zu suchen, das ihn symbolisiert. Er denkt über den Begriff nach, vergegenwärtigt sich all seine psychologischen und physiologischen Implikationen und entwickelt daraus eine Theorie … Erinnere dich, wie viel Staub immer noch das Zeichen der Schönheit aufwirbelt, zahlreiche Graphologen in der ganzen Welt suchen nach diesem Zeichen, ständig kommt einer daher und behauptet, er habe es entdeckt, und auf dem ersten seriösen Symposium muss er dann einsehen, dass er sich getäuscht hat. Doch wenigstens wissen alle, wonach sie suchen, auch wenn sie es nicht finden. Nebenbei gesagt, könnte es nicht sogar sein, dass es dieses Zeichen gar nicht gibt, wer kann mit Sicherheit sagen, dass es ein graphologisches Zeichen der Schönheit geben muss? Sie ist ein dermaßen subjektiver Begriff. Wenn es jedoch existiert, dann wird es früher oder später auch entdeckt werden, denn es sind so viele kluge Köpfe auf der Jagd nach ihm. Doch du, Mète, hast es umgekehrt gemacht.

Du hast das Zeichen entdeckt, ohne genau zu wissen, was es symbolisiert. Anstatt zu suchen, hast du gefunden ... Du hast mit dem für dich typischen Instinkt gearbeitet, demselben phänomenalen Instinkt, der deinen Onkel auszeichnete, aber ...«

Er trank einen weiteren Schluck Tee, und seine Knochen (in den Ellbogen diesmal, wie es Mète schien, oder in der Tiefe der Oberarmknochen) knirschten erneut.

»Gewiss«, fuhr der Priester fort, »wenn das Zeichen existiert, gibt es zwangsläufig auch etwas, das dieses Zeichen symbolisiert.« Er schüttelte den Kopf. »Ganz bestimmt ... Wenn es den Abdruck gibt, muss es auch den Fuß geben, der ihn hinterlassen hat.«

»Aber ich weiß«, sagte Mète, »was mein Zeichen symbolisiert.«

Der Priester lächelte, diesmal wirklich. Das erkante man daran, dass außer seinem Mund jetzt auch die Augen lächelten.

»Das ist genau der springende Punkt, Mète. Wie kannst du beweisen, dass das Zeichen diese *Verschäumtheit* symbolisiert, wie du es nennst? Das ist ein Begriff, den es nicht gibt, den du erfunden hast. Du hast sogar ein Phantasiewort erfunden, um ihn benennen zu können ...«

Mète sprang auf, und mit diesem Sprung erteilten seine Gliedmaßen denen des Priesters eine grausame Lektion von Jugend, weil in ihnen nichts knirschte.

»Nein, Pater«, sagte er, »ich habe überhaupt keinen Begriff erfunden. Das Wort schon, das musste ich erfinden, weil der Begriff, auf den ich mich beziehe, im Bereich der menschlichen Verhaltensweisen noch keinen Namen hatte und zu neu ist, um einen haben zu können. Aber ich habe es nicht erfunden. Und ich habe nicht etwas entdeckt, das Ihnen oder allen bedeutenden Graphologen entgangen wäre. Ich habe es jetzt entdeckt, weil es vorher nicht existierte. Es ist ein ganz und gar neues Zeichen: Übrigens haben Sie es mir selbst bestätigt; in den fünfzigtausend Handschriften, die in Ihrem Archiv aufbewahrt werden, gibt es keine Spur davon.«

Ein Wunder. Mète spricht, unterhält sich. Nicht Elliptisches hemmt seine Worte, die aus seinem Mund strömen, wie man es noch nie bei ihm erlebt hat. Er spricht, und während er spricht, ereifert er sich.

»Ja, es war Zufall«, fuhr er fort, »ich bin nach keiner Methode vorgegangen, Sie haben recht. Es war Instinkt. Aber der gleiche Instinkt hat mich in dem Augenblick, da er mich das Zeichen entdecken ließ, auch begreifen lassen, was es symbolisiert. Es ist kein Zufall, Pater, dass das Zeichen nur in Handschriften junger Leute vorkommt, die jünger als zwanzig sind oder kaum älter. Ich bin mir der Ungeheuerlichkeit meiner Behauptung durchaus bewusst, aber ich bin überzeugt, dass es sich um eine, sagen wir, anthropologische Mutation handelt, die sich nach und nach bemerkbar macht. Von Zeit zu Zeit tritt sie auf ...«

»Gut möglich«, unterbrach ihn der Priester, »aber du musst es beweisen. Und genau das, scheint mir, bereitet dir ...«

»Sehen Sie, Pater«, sagte Mète, »Sie haben auch andere Zeiten als diese erlebt. Sie haben meinen Onkel gekannt, Sie haben den Krieg mitgemacht, Sie haben Ihre ganze Ausbildung zu einer Zeit gemacht, da, nur um ein Beispiel zu nennen, niemand sich vorstellen konnte, die Erde könnte explodieren, einfach so, bumm, von einem Tag auf den andern. Niemand dachte an so etwas, Pater, weil diese konkrete Möglichkeit noch gar nicht existierte. Sie, Pater, haben Zeiten erlebt, in denen das Schicksal der Menschheit noch in

Gottes Hand lag. Ich dagegen nicht, ich habe diese Zeiten nicht erlebt, ich bin später geboren worden, und mir kommen sie sozusagen prähistorisch vor. Ich könnte ihnen nachtrauern, aber wozu? Und wie ich, nach mir, sind Millionen von Menschen auf dieser Erde erschienen, die sich so tiefgreifend verändert hat, dass sie unsicher und schwankend geworden ist. Und glauben Sie nicht, dass einige dieser Menschen, nicht alle, aber wenigstens ein paar, vom Wesen her ein bisschen anders sein können, dass sie in sich etwas entwickelt haben, das dieser neuen Welt zutiefst ähnlich ist und das vor ihnen nicht existiert hat? Halten Sie das nicht für möglich?«

Jetzt war es heraus. Wie alle Schweigsamen redet Mète nicht, wenn er redet, er monologisiert. Und um mit ihm zu sprechen, sogar um endlich auf die Fragen antworten zu können, die er gerade gestellt hat, muss man geschickt den Augenblick abpassen, in dem er innehält, um Atem zu holen. Pater Mayer, der seit einiger Zeit darauf lauerte, gelang es knapp.

»Ja, Mète, das ist möglich. Aber diese *Verschäumtheit*, also wirklich, was hat die damit zu tun? Was ist das? Man kann nicht eine wissenschaftliche Entdeckung ankündigen und dann von *Verschäumtheit* sprechen …«

»Vergessen Sie den Namen, Pater. Ich habe es so genannt, weil mir das Wort gefallen hat, und ich brauche ja einen Namen für das, wovon ich spreche. Wenn Ihnen dieser Name nicht gefällt, wählen Sie einen anderen, für mich hat das keine Bedeutung; aber es muss ein neues Wort sein, Pater, so wie wenn man ein neues Metall entdeckt oder ein noch unbekanntes Teilchen. Denn den Begriff gibt es, so viel steht fest, und es ist keine Oberflächlichkeit, keine vulgäre Verworfenheit und keine Unbeständigkeit, keine Leichtfertigkeit, auch keine einfache Trägheit oder Verantwortungslosigkeit oder Zerstreutheit, Gedankenlosigkeit. Das alles hat es immer gegeben, und für jeden dieser Begriffe existiert auch bereits mehr oder weniger ein Zeichen. Stellen Sie sich vielmehr jemanden vor, der all diese Begriffe in sich vereint und einen neuen daraus macht, eine Art *Legierung*, wie das Duraluminium oder das Messing. Den Begriff gibt es, ohne den geringsten Zweifel, und es ist der gleiche, den die Mathematiker gemeinsam mit den Physikern und Meteorologen erforschen, um hinter die Geheimnisse des Chaos zu kommen. Der Begriff der nichtlinearen Systeme, diese Systeme, die niemals einen Zustand der Ruhe oder Schwebe erreichen und sich wiederholen, aber nie auf die gleiche Weise. Diese scheinbar zufälligen Systeme, der rote Fleck des Jupiter, die Abkühlungszeit der Flüssigkeiten, die Konvektion der Gase, der Lorenz-Attraktor, die Hufeisen-Abbildung von Stephen Smale. Erst heute, Pater, hat die Wissenschaft angefangen, das Chaos zu studieren, und beginnt zu ahnen, dass es sich nicht um eine einfache Ausnahme von den verständlichen Regeln handelt, sondern um eine übergeordnete Regel, die unsere Approximationen nicht zu erklären imstande sind. Stellen Sie sich eine Errungenschaft dieses Typs nicht nur außerhalb des Menschen, in seinem Wissen, in seiner Erkenntnis vor, sondern auch in ihm, in seinem Charakter, in seinem innersten Sein. Das, was die Wissenschaftler den »Dämon der Nichtlinearität« nennen, wird dann ein vollkommen klarer Begriff, den wir täglich vor Augen haben; es ist derjenige der flüchtigen Errungenschaften, Pater, dieses ständige Eintauchen in den gegenwärtigen Augenblick, dieses spasmodische Vertrauen auf den plötzlichen Impuls, das so weit geht, dass man ganz und gar, ja, Pater, wirklich ganz und gar mit dem Augenblick verschmilzt, der ihn hervorgebracht hat. Dass man im Grunde nichts Fassbares mehr ist, sondern nur noch genau dieses ständige *Schäumen* in immer anderen Formen und Verhaltensweisen, die die Chaosforscher nicht zufällig ›dissipativ‹ nennen. Doch diese Personen vermögen so tief in einen Augenblick einzutauchen, der so kurz ist, Pater, dass Sie ihn nicht mehr von einem anderen unterscheiden könnten. Sagen Sie mir nicht, dass es das nicht gibt oder dass es das immer gegeben hat, denn das stimmt nicht. Vielleicht gibt es das erst, seit die ganze Welt so ist, gemäß dem Willen unserer verachtenswerten westlichen Zivilisation, seit wir wissen, dass jeder Augenblick theoretisch der letzte sein könnte. Manche fühlen sich hilflos angesichts dessen. Ich habe dieses Zeichen mittlerweile in mehr als sechshundert Handschriften gefunden, alle von jungen Leuten, sehr häufig Jugendliche; einige von ihnen habe ich sogar kennengelernt, und ich versichere Ihnen, Pater, sie sind tatsächlich so. Sie schäumen und ändern ständig ihre Gestalt. Meine Schwester, die Tochter meines Vaters und seiner neuen Frau: Sie ist siebzehn, ihre Handschrift weist zehn Zehntel dieses Zeichens auf, und sie *ist so* ...«

Endlich verstummte Mète; das plötzliche Auftauchen von Belinda am Ende dieses Wortschwalls hatte ihn aufgewühlt, so als sei sie ihm leibhaftig erschienen, um ihn daran zu erinnern, dass unter dem Deckmantel der Wissenschaft ein lebendiges leidendes Herz schlug und dass er von nichts anderem als Liebe sprach, von nichts anderem ...

»Ich weiß nicht«, sagte Pater Mayer, »was du sagst, ist sehr interessant. Andererseits habe ich keine Ahnung von dieser neuen Wissenschaft, von der du sprichst, für mich ist das Chaos Chaos, es fällt mir schwer, mir vorzustellen, man könnte es erforschen, ohne darin zu versinken. Ich habe das

Gefühl, du gehst die Sache, wie soll ich sagen, seitwärts an, von einer Disziplin zur anderen wandernd, auf einem langen Weg, auf dem man dir nur schwer folgen kann. Leider ist die Graphologie eine nüchterne Disziplin, und hier muss man sich streng an das halten, was du gerade gesagt hast über das Zeichen, das du entdeckt hast. Man muss nachdenken, vereinfachen. Mit dem, was du in der Hand hast, pass auf, dass du kein Eigentor schießt.«

»Aber Pater«, entgegnete Mète, »Sie haben die Handschriften doch selbst gesehen! Sie vereinen völlig entgegengesetzte Zeichen, um sie dann ein paar Zeilen weiter wieder aufzugeben, als reichte ein neuer Gedanke, ein Geräusch, um eine Persönlichkeit völlig zu verändern. Sehen Sie sich die Handschrift an, die da vor Ihnen liegt, schauen Sie, wie viele Formen sie annimmt, wie viele sie aufgibt, sodass es unmöglich scheint, sie auf eine bekannte Regel zurückzuführen, und doch, wenn Sie sie mit anderen vergleichen, werden sie feststellen, dass es eine Regel geben muss, denn letztlich ähnelt dieses Kuddelmuddel, das vollkommen zufällig wirkt, anderem ebenso chaotischem Kuddelmuddel. Es muss eine *Struktur* geben, die dieses Chaos leitet. So wie im Verhalten die Art und Weise, wie diese Personen sich ständig dem Leben überlassen, sie immer anders sein lässt, letzten Endes merkwürdigerweise immer die gleiche ist. Eine Art Raserei, die ...«

Nichts zu machen, Mète war jetzt nicht mehr zu bremsen, und sein Plädoyer dauerte noch lange, ohne dass er dem, was er bereits gesagt hatte, etwas Neues hinzufügte. Er machte sich Luft, und wir wissen, Mète hatte Grund genug dazu, doch Pater Mayer wusste davon nichts, und während er ihm geduldig zuhörte, schoss ihm wohl der Verdacht durch den Kopf, es mit einem Besessenen zu tun zu haben.

Eine Zeitungsnotiz

Jetzt müssen wir von einer Nachricht erzählen, die in der Zeitung erschien.

Mète las sie in einer funkelnden Snack Bar im Viertel Prati, in der er Zuflucht gesucht hatte, um Sandwiches hinunterzuschlingen, nachdem er Pater Mayers Einladung zum Mittagessen abgelehnt hatte. (Er hatte sich plötzlich, nicht weiter verwunderlich, geschämt für seinen Wortschwall und hatte das Weite gesucht.) Um ihn herum stopften sich die Angestellten mit gemischtem Salat und Joghurt voll, und Mète, ein überzeugter Zeitungsnichtleser, begann trotzdem die Lokalseiten der Zeitung durchzublättern, die auf der Eistheke lag.

Aus reinem Pflichtbewusstsein.

Es war die übliche Ansammlung unbedeutender Schandtaten, lokaler Skandälchen, Fällen von Hausfriedensbruch und fauler Geschäfte, lauter Dinge, die in einer Weltstadt nicht mehr als fünfzehn Zeilen wert sind, in Erwartung des grausamen Verbrechens, das ein paarmal im Monat endlich für Aufsehen sorgt.

Im Zoo der Villa Borghese war ein Elefantenbaby geboren und Jumbo genannt worden. Doch das ist nicht die Nachricht, von der wir erzählen wollen.

Die Nachricht stand in einer Rubrik mit der Überschrift »Schwarz & Weiß«, die gegliedert war in Absätze mit Überschriften wie: »Dreizehnjährige überfallen« oder »Hilfe für die Hunde«. Hier der Text:

> *Vandalen blasen zum Sturm auf die Theater.* Ein geschmackloser Scherz in der Nacht des Karnevalsdienstag: Zwei maskierte Vandalen haben die Türen mehrerer Theater der Stadt mit Plakaten beklebt, die zur Zerstörung

der Theater aufrufen. Ein einundfünfzigjähriger Mann, Agostino Baroni, ist bei dem Versuch, sie vor dem Teatro Argentina festzuhalten, angegriffen worden. In der Notaufnahme wurde ein Hämatom am Steißbein und ein leichter Schock festgestellt. Die Vandalen konnten fliehen.

Mète riss die Rubrik »Schwarz & Weiß« aus der Zeitungsseite, steckte sie in die Tasche und machte sich aus dem Staub. Wir waren nicht maskiert, dachte er, und es war kein Karnevalsscherz.

Weitere drei Tage

Die Schnellimbisse am Corso Vittorio, die Araber, die Bhagwan-Schüler, die Reiskroketten, die Buchhandlungen, die Kirchen, die Plätze, die Demonstrationen, die Einsamkeit, die Kälte, der Regen, das Hochwasser des Tibers, die öffentlichen Verkehrsmittel, die Staus, die Schlaglöcher, die Besuche in Damianos Laden, die Marx Brothers in seinem Filmbetrachter, die mit ihm verbrachten Nachtstunden, die traurigen und unergiebigen Touren durch die Nachtlokale, die ohrenbetäubende Musik der Klubs und das Feuerwerk von Gesichtern, Bewegungen und Körpern, das Bedürfnis, die Hände in einem Ausschnitt zu versenken, die Erinnerung an die tote Mutter, das stumme Nachhausegehen in der Nacht, Belindas Briefchen, wo bist du, Pater Mayer hat angerufen, Papa hat angerufen, die Kälte der Schlaflosigkeit, ihr Geruch, der von allem Besitz ergriff, von den Zimmern, von den Gegenständen, die Versuchung, neben ihr niederzuknien, wenn sie schlief, und sie zu betrachten, zu streicheln, die Flucht dann doch in das Bad der Philippinos, eine schmerzliche Masturbation und dann erneut die Flucht ins

Freie, die Ausstellungen, die Geschäfte, die Busse der Pilger, die fröhlichen Mädchen auf den Straßen, einmal gesehen und dann nie wieder, die Flugzeuge dort oben, die schnurgerade dicht über den Gianicolo hinwegflogen, und währenddessen sammelte sich der Staub gnadenlos auf seinen Büchern, rief Pater Mayer an, rief Bruno an, es ist dringend, alle suchen dich, wo bist du, doch Mète hielt eisern durch, ich schaffe es, sagte er sich immer wieder, ich kann auch ein Jahr so leben, ich werde irgendwo eine Frau finden, sie bespringen, und sie wird alles gut machen, doch er fand keine, schlimmer noch, er sprach noch nicht mal eine an, denn im Grunde fand er an keiner Frau mehr Gefallen.

Auf diese Weise verbrachte Mète drei weitere Tage, was man für viel oder wenig halten kann, jedenfalls brachten sie ihn in keiner Richtung auch nur einen Zentimeter weiter. In gewisser Weise war es, als hätte er diese Toilette ohne Schloss im *Olimpo* nie verlassen, als wäre er dort geblieben, in seiner storchenhaften Position, und hätte gegen die brutale Kraft angekämpft, die versuchte, die Tür aufzudrücken, und die andere, die ihn zu Boden zog, weil das Gleichgewicht gestört war ...

Natürlich verstrichen auch über der Stadt drei weitere Tage; die Monumente zerbröselten ihr tägliches Stückchen; Straßen, Treppen, Zylinderköpfe von Motoren nutzen sich millimeterweise ab; drei Millionen Römer verbrannten um ihn herum in ihren Gehirnen so um die tausend Milliarden Neuronen, mehr oder weniger; und weiter entfernt, in Amazonien, brannte, wie es hieß, eine Waldfläche groß wie die Hälfte des Stadtgebiets von Rom. In dieser ungeheuren Zerstörung löste Mète seine eigene auf, indem er sich seinen verzweifelten Bewegungen einer mit DDT angegriffenen Maulwurfsgrille überließ; er hatte mittlerweile aufgehört zu denken; in seinem Geist wechselten sich ständig die gleichen fünf oder sechs toten Bilder ab, wie in den Plastikfernrohren der Souvenirgeschäfte. Das alles mag übertrieben klingen, und das war es sicher auch, doch genau das war seine Situation, verzweifelt, übertrieben, mit der einzigen Perspektive, blind den Stunden zu trotzen, die näher rückten, glühend und leidenschaftlich, indem er sie einfach nicht mehr zählte und vor allem vermied, um jeden Preis vermied, Belinda zu sehen. Auf diese Weise verbrachte er, wie gesagt, drei weitere Tage, unnahbar. Bis zum Samstag.

Wir haben uns Sorgen gemacht!

Am Samstag verspürte Mète das dringende Bedürfnis, sich in der Sauna zu entspannen. Für die Philippinos war es ihr freier Nachmittag, er würde sie nicht in der Villa antreffen. Daher nahm er drei Busse (er befand sich um drei Uhr nachmittags in Testaccio, in der Nähe des Schlachthofs, weiß der Teufel warum), fuhr praktisch durch die ganze Stadt und stand schließlich vor der Überwachungskamera des eisernen Gittertors in der Via Cortina d'Ampezzo. Zum ersten Mal benutzte er die Schlüssel, die sein Vater ihm eines Tages gegeben hatte, und ging in den Garten. Alles ruhig. Er lief den kleinen Pfad am Swimmingpool entlang und erkannte die beiden Bäumchen wieder, die am vergangenen Sonntag vom Sturm umgerissen worden waren. Jemand hatte sie wieder aufgerichtet und mit Pfählen abgestützt, die Erde um die schmalen Stämme war sorgfältig festgeklopft. Es wurde bereits dunkel, in der dunkelblauen Wolkendecke des Himmels klafften purpurrote Risse.

Mète blieb stehen und betrachtete den Swimmingpool. Warum lassen sie ihn so verwahrlosen?, fragte er sich. Er hatte Risse, zahlreiche Kacheln hatten sich gelöst, und auf dem Boden hatten mindestens zwei Herbste ihre gefallenen Blätter übereinandergeschichtet. Er ging weiter zum Eingang der Villa.

Er bemerkte eine Betonmischmaschine, gestapelte Ziegel, Schubkarren, Werkzeug und einen langen Plastikschlauch, der vom Boden direkt in Belindas Fenster im ersten Stock führte. In der Luft nahm er einen Geruch von verbranntem Land wahr, der so typisch für die Umgebung Roms war und eine fast einschläfernde Wirkung auf jede Form von Leben hatte, so etwas wie eine Einladung zu verweilen, sich Zeit zu lassen. Der Geruch, in dem Belinda geboren worden war. Und auch Mète ließ sich Zeit, verweilte, bevor er mit den Schlüsseln an der Eingangstür klirrte und eintrat.

Geräuschlos ging er durch die Eingangshalle und den ersten Salon. In einem Zimmer sah er alle Hochzeitsgeschenke ordentlich aufgereiht: Silbergeschirr, Kristall, Einrichtungsgegenstände. Seine Zypresse fand er jedoch nicht in der Vitrine.

»Señor!«, rief eine leise Stimme, und Mète fuhr zusammen.

Das war Mila, zu Tode erschrocken in der weißen Umgebung einer Astronautenküche, in der sie wie eine Art Madonna mit Mixer, gemalt von Raffael, wirkte. Reglos, verblüfft, schüchtern.

»Oh, Mila«, sagte Mète, ebenfalls ganz schön erschrocken.

In dem Augenblick kam Dani aus einem Kabuff.

»Signore! Endlich!«

Bei ihm verhinderten die Überraschung und vielleicht der Schreck jedoch nicht, dass sich ein Lächeln auf seinem Gesicht ausbreitete.

»Signore! Wir haben uns Sorgen gemacht!«

Mète blickte ihn an.

»Ist heute denn nicht euer freier Nachmittag?«, fragte er.

»Oh, heute sind wir in der Villa geblieben ... Diese Arbeiter machen eine derartige Unordnung. Aber Sie, Signore, waren verschwunden!«

»Ich hatte viel zu tun.«

»Signorina Belinda ist die ganze Woche allein gewesen ...«

Echtes Bedauern war aus Danis Worten herauszuhören, trotz seines versöhnlichen Lächelns.

»Alle haben sich Sorgen um Sie gemacht.«

»Dafür gab es keinen Grund, Dani. Ich habe einfach nur viel gearbeitet.«

Mète versuchte, die gute Laune zu erwidern, mit welcher der Philippino ihn empfangen hatte, doch er war sich bewusst, dass er wie ein Dieb ins Haus eingedrungen war, und ein Dieb ist nicht in der Lage, irgendeine Art von Begrüßung zu erwidern.

»Ich möchte gern die Sauna benutzen«, sagte er kurz angebunden.

Er setzte sich in Bewegung, und Dani folgte ihm.

»Signorina Belinda hat gesagt, Sie seien sich nicht einmal begegnet, hätten sich nicht gesehen.«

»Die Wohnung ist sehr groß, Dani ...«

»Gewiss, Signore. Sie ist sehr groß ...«

Über eine Holztreppe gingen sie, Mète voraus, Dani hinter ihm, ins Kellergeschoss hinunter, wo ein langer Korridor an den Garagen entlang zur Sauna führte.

»Möchten Sie, dass Mila Sie massiert, Signore? Sie müssen müde sein, wenn Sie so viel gearbeitet haben.«

»Ich danke dir, Dani. Die Sauna genügt mir.«

Sie kamen in den Umkleideraum, und der Philippino

begann aus den Schränkchen alles zusammenzusuchen, was Mète brauchte: einen sauberen Bademantel, Badeschuhe, Balsame, Shampoo, Badeschaum, einen kleinen Spiegel, Rasierer …

»Lass gut sein, Dani«, sagte Mète, »ich komm schon allein zurecht.«

»Wie Sie wollen, Signore. Wenn Sie irgendetwas wünschen, klingeln Sie … Und bleiben Sie nicht zu lange drin, das könnte Ihnen schaden.«

»Nein … Danke …«

Endlich ging der Philippino, und Mète konnte sich ausziehen, unter die Dusche gehen und sich anschließend sofort in die Sauna stürzen. Er war gestresst, daran bestand kein Zweifel. Die Muskeln zitterten unter seiner Haut. Nur indem er sich vollkommen der Hitze überließ und bis zur Bewusstlosigkeit in diesem hölzernen Uterus versank, konnte er hoffen, sich zu entspannen. Und wenn er öfter herkäme, dachte er, jeden Tag, würde er vielleicht auch die Müdigkeit, ja, die ungeheure Müdigkeit abschütteln können, die er noch ertragen musste, damit er …

»Signore! Signore!«

Danis kleines Gesicht hatte Mühe, sich durch das Bullauge der Tür zu quetschen.

»Signore! Ihr Vater ruft aus Amerika an!«

Mète sprang auf, und das Blut wich aus seinem Kopf, sodass er erneut in Ohnmacht zu fallen drohte. Er wurde nicht ohnmächtig, fühlte sich jedoch unendlich schwach und wehrlos, so nackt und schweißgebadet, absolut außerstande, auf einen solchen Angriff zu reagieren. Er öffnete die Tür, und Dani stand in voller Größe vor ihm, ein Telefon in der Hand. Ein Verlängerungskabel verlor sich hinter ihm.

Das Telefon fand Platz auf Mètes schweißnassen Schenkeln. Dani verschwand, wie Ariadne seinem Faden folgend. Die Tür der Sauna schloss sich wieder.

Ihr seid doch alle verrückt

»Hallo?«

Kurze Stille, in der das Klicken der Satellitenverbindung zu hören war. Dann ertönte die Stimme seines Vaters, erstaunlich nah und deutlich.

»Mète, bist du das?«

»Ja.«

»Wie geht es dir?«

»Gut.«

»Was machst du gerade?«

»Ich bin in der Sauna.«

Zwischen den einzelnen Repliken gab es immer diese kurze Verzögerung durch die Satellitenübertragung, wodurch das Gespräch sehr wohlüberlegt wirkte.

»Wo bist du nur gewesen?«

»Nirgends, Papa. Wie geht es euch?«

»Uns geht es gut ... Aber du bist nie zu Hause ... Was ist passiert?«

»Nichts.«

»Aber Belinda hat mir gesagt ...«

»Ich höre dich nicht. Ich kann fast nichts hören.«

»Ich höre dich wunderbar. Soll ich zurückrufen?«

Also hatte nicht er angerufen. Es wurde bereits nach ihm gefahndet, und Dani hatte ihn verraten. Eine Verschwörung ...

»Hallo? Hörst du mich? Soll ich zurückrufen?«

»Nein. Jetzt höre ich dich besser.«

»Ich sagte, dass Belinda mir gesagt hat ...«

»Wie bitte?«

»Belinda hat mir gesagt, dass ihr euch nicht einmal gesehen habt!«

Mète musste den Hörer vom Ohr weghalten, so sehr hatte sein Vater die Stimme erhoben.

»Sie ist die ganze Zeit allein gewesen ...«

»Ich hatte zu tun. Viel zu tun ...«

»Ja, okay, aber innerhalb einer Woche ...«

»Montag bin ich den ganzen Tag weg gewesen, um zu arbeiten ...«

»Okay, Montag, aber ...«

»Dienstag war Karneval, und sie ...«

> Am Dienstag sind wir zum Spiel gegangen, aber er hat uns versetzt und ist nicht gekommen ... Am Mittwoch ist er zum Spiel gegangen, und wir haben ihn versetzt, wir sind nicht hingegangen ... Am Donnerstag gab es zwei Spiele, aber keiner ist hingegangen ... Am Freitag hat es den ganzen Tag geregnet ...

Die gleiche Geschichte. Wenn man bedenkt, dass Mète jedes Mal gelacht hatte, wenn er diese Szene auf Damianos kleinem Bildschirm wiedergesehen hatte, und das waren die einzigen beiden Male gewesen, da er hatte lachen können. Doch jetzt lachte er nicht, er bemerkte nicht einmal die Analogie.

»Ich hab schon verstanden, Mète ... Aber dass du sie überhaupt nicht gesehen hast ... nicht ein einziges Mal ...«

»Jetzt habe ich nicht mehr so viel zu tun und ...«

»Kümmere dich um sie, ich bitte dich ... Lass sie nicht allein.«

»Morgen. Morgen habe ich Zeit.«

»Aber nicht nur morgen, auch die nächsten Tage. Tu mir

diesen Gefallen, Mète ... Achte darauf, dass sie in die Schule geht, dass sie lernt.«

»Ja, ja ...«

»Versprochen?«

»Versprochen ...«

»Wir kommen Samstag zurück ... Ich habe Dani die Telefonnummer des Hotels gegeben und Belinda auch, falls irgendetwas ist ...«

»Mach dir keine Sorgen. Macht euch eine schöne Zeit.«

»Von wegen, hier ist es saukalt!«

»Zieht euch warm an.«

»Ich bitte dich herzlich, Mète ... Du hast es versprochen ...«

»Okay. Ciao.«

»Virna schickt dir einen Kuss ... Ciao.«

Mète legte auf und senkte den Kopf. Es war vorbei, seine Flucht war beendet. Sein Vater hatte sich doch glatt einen vorwurfsvollen Ton erlaubt, den er bis jetzt stets zu vermeiden gewusst hatte. Nein, jetzt konnte er nicht mehr aus.

Sein Körper hatte währenddessen tüchtig geschwitzt, doch jetzt war es zu spät, die wohltuende Wirkung zu genießen; es wurde Zeit hinauszugehen, die Sanduhr hatte ihre zehn Minuten Sand vollständig umgefüllt, und das Atmen fiel ihm zunehmend schwerer. Dennoch ging Mète nicht hinaus, er blieb sitzen. Er drehte die Sanduhr um, nahm den Rasierer und begann sich zu rasieren, ohne sich in dem kleinen Spiegel zu betrachten. Da die Poren vollständig erweitert waren, ließ sein Bart sich ohne den geringsten Widerstand entfernen, ja, er gab ihm sogar ein angenehmes Gefühl von Macht. Mète hatte eine wunderbar glatte Haut. Und viele andere Qualitäten. »Okay«, murmelte er, »ihr seid doch alle verrückt. Ich werde mich um sie kümmern ...«

DRITTES KAPITEL

Tagsüber der Wirbel der Gedanken und Phantasien, des Einfädelns von Hinterhalten, der Fluchten, der Verabredungen, der Intrigen, nachts der Stachel der Begierde, das Verlangen, das jedes edle Gefühl so sehr erstickt, dass man verroht und Seele und Körper und all ihre Fähigkeiten dieser Verrohung überlässt. Für den Wollüstigen gibt es nichts als das Fleisch, und daher ist dies das einzige Objekt seiner Liebe.

Pater Gerolamo Maria Moretti

Das Geheimnis

Als er sich umdrehte, stand sie vor ihm. Reglos auf der Schwelle, in ihrem langen weißen Nachthemd, zerzaust und erstaunt und verschlafen, in einer irrwitzigen Pose, die es verdienen würde, von Holbein dem Jüngeren verewigt zu werden, demjenigen, der einen Leichnam Christi malte, aus dem so sehr alles Leben gewichen war, dass jeder, der ihn betrachtete, zum Atheisten würde, wie Dostojewski bemerkte.

»Mète …«, flüsterte Belinda.

Mète saß an dem Arbeitstisch in seinem Zimmer, das vom weißen Morgenlicht überflutet wurde, rührte sich jedoch nicht vom Fleck. Also ging sie zu ihm, beugte sich über ihn und küsste ihn in einer langsamen somnambulen Bewegung, die eine Fülle von Gerüchen freisetzte: nicht so sehr von Apfel jetzt oder von Haschisch, sondern eher eine dumpfe Mischung nächtlicher Gerüche, von gut ausgeruhtem Körper, Schlaf, osmotischem Austausch zwischen Haut und Fasern des Lakens. Die Haare fielen in dieser Bewegung nach vorn und breiteten für ein paar Augenblicke einen goldenen Vorhang über Mètes Augen, legten sich über seine Wimpern wie ein zarter Verband. Dann richtete Belinda sich wieder auf, und Mète kam es vor, als wäre sie nach Amerika gereist.

»Was ist da los?«, fragte Belinda, während sie zur Tür zurückging und in Richtung Salon starrte.

Jetzt stand Mète auf und ging zu ihr.

»Wer sind die?«, fragte Belinda.

Im Salon schwirrten in der Tat vier unbekannte Elfen herum; vier philippinische Mädchen stellten das ganze Zimmer auf den Kopf, fegten, putzten Fenster und polierten Möbel, ohne den geringsten Lärm zu machen. Ihre Bewegungen wurden lediglich begleitet von den leisen Klängen einer Melodie von Steven Shlacks, von der die Mädchen geradezu überwältigt zu sein schienen. Als sie Mète und Belinda bemerkten, warfen sie ihnen schelmische Blicke zu, lächelten unschuldig und setzten ihre Hausarbeiten fort, welche, mit solcher Freude ausgeführt, wie Spiele von Vögeln wirkten.

Belinda war trotzdem verblüfft.

»Belinda«, sagte Mète, »ich habe Dani versprochen, es niemandem zu sagen. Sind wir uns einig?«

»Ja ...«

»Vor allem deiner Mutter darfst du nichts sagen. Kann ich dir vertrauen?«

»Ja ...«

(Wie schön sie ist, dachte Mète, wenn sie »Ja« sagt, aufs Geratewohl, ohne zu wissen, wozu, »ja«, als konzentriere sich ihre ganze Person in diesem Laut, »ja«, als wäre sie tatsächlich auf die Welt gekommen, um Tausende von »ja«, »ja«, »ja« über die Erde zu verstreuen.)

»Es handelt sich um ein Geheimnis zwischen Dani und mir, verstehst du?«

Wir hatten anfangs gesagt, dass ein Geheimnis zwischen Mète und Dani zu gegebener Zeit enthüllt werde. Und jetzt enthüllte Mète dieses Geheimnis auch Belinda.

»Weißt du«, sagte er, »heute ist Sonntag. Der Sonntag ist für die Hausangestellten auf der ganzen Welt ein freier Tag. Und du weißt ja, dass es in Rom heute Hunderte von philippinischen Hausangestellten gibt wie Dani und Mila. Viele kennen sich untereinander oder sind sogar miteinander verwandt, und sonntags treffen sie sich, verbringen den Tag miteinander, reden in ihrer Sprache und amüsieren sich ein bisschen. Allerdings sind sie gezwungen, sich auf der Straße aufzuhalten, in der Kälte, oder in den Grünanlagen vor der Stazione Termini, du hast sie bestimmt gesehen, sonntags, zusammen mit den Straßenhändlern und Pennern … Und da hat Dani, da diese Wohnung immer unbewohnt war und er die Erlaubnis hatte, hierherzukommen, an den Sonntagen all seine Freunde und Verwandten hierher eingeladen. Er hat es eine ganze Weile gemacht, aber als ich dann hier eingezogen bin, hat er damit aufgehört, aus Angst, mich zu stören. Und als wir uns dann besser kennengelernt haben, hat er mich eines Tages, da er mir vertraute, gefragt, ob er sie wieder hierher mitbringen könne. Aber Virna dürfe nichts davon wissen, sie wäre bestimmt nicht einverstanden und würde es nicht erlauben. Weißt du, an manchen Sonntagen kommen fünfzehn oder zwanzig Philippinos hierher … Aber sie tun nichts Schlimmes, im Gegenteil, sie putzen die Wohnung, und es ist eine Freude, ihnen dabei zuzuschauen, denn sie sind so glücklich, eine Wohnung zu haben, wo sie sich aufhalten können, dass sie sich um sie kümmern, als wäre es ihre. Manchmal organisieren sie kleine Feste und tanzen zu dieser Musik, die sie so lieben, Steven Shlacks, Julio Iglesias, Mina, und kochen gemeinsam, Gerichte mit Reis, Gemüse, geschnetzeltem Schweinefleisch und ihren orientalischen Zutaten. Und nachmittags schreiben sie Briefe nach Hause, nähen, reparieren ihre Transistorradios, und wenn sie dann um sieben nach Hause gehen, ist alles perfekt und aufgeräumt, als wäre den ganzen Tag niemand da gewesen ...«

Belinda war völlig hingerissen. Allerdings hatte Mète auch mit der Sanftheit eines Verführers gesprochen, und Belinda war von seiner Rede vollkommen in Bann geschlagen und hatte ihm mit offenem Mund zugehört, als existierte plötzlich nichts anderes mehr auf der Welt. Diese Bereitschaft, sich verzaubern zu lassen, führte Mète im Übrigen ein weiteres Mal vor Augen, was er bereits von ihr wusste, und das war der Grund für seine innere Qual: Belinda war ganz und gar unfähig, dem geringsten Impuls zu widerstehen, sobald es jemandem gelungen war, ihn auszulösen. Mète fuhr fort, aber er war bereits verwirrt:

»Dani hatte beschlossen, heute niemanden einzuladen, da du hier bist ... Stell dir vor, diese Mädchen würden jetzt auf der Straße sein, bei dieser Kälte, wo sie doch sowieso schon zehntausend Kilometer von zu Hause entfernt sind. Daher habe ich Dani gebeten, es wie immer zu machen, und habe ihm garantiert, dass du das Geheimnis für dich behalten wirst, vor allem Virna gegenüber. War das richtig?«

»Ja ...«

»Und wenn du zum Mittagessen bleibst, wirst du sehen, wie schön es ist, mit ihnen zu essen ... Bleibst du?«

»Ja ...«

Mète lächelte, doch dann erschrak er, als er den Blick sah, den Belinda auf die vier philippinischen Nymphen im Salon warf; in diesem Blick lag jetzt eine so zärtliche und unschuldige Liebe, wie man sie nur selten bei jemandem von einem Augenblick auf den nächsten für Leute aufblitzen sieht, die ihm gänzlich unbekannt sind.

Dreizehn bei Tisch

Dani also und Mila und außerdem René, Jean, Ester, Felicia, Lita, Nazario, Clara und Dory und schließlich Mète und Belinda, die Ehrengäste; dies waren die Tischgenossen bei diesem Mittagessen an diesem Sonntag in der Via di Monserrato. Mila und Dory, die Ältesten, trugen heiße Suppen und Gerichte (Bulanglang, Sinigang na Baka, Sinigang na Hipon) auf, und Nazario und René teilten sie aus, während Dani eine komplizierte Unterhaltung in drei Sprachen, Italienisch, Englisch und Tagalog, führte. Er strahlte, der kleine Chef, während er erzählte, dass er mit allen am Vormittag in der großen Van-Gogh-Ausstellung in der Galleria d'Arte Moderna gewesen sei; es schien ihn mit Stolz zu erfüllen, dass sie anderthalb Stunden in der Schlange hatten stehen müssen, inmitten der Touristen und der Bürger der Hauptstadt, denn, sagte er stolz, »vor der Kunst sind alle Menschen gleich. Wie vor Gott«.

Die jüngeren Mädchen aßen lächelnd, wechselten ab und zu ein paar Worte auf Filipino und brachen sofort in leises Gelächter aus; andere, die etwas wagemutiger waren, mischten sich von Zeit zu Zeit in das Gespräch ein und erklärten Belinda, die neugierig war, woraus die Gerichte bestanden. Eine vor allem, Felicia, strahlte eine ansteckende Fröhlichkeit aus und bekam Applaus für den ersten Monolog ihres Lebens auf Italienisch; sie war siebzehn (wie Belinda), war vor vier Monaten nach Italien gekommen, arbeitete auf der Collina Fleming in der Familie eines Fußballers des AS Roma, hatte bereits den Papst auf dem Petersplatz gesehen und kannte sich gut mit dem Bus der Linie 2 aus. Belinda hörte ihr voller Bewunderung zu, aber auch mit einer Spur Traurigkeit, denn sie stellte sich vor, wie es wäre, wenn sie in Asien in einer Familie reicher Kaufleute arbeiten würde. Mète dagegen schien sich ausgesprochen wohlzufühlen, sein Blick war nicht düster, und er aß mit großem Appetit Reis und Gemüse. Wenn er das heikle Thema der politischen Situation auf den Philippinen ansprach, konnte er feststellen, welche Fortschritte Nazario und René seit dem letzten Mal dank Dani gemacht hatten; Cory Aquino war keine grausame Hexe mehr, Nazario hatte aufgehört, Geld an die Guerilla zu schicken, und Marcos wurde nicht mehr wie ein Heiliger vergöttert, obwohl er für Danis Cousins nach wie vor ein ehrbarer Mann war, dem Unrecht geschehen war. Dani lächelte am Ende des Tisches, hob den Kopf in einer Mischung aus Zufriedenheit und Geduld und tauschte mit Mète komplizenhafte Blicke aus.

Gläser mit Lambrusco einer Phantasiemarke und aus einer Flasche mit Plastikkorken, die aber dennoch die Wangen der Mädchen, einschließlich Belindas, zu röten vermochten, machten die Runde. Und dann verschwand Dani in der Küche und kam mit einem schönen Obstkuchen aus der Pasticceria Bella Napoli zurück, der für alle eine Überraschung war. Mila reichte ihm eine Flasche Carpenè, und während Jean die Kristallkelche aus Virnas Service verteilte, trat neben Dani, der am Tischende aufgestanden war, Schweigen ein.

»Ich habe eine schlechte Nachricht für euch, falls ihr

abergläubisch seid«, sagte er schalkhaft, »heute waren wir dreizehn bei Tisch ...«

Dann wiederholte er auf Filipino, was er gesagt hatte, und das schien ein gutes Stück länger und komplexer zu sein. Mète blieb Zeit, die Personen am Tisch abzuzählen, zwei, vier, sechs, acht, zehn, elf mit Belinda, zwölf mit ihm. Und wie es schien, war kein Platz frei geblieben. Und mit einem Schlag begriff er ...

Auch die Philippinos hatten in der Zwischenzeit angefangen zu zählen, und Dani betrachtete sie voller Zufriedenheit.

»Ihr braucht gar nicht zu zählen«, fuhr er fort, »der Dreizehnte ist sehr gut versteckt ...«

Erneut übersetzte er ins Tagalog, und Mète bemerkte, dass Mila schüchtern den Blick senkte. Doch noch hatte keiner der anderen begriffen, auch Belinda nicht. Dani ließ seine Frau aufstehen, und mit einer unendlich zärtlichen Geste legte er seine Hand auf ihren Bauch, während seine Augen vor Freude leuchteten ...

»Er ist hier ...«, verkündete er.

Der Korken des Carpenè knallte gleich danach, während die Philippinos vor Freude lachend und schreiend Mila umringten. Belinda fühlte sich in diesem Augenblick ein wenig benommen; sie wurde mit einem Mal Zeuge von so viel Glück, mehr, als sie sich je hätte vorstellen können. Nur Mète war noch nicht aufgesprungen, und sie blieb neben ihm sitzen.

»Mila«, fragte sie ihn unsicher, »ist schwanger?«

Mète nickte lächelnd. Nun gab es keinen Zweifel mehr.

Jetzt stand auch Belinda auf, bahnte sich ihren Weg durch die überschwänglichen Philippinos und umarmte Mila. Zum ersten Mal wurde ihr bewusst, dass sie das in all den Jahren, in denen sie im selben Haus gewohnt hatten, nie getan hatte.

Und Mète umarmte Dani, der seine Schulter mit ein paar glänzenden Tränen benetzte.

Welcher Heavy-Metal-Rocker?

Beelzebub, Belindas kranke Katze, wanderte lustlos durch die Wohnung. Diese neue Situation schien ihr nicht zu behagen, ihr boshafter Gesichtsausdruck passte ausgezeichnet zu ihrem Namen. Sie wechselte vom Nachtbereich in den Tagbereich und besuchte Mikrokosmen, die auf ungewohnt neue Weise unterschiedlich und getrennt waren; in den Salons und in der Küche waren die Philippinos still mit ihren Angelegenheiten beschäftigt, sie schrieben Briefe und bügelten, endlich Diener ihrer selbst. In den beiden Schlafzimmern saßen Mète und Belinda über ihre Arbeit gebeugt, jeder für sich. Doch etwas war neu zwischen ihnen …

Die Türen der beiden Zimmer standen sperrangelweit offen.

Mète, der die Analyse von Biancas Brief an den modernen Charon abschloss, hatte die Ohren in Wirklichkeit nach außen gerichtet, wie ein Radar, und registrierte jedes Umblättern, das aus Belindas Zimmer herüberdrang. Belinda hingegen mühte sich mit dem Canto XXVI des *Inferno* ab, insbesondere mit dem Monolog von Odysseus, in dem Dante übertrieben oft das Adjenktiv »picciola« (klein) benutzt (zumindest entnahm sie das den Notizen, die sie sich im Unterricht gemacht hatte, während sie mit Sicherheit an etwas anderes gedacht hatte, da sie nicht nur kein Wort von dem Text Dantes verstand, sondern sogar ihre eigenen Notizen völlig unverständlich für sie blieben), und auch sie hatte ihre Sinne auf Empfang gestellt und achtete ausschließlich auf alles, was sie ablenken könnte.

Es war früher Nachmittag, ein nasser Wind peitschte die Fenster, die Stadt hielt den Atem an, und an diesem toten Punkt fuhren Mète und Belinda in ihrer Arbeit fort und lenkten sich gegenseitig ab, ganz nah und doch getrennt; nur die Katze verband sie mit ihrem unruhigen Hin-und-her-Wandern und trug Liebkosungen vom einen zur anderen. Bis etwas geschah.

Drei Anrufe, kurz hintereinander.

Als Mète das erste Mal den Hörer abnahm, vernahm er so etwas wie das Quieken eines Nagetiers:

»Entschuldigung, Señor, tut mir leid, zu stören Sie …«

Der Anruf war für Mila. Mète, der über den einzigen Apparat verfügte, der in der Wohnung verblieben war (er hatte ihn in sein Zimmer genommen, mithilfe eines komplizierten Systems von unter den Teppichen versteckten Verlängerungsschnüren), holte sie und hielt sich während des Gesprächs diskret fern, obwohl es auf Filipino stattfand.

Während er im Flur wartete, konnte er Belindas Knöchel sehen, die über das Bett ragten, gekrönt von unbeschreiblich schmutzigen Turnschuhen. Dann verließ Mila das Zimmer, Mète setzte sich wieder an seinen Schreibtisch, und das Telefon klingelte erneut.

Diesmal fand das Gespräch auf Italienisch statt.

»Hallo? Mète, endlich …«

Es war Damiano.

»Wo hattest du dich versteckt?«

»Ich hatte zu tun …«

»Irgendwelche Neuigkeiten?«

»Nein, nur viel Arbeit. Warum hast du mich gesucht?«

»Nichts besonderes, einfach so …«

Und dann wurde Damianos Stimme plötzlich leiser, schelmischer und sinnlicher, immer noch unbeschwert, aber, sagen wir, leicht eingetrübt. Mète kannte diesen Ton nur zu gut …

»Aber, sag mal … Belinda wohnt doch zur Zeit bei dir?«

»Warum?«

»Sie ist immer am Telefon gewesen …«

Mète streckte sich, den Hörer zwischen Schulter und Hals geklemmt, um die Tür zu schließen.

»Ja, sie ist hier. Bis ihre Eltern aus Amerika zurückkommen …«

Er versuchte es so natürlich wie nur möglich zu sagen, doch er senkte die Stimme zu sehr, und die Verwendung des Ausdrucks »ihre Eltern«, als spräche er von jemandem, mit dem er nichts zu tun hätte, wirkte alles andere als natürlich.

»Und du sagst mir nichts? Schöner Freund …«

»Was hätte ich dir sagen sollen?«

»Dass sie bei dir wohnt und mich sofort zum Essen einladen, das wäre schon mal ein Anfang …«

»Hallo, sie ist keine von deinen Benetton-Verkäuferinnen, sie ist meine Schwester …«

»Das war ein Scherz …«

Natürlich war es ein Scherz. Aber Mète war nicht nach Scherzen zumute …

»Außerdem, gerade weil sie deine Schwester ist, wäre es deine Pflicht, dafür zu sorgen, dass sie einen deiner Freunde kennenlernt, meinst du nicht? Einen, dem man vertrauen kann, ein anständiger Kerl …«

Mète fragte sich verzweifelt, womit er ihm Einhalt gebieten könnte.

»Sie ist verlobt«, schleuderte er ihm an den Kopf.

»Ach ja? Mit wem? Mit diesem Heavy-Metal-Rocker?«

»Was für ein Heavy-Metal-Rocker?«

»Na ja, ich habe sie mit jemandem in Klubs gesehen … Ein Rockabilly-Fan, gegelt, Koteletten, Lederjacke …«

Die Narkose wirkte nicht mehr. Jetzt kam der Schmerz …

»Ein Drogenabhängiger, ein Geistesgestörter … Hör auf mich, stell sie mir vor, ich bin normal …«

»Was meinst du mit geistesgestört? Wer ist er?«

»Hallo, ein Scherz! … Woher soll ich das wissen, er ist ein … Du bist aber ganz schön empfindlich, was deine kleine Schwester betrifft.«

»Ich habe auch einen Scherz gemacht, ich weiß sehr gut, wer er ist.«

»Ach … Also, sehen wir uns oder nicht?«

»Ich habe im Augenblick viel zu tun …«

»Ich komme heute Nachmittag zu dir …«

»Nein, ich bin am Weggehen …«

Mète überlegte einen Augenblick und konnte sich nicht verkneifen hinzuzufügen: »Und sie ist auch nicht da, wenn du's genau wissen willst. Also …«

»Ist sie mit dem Heavy-Metal-Rocker ausgegangen?«

»Ja.«

»Was für eine Welt … Na gut, ruf mich an, wenn du dich amüsieren willst.«

»Ciao.«

»Ciao, Mète.«

Mète legte auf. Doch ihm blieb keine Zeit, über diese Neuigkeit nachzudenken, das Telefon klingelte schon wieder.

»Ist Belinda da?«, fragte eine männliche, metallische Stimme.

»Mète!«

Belinda rief ihn. Im Esszimmer, wohin er sich zurückgezogen hatte, um sie beim Telefonieren allein zu lassen, hatte Mète verzweifelt die Ohren gespitzt, in dem Versuch, das eine oder andere Wort zu verstehen oder einen Satz. Doch die Ruhe des Nachmittags übertönte alles; nur die Geräusche der häuslichen Arbeiten der Philippinos vermochte er wahrzunehmen, das Schnauben des Bügeleisens, das Klappern des Geschirrs, das Kratzen der Federn auf dem Briefpapier. Und das fünf Minuten lang, doch jetzt ertönte Belindas Stimmchen klar und deutlich aus der Tiefe der Wohnung.

»Mète!«

Er fand sie bäuchlings auf dem Bett, den Hörer noch am Ohr und ein Lächeln auf den Lippen.

»Was ist denn da in deinem Telefon?«, fragte sie.

Mète blieb an der Tür stehen, unsicher, ob er eintreten sollte oder nicht. Dabei war es sein Zimmer.

»Nichts«, sagte er, »das ist eine Interferenz von Radio Vatikan …«

»Was?« Belinda runzelte die Stirn, während sie versuchte zu verstehen, was da im Hörer los war.

»Radio Vatikan«, wiederholte Mète, »verfügt über eine sehr starke Antenne, und in manchen Vierteln …«

Belinda brach in silberhelles Gelächter aus, dann verstummte sie für ein paar Sekunden, bevor sie erneut lachte.

»Es ist nicht zu fassen … man hört alles …«

»Das ist nichts, was geheim wäre«, sagte Mète. »Man braucht nur ein Transistorradio einzuschalten, und …«

Es war nichts zu machen, Belinda schien es wie ein Wunder vorzukommen. Mète erzählte ihr nicht, dass dieses

Wunder sich in den meisten Telefonen im Zentrum von Rom ereignete, und in den Stereoanlagen, den Fernsehern, ja sogar in den Sprechanlagen ...

»He! Sie sprechen ja tatsächlich von Heiligen!«, rief Belinda. »Hör mal, der heilige Ignazio di Loyola ...«

Die Katze bahnte sich einen Weg zwischen Mètes Beinen hindurch, wobei sie sich ausgiebig an ihnen rieb, bevor sie auf das Bett sprang. Daraufhin beschloss auch Mète einzutreten und setzte sich an den Schreibtisch.

»Sie reden über ein Buch des heiligen Ignazio di Loyola«, wiederholte Belinda.

»Hättest du den Hörer heute Morgen abgenommen, hättest du live den Papst hören können, wie er das Angelus zelebrierte ...«

Belinda kicherte, hörte aber immer noch aufmerksam zu, während sie die Katze streichelte. Mète beobachtete sie von seinem Platz aus.

»Hör mal!«, sagte Belinda. »Hör mal, jetzt gibt es Musik ...«

Sie streckte sich auf dem Bett, um Mète den Hörer zu reichen, der ihn an sein Ohr hielt; es war *Also sprach Zarathustra*. Mète zwang sich zu lachen, denn Belinda schien sich tatsächlich sehr dafür zu interessieren, dann gab er ihr den Hörer zurück.

»Das ist die Erkennungsmelodie der Sendung«, sagte er, »jetzt kommt ›4 voci‹, die Nachrichten in vier Sprachen ...«

»Wirklich? Dann höre ich zu. Störe ich dich?«

»Ach was ...«

»Ja, aber dadurch«, überlegte Belinda, »blockiere ich dein Telefon.«

»Nein, nein, nein ... es ist besser so, leg nicht auf.«

»Eine Menge Leute haben dich gesucht, hast du meine Nachrichten gefunden?«

»Ja.«

»Ah, jetzt. Du hattest recht, das sind die Nachrichten ...«

Sie drehte sich auf den Rücken und streckte sich in einer sehr verführerischen Position aus, aus der sie ihn jetzt verkehrt herum ansehen konnte.

»Die haben sich aber eine komische Erkennungsmelodie für ihre Nachrichtensendung ausgesucht«, sagte sie.

Und sie lachte erneut. Ihr Haar fiel über den Bettrand und berührte fast den Fußboden. Die Katze lief auf ihrem Bauch hin und her und beschloss, sich auf ihren Brüsten niederzulassen, die sich gegen das schwarze T-Shirt drückten. Belinda ließ sie gewähren und streichelte sie langsam.

Mète erinnerte sich an etwas, das Bruno ihm gesagt hatte. Bei ihm zu Hause, in der Toskana, nahmen die Bauern, wenn sie ein Grundstück hatten, auf dem sie ein Haus bauen wollten, eine Katze und beobachteten, wo sie sich hinkauerte; dort bauten sie dann die Küche, denn das war der bequemste Ort auf dem ganzen Grundstück, der am günstigsten gelegene, kühl im Sommer und angenehm warm im Winter, hell, gut gelüftet, geschützt. Und Mète spürte, wie etwas sehr Schnelles, Saugendes, fast Schmerzhaftes in ihm hochstieg; eine starke Kraft, der er sich während all dieser Tage anvertraut hatte, machte einer anderen, ebenso starken, vielleicht sogar stärkeren Kraft Platz, die an ihre Stelle trat, unbekannt, blind, glühend.

Eine unbekannte Zeit beginnt

Früher als sonst verließen die Philippinos an diesem Sonntag die Wohnung. Dani erklärte, wegen der Van-Gogh-Ausstellung hätten sie die Morgenmesse versäumt, deswegen müssten sie jetzt in die Nachmittagsmesse gehen. Er zählte eine ganze Reihe übriggebliebener Gerichte auf, die er für das Abendessen mitgebracht hatte, und bat Mète nachdrücklich, seine Schwester nicht allein zu lassen; dann ging er, gefolgt von seiner Sippschaft.

Belinda lag noch immer auf seinem Bett. Die Katze hatte es sich jetzt in der Mulde ihres Rückens bequem gemacht, und Belinda hatte den Hörer aufgelegt und schaute nun zerstreut auf Mètes Fernseher. (Denn in dem Zimmer stand auch ein winziger Fernseher, den seine Mutter bei dem letzten Ausflug, den Mète mit ihr gemacht hatte, bevor sie ins Krankenhaus gekommen war, in San Marino gekauft hatte; aber er schaltete ihn niemals ein, es reichte ihm, ihn zu haben, weil er ihn an das erinnerte, woran er sich zu erinnern hatte.)

Seit sie in das Zimmer gekommen war, um zu telefonieren, hatte Belinda es nicht mehr verlassen, und abgesehen von ein paar trägen Bewegungen, um die Position zu wechseln, hatte sie sich nicht bewegt. Mète, der wie festgenagelt am Schreibtisch saß, hatte eine mäßige Vorstellung des fleißigen Wissenschaftlers geboten, denn in Wirklichkeit hatte er sie mit ganzer Seele betrachtet, einer Seele, die, wie er deutlich spürte, bereits verloren war durch dieses Hin und Her sanfter Rundungen, Schultern, Hüften, Knöchel und Sommersprossen, die träge auf seinem Bett ausgebreitet waren. Dennoch hatte er sich, solange die Philippinos in der Wohnung gewesen waren, noch beschützt gefühlt, geschützt vor sich selbst. Nachdem sie gegangen waren, begann nun eine unbekannte Zeit für ihn.

Er spürte, dass er unbedingt etwas sagen musste, irgendetwas, um sie nicht weiterhin stumm zu bewundern.

»Was hat die Katze?«, fragte er.

»Keine Ahnung«, erwiderte Belinda. »Ich müsste mit ihr zum Tierarzt, aber ich vergesse es immer wieder.«

»Warum sagt ihr, dass sie krank ist?«

»Na ja, sie benimmt sich seltsam … manchmal legt sie sich auf den Boden und beginnt zu miauen, zappelt mit den Beinen und reißt die Augen auf … Einfach so, ganz plötzlich … und dann wird sie wieder normal …«

»Sie macht einen ganz gesunden Eindruck.«

»Sag«, sagte sie und setzte sich auf, »sind die Philippinos wirklich gegangen?«

»Ja …«

»Das heißt, dass sie heute nicht mehr zurückkommen?«

»Ich denke nicht … Warum?«

Als einzige Antwort stand Belinda auf, streckte sich und gähnte leicht. Doch dann leuchteten ihre kleinen runden Augen plötzlich auf.

»Rauchst du gern?«, fragte sie. »Ich habe ausgezeichnetes Gras …«

Mète, der sich selbst nicht mehr kannte, wartete auf seine Antwort. Er hatte nicht die geringste Ahnung, was aus seinem Mund kommen würde, und genau das hatte er gemeint, als er gedacht hatte, dass für ihn jetzt eine unbekannte Zeit beginnen würde, voller erster Male, wie in der Jugend.

»Ja«, lautete die Antwort. Klarer und eindeutiger hätte man es nicht ausdrücken können, doch seine Gedanken hatten sich plötzlich verheddert, und die Bedeutung dieser Bejahung, die Begeisterung (ja!), mit der er das, wie ihm schien, gesagt hatte (und die sich in seinem Blick oder in einem Lächeln, wer weiß, ausgedrückt hatte), verwirrten ihn ganz fürchterlich. Ja was? Begeisterung wofür? Er begriff nichts mehr.

Belinda dagegen, unendlich einfacher gestrickt, hatte sehr gut verstanden. Sie zwinkerte ihm zu, verließ das Zimmer und kam ein paar Augenblicke später mit einer kleinen

Plastiktüte zurück. Sie legte sich wieder bäuchlings auf das Bett und begann Gegenstände aus der Tüte zu nehmen, ein Feuerzeug, ein Päckchen Philip Morris, ein Heftchen mit Zigarettenpapier. Sie streckte die Hand zum Nachttisch aus und zog unter dem Fernseher ein Exemplar von *Flash Art* (das Dani gehörte) hervor.

»Darf ich das benutzen?«, fragte sie.

»Klar«, erwiderte Mète, ohne die geringste Ahnung zu haben, was Belinda vorhatte.

Belinda legte die Zeitschrift aufs Bett. Dann holte sie einen Stengel aus der Tüte und begann, die Blätter auf die Zeitschrift zu krümeln. Sie legte den Stengel in die Tüte zurück, nahm eine Zigarette, brach sie in Stücke und ließ mit den Fingern den Tabak auf die zerkrümelten Blätter fallen. Dann vermischte sie alles.

Mète sah ihr wie hypnotisiert zu. Er verfolgte alle Bewegungen dieser weißen Hände, die erst jetzt, während sie mit Zigarettenpapier und zerkrümeltem Tabak hantierten, einen Eindruck von Effizienz und Geschicklichkeit vermittelten. Von Zeit zu Zeit warf Belinda einen Blick auf den eingeschalteten Fernseher, und die Hände setzten ihre Arbeit allein fort, flink und erfahren. Eine Haarsträhne fiel ihr regelmäßig ins Gesicht und behinderte sie bei der Arbeit, bis sie sie wegpustete. Und mit welcher Gründlichkeit sie auch die kleinsten Krümel aufsammelte, indem sie sie mit dem kleinen Finger auf der Oberfläche der Zeitschrift zusammenfegte, wie präzise ihre Bewegungen jetzt waren, einer strengen Ökonomie unterworfen …

Es spielte keine Rolle, dass etliche Millionen Menschen auf der ganzen Welt ebendiese Tätigkeit, das Herstellen eines Joints, ebenso gut oder sogar noch besser auszuführen imstande waren; wenn es sich um Belinda handelte, inzwischen haben wir es begriffen, verlor Mète jede Objektivität. Nach wie vor sah er ihr bewundernd zu, auch als sie ihn anzündete und ein, zwei, drei intensive Züge machte. Schließlich bedeutete Belinda ihm, während sich im Zimmer der herb-süße Geruch verbreitete, der Mètes Nase die ganze Woche über gequält hatte, mit einer Kopfbewegung, zu ihr aufs Bett zu kommen, und reichte ihm den Joint.

Was mache ich jetzt, dachte Mète. Soll ich mich wirklich neben sie aufs Bett legen? Soll ich wirklich Gras rauchen? Soll ich wirklich den letzten Rest an klarem Verstand über Bord werfen, der mir noch geblieben ist? Und vor allem, da ich es bereits tue, ja, ich tu es, ich habe es getan, vor allem, dachte er, habe ich es endlich oder leider getan?

Kokosnuss!

Als die Droge zu wirken begann, herrschte in dem Zimmer bereits ein trübes Licht, in dem nur zwei auf dem Bett ausgestreckte Körper zu erkennen waren, zwei Körper und sonst nichts Genaues, denn ein eigenartiger Nebel ließ die Umrisse aller Formen verschwimmen. Ein Nebel (und das war das Eigenartige an ihm), der sich sowohl um die Dinge herum ausbreitete als auch *in* ihnen: in Mètes Gehirn beispielsweise, in dem ein absurder Anspruch, in den Wirkungen des Marihuanas zu versinken und sich zugleich beim Versinken zuzuschauen, alles verwirrte. Es war, als befänden sich zwei Mètes im Zimmer, einer, der das Versinken erfuhr, und ein anderer, der ebendieses Versinken analysierte, während beiden nach wie vor nur ein Körper zur Verfügung stand, denn in dem anderen steckte Belinda, was zur Folge hatte, dass zwischen Körpern und Personen keine Harmonie mehr herrschte. Die beiden Mètes behinderten sich gegenseitig, und die ersten Wirkungen der Droge, mochten sie nun erfahren oder analysiert sein, erwiesen sich als absolut katastrophal.

Zuallererst eine körperliche Empfindung von Kälte, ein Taubwerden der Finger und eine Art Schraubstock, der sein Genick zusammenpresste. Der Rausch drang in seine graue Substanz ein, verstopfte ihre Hemisphären und vermittelte ihm die quälende Empfindung einer plötzlichen Gehirnerweichung. Er hatte das Gefühl, wie ein Frosch zu lächeln, und obwohl es sich zweifellos um etwas Grauenvolles handelte (ein Grinsen? Eine Fratze? Eine Gesichtslähmung?), war er außerstande, einen anderen Gesichtsausdruck aufzusetzen. Und vor allem verspürte er ein schmerzliches Bedürfnis zu reden, obwohl das Reden schon immer ein tiefes Schuldgefühl in ihm geweckt hatte, und normalerweise ging er schaudernd jeder Einladung zum Gespräch aus dem Weg. Jetzt hingegen fühlte er sich zutiefst unbehaglich, wie jemand, der plötzlich mitten in einer Rede innehält auf der Suche nach einem Wort, das ihm nicht einfällt, und der einzig aus diesem Grund schweigt vor einer Zuhörerschaft, die sich versammelt hat, um ihm zu lauschen. Mit anderen Worten, er hatte das wenig angenehme Gefühl, dass das eigene Schweigen nur die erzwungene Unterbrechung einer Rede war, die in Wirklichkeit nie begonnen hatte, die ihn jedoch trotzdem mit einer ihr eigenen mysteriösen Dringlichkeit erdrückte …

Belinda dagegen, die in ihrer unerschütterlichen Pose neben ihm lag, war ganz das Gegenteil einer Zuhörerschaft, die an seinen Lippen hing; blass, vergesslich, sich immer mehr entfernend, schenkte sie ihr Lächeln gleichermaßen ihm wie dem Nichts, in einer Ruhe, die keine Rede intensivieren oder stören könnte. Sie fabrizierte immer neue Joints auf der *Flash Art*, mit diesen kalten geheimnisvollen

Fingern, die nur zu zerkrümeln und zu rollen, zu rollen und zu zerkrümeln imstande waren, während ihr Körper nach wie vor eine Zartheit von Pfirsichblütenblättern ausstrahlte, allerdings wirklich unabsichtlich, das war mehr als offensichtlich, ohne auch nur den geringsten unbewussten Wunsch, ihn, der neben ihr lag, in Versuchung zu führen …

Jedenfalls empfand Mète, auf diese Weise zweigeteilt oder verdoppelt, zu viele Dinge auf einmal, zu widersprüchlich, zu schnell und zu verworren, und die Gedanken flohen aus seinem Gehirn in Gestalt von tausend nicht greifbaren Meteoren, denen man nicht länger als einen einzigen Augenblick folgen konnte, und ein Augenblick ist nicht viel, wirklich nicht viel für einen Gedanken, auch für den niedrigsten und gemeinsten, denn bekanntlich besteht ein Gedanke in der Hauptsache aus Zeit, und die Augenblicke sind die Negation der Zeit und zerkrümeln sie wie Belinda die Marihuanablätter, sodass das Einzige, woran Mète sich klammern konnte, um nicht in diesen Abgrund zu stürzen, die Möglichkeit war, sich *tatsächlich* mitten in einer Rede unterbrochen zu haben, wodurch sein Schweigen ein Vorher und ein Nachher bekam, und genau das redete er sich ein, ja, er hatte etwas erzählt, und plötzlich hatte er sich in einem Satz verhaspelt, war über ein wesentliches Wort gestolpert, das ihm nicht von der Zunge wollte, weswegen er jetzt schwieg, und während er schwieg, hatte er, leider, alles vergessen, das Wort, den Satz, die Rede, und er musste unbedingt etwas unternehmen, um sich daran zu erinnern, in aller Eile, denn sonst würde das Chaos ausbrechen, das Chaos …

»Kokosnuss!«, rief er.

Das war zweifellos das Schlüsselwort, denn die Situation änderte sich schlagartig. Belinda brach in helles, nicht enden wollendes Gelächter aus, das Mète, der endlich gesprochen hatte, wie ein Peitschenhieb traf und ansteckte und den anderen verjagte, den Bornierten und Neidischen, der Widerstand leistete, indem er schwieg und nur zuschaute, sodass sich jetzt alles mit allem deckte, zwei Körper auf dem Bett lagen, zwei Personen und nur noch ein Mète, der sich vor Lachen ausschüttete – ein Lachen, das er wie keines zuvor in seinem Leben verdient hatte –, und der vor allem imstande war, seine Rede fortzusetzen, welchen Inhalts auch immer.

»Wirklich«, sagte er, »eine Kokosnuss! Hier auf dem Bett! Ich zeige sie dir!«

Belinda lachte immer noch, während er versuchte aufzustehen. Zu schnell beim ersten Mal, er fiel zurück. Belinda lachte noch mehr, was ihn seltsamerweise anstachelte, es ein zweites Mal zu versuchen. Er erhob sich erneut, langsamer, und diesmal blieb er nicht nur stehen, sondern war auch imstande, Belinda hochzuziehen (die Berührung, Finger auf Finger, zwischen Fingern, Finger, die sich verschränkten), damit sie ihm folgte.

»Komm«, drängte er, »sie ist in der Küche!«

Schwankend gingen sie in die Küche, geführt von den Wänden des Flurs wie ein Zweierbob. Und auf dem Tisch erkannten sie, ohne das Licht anmachen zu müssen, um sie zu suchen, herrlich konkret und *echt*, die Kokosnuss.

»Siehst du?«, sagte Mète. »Was habe ich dir gesagt?«

Belinda musste sich am Kühlschrank festhalten, um nicht vor Lachen hinzufallen. Mète dagegen hielt sich an der Tür fest, die Tür bewegte sich, und er fiel hin. Er rappelte sich wieder hoch.

»Lass sie uns essen …«, sagte Belinda.

Sie zu spalten war nicht einfach. Mète schlug mit jedem erdenklichen Gegenstand auf sie ein und schleuderte sie dann mit beiden Händen auf den Boden, und jedes Mal, wenn die Kokosnuss seinen Versuch, sie zu knacken, unbeschadet überstanden hatte, musste er innehalten, um sich mit Belinda vor Lachen auszuschütten, bevor er es erneut versuchte. Schließlich barst die harte Schale, und eine Garbe weißer Splitter spritzte durch die ganze Küche mit der Gewalt eines Schrapnells; beiden blieb das Lachen im Hals stecken, so sehr beeindruckte sie die fast religiöse Wucht dieser Explosion. Sie knieten sich hin, um die Teile der gespaltenen Kokosnuss aufzusammeln, und begannen sie schweigend zu essen.

Und während er auf allen vieren in der dunklen Küche mit Belinda das weiße Fruchtfleisch kaute, fühlte Mète sich zum ersten Mal in seinem Leben glänzend.

Glanz im Grasrausch

Sie werden leichte Drogen genannt, aber leicht war der Zustand, in den das Marihuana Mète versetzte, kaum; um Leichtigkeit handelte es sich schon, aber um eine Leichtigkeit, die für ihn mit allen Folgen, die sich daraus ergaben, bleischwer wurde. Eine regelrechte Verwandlung, die plötzliche Entdeckung eines anderen Lebens, ohne Einschränkungen, und der greifbare Beweis, wenn es eines solchen überhaupt bedurfte, für das, was Mète im Übrigen bereits mit Hilfe der Graphologie erfahren hatte: Eine Person ist die, die sie ist, unabhängig von dem, was sie aus ihrem Leben zu machen beschließt. Ihre Handlungen werden natürlich später beurteilt werden, und sie werden sie vor ihren Mitmenschen oder, für diejenigen, die gläubig sind, vor Gott abstempeln, doch ihr wahres Wesen wird man nicht beurteilen können, es hätte keinen Sinn, da sie lediglich dessen Dolmetscher ist, häufig ohne dass man es bemerkt. Und daher konnte das, was in Mète seit seiner Geburt steckte und was seine strenge Erziehung hinterhältig destilliert hatte, diese Leichtigkeit eben, die ganz offensichtlich sein Vater ihm in die Chromosomen gepflanzt hatte, durchaus aus seinem bewussten Leben verbannt werden, doch in ihm, in der Tiefe seiner Seele, blieb es unversehrt. Eben davon bekam er an diesem Abend den greifbaren Beweis; das, was jemand zu sein glaubt und worin die anderen ihn erkennen, ist in Wirklichkeit nichts anderes als eine Gewohnheit.

Er fühlte sich glänzend, sagen wir, und allein schon dies war ihm bisher noch nie widerfahren, doch es war ein Glanz, den er sich nicht hatte vorstellen können in jener strengen Gewohnheit, aus der sein Leben bestand; ein leerer Glanz vor allem, mineralisch und kristallin wie derjenige, den Baudelaire in seinem *Pariser Traum* besungen hat, ganz aus Metall und Glas und Wasser, ohne Sonne. Ein Glanz aus langen hohlen, sinnlosen Reden, aus nutzlosen und wohlüberlegten Worten, gesagt und schon vergessen, die aber dennoch ganz offensichtlich ihren Zweck erreichten, da sie Belinda zum Lachen brachten. Und die Ungezwungenheit, mit der er ihr jetzt Passagen aus seinen Graphologiebüchern vorlas, solche, die sich mit der *Charakterproblematik* befassten, nicht um sie ermahnen oder zu erziehen, sondern lediglich, um erneut ganz unschuldig mit ihr darüber zu lachen, diese Ungezwungenheit empfand er als glänzend, ebenso wie die instinktive Bewegung, mit der er nach dem Hörer griff, genau in dem Augenblick, da Radio Vatikan den abendlichen Rosenkranz übertrug, um auch darüber zu lachen, ganz natürlich, aber aus seinem tiefsten

Innern heraus, mit etwas, das ihm jetzt wie *echte* Weisheit vorkam …

Seine Leichtigkeit brach sich Bahn, und mit ihr alles, was er ganz offensichtlich zu tun imstande war, auch wenn er es in seinem Leben immer vermieden hatte, und all das erfüllte Mète mit großer Erleichterung. Doch er entdeckte noch etwas anderes, das noch wichtiger war und ihn überraschte, aber auch glücklich machte: Anstatt stärker zu werden, zügellos, und ihn dazu zu treiben, etwas Abscheuliches zu tun, beruhigte seine krankhafte Leidenschaft für Belinda sich in dieser Leichtigkeit und kehrte geheimnisvollerweise in die Grenzen einer zärtlichen brüderlichen Liebe zurück, die absolut nicht verboten oder unaussprechlich war.

Ja, überraschenderweise fühlte Mète sich unter der Wirkung des Marihuanas endlich normal ihr gegenüber; er tat alles, was er wollte, ohne sich unter Kontrolle halten zu müssen, und doch konnte dieses blonde Mädchen, das da neben ihm lag, so wie er sich verhielt, wie er sie sah und berührte, sehr gut seine Schwester sein, ja, sie *war* es. Nicht, dass er plötzlich ihre Schönheit nicht mehr sah, im Gegenteil; aber ebendiese Schönheit, die ihn vorher gequält hatte, indem sie ihn angefleht hatte, sie zu besitzen, machte ihn jetzt stolz, weil er sich ganz einfach bewusst wurde, dass er sie bereits besaß; und das Blut, das er so oft verflucht hatte, weil es in ihrer beider Adern floss, segnete er jetzt aus dem gleichen Grund. Die Vorstellung, dass Belinda einen Liebsten hatte, die ihn vorhin noch wie ein Maya-Pfeil durchbohrt hatte, rührte ihn jetzt, ohne dass er den geringsten Schmerz darüber empfand, weil Belinda so viele Liebhaber haben konnte, wie sie wollte, sie wechseln, vervielfachen, sammeln konnte, doch ihr ganzes Leben lang würde sie nur einen einzigen Bruder haben, ihn. In dem Augenblick, in dem Mète aufhörte, sich zu quälen, um sie zu besitzen, wurde er sich bewusst, dass er sie nie würde verlieren können.

Es liegt auf der Hand, dass die Bedeutung dieser Entdeckung ziemlich schwerwiegend war; das krankhafte Gefühl, das er stets für sie empfunden hatte, seit er sie zum ersten Mal als Elfjährige leibhaftig gesehen hatte, mitten im Sommer über ein Buch gebeugt, denn schon in der ersten Mittelschulklasse war sie durchgefallen, dieses wilde Verlangen nach ihr erklärte sich durch seine christliche Erziehung, seine strenge Ausbildung, sein von moralischen Regeln kontrolliertes Leben, da ebendieses Verlangen erlosch, sobald sein inneres Wesen im Grasrausch zu glänzen begann und die Kontrolle aufhörte und Mète in seinem Innern endlich ein edles Gefühl fand, das er Belinda gegenüber empfinden konnte.

Zum ersten Mal können daher auch wir jetzt von Mète und Belinda, die erneut in der Nacht auf dem Bett liegen und fernsehen, lachen und rauchen, als Bruder und Schwester reden; im Drogenrausch zwar, klebrig von der Kokosnuss und für die beträchtliche Unordnung verantwortlich, die in der ganzen Wohnung herrschte, aber glänzend und beide, auch Mète diesmal, unschuldig …

Er redete immer weiter, ohne im geringsten darauf zu achten, was er sagte; sie lachte, und lachend schlief sie ein. Mète redete noch eine Weile weiter und lachte allein, dann schlummerte auch er, glücklicher, als er sich je gefühlt hatte, sanft ein. Und damit hatte die Glückseligkeit ein Ende.

Denn als er bei Tagesanbruch aufwachte, waren Leichtigkeit und Glanz verschwunden und Belinda ebenfalls. Aber der andere Mète war noch da, derjenige, der nur studieren, urteilen und sich in widernatürlichen Leidenschaften quälen konnte; und dieser Mète zog sich traurig aus und fror, von Scham und Gewissensbissen erfüllt, unter den Laken, den Kopf über zwei Kissen nach hinten gebeugt, um das Blut zum Stillstand zu bringen, das ihm in Strömen aus der Nase rann.

Ein Fragezeichen

Attila starb an Nasenbluten im Bett nach einer Nacht der Ausschweifungen. Mète nicht …

Er hörte Belinda, die früh aufstand und zahllose leise Geräusche machte in dem Versuch, keinen Lärm zu machen, und er fragte sich, woher sie die Kraft nahm, in die Schule zu gehen; Mète hatte nicht einmal die Kraft, im Bett die Position zu wechseln, und so blieb er noch lange auf dem Rücken liegen, in einem Halbschlaf, der ihm keine Erquickung brachte. Irgendetwas stimmte nicht in seinem Kopf, er spürte, wie sein Gehirn im Schädel wie ein entmagnetisierter Kompass umhertrieb, und die Blutflecke auf den Kissen ließen ihn befürchten, dass die Nase erneut zu bluten anfangen könnte. Trotzdem gelang es ihm nach einer Weile, unter gewaltigen Anstrengungen aufzustehen. Er schleppte sich ins Badezimmer, in dem Belindas Sachen herumlagen (sie hatten sich um die Katze herum stark vermehrt), nahm eine fast kalte Dusche und kam allmählich wieder etwas zu Kräften.

Er ging auf die Straße hinunter. Der Himmel war von einem schlammigen und heftigen Wind, Scirocco möglicherweise, blank gefegt worden, war aber dennoch milchig wie Glasbeton. Mit kleinen Schritten, wie ein alter Mann aus dem Heim, mischte er sich in das Gewimmel in den Gassen des Zentrums. Durch den Verkehrslärm drangen an verschiedenen Stellen und von unterschiedlichen Personen

Satzfetzen an sein Ohr, die Teil eines einzigen großen Gesprächs zu sein schienen.

Vor dem Zeitungskiosk:

»… haben sie ihm die Ohren abgeschnitten, wie man es bei Hunden macht …«

»… und dann die Finger, die Zunge und die Eier …«

»… in den Mund gesteckt …«

In der Bar:

»… aber er sagt, sie seien Freunde gewesen …«

»… er hat seine Wunden angezündet …«

»… er sagt, er wäre einfach nicht gestorben …«

Auf dem Markt des Vicolo della Moretta:

»… ja, im Hundekäfig …«

»… was hat er alles angestellt …«

»… und der arme Kerl konnte einfach nicht sterben …«

Zwei Trödler in der Via dei Cartari:

»… er hat ihm den Schädel gespalten …«

»… das hat er gut gemacht …«

»… er hat ihm das Gehirn mit Hundeshampoo gewaschen …«

Die beiden Gorillas des Ministerpräsidenten, an ihrem Alfa 33 lehnend:

»… er hat die Tochter von der Schule abgeholt, sie nach Hause gebracht und wieder angefangen …«

»… mit der Zange ausgerissen …«

Ganz Rom schien sich plötzlich zu erinnern, dass es eine heilige Stadt war, und der Folterqualen christlicher Märtyrer zu gedenken. Verwirrt, berührt von diesen geheimnisvollen Gräueltaten, machte Mète sich Gedanken. Sogar zwei Schwerarbeiter, die Sprungrahmen auf einen Transporter vor seinem Haus luden, bildeten keine Ausnahme:

»… sechs Stunden am Stück …«

»… die schlimmsten Misshandlungen …«

Doch Mète hatte noch nicht die Kraft, was auch immer zu vertiefen, und kehrte nach Hause zurück, gekrümmt und schmal wie ein Fragezeichen.

Als er die Wohnungstür öffnete, klingelte das Telefon bereits …

Diese Vertraulichkeit, diese Dreistigkeit

Er brauchte eine Weile, bis er eine vage Vorstellung hatte, wem die Stimme im Hörer gehörte: Maria Grazia wer? Eine herbe, schallende Stimme sprach von seinem Vater, Virna, der Hochzeit, dem Kostümfest …

»… alles, was du in meiner Handschrift erkannt hast«, sagte sie irgendwann. »Ich bin so neugierig …«

Jetzt erinnerte Mète sich. Er erinnerte sich an die drei Frauen, denen er eine graphologische Analyse versprochen hatte, um sich von Belinda abzulenken, an diese erniedrigende Vorstellung, die er auf dem Fest gegeben hatte zu einer Zeit, die ihm jetzt in ferner Vergangenheit zu liegen schien, so sehr war er damals von seinem furchtbaren persönlichen Problem gequält worden, dabei war seitdem erst eine Woche vergangen.

»Woher hast du diese Nummer?«, fragt Mète, der sich erinnerte, dass er sie keinem der Mädchen gegeben hatte.

Die Stimme im Hörer kicherte.

»Ich habe bei Virna angerufen und Dani gefragt«, erwiderte sie voller Genugtuung.

»Ich bin mit der Analyse noch nicht fertig«, sagte Mète.

»Hör zu«, die Stimme klang jetzt sehr bestimmt, »Mittwochabend habe ich Zeit. Lade mich zum Essen ein, so kannst du sie in der Zwischenzeit beenden und mir sagen, wie es mit meiner Seele aussieht.«

»Ich weiß nicht, ich glaube nicht, dass ich es bis dahin schaffe.«

»Lade mich trotzdem ein, so kannst du sie aus der Nähe sehen.«

Mète zögerte, er wusste nicht, was er sagen sollte.

»Sag mal«, bohrte die Stimme, »weißt du überhaupt, wer ich bin?«

»Ja, natürlich«, log Mète, »nur ...«

»Erzähl mir nicht, dass du das Blatt mit meiner Handschrift verloren hast.«

»Doch, genau so ist es ... Ich weiß auch nicht, wie es passiert ist, aber ...«

»Bravo! Meinen Glückwunsch.« Die Stimme lachte.

Wer bist du, fragte sich Mète, dass du dir diesen Ton mir gegenüber erlaubst, eine solche Dreistigkeit? Zu einer solchen Vertraulichkeit hatte er ihr mit Sicherheit keinen Anlass gegeben.

»Das heißt also, dass ich dir am Mittwoch ein neues Blatt mit meiner Handschrift mitbringe. Der Text ist doch egal, oder?«

»Ja.«

»Dann schreib dir meine Adresse auf, da du das Blatt ja verloren hast. Via Tommaso Salvini ...«

Mète bewegte sich keinen Millimeter, denn er hatte das Blatt natürlich nicht verloren und die beiden anderen ebenfalls nicht.

»Hol mich am Mittwochabend gegen neun ab ... Abgemacht? Übermorgen ...«

»Ich habe verstanden.«

»Ciao, *mein Lieber*.«

»Ciao.«

Mète legte auf. Was für eine Klette, dachte er.

Als Allererstes rief er in der Villa an und bat Dani so wenig schroff wie möglich, Virnas Freundinnen *auf keinen Fall* seine Nummer zu geben, sollten sie nach ihm suchen. Dann nahm er sich die drei Blätter vor, auf welche die drei Frauen ihm während des Festes den Text von Faulkner abgeschrieben hatten; eine von ihnen hatte tatsächlich mit Maria Grazia gezeichnet. Das Problem war jedoch, dass er an jede der drei Frauen eine undeutliche Erinnerung hatte (allenfalls an eine undefinierbare Schönheit und an verschiedene Körperteile), aber es waren unpersönliche Erinnerungen, da er sie nicht mit den entsprechenden Namen zu verbinden vermochte. Welche Erinnerung entsprach dieser so aufgeblasenen und unternehmungslustigen Maria Grazia, die ihm befohlen hatte, sie zum Abendessen einzuladen, und ihn *mein Lieber* nannte? Doch in solchen Situationen verfügte Mète über das geeignete Mittel, es herauszufinden …

Identifizierung einer Erinnerung

Es handelte sich um nichts anderes als eine kleine Aufgabe somatischer Graphologie: Gegeben sind drei Erinnerungen an Frauen, ihre Handschrift und der Name einer von ihnen; ermittle, welcher Erinnerung dieser Name entspricht.

Mète erinnerte sich beispielsweise an die langen roten Haare und die sehr helle Haut einer Modedesignerin, die eine enge Freundin Virnas war, und wählte sie als Ausgangspunkt. Doch keine der drei Handschriften wies die zylindrische Gedrungenheit auf, die für die echten Rothaarigen typisch ist, weswegen diese Erinnerung ihn nicht weiterbrachte, außer dass sie ihm die Information gab, dass die Modedesignerin ihr Haar färbte. Darüber hinaus wies keine der Handschriften das schwammige, kaum greifbare Zeichen der hellen Haut auf, weshalb auch die Blässe, die

Mète aufgefallen war, eine kosmetisch hergestellte sein musste. Mète wünschte sich, dass Maria Grazia nicht die Modedesignerin wäre, und schlug einen anderen Weg ein.

Etwas anderes, das ihm deutlich in Erinnerung geblieben war, war der Mund der Physiotherapeutin, ein nach oben geschürzter Korallenmund. Dieser Mund hatte ihn mit der Erzählung von Virnas Rehabilitation genervt, die sich vor einiger Zeit in Sankt Moritz ein Bein gebrochen hatte, doch er war so rot und sinnlich gewesen, dass er es ertragen hatte. Er machte sich auf die Suche nach Zeichen, die diesen Lippen entsprachen (Flüssigkeit, Ruhe, Entschiedenheit, parallele Grundstriche, Sicherheit), in der Gewissheit, dass es diesmal nicht nur eine Frage des Lippenstifts war; und tatsächlich fand er diese Zeichen, jedoch nicht in der Schrift von Maria Grazia. Besitzerin dieses Mundes schien eher eine gewisse Patrizia Meola zu sein, der zwei Telefonnummern entsprachen, eine zu Hause, die andere in der Arbeit. Um sicherzugehen, wählte Mète Letztere, und die Stimme, die ihm antwortete (zu alt, das konnte nicht Patrizia sein), meldete sich in der Tat mit: »Physiotherapiestudio, guten Tag«.

Nachdem die Physiotherapeutin ausgeschieden war, blieben nur noch die Modedesignerin oder die dritte, eine Frau, von der Mète lediglich zwei erstaunliche Pobacken in Erinnerung behalten hatte. Ein Hintern war nicht viel als Ausgangspunkt, doch er versuchte es trotzdem. Allerdings gestaltete sich die Suche schwieriger, denn die Formen des Hinterteils standen in Verbindung mit der Morphologie des Schädels, und hier kamen zahlreiche miteinander kombinierte Zeichen ins Spiel, die sehr sorgfältig ausgemessen werden mussten. Mète holte also seine Instrumente (Vergrößerungsglas, Schablone, Winkelmesser, Taschenrechner et cetera) und machte sich an die Arbeit.

Glücklicherweise fand er in einer der beiden Schriften sofort einen klaren Hinweis auf Langköpfigkeit, die absolut unvereinbar war mit dem drallen wackelnden Hintern, an den er sich erinnerte; und auch diese Schrift war nicht diejenige von Maria Grazia, sondern von der anderen, einer gewissen Regina Pagano, die ganz offensichtlich die rothaarige Modedesignerin war.

Maria Grazia war also die Frau mit dem denkwürdigen Hintern.

Und jetzt, da er das herausgefunden hatte, entdeckte Mète nach und nach weitere Zeichen in ihrer Handschrift, die sich zu einer immer präziseren Erinnerung an sie verdichteten. Eine schöne Kombination von »Schriftgröße mittel-klein«, »Neigung 8/10«, »Winkel B« und »Buchstabenabstand 7/10«, »Hält die Zeile« und »Grad 9«, ließ um diese Pobacken herum das Bild eines rundlichen bräunlichen Gesichts mit ausgeprägten Kiefern, hohen hervorstehenden Wangenknochen, lebhaften braunen Augen, rundem, üppigem Busen und muskulösen, aber wohlgeformten Beinen auferstehen, und sie war es, Maria Grazia, jetzt erinnerte er sich gut an sie. Da das Gedächtnis ein Mechanismus ist, der durch eine Reihe von Assoziationen in Gang gesetzt wird, erinnerte Mète sich nun auch an Details, über welche die Graphologie keine Auskünfte gab, wie die in einem fleischfarbenenen Rosa lackierten Fingernägel, eine Corsage in der gleichen Farbe mit einer Unmenge an Knöpfen, die Haare so gelegt, dass sie zur Seite fielen, und eine Neigung, andauernd über Biorhythmus, Sternzeichen und Esoterik zu reden, sowie an zahllose langweilige Informationen über den Nippes aus Kristall, den besagte Dame in ihrem Geschäft in der Via Borgognona verkaufte.

Mète hatte sein Problem gelöst, aber dabei beließ er es

nicht, er wollte noch mehr herausfinden. Nun, da er wusste, wer diese Maria Grazia war, wollte er tiefer in ihre Handschrift eindringen, um die indiskretesten Informationen aus ihr herauszuholen, über ihre intimsten Körperpartien zu wandern und mit eingeschalteter Lampe die Höhlen ihrer Seele zu erforschen. *Verschäumtheit* fand er nicht, aber er stieß auf eine hohe Mauer aus Überempfindlichkeit, Ressentiment, Verbohrtheit, er lernte ihre Ungeduld, ihre Neigung zur unregelmäßigen Menstruation kennen, ihre verzweifelte Angst, verlassen zu werden, und er fing an, sich für sie zu erwärmen, denn er sah, ja, *er sah*, als stünde sie vor ihm, die kleinen Brustwarzen ihrer Brüste, die Grübchen in der Mulde ihres Rückens, aber auch die zahlreichen ausgefallenen Haare, die jeden Morgen im Waschbecken lagen, ihre häufigen Weinkrämpfe, ihre Verdauungsprobleme, gewisse raffinierte sexuelle Perversionen, eine leichte Skoliose, ihre panische Angst vor der Einsamkeit, die zahllosen Schönheitsflecke …

Dann kam Belinda aus der Schule und fegte alles hinweg.

Ein Doktor Jekyll andersherum

Gekleidet in eine glänzende Lederjacke, einen scharfen Minirock über der Strumpfhose (eines der wenigen Prinzipien in Belindas Leben: *niemals* Feinstrumpfhosen), blieb sie in Mètes Tür stehen und warf ihm einen Handkuss zu.

»Wie geht's?«, fragte sie. Und weg war sie.

Mète blieb keine Zeit zu antworten, doch ein Faden zog ihn vom Schreibtisch fort zur Tür und weiter in ihr Zimmer …

»Wie war es in der Schule?«, fragte er sie, dabei wusste er nicht einmal, auf welche Schule sie ging. Er wusste nur, dass es ein neusprachliches Gymnasium war, aber er hatte nie wissen wollen, welches, um nicht stundenlang vor dem Eingang warten zu müssen, an eine Mauer gelehnt, wie ein Esel darauf wartend, dass sie mit ihren Freundinnen herauskam; zumal sie noch ein paar Minuten auf dem Bürgersteig stehen bleiben würde, um zu plaudern, und dann vielleicht auf ein Motorrad voller Aufkleber springen würde, hinter einen Burschen mit einer zerrissenen Daunenjacke, der ihn mit einer Kopfbewegung grüßen würde, und in einer stinkenden Auspuffwolke an ihn geklammert davonbrausen würde. Besser, man bekam gewisse Dinge gar nicht erst mit …

»Ich war todmüde heute Morgen, zum Glück hatten wir Sport in den ersten beiden Stunden.«

Nachdem sie ihre Sachen im Zimmer verstreut hatte, ließ Belinda sich seufzend auf das quietschende Messingbett fallen, und der Rosenkranz, den Dani um einen der Bettpfosten gewickelt hatte, schwankte hin und her.

Mète kehrte in sein Zimmer zurück. Es war nichts zu machen, es hatte sich nichts geändert, kaum war sie in seiner Nähe, fühlte er sich schon hilflos, verloren, sich selbst fremd, vernichtet von einer unbesiegbaren Macht. Er versuchte sich wieder auf die Handschrift von Maria Grazia zu konzentrieren, doch er schaffte es einfach nicht. Als das Telefon klingelte und dieselbe Stimme wie tags zuvor nach Belinda fragte, versteckte er eilig das blutverschmierte Kissen, bevor er sie rief. Sie hatte sich vollständig umgezogen, zerrissene Jeans, die Haare zu einer babylonischen Hochfrisur hochgesteckt, doch Mète ging sofort in die Küche wie ein gut erzogener kleiner Hund, um sie in Ruhe telefonieren zu lassen. Das war kein Leben.

Und es war auch keines, als Belinda zu ihm in die Küche kam und sie gemeinsam von den Resten der Philippinos aßen, doch das war kein Essen. Sie tauschen Banalitäten aus, doch das war kein Reden. Dann trennten sie sich wieder, und erneut brachte das Telefon sie zusammen. Diesmal war es ihr Vater, der aus Amerika anrief und sich sehr freute, beide anzutreffen; er stellte Mète eine Menge Fragen, auf die dieser keine rechte Antwort wusste: Wie geht es dir? Und ihr? Ist sie fleißig? Isst sie? Geht sie früh zu Bett? Kümmer dich um sie, ich bitte dich. Ist es kalt? Zieht euch warm an. Dann war Belinda an der Reihe, die sich schon wieder umgezogen hatte und jetzt nur einen weißen Bademantel trug. Mète sah, dass sie einsilbig antwortete und genervte Grimassen schnitt, bis die Verbindung unterbrochen wurde. Jetzt war nur noch die Interferenz von Radio Vatikan zu hören, und Belinda lächelte wieder.

»Ah!«, rief sie. »Radio Vatikan! Das hatte ich ganz vergessen ...«

Sie setzte sich bequem aufs Bett, um zuzuhören, und Mète, der wie immer am Schreibtisch saß, verschlang sie erneut mit den Augen: ihre rosigen Füße, der weiche durchsichtige Flaum auf den Schienbeinen, die trägen Hände, die weißen Brüste, die aus dem Bademantel hervorlugten, die goldenen Haarbüschel, die ihr ins Gesicht fielen. Und inzwischen hatte Belinda ihre Plastiktüte hervorgeholt und wieder begonnen zu zerkrümeln und zu rollen, den Hörer zwischen Schulter und Hals geklemmt, bei laufendem Fernseher, und ihr Geruch hatte jeden Millimeter des Zimmers erobert, in dem Mète sich jetzt vollkommen überflüssig fühlte. Das war kein Leben, auch wenn er wusste, dass mit Hilfe des Marihuanas plötzlich alles erträglich würde und er selbst leicht, nicht mehr krankhaft, wie ein unpassender, verkehrter Mister Hyde, der zu Jekyll wird, wenn er die Droge nimmt, und gemein, wenn er sie nicht nimmt; eine

Droge im Übrigen, die Belinda zubereitete und die die Adern in seiner Nase platzen ließ und die Mète jetzt eigentlich gar nicht nehmen wollte, denn wenn seine Liebe niedrig und schändlich war, wenn das Leben, das er führte, kein Leben war, dann war es das noch weniger, wenn er ihm auch das noch nahm.

Wenn man vom Teufel spricht

Belinda rauchte …

»Ist das dein Freund, der dich angerufen hat?«, fragte Mète sie plötzlich, zu seiner eigenen Überraschung.

Sie wandte sich langsam zu ihm und legte den Hörer auf.

»Ja«, erwiderte sie. »Willst du?«

Sie reichte ihm den Joint, war aber zu weit weg. Mète rühte sich nicht.

»Nein, danke«, sagte er, »und wie heißt er?«

»Eigentlich heißt er Roberto, aber alle nennen ihn Dinamo«, erwiderte Belinda.

Dann zog sie kurz an dem Joint und lächelte.

»Das ist ein Spitzname, den er als Kind bekommen hat«, fuhr sie fort, »aufgrund einer merkwürdigen Krankheit, an der er litt … Er war elektrisch, wenn man ihn berührte, bekam man einen Stromschlag … Jetzt ist er geheilt, aber manchmal kommt es immer noch vor …«

Belinda schienen seine Fragen nicht zu stören. Sie war wie immer zerstreut, nicht ganz da, ihre Augen waren bereits gerötet, und sie rauchte weiter, doch sie schien nicht sauer zu sein.

»Und … seid ihr schon lange zusammen?«

»Drei Jahre.«

»Ah … Dann wissen sie also Bescheid zu Hause … Ich meine, Virna, Papa …«

»Machst du Witze? Er würde nicht im Traum zu mir nach Hause kommen …«

»Sie wissen nicht, dass du seit drei Jahren einen Freund hast?«

»Vielleicht wissen sie es, aber sie tun so, als wüssten sie von nichts … Ich hab es ihnen jedenfalls nicht gesagt.«

Mète blieb nicht verborgen, dass ihren Worten die rechte Begeisterung fehlte. Das erleichterte ihn, und es überraschte ihn, dass ihre Antworten ihm nichts ausmachten, dass er keinen Schmerz empfand, jedenfalls nur einen sehr leichten, der sehr viel erträglicher war als sein stummes Leiden.

»Dinamo …« Er versuchte sogar zu lächeln. »Ist das der, mit dem ich dich gesehen habe?«, sagte er aufs Geratewohl. »Einer, der ein bisschen wie ein Rocker aussieht?«

Diesmal war Belinda überrascht.

»Wo hast du uns gesehen?«

Wo konnte Damiano sie gesehen haben?, fragte sich Mète. Er kam so viel herum …

»Manchmal …«, sagte er, »in Klubs … Aber nur flüchtig …«

»Ach …« Belinda schien die Vorstellung zu amüsieren. »Im *Devotion* vielleicht oder im *Life* … Und du gehst in solche Lokale?«

»Na ja, ab und zu … Also, ist er dieser *Dinamo*?«

»Ja.« Sie nahm einen letzten Zug und drückte den Joint im Aschenbecher aus. »Jetzt interessiert er sich für Rockabilly, weil das gerade angesagt ist … Punk, Dark und dabei hasst er diese Musik, kann sie nicht ausstehen. Er steht auf seine Musik, nur auf seine …«

Belinda klang jetzt geradezu sarkastisch.

»Ist er Musiker?«, fragte Mète.

»Ja, jedenfalls bildet er sich das ein … Er hat sich in den

Kopf gesetzt, eine Band zu gründen, schon vor Jahren, und er lässt nicht locker. Die *Elektrischen Sägen*, der Name ist gar nicht so schlecht. Nur, er will das Sagen haben, und er spielt nicht einmal ein Instrument … Er singt und verlangt, dass die anderen spielen, was er will und wie er es will. Am Anfang hatte er einen ganz guten Gitarristen aufgetan, einen Inder, aber der ist dann gestorben … Danach hat er sich mit halb Rom angelegt wegen seiner *Elektrischen Sägen*, und er hat lediglich eine Musikkassette aufgenommen, eine kurze, zweimal 30 Minuten, in katastrophaler Tonqualität, als Cali noch dabei war, der Inder, der gestorben ist. Dieses Band ist für ihn das einzig Schöne auf der Welt.«

Vielleicht hatte Belinda ja auch einfach nur Lust zu reden, begann Mète sich zu fragen. Jedenfalls beeindruckte es ihn, dass das Marihuana so gut wie keine Wirkung bei ihr zu zeigen schien; sicher, sie lächelte wegen jeder Kleinigkeit und schien von einer tiefen Ruhe erfüllt zu sein, doch insgesamt war sie kaum anders als sonst. Bäuchlings auf dem Bett liegend, hob sie langsam die Beine, bewegte sie ein wenig hin und her und ließ sie dann plötzlich wieder fallen.

»Und außerdem ist er besessen vom Angeln, das kannst du dir nicht vorstellen … Wie oft musste ich im Morgengrauen mit ihm ans Ende der Welt fahren mit seinen Würmern und ihm beim Angeln zuschauen, auf einem Felsen, nur ganz leicht bekleidet, falls wir anschließend noch direkt in einen Klub gehen sollten. Wenn du mich das nächste Mal irgendwo siehst, komm ruhig zu mir; meist trifft er sofort jemanden und lässt mich einfach stehen, ganz allein …«

Und wieder griff sie in ihre Plastiktüte und: zerkrümeln, rollen …

»Er lässt dich allein?«

»Bescheuert, nicht? Ich hab's ihm gesagt, früher oder später kidnappen sie mich, immer so allein an diesen zwielichtigen Orten … Aber er behauptet, dass er mich nicht aus den Augen lässt. Aber er treibt sich herum, und ich muss allein tanzen …«

Mète versuchte sich Belinda vorzustellen, wie sie allein in diesen Lokalen tanzte, die er nicht kannte, die er sich aber strapaziös, ohrenbetäubend, brutal vorstellte: eine blonde Fledermaus, gefangen in einem voll aufgedrehten Lautsprecher.

»Und er tanzt nie?«, fragte er.

»Ach was! Er ist immer unterwegs, auf der Suche nach Bassisten und Gitarristen für die *Elektrischen Sägen*, weil diejenigen, die er tags zuvor hatte, ihn haben hängenlassen …«

Das war ein sehr eigenartiges Porträt, das Belinda da zeichnete, ganz und gar nicht gefährlich für Mète, der ihn in irgendeinem verrückten Winkel seines Gehirns zwangsläufig als *Rivalen* betrachten musste …

»Und all dieses Marihuana«, wagte er zu fragen, »hast du von ihm?«

Belinda zündete sich in ebendieser Sekunde einen weiteren Joint an; sie nickte grunzend, und erst nachdem sie einen tiefen Zug gemacht hatte, konnte sie reden.

»Er baut es an«, sagte sie. »Du errätst nie, wo …«

In diesem Augenblick läutete es, überaus ungelegen und bestimmt, an der Tür. Belinda fuhr zusammen.

»Oh! Das ist bestimmt er … Und ich muss noch unter die Dusche …«

Sie sprang auf und rannte aus dem Zimmer, mit flatterndem Bademantel, der fast offen war. Unglaublich, dachte Mète und erinnerte sich an seine Erfahrung mit dem *cannabis indica* vom Abend vorher, unglaublich, dass sie nicht zusammenklappt. Er hörte, wie sie durch die Sprechanlage sprach, konnte aber nicht genau verstehen, was sie sagte. Er stand auf und stieß fast gegen die Tür, als er ebenfalls das Zimmer verließ, während sie ihm entgegengerannt kam.

»Kommt er rauf?«, fragte er.

»Nein, wo denkst du hin …«, und das rief sie fast schon vom Badezimmer aus. »Er wartet unten auf mich.«

Mète kam ein Verdacht, und er lief zum Fenster im Salon.

Warum ich, ausgerechnet ich?
Der Vicolo della Moretta unter ihm war wie üblich verstopft. Zwischen den geschwollenen, schiefen Häusern, von denen der Putz abbröckelte, luden Kleintransporter Waren ein und aus, in diesem unablässigen Kreislauf von Kartons, der zur wahren Seele des ganzen Viertels geworden war. Der Himmel verfinsterte sich in Hinblick auf etwas, das ein jeden Augenblick losbrechendes Gewitter sein konnte oder der Beginn eines vorzeitigen fahlen Sonnenuntergangs. Der Alfa 33 parkte mitten auf der Straße, in der arroganten, verkehrsbehindernden Position, wie sie typisch für Polizeifahrzeuge ist. Die Gorillas des Ministerpräsidenten lehnten rauchend am Kofferraum und blickten sich um. Es waren die beiden, die Mète etwas besser kannte, weil er ab und zu abgesehen vom Gruß sogar ein paar Worte mit ihnen gewechselt hatte. Und jetzt, vor ihnen, ja, an der Tür eines Restaurants, das wegen Ruhetag geschlossen hatte, die Hände in den Taschen seiner Nietenjacke, den Kopf gesenkt, mit den Füßen einen Müllsack hin und her tretend, ein junger Kerl, *Dinamo*, es konnte nur er sein.

Mète lief zur Badezimmertür zurück, hinter der er das Wasser in der Dusche rauschen hörte.

»Belinda«, schrie er, »hörst du mich?«

»Ja«, zwitscherte eine zarte Stimme.

»Hat dein Freund«, fuhr er schreiend fort, »immer Marihuana bei sich? Ich meine, auch jetzt?«

»Hm …«, sagte die zarte Stimme, »gewöhnlich schon … Warum? Willst du ein bisschen?«

Doch Mète war schon wieder im Salon und blickte erneut aus dem Fenster. Alles war wie vorher, der Bursche spielte noch immer mit dem Müllsack herum, doch die beiden Gorillas starrten jetzt in seine Richtung.

Mein Gott, dachte Mète, warum *weiß ich immer, was passieren wird?* Warum ich, ausgerechnet ich?

Das Wasser lief noch immer in der Dusche im Badezimmer. Auf der Straße sahen die Gorillas sich an und setzten sich langsam in Bewegung, doch Mète sah sie jetzt nicht mehr, stellte sich jedoch genau vor, ja wusste, was sie tun würden; er sah sie nicht mehr, weil er bereits die Treppen hinunterstürzte, immer vier Stufen auf einmal, auf jedem Treppenabsatz gegen die Wände prallend und ständig wiederholend: Warum? Warum? Warum kann ein kleiner unbekannter Dealer, der sich seit drei Jahren mit dem Geschöpf, das ich liebe, herumtreibt und sie obendrein noch drogenabhängig macht, warum kann er nicht verhaftet werden, wie er es verdient, ohne dass *ich schuld daran bin?* Warum muss ich so rennen, immer schneller, immer schneller, ausgerechnet ich, um ihm zu helfen, und wenn ich es nicht rechtzeitig schaffe, wenn ich ihn nicht rette, warum muss ich dann Gewissensbisse haben, ausgerechnet ich, warum?

Die beiden Gorillas hatten sich bereits getrennt, um Dinamo langsam und unauffällig einzukreisen, wie sie es in der Ausbildung gelernt hatten. Der junge Mann bemerkte sie überhaupt nicht, so sehr war er, den Kopf gesenkt, in seine Gedanken versunken ...

Doch da war Mète schon auf der Straße, war da.

Diabetes, Insulin

Zwei Minuten sind vergangen. Mète erreichte bereits atemlos den Corso Vittorio, den jungen Burschen im Schlepptau, der eine Erklärung verlangte.

»Was ist denn los? Was hat Belinda?«

»Sei still! Belinda hat nichts. Komm mit und sei still!«

»Wer bist du? Wer waren die? Und wer hat Diabetes?«

Mète blieb abrupt vor der *Pasticceria Bella Napoli* stehen, die wie jeden Montag geschlossen hatte. Nachdem die Angst verflogen war (denn Angst hatte er gehabt, sehr sogar, wirklich sehr), war er jetzt einfach nur wütend.

»Sprich leise!«, knurrte er zwischen den Zähnen. »Ich bin Belindas Bruder, sehr angenehm. Und die, rat mal, wer die waren.«

»Bullen?«

»Bravo.«

»Und was wollten sie? Was ist das für eine Geschichte mit dem Insulin?«

Jetzt konnte Mète Dinamo zum ersten Mal ins Gesicht blicken. Er war wirklich jung, ein Jüngelchen.

»Weißt du, was die beiden tun wollten? Du weißt es nicht, sie wollten dich durchsuchen.«

»Und warum?«, fragte der Junge.

Breite Koteletten bis auf die Wangen, schwarzes gelglänzendes Haar. Wie lächerlich das alles ist, dachte Mète.

»Hast du Gras bei dir oder hast du nicht?«, zischte er.

Das Dröhnen der Busse auf dem Corso Vittorio übertönte fast seine Stimme. Das Benehmen des Jungen hatte immer noch etwas Unverschämtes und Argwöhnisches, und er senkte den Blick.

»Und wussten die das?«, fragte er.

Genau so stellt man sich einen gerade verhafteten Zwanzigjährigen vor, der vor dem Richter den Renitenten spielt.

»Die stehen den ganzen Tag dort«, erklärte Mète, »und überwachen das Haus des Ministerpräsidenten. Und wenn sie jemanden sehen, der an der Wand lehnt, ist das Erste, was sie tun, dass sie ihn durchsuchen. Ich bin sofort durchsucht worden, als ich das erste Mal nur eine halbe Minute vor den Haus stand, und ich wohne dort ... Belinda geht es hervorragend, ich habe einfach gesagt, was mir als Erstes in den Sinn kam, um dich da rauszuholen!«

Erst jetzt gab Dinamo seine argwöhnische Schutzhaltung auf. Er lächelte und zeigte spitze, blendend weiße Zähne.

»Scheiße ...«, lautete sein Kommentar, »dann muss ich dich auf ein Glas einladen ...«

»Lass gut sein. Wir müssen jetzt schnell zurück, bevor Belinda herunterkommt, denn sie weiß nichts. Wir müssen so tun, als hätten wir Insulin gekauft, und uns sehr besorgt zeigen, kapiert? Und den Stoff versteck in einem deiner Schuhe, man kann nie wissen, sie könnten es sich anders überlegen ...«

Dinamo blickte Mète an; all diese Aufregung, diese verzweifelte Geistesgegenwart schien ihn zu amüsieren, und er lächelte erneut.

»Du bist super, Bruder von Belinda ...«

Er holte eine zusammengerollte Plastiktüte aus der Tasche, die derjenigen Belindas genau glich.

»Diabetes, Insulin ... Du hast sie ganz schön verarscht, die beiden ...«

Er lachte und schüttelte den Kopf. Langsam bückte er

sich, zog das enganliegende Hosenbein hoch und entblößte einen hohen Lederstiefel, auf dem zweitausend Schnallen glänzten.

Die Elektrischen Sägen

Es war besser, in der Wohnung zu bleiben, zumindest bis zum Schichtwechsel der Gorillas, doch Dinamo musste auf den Friedhof und ließ sich auf keine Diskussion ein. Er *musste* sofort dorthin, bevor er geschlossen wurde, und Belinda *musste* ihn begleiten, punktum. Es endete damit, dass auch Mète mitging. Dinamo schlug es ihm vor (»So kann ich dir etwas zeigen«), Belinda bat ihn einzuwilligen (»Na komm schon«), und er willigte ein, aus einem kompliziert verschlungenen Knäuel von Gründen. Sie gingen also ein drittes Mal an den Gorillas vorbei (»Ich bitte dich, Beli, spiel die Zuckerkranke«), Mète musste eine weitere mitleiderregende Erklärung liefern (»Es geht ihr besser, wir bringen sie zum Arzt«), und gemeinsam gingen sie zu einem beigen Lancia Delta, der direkt neben einer Ampel auf dem Corso Vittorio parkte.

Und jetzt zuckelt der Wagen über die Via Flaminia einem schrecklichen Randgebiet entgegen, Dinamo am Steuer, Mète neben ihm, und Belinda ausgestreckt auf der Rückbank in einem Kokon aus schwarzem Leder und Haaren. Eine abgehackte, basslastige Musik aus dem Kassettenrekorder lässt das Wageninnere vibrieren. Dinamo redet, Mète hört ihm zu, doch es ist deutlich zu erkennen, dass es eigentlich egal ist, über gewisse Dinge würde Dinamo auch ohne Zuhörer reden …

»Tom Verlaine, sagt dir das was? Nicht der Dichter, der Musiker, der aus dem Fernsehen. Was du da hörst, ›Little Johnny Jewel‹ … Du musst wissen, dass so auch die Musik der *Elektrischen Sägen* ist. Ich hab gerade das Band nicht da, um sie dich hören zu lassen, ich heb es zu Hause auf; weißt du, sie haben es mir schon mal geklaut und den Kassettenrekorder gleich mit, zum Glück habe ich Kopien machen lassen. Außerdem hat es auch einen gefühlsmäßigen Wert, da ist die Stimme von Cali drauf, der den Gegengesang macht. Ja, damals standen sie Schlange, um mit den *Elektrischen Sägen* zu spielen; wir hatten das richtige Alter, sechzehn, siebzehn, wir brauchten nur ein Vorspiel zu machen, es genügte, wenn man uns einmal hörte. Ich war der Kopf und er der Arm, eigentlich *die Arme*, er war Singhalese, er war geflohen, zusammen mit seiner Schwester, die als Hausmädchen arbeitete, und wir haben ihn Cali genannt wie die Göttin, weil wenn er Gitarre spielte, schien er wirklich sechs Hände zu haben ... Weißt du, was er von Jimi Hendrix sagte, nur damit du es kapierst? ›Bravo‹, sagte er, ›vielleicht ein bisschen langsam mit den Händen, aber bravo‹ ... Scheiße, Jimi Hendrix! Und dann hast du Cali gehört, und du wusstest, was er sagen wollte ... Leck mich am Arsch, sie haben ihn verhext, es ist nicht zu glauben, ein Transporter mit Kälbern parkt mitten auf der Cassia, um vier Uhr nachts ... Und danach sagen alle, lösen wir die *Elektrischen Sägen* auf, sie sind tot, finish, kaputt; warum sollen wir uns auflösen, hab ich gesagt, Cali will, dass wir weitermachen, dass wir ihm die erste Platte widmen! Aber ihnen war Cali völlig egal, das hab ich kapiert, als er tot war. Weißt du, wie viele Leute auf der Beerdigung waren, die ich für ihn organisiert hab? Rat mal ... Niemand, Scheiße, nicht mal diese Scheißschwester, die weiter als Dienstmädchen gearbeitet hat. Wir beide waren ganz allein, stimmt's, Belinda? Diese Mistkerle: Velina geht weg, um als Schlagzeuger mit Pupo zu arbeiten, mit Pupo! Ich hab ihn im Fernsehen in *Azzurro 87* gesehen, ein Trauerspiel ... Und Bandiera, der sich für den Größten hält und seine Gruppe von total kaputten Typen gründet: *Die Entgeisterten,* wie kann man nur? Allein schon der Name ... Es hat nicht lang gedauert, und er fand sich in einer Gemeinschaft wieder, wo er Karotten angebaut hat, mit Musik hat das nichts zu tun ... Und jetzt auch Nando, der Infamste von allen, er ist ein Scheißdiscjockey geworden und nimmt mit seinem Keyboard House-Platten auf. *Cablo* lässt er sich nennen, du kannst dir nicht vorstellen, wie viele Arschlöcher ihn sich anhören, ›Cablo!‹, ›Cablo!‹ ...«

Nachdem sie den Viadukt des großen Autobahnrings hinter sich haben, fährt der Lancia Delta auf der Flaminia weiter, die schmaler geworden ist, sodass schon ein Mofa reicht, um abzublenden. Mète hört weiter zu, und Belinda hinten rührt sich nicht, vielleicht schläft sie. Dunkelheit senkt sich über die Landschaft, die von widerrechtlich gebauten Häuschen, Kränen und Landgasthöfen verschandelt wird. Eine lange Reihe von Blumenständen säumt jetzt die Straße, jeder getaucht in das traurige gelbe Licht einer Laterne.

»Jetzt hab ich drei Milchbubis aus meinem Viertel an der Hand, da, siehst du? Bel Poggio, da wohn ich ...«

Dinamo deutet auf eine eigenartige Ballung von Hochhäusern auf einem Hügel, die wie eine Fotomontage aus New York und Pontinischer Ebene aussieht.

»Drei, die auch einen Raum zum Spielen haben und Instrumente. Nur wenn ich den Namen *Elektrische Sägen* nenne, dann haben sie keine Ahnung vom Mythos, und wenn ich Tom Verlaine erwähne, dann wissen sie nicht, wer das ist ... Ich muss ihnen erst mal ein bisschen Bildung beibringen, sie kennen nur U2. Aber sie sind gar nicht schlecht, vor allem der Gitarrist, Cicoria, er erinnert entfernt ein bisschen an Cali. Übrigens, spielst du ein Instrument?«

»Nein.«

»Schade, ich hätte dich vorspielen lassen können. Denn ich denke jetzt über eine Supergruppe nach, richtig groß. Ein paar Chorsänger wären auch nicht schlecht, aber Belinda ist musikalisch ein Risiko, und vielleicht ist es ja auch eine Scheißidee, keine Frauen bei den *Elektrischen Sägen …*«

Plötzlich sieht Mète eine hohe Mauer aus Zypressen, und der Wagen biegt seitlich ab. Die Blumenstände drängen sich jetzt dicht an dicht. Eine leichte Steigung, und dann ein großes eisernes Gittertor, halb offen, davor ein Mann. Dinamo blickt auf die Uhr.

»O nein, Chef …«, murmelt er.

Der Mann pflanzt sich vor dem Wagen auf und bewegt verneinend den Finger. Dinamo kurbelt das Wagenfenster herunter.

»Tut mir leid, Chef«, sagt er zu dem Mann. »Es ist erst zehn vor. Du musst mich reinlassen …«

Der Mann wirft einen Blick auf seine Uhr und tritt dann ohne weitere Diskussion zur Seite, um sie vorbeizulassen. Der Wagen fährt durch das Tor in den Friedhof hinein und langsam den Hauptweg entlang. Dinamo lacht hämisch, während er das Wagenfenster hochkurbelt.

»Er versucht es jedes Mal, der Mistkerl. Aber ich kenn die Friedhofsordnung, geöffnet bis siebzehn Uhr, und danach kann man noch eine Stunde drin bleiben … Wach auf, Beli!«

Belinda schüttelt sich, erwacht langsam aus ihrem Schlaf und stützt den Kopf auf die Rücklehne, neben Mètes Schulter. Ihre Augen wandern müde über ein weites düsteres Feld voller Blechkreuze ohne Inschrift für die in letzter Zeit gestorbenen Armen.

Der Autobus 079

Xavier Forneret war sehr überrascht gewesen, als er auf dem Friedhof Père Lachaise einen Briefkasten entdeckte. Auf dem Friedhof von Prima Porta befinden sich die Haltestellen der Buslinien 204, 304 und 079. Die ersten beiden fahren zum Piazzale Flaminio, während der 079 nach Ostia fährt, und da ist es kaum zu vermeiden, dass man sich vorstellt, die Toten steigen eines Morgens, sagen wir im Juni, aus ihren Gräbern, schütteln den Staub vom Sonntagsstaat, in dem sie begraben wurden, und fahren ans Meer. Sie sind alle ohne Fahrschein unterwegs, gezwungenermaßen, denn die ATAC hat die Fahrkartenverkäufer durch Entwertungsautomaten ersetzt. Und man meint, die Toten zu sehen, wie sie sich ratlos mit den Ellbogen anstoßen und sich gegenseitig fragen: »*Was bedeutet das denn, entwerten?*« Einer von ihnen, der etwas gebildeter ist, ein alter Lehrer, kennt die Bedeutung, will sie aber nicht sagen: »Ihr hättet fleißig lernen sollen, das hätte euch gut getan«, sagt er immer wieder hämisch lachend, achtet aber darauf, dass in der Zwischenzeit kein Kontrolleur einsteigt, denn obwohl er weiß, was das bedeutet, hat auch er keinen Fahrschein, den er entwerten könnte. »Sag es schon!«, »Sei nicht so fies!«, bedrängen ihn einige, während andere sich bereits die Nase am Fenster plattdrücken, um die Aussicht zu bewundern. »Ich werde euch einen Hinweis geben«, sagt der Alte. »Entwerten bedeutet … *Ihr* zum Beispiel seid alle entwertet.« Ein paar sind beleidigt: »Sprich für dich!«, »Du bist selbst entwertet!«, und währenddessen durchquert der Bus die Stadt, an den Haltestellen steigen immer mehr Leute ein, welche die Toten gegen die verchromten Stäbe drücken. Im Innern des Busses fällt das Atmen immer schwerer, und der Geruch wird unerträglich, denn die Lebenden schwitzen und stinken. Die Toten versuchen, die neu zugestiegenen Fahrgäste zu beobachten, um herauszufinden, wie das mit den Fahrscheinen funktioniert, doch niemand tut etwas, der Entwertungsautomat bleibt stumm, untätig, im Weg. Ein Geheimnis.

In dem Chaos aus buntem Blech, das die Stadt überschwemmt, haben die Toten Mühe, die Monumente von Rom zu erkennen, den Altar des Vaterlandes, das Kolosseum, die Terme di Caracalla; an der Pyramide steigen zum Glück viele Lebende aus, denn das Gedränge im Bus ist unerträglich geworden, sodass manche der Ohnmacht nahe sind. Doch jetzt können die Toten sich wieder hinsetzen, es sich etwas bequemer machen und den Ausflug genießen.

Es ist heiß, der Sommer hat längst begonnen. Die Toten betrachten die Bäume, die längs der Via del Mare vorbeiziehen, und schwelgen in Erinnerungen: Taufen, Ausflüge, Hochzeiten, Jacken und Röcke, die im Wind flattern. Das Leben ist ein einziges großes Fest, wenn man sich nur noch daran erinnert. Die Landschaft, stellen sie fest, hat sich nicht sehr verändert, natürlich, es gibt mehr Häuser und ein paar Viadukte, an die sie sich nicht erinnern, aber es weht immer noch dieses sonntägliche tyrrhenische Lüftchen, das sie von ihren lange zurückliegenden Landpartien in der Nase haben. Die Autos sind zahlreicher geworden, es sind zu viele, Stoßstange an Stoßstange. Er wird Stoßzeit sein, denken sie.

Als sie in Ostia ankommen, an der Stazione Centrale, steigen sie aus, froh, dass sie nicht ohne Fahrschein erwischt worden sind, und für den alten Professor, der mit seinen Erinnerungen für sich bleibt, haben sie nur Hohn und Verachtung übrig. Dann trennen sie sich auf der Suche nach dem Meer. »Jetzt sind wir da«, »Gleich sehen wir es«, »Am

Ende dieser Straße«, doch sie verirren sich. Sie können sich an nichts mehr erinnern, Ostia ist ihnen mit seinen ermüdenden Reihen großer geometrischer Mietskasernen, in denen kein Toter würde leben wollen, fremd geworden. Sie brauchen eine ganze Weile, bis sie die Strandpromenade finden, zwei-, dreimal müssen sie die Lebenden fragen. Als sie angekommen sind, wissen sie nicht, was sie tun sollen, weil sie kaum Geld haben, nur Fünfhundert-Lire-Scheine, die wertlos geworden sind. Sie gehen spazieren, studieren die Lebenden, atmen die Salzluft und verfolgen mit Blicken den Flug der Möwen. Wenn sie sich beim Spazierengehen zufällig begegnen, tun sie, um sicherer zu wirken, so, als würden sie sich nicht kennen, und grüßen sich nicht.

Nach einer Stunde sind sie bereits müde und gelangweilt; sie würden am liebsten zum Friedhof zurückkehren, aber keiner tut es, sie müssen die letzte Fahrt des 079 abwarten, um den Eindruck zu erwecken, sie hätten sich amüsiert und ihn gerade noch erwischt. Also verstecken sie sich, in Hauseingängen, in Telefonzellen, in Bars, wo niemand sie kennt, auch wenn sie vor vielen Jahren dort nach dem Abendessen ein Eis gegessen haben, und treffen sich an der Stazione Centrale, um den letzten Bus zu nehmen. Im Bus erzählen sie sich gegenseitig Lügen, Bad im Meer, Mädchen im Bikini, *fritto misto*, in ihren mittlerweile verschwommenen Erinnerungen kramend an die Zeit, als sie noch lebten. Der Lehrer hat sich Muscheln gekauft, und alle verspotten ihn: »Schau dir den an!«, »Was glaubst du, wohin du gehst?«, »Ich koche sie mir«, erwidert er unbeirrt und lässt die anderen rätseln, ob er vielleicht irgendein Privileg in seinem Grab genießt, weil er doch so gebildet ist. Und die ganze Fahrt über weigert er sich standhaft, den anderen zu antworten, die ihn bedrängen und es unbedingt wissen wollen: »Komm schon, jetzt kannst du es uns doch sagen!«, »Die kurzen Spiele sind die schönsten!«, »Was bedeutet entwerten?« Der alte Lehrer lächelt nur und sagt nichts.

Und jetzt ist der Ausflug beendet, der 079 lädt die Toten in kleinen Gruppen innerhalb des Friedhofs an den Haltestellen aus, die an den Wegen liegen. Sie sind müde, erhitzt. Der Lehrer steigt als Letzter aus, er ist allein geblieben, und er bleibt stehen und betrachtet aus der Ferne die anderen, die nach Hause gehen; sie haben sich nicht einmal verabschiedet, manche haben ihn sogar beleidigt, sie wissen nicht, dass er es für sie getan hat. Sie wären sehr viel weniger fröhlich, wenn sie wüssten, was entwerten bedeutet, sie würden, wie er, eine große Traurigkeit empfinden, jetzt da er die Muscheln in einen Abfalleimer wirft, mit Mühe seinen Grabstein hochhebt und sich in seinem Grab zusammenrollt.

Eine Superidee

Die Leiche, die du vor'ges Jahr in deinen Garten setztest,
Schlägt sie schon aus? Wird sie dies Jahr erblühn?
Der Spätfrost fror doch nicht etwa ihr Beet auf?
T. S. Eliot

»He!«, rief Dinamo. »Was machst du? Komm!«

Mète ging einen Weg aus Quadersteinen entlang, die zwischen dem Unkraut zersprungen waren. Es wurde allmählich dunkel, aber es war noch hell genug, um die abschüssigen Wiesen zu erkennen, die mit Kreuzen übersät waren. Sie wirkten wie zufällig hingestreut und wie Farbklekse, die an die Reste erinnerten, die nach einem Picknick auf dem Gras liegen bleiben, oder an Bilder von Flugzeugunglücken, nach denen das Gepäck über die ganze Landschaft verstreut ist. Es gab große leere Flächen, hinter denen die Grabsteine wieder in dichten Reihen erblühten, danach erneut Leere. Und ganz am Ende ein dunkles Tal, völlig unregelmäßig übersät mit Lämpchen und Buckeln. Das war die äußerste Grenze des Friedhofs, die letzte Fläche hinter allen, wo der Friedhof fast unmerklich in die Landschaft überging. Dinamo und Belinda, zwei dunkle Schatten, waren bereits bei einem Kreuz weiter vorn, und Mète ging über das Gras, um zu ihnen zu gelangen.

»Du siehst aus wie ein Zombie«, rief Dinamo Mète zu.

Über ein Grab gebeugt, erleuchtete der Junge das Gras mit dem Lichtkegel einer Taschenlampe, obwohl es noch hell genug war, um ohne sie sehen zu können. Als Mète sie erreicht hatte, betrachtete er den Grabstein:

ANURA DON WIJERATNE
Genannt CALI
17.7.1967
28.9.1986

Kein Foto.

»Sieh dir das an«, sagte Dinamo, »schon zehn Zentimeter ...«

Mit der Taschenlampe beleuchtete er die Erde vor dem Grabstein, aus der fünf zarte grüne Pflanzen ragten, in einem Viereck, das aussah, als wäre es sorgfältig angelegt worden.

»Das war eine Superidee, gib es zu ...«, sagte Dinamo, »etwas Besseres hätte man nicht finden können, um sein Andenken in Ehren zu halten, wie auf dem Grab von Bob Marley.«

Er bückte sich erneut und berührte die Pflänzchen. Belinda schaute, die Hände in den Taschen, in die Landschaft. Mète schwieg und starrte auf die Pflanzen, die Dinamo zärtlich streichelte.

»Fünf«, fuhr Dinamo fort, »eine mehr als letztes Jahr … Aber sie stehen zu dicht, jetzt da sie zu wachsen anfangen, behindern sie sich. Siehst du, Beli? So stehen sie zu dicht beieinander. Halt mal die Taschenlampe.«

Belinda nahm die Taschenlampe und richtete sie einen Augenblick direkt auf Dinamos Gesicht. Dann senkte sie den Lichtkegel, und der Junge begann, mit den Fingern die Erde um eines der Pflänzchen aufzugraben.

»Wir müssen sie weiter auseinanderrücken …«

Er zog den dünnen Trieb heraus, an dem bereits haarfeine Wurzeln baumelten, und begann etwas weiter hinten ein kleines Loch zu graben. Das Pflänzchen hatte schon Zweige entwickelt, deren fünfzackige Blätter leicht zitterten.

»Wir müssen uns gut um sie kümmern, sonst gehen sie ein. Und deswegen gehe ich fast jeden Tag zum Grab meines Freundes.«

Er pflanzte das Bäumchen in das neue Loch um und begann, die Erde rundherum festzudrücken.

»Und eines Tages werde ich mit der ersten, Cali gewidmeten Platte kommen … Jetzt versuch du es mit der da. Aber sei vorsichtig.«

Belinda kniete sich hin, Dinamo nahm die Taschenlampe, und sie wiederholte, was Dinamo gerade getan hatte. Dieser stand auf.

»Du sagst nichts?«, fragte er Mète.

»Ich sage, dass du geradewegs in den Knast wanderst, wenn sie dich erwischen«, erwiderte Mète.

»Wer soll mich erwischen? Hier kommt nie jemand her. Hier liegen lauter alte Tote, arme Teufel, die ganz allein auf der Welt waren. Sieh dir die Brennnesseln auf den Gräbern an. In zwei Jahren hab ich vielleicht ganze zehn Leute hier gesehen … Die echten Toten, die mit den Chrysanthemen und den Kerzen, die liegen alle in den Grabnischen, in den Familiengräbern …«

Und er deutete auf eine Reihe dreistöckiger kubischer Bauten, die Mète bereits beeindruckt hatte wegen ihrer Länge und dichten Bebauung, ähnlich den katastrophalen urbanistischen Agglomerationen, welche die Mafia in Tropea oder an der Riviera von Agrigent oder im Zen-Viertel von Palermo errichtet hatte.

»Das hier sind alles Tote, die nie jemand besucht … Sei vorsichtig, Beli, ich flehe dich an. Und selbst wenn sie Besuch bekommen, wer sollte was merken?«

Dinamo jauchzte vor Freude, und die Nieten auf seiner Jacke glänzten wie Glühwürmchen. Mète blickte jedoch nach unten, wo Belinda umpflanzte, grub, hochhob und wieder mit Erde bedeckte …

»Mal davon abgesehen«, fuhr Dinamo fort, »dass es für mich eine Herzenssache ist, ist es auch eine Idee, die Gold wert ist. Man sucht sich schöne vernachlässigte Gräber aus, die sofort ins Auge stechen, so vergammelt sind sie, und bepflanzt sie schön, kümmert sich monatelang um sie, täglich um diese Uhrzeit, und im September hat man eine Ernte, die nicht mal in Marokko …«

Es ist schwer zu sagen, was Mète in diesen Augenblicken empfand. Es war sicher Mitleid, vor allem mit Belinda, die noch immer mit lustlosen, aber umsichtigen Bewegungen die Pflänzchen weiter auseinanderpflanzte, und es war wohl auch Trauer, da er sich auf einem Friedhof befand und ganz automatisch an den kleinen Friedhof oberhalb von Recanati denken musste, auf dem seine Mutter hatte begraben werden wollen und wo Mète schon seit Monaten nicht mehr gewesen war; aber auch, unterschwellig und anhaltend, ein Gefühl des Angewidertseins, weil dieser Kerl ihm die ganze Zeit mit seiner Superidee in den Ohren lag und ihm seine geheimnisvolle Macht über Belinda demonstrierte. Und schließlich auch Verlegenheit, denn er kannte sich und wusste, dass er, wenn er vom Friedhofswächter in dieser Situation ertappt würde, kein Wort herausbringen würde, um zu erklären, dass er nichts damit zu tun hatte. Denn dadurch, dass er Zeuge war und es nicht fertigbrachte, Belinda Dinamos Einfluss zu entziehen, *hatte er bereits damit zu tun …*

Dann wurde es endgültig dunkel, auf einen Schlag, jedenfalls kam es Mète so vor. Nachdem das Umpflanzen beendet war, fuhren die drei langsam in die Stadt zurück. Belinda rollte sich erneut auf der Rückbank zusammen, und Dinamo stellte den Kassettenrekorder auf volle Lautstärke. Er sprach jetzt nicht mehr, schien aber auch nicht bereit zuzuhören. Dabei gab es noch so viele dringende Dinge, die Mète durch sein eigenes Schweigen vor den beiden, die nichts davon wussten, verbergen zu müssen glaubte. Aber vielleicht war es wirklich besser, nichts davon zu wissen, dachte er.

Und so saß er die ganze Rückfahrt über wie benommen da und stellte fest, dass es ihm nichts ausmachte, als Belinda nicht ausstieg, um mit ihm nach oben in die Wohnung zu gehen. Die Vorstellung, dass sie die Nacht mit Dinamo verbringen würde, in wer weiß was für einem Loch, bezahlt mit dem Geld, das er durchs Dealen verdiente, verletzte ihn nicht, in gewisser Weise fühlte er sich sogar erleichtert. Er hatte den Wunsch, allein zu sein in der großen Wohnung in der Via di Monserrato und in Ruhe die Wärme dessen zu genießen, was ihm jetzt wie eine willkommene entscheidende Niederlage vorkam. Er schlief ein ...

Und Belinda verbrachte nicht die ganze Nacht außer Haus, sie kam zurück, doch Mète bemerkte es nicht. Sie sah ihn durch den Türspalt schlafen und verhielt sich leise, so leise, als wäre sie tatsächlich nicht da. Auch am nächsten Morgen verhielt sie sich leise, als sie aufstand, um in die Schule zu gehen, und Mète wachte daher auch nicht auf.

Belinda ist kein Insekt

Ach, Mète, nichts ist von Dauer, wenn Belinda in der Nähe ist, nichts ist von Dauer, auch nicht der trostlose Friede der Niederlage ... Jetzt liegt sie wieder auf dem Bett, bei laufendem Fernseher, den Telefonhörer in der Hand, ihre treue kleine Plastiktüte auf der *Flash Art*, die Katze auf dem Rücken; irgendetwas fehlt ihr, es gibt so etwas wie einen Schrei in ihr, ein Bedürfnis, eine Leere. Wie ein stummes kleines Tier zeigt sie es dir und spricht nicht, sie ist da und verzehrt sich vor deinen Augen. Doch die warme, weise Resignation, die dich gestern hat einschlafen lassen, ist verschwunden, jetzt begehrst du wieder, begehrst, begehrst. Du möchtest die Hände nach ihr ausstrecken, ihre runden Knie, ihre schmalen Hüften berühren, du hast die unermessliche Entfernung bereits vergessen, die sie von deinem wahnsinnigen sarazenischen Traum trennt. Denn nichts ist von Dauer in ihrer Nähe, alles schwankt, verschwindet und taucht wieder auf wie Schaum, wirklich, und der Garten, der dir gestern verschlossen war, denn genauso ist es, *er ist dir verschlossen*, erscheint dir jetzt im Gegenteil verrückterweise, absurderweise zugänglich. Ach, Mète, die Geschwindigkeit, diese betrübliche Epidemie, die Eile, die

Dringlichkeit haben dich angesteckt, haben deine Seele beschädigt und dein Gehirn bloßgelegt, es den Unbilden des Augenblicks ausgesetzt. Ganz das Gegenteil von dem, was die Worte Hiobs dich gelehrt haben: »Siehe, der Strom schwillt gewaltig an: er dünkt sich sicher, auch wenn ihm der Jordan ins Maul dringt.« Denn nichts ist von Dauer, leider, so wie die Worte in den Büchern von Dauer sind, in der Bibel, der Medizin, der Philosophie und all den Bücherlügen, die dich verdorben haben. Was nützt dir jetzt das Wissen, wenn sie dort, vor deinen Augen, liegt und dieses Bedürfnis hat? Doch du bringst nichts anderes fertig, als sie anzubeten, in dieser Leere, die sich um sie herum gebildet hat und die du füllen solltest, anstatt auch sie anzubeten. Dein Vater hatte recht, das Problem ist sie, ihr Glanz einer Schmarotzerin, ihre wahnsinnige Ruhe, ihre Passivität, deren Gefährlichkeit du erst gestern erkannt hast, doch heute quält sie deine Phantasie, zieht dich an. Ach, dieses Pronomen, Mète, das unehrlichste von allen, wie es heißt, *ich*, wie sehr kettet es dich an, dich, der du nur geben, dich zum reinen Vermittler von Wissen machen wolltest; wie sehr macht es dich dagegen nutzlos, träge und lächerlich, eben weil du nicht darüber lachen kannst ...

Sieh sie dir an, Mète, sie raucht. Sie interessiert sich nicht für die Zeichen, die du auf deine Blätter zeichnest, sie fragt dich nicht, was du machst, wer du bist, sie liegt nur da, vor dir, mit ihrem Bedürfnis. Jeden Augenblick könnte das Telefon klingeln und sie wer weiß wohin bestellen, und sie wird gehen; alles mögliche könnte auf sie zukommen, ein Botengang, Tanzen, eine Ohrfeige, und sie wird sich hineinstürzen, ihr ganzes Wesen wird darin aufgehen, vollständig, ohne dass ihr Zeit zum Nachdenken bleibt. Sie wird verschwinden, verschluckt von einer Zeitspanne, die für dich,

Mète, nicht existiert, sie wird losrennen, tanzen oder sich schlagen lassen; und wäre es auch nur für einen Augenblick, wäre es das Letzte, was sie tun würde, *sie wird es tun*, ohne zu wissen, warum, ja ohne es überhaupt wissen zu wollen. Und du, Mète, wie kannst du das alles für Glück halten? Es ist im Gegenteil ein Fluch, und du weißt es, der gleiche, der die Insekten verdammt und sie dazu treibt, wie wild von Blüte zu Blüte zu fliegen oder wie tot stundenlang auf einer Blütenkrone zu verharren, nach dem unbarmherzigen Plan der Natur, die ihr Spiel mit ihnen treibt, indem sie ihnen den Sinn ihres Epos vorspiegelt, aber niemals wirklich enthüllt …

Belinda ist kein Insekt, Mète, auch wenn sie einem ähnelt. Lass dich nicht von dem Wind umgarnen, der um sie herum in alle Richtungen tobt und nichts von Dauer sein lässt. Sie liegt da, saugt den Nektar des Marihuanas, vertieft sich in eine Interferenz im Telefon, hat ein *Bedürfnis* nach irgendetwas, aber nicht nach deinem unmenschlichen Schweigen. Bete sie nicht an, Mète, begehr sie nicht, sprich mit ihr.

Eine Infektionskrankheit?

»Belinda, was hast du?«, fragte Mète sie.

Durch das Fenster drang das Licht eines anderen nordischen Nachmittags herein, weiß, unabänderlich winterlich. Auf dem winzigen Bildschirm des Fernsehers herrschte ein Gewimmel von beringten Fingern, Telefonnummern, Ziffern. Belinda starrte mit leerem Blick darauf, während sie gleichzeitig der Interferenz von Radio Vatikan im Telefon zuhörte. Sie drehte sich um und enthüllte ihren roten, bleiernen Blick.

»Wo?«, fragte sie.

»In dir. Du hast irgendwas, das sieht man …«

Belinda senkte den Blick und lächelte. Mit den Fingern zwickte sie den Hals der Katze, mit der gleichen Bewegung, mit der sie Tabak und Marihuana mischte, und die Katze genoss es sichtlich, auf dem Rücken liegend, die Beine in der Luft.

»Sieht man es so sehr?«, fragte sie mit schwacher Stimme.

Mète, wie festgeklebt an seinem Schreibtisch sitzend, war verblüfft; dann hatte sie also tatsächlich etwas.

»Man sieht, dass du etwas hast …«, murmelte er.

Es war übrigens unglaublich, wirklich unglaublich, wie sehr man bei ihr, wenn man irgendetwas zu ihr sagte, selbst wenn man eine verzweifelte Bemerkung machte, ins Schwarze traf. Sie war ein göttliches Ziel …

»Was hast du?«, ließ er nicht locker. »Mir kannst du es doch sagen, vertrau mir.«

Man brauchte sie nur zu fragen, einfach nur zu fragen, um sie zu kriegen; jetzt erstrahlte sie in der rosigen Schamhaftigkeit von jemandem, der sich anschickt, sein Herz auszuschütten. Es hatte nicht viel gebraucht, um ihr Vertrauen zu gewinnen …

»Was ist los?«, fragte er noch einmal.

»Ich sag es dir, später …« Belinda zögerte und lachte. »Vielleicht willst du mich dann nicht mehr bei dir haben …«

Eine Krankheit? Eine Infektionskrankheit?

»Was redest du denn da?« Seine Stimme klang jetzt sanfter, und er schämte sich nicht dafür. »Belinda … Sag es mir.«

Belinda hatte die ganze Zeit den Telefonhörer zwischen Schulter und Hals geklemmt gehabt; erst jetzt legte sie ihn auf den Apparat zurück, und Mète sah ihr zu, wie sie mit etwas Mühe die Haare befreite, die sich an ihm verfangen hatten. Er vernahm sogar das kaum wahrnehmbare Geräusch, das sie machten, als sie sich lösten. Und sie sah ihn lächelnd an, den Kopf leicht zur Seite geneigt in einem letzten kurzen Zögern; gleich würde sie es ihm sagen …

Abrakadabra

»Ich bin mit einem Fluch belegt«, sagte sie.

Mète erstarrte vor Verblüffung. Ein Lächeln breitete sich auf seinem Gesicht aus, aber gegen seinen Willen. Er war verlegen, das war deutlich zu erkennen, eine nervöse Reaktion.

»Ah …«, sagte er.

»Lach nicht«, fuhr Belinda fort, »ich lache manchmal selbst darüber, aber es ist ein ernstes Problem. Es braucht eine Menge Zeit, um ihn wieder loszuwerden …«

Schweigen trat ein. Belinda nutze es, um an einem Fingernagel zu kauen. Sie trug eine enge schwarze Hose und einen weiten glycinienfarbenen Pullover mit Radfahrerkragen. Ihre Füße hingen über den Bettrand, in viel zu großen, hohen und runden Clownsschuhen aus schwarzem Plastik.

»Belinda …«, brachte Mète mühsam heraus, aber er vermochte nicht weiterzusprechen, seine Stimme versagte.

»Ich weiß, was du sagen willst, auch ich konnte es anfangs nicht glauben. Als Dinamo mir sagte, sie hätten Cali verhext, habe ich ihn verspottet … Und dann haben sie auch uns verhext … Eigentlich ist er das Ziel gewesen, aber sie haben ein Foto verwendet, auf dem wir uns umarmen, und daher …«

»Aber *wer*, Belinda? Und *warum?*«

»Na ja, Feinde … Dinamo legt sich ja dauernd mit allen an. Sie haben dieses Foto genommen und einen Pfeil draufgezeichnet, der unsere Köpfe durchbohrt. Und dann haben sie ein kleines Loch in der Ecke gemacht und einen Ring hindurchgesteckt, aber ich frage mich, wie sie es gemacht haben, denn der Ring war geschlossen, in einem Stück …«

Mit den Fingern ahmte sie einen Ring nach.

»Hast du eine Ahnung, wie sie das gemacht haben?«, sagte sie.

»Sie werden ihn zugeschweißt haben …«

»Und findest du das normal?«

»Jeder kann das machen, Belinda.«

»O nein, ich könnte nicht einen Ring in ein Loch in einem Foto schweißen, ich wüsste gar nicht, an welcher Stelle ich anfangen sollte. Und warte, ich hab dir noch nicht gesagt, was sie an den Ring gehängt haben …«

»Was haben sie an ihn gehängt?«

»Ein Büschel von Dinamos Haar und eine erhängte Eidechse, die Arme … Und ich versichere dir, wenn du ein Foto von dir und all dieses Zeug, das da dran hängt, hinter den Scheibenwischer geklemmt bekommst, da kriegst du einen ganz schönen Schreck …«

Mète sah die Szene genau vor sich, Dinamo und Belinda im Marihuanarausch, vor der Windschutzscheibe erbleichend, allein, verloren in der Nacht.

»Das wird ein Scherz gewesen sein«, sagte er aufs Geratewohl.

»Ein Scherz? Hör zu: Der Wagen gehörte Dinamos Vater, und eine Woche später prallt Dinamos Vater mit diesem Wagen gegen einen Krankenwagen: Beckenbruch … Gleich darauf wurde Dinamo sein ganzes Geld in der U-Bahn gestohlen, und ich habe einen ekligen Herpes am Mund gekriegt … Und seitdem ist es immer weitergangen, ein ständiges …«

Sie unterbrach sich, um sich mit einer Spange die Haare festzustecken, die ihr plötzlich ins Gesicht gefallen waren.

Während dieser blonden Operation fuhr sie fort, mit dem Kopf zu nicken und Mète mit einem beinahe zufriedenen Gesichtsausdruck anzublicken.

»Du bist nicht überzeugt? Ich wollte es auch nicht glauben, als Dinamo mir das erzählt hat, wir sind angeschmiert, sie haben uns verhext … Und dann hab ich den Test machen lassen …«

»Den Test?«

»Den Test mit dem Teller auf dem Kopf, mit Öl und allem … Du gießt Öl in einen mit Wasser gefüllten Teller, und du siehst, dass das Öl sich immer zusammenschließt, wie eine Blase, immer, du kannst dir nicht vorstellen, wie oft ich den Test in der Küche wiederholt habe … Aber auf meinem Kopf hat sich das Öl im ganzen Teller verteilt …«

»Und wer hat diesen Test gemacht?«

»Eine Freundin von Mama, sie heißt Zaira, die sich auf Magie versteht …«

Mète verspürte plötzlich einen dumpfen Schmerz, vielleicht war es aber auch Wut, die in ihm hochstieg; etwas Tumultuöses jedenfalls, das in seine Schläfen stieg und ihn immer mehr erstarren ließ.

»Dann weiß also auch Virna Bescheid? Papa auch?«

»Papa nicht, er hätte mir sowieso nicht geglaubt. Aber Mama hat es von allein bemerkt und mich sofort zu dieser Zaira gebracht …«

»Wann ist das gewesen?«

»Letztes Jahr … Ich geh immer noch hin, einmal im Monat, um mich behandeln zu lassen. Du kannst dir nicht vorstellen, wie kompliziert es ist, jemanden von einem Fluch zu befreien, es dauert mindestens drei Jahre … Meiner ist einer der schlimmsten, der Fluch des Unglücks und der Verschwendung …«

Mète zuckte zusammen: *der Rosenkranz …*

»Dani weiß auch Bescheid?«

»Ja … Er behandelt mich ebenfalls, mit seinen philippinischen Praktiken …«

Nicht zu glauben, dachte Mète, Exorzismus in der Via Cortina d'Ampezzo. Sie sind verrückt, und sie ist ihr Opfer. Jetzt haben sie sie in meine Hände gegeben, aber ich bin auch verrückt, weil ich sie nur so will, wie sie ist, anstatt ihr zu helfen. Es ist aussichtslos …

»Abrakadabra, merkwürdige Gebete, die bringen aber nicht viel, wie es scheint, denn der Fluch ist chronisch geworden …«

Belinda lachte, als wäre ihr im Grunde auch das egal. Flink und präzise machte sie einen weiteren Joint zurecht, rollte, zerkrümelte …

»Und siehst du, du hast es auch bemerkt … Weißt du, dass ich inzwischen sofort erkenne, wenn einer mit einem Fluch belegt ist? Ein Blick genügt, und ich weiß es. Du zum Beispiel bist es nicht … Aber sei beruhigt, es ist nicht ansteckend, es wird nur über das Blut und durch Sex übertragen wie Aids …«

Unnötig zu sagen, dass es Mète einen Stich gab. Und da wir schon von Ansteckung sprechen, müssen wir erwähnen, dass sein Blick erneut etwas Krokodilhaftes bekam, als Belinda den Joint anzündete und den ersten Zug nahm, mit geschlossenen Augen, die rissigen Lippen aprikosenfarben, eine Hand wieder der Katze überlassend, die sie glücklich leckte. Und was jetzt in den Lenden pochte, war nicht mehr Wut und auch kein Schmerz, er wusste, was es war …

»Dreh mir auch einen«, sagte er und stand auf.

Eine Geschichte, die man von Anfang an erzählen muss

Wir haben von den Wirkungen des Marihuanas auf Mète gesprochen, Doktor Jekyll andersherum: Gelächter, Benommenheit, schmerzliches Bedürfnis zu reden und dass es auf der Welt nichts Anaphrodisierenderes gibt als Reden, Abfall des Liebesdrucks, sodass jetzt auf dem Bett, in dem leichten Nebel, durch den die Blitze des Fernsehers zuckten, wieder zwei Geschwister nebeneinanderlagen. Das dringende Bedürfnis, die unheilvolle Eile, etwas zu erreichen, löste sich auf in Mète, und an ihre Stelle trat eine angehaltene Zeit, eine immer heller strahlende Klarheit, die Empfindung eines vollkommen gegenwärtigen Lebens, ohne Wurzeln in der Vergangenheit, in dem auch die Erinnerungen nicht Narben, sondern sprudelndes Wasser in der Hirnschale waren. Auf diese Weise entspannt, redete Mète also ...

»Ich muss dir alles von Anfang an erzählen«, sagte er. »Es ist eine Geschichte, die von Anfang an erzählt werden muss ... Soll ich?«

»Ja ...«

»Du musst wissen, dass Papa damals Florentiner Hüte verkaufte, geschmückt mit farbigen Bändern. Er war Vertreter, aber das ist eigentlich nicht der Anfang, nicht das ... Der Anfang ist, dass meine Mutter seit ihrer Kindheit lungenkrank war, aber auch das, ja, so ist es, genau, der Anfang ist meine Großmutter, die sich in den Bruder ihres Vaters verliebte und nach San Marino floh, um ihn heiraten zu können ... Oh, eine glückliche Ehe, Beli ... Ich darf dich doch auch Beli nennen?«

Belinda lachte.

»Ja ...«

»Ich sagte, dass diese Ehe, Beli, eine wirklich glückliche Ehe war. Eine Liebesheirat. Der Altersunterschied war nicht sehr groß, er war der Onkel und sie die Nichte. Sie waren zwei Kinder und sind zusammen weggelaufen. Kannst du es dir vorstellen, Beli, ihr Glück?«

»Ja …«

»Und dann wurde meine Mutter geboren, und das ist der eigentliche Anfang, sie wurde lungenkrank geboren. Aber das war damals normal, abgesehen von den Ehen zwischen Blutsverwandten, du kannst dir nicht vorstellen, wie viele Kinder damals krank geboren wurden oder sofort starben. Sie starben an Typhus, Beli, an Diphterie, an Meningitis, sogar an der Spanischen Grippe, und dann kam der Krieg, und die Kinder starben durch die Bomben, die Deutschen und den Hunger. Ja, so war es. Aber … aber … aber …«

Er schwieg, und Belinda riss die Augen auf, gespannt auf die Fortsetzung.

»Ich habe den Faden verloren«, sagte Mète.

Sie brachen beide in Gelächter aus. Ein weiterer Joint tanzte zwischen ihren Fingern.

»Ah!«, rief Mète. »Die Mama! Ich sagte, dass sie lungenkrank geboren wurde, aber wenigstens ist sie nicht gleich gestorben … Sie wurde zusammen mit den Cousins und Cousinen aufgezogen, den Kindern anderer Onkel und Tanten, die sie hatte, weil ihre Eltern fliehen mussten, verstehst du, sie waren dauernd auf der Flucht, verdammt von allen für das, was sie getan hatten …«

»Was hatten sie denn getan?«, fragte Belinda.

Mète starrte sie verblüfft an.

»Sie hatten …«, erwiderte er, »sie hatten heimlich geheiratet und eine Tochter bekommen, Onkel und Nichte …«

Er unterbrach sich, um Belinda zu beobachten, die leise lachte und sich zu beherrschen versuchte, doch je mehr sie sich beherrschte, desto mehr lachte sie.

»Entschuldigung«, schluchzte sie, »du hattest es mir ja gesagt … Und dann?«

Auch Mète lachte ausgiebig und fuhr erst fort, als er wieder zu Atem gekommen war.

»Kurz, es war Krieg, und sie mussten wieder fliehen, weil er, der Großvater, nicht an die Front wollte, und so gingen beide notgedrungen mit den Partisanen, um sich nicht trennen zu müssen. Sie gingen in die Cesane, die Berge dort in der Gegend. Doch eines Tages nahmen die Deutschen sie gefangen und erschossen sie auf der Stelle … Ta-ta-ta-ta, Beli, und keiner von beiden hat auch nur eine Minute ohne den anderen leben müssen. Der Tod, den sie sich gewünscht hatten … Siehst du, Beli, ich habe mir angewöhnt, mich an ihren Tod '44 zu erinnern, obwohl ich damals noch nicht auf der Welt war. Ich erinnere mich an ihn, verstehst du?«

»Ja …«

»Und so«, Mète nahm einen tiefen Zug, »hat Mama Papa kennengelernt, der Strohhüte verkaufte … Ah! Ich muss vorher noch etwas anderes erzählen, etwas ganz Wichtiges. Und das ist der wirkliche Anfang … Weißt du, warum ich Mète heiße? Eigentlich heiße ich ja Ermète, Er-mè-te. Weißt du, warum dieser komische Vorname?«

»Nein …«

»Es ist doch wirklich ein komischer Vorname, oder? Nebenbei gesagt, da sitzt eine Taube auf dem Fensterbrett und beobachtet uns schon seit ein paar Minuten …«

Belinda brach erneut in Gelächter aus, drehte den Kopf und blickte zum Fenster. Sie sah gerade noch ein sich entfernendes Flügelschlagen.

»Jetzt ist sie weg«, sagte Mète. »Wo war ich?«

»Der Name.«

»Ach ja, der Name. Weißt du, warum ich Ermète heiße?

Weil es einen anderen Onkel meiner Mutter gab, der Mönch war und genauso hieß: Ermète. Aber als Mönch hatte er den Namen gewechselt, Pater Agostino, wegen des heiligen Augustinus … Er ist der berühmte Graphologe, er hat die Graphologie *begründet*, als noch niemand wusste, was das ist. Verstehst du jetzt? Unter diesem erfundenen Namen, Pater Agostino Malinverni, hat er all seine Bücher geschrieben und ist in der ganzen Welt berühmt geworden, aber in der Familie wurde er immer Onkel Mète genannt. Er lebte damals in einem Kloster in der Nähe von Ancona, als Mama und Papa sich verlobten. Er war bereits berühmt, und Mama schwärmte für ihn … Kurz und gut, Papa verkaufte Strohhüte in der ganzen Emilia-Romagna, in den Marken, in Umbrien und Latium … Hast du das gewusst?«

»Nein.«

»Ah, aber das ist sehr, sehr wichtig, man kann sagen, dass damit alles angefangen hat … Er war Handelsvertreter, praktisch der Handelsvertreter für Hüte. Er und Mama verliebten sich ausgerechnet durch einen Hut, den er ihr geschenkt hat … Und meine Mutter, du kannst dir vorstellen, wie sie war … spindeldünn, schön, du hättest nie geglaubt, dass sie krank war. Sie sah ein bisschen wie, sagen wir, die junge Audrey Hepburn aus, obwohl sie in gewisser Weise noch jünger war. Und eines schönen Tages besucht sie den Mönchsonkel in Ancona, mit einem Brief von Papa in der Tasche. Sie will, dass Onkel Mète sie verheiratet, aber er hat ihr gesagt, dass er zuerst Papas Handschrift sehen will. Er hat ihn nie kennengelernt, verstehst du, aber es reichte ihm, sich die Handschrift anzusehen, er war ja Graphologe … Da ist die Taube wieder …«

Diesmal bewegte Belinda nicht ihren Kopf, und auch Mète dachte sich, letzten Endes wäre es besser, den Vogel nicht zu beachten, der wie wahnsinnig auf dem Fensterbrett hin- und herlief.

»Er braucht eine Woche« fuhr er fort, »nur um dir deutlich zu machen, wie sorgfältig er sie studiert, und als er fertig ist, nimmt er den Zug und fährt zu ihr, zu meiner Mutter, nach Recanati ... Er verließ so gut wie nie sein Kloster, weißt du. Doch diesmal tut er es und fährt zu ihr, und als er zu Mama kommt, beschreibt er ihr als Erstes Papa. Er beschreibt ihr sein Aussehen, verstehst du? Er sagt, er sieht so und so aus, seine Haare sind so und so, seine Augen so und so, er ist so groß ... Dabei hatte er ihn nie zuvor gesehen, nie, nicht einmal auf einem Foto ... Er beschreibt ihn genau so, wie er aussieht, und nachdem er ihn ihr beschrieben hat, weißt du, was er ihr sagt? Weißt du es? Versuch es zu erraten ...«

Belinda hatte die Augen geschlossen und schnarchte unmerklich. Mète starrte sie an: keine Bewegung.

»Er sagt ihr ...«

Er blickte sie erneut an, etwas kurzsichtig, wie durch einen Nebel, denn im Zimmer war es, wie ihm schien, mit einem Mal dunkel geworden. Sie schlief, ohne jeden Zweifel.

»Er sagt ihr: ›Du darfst diesen Mann nicht heiraten‹«, flüsterte er ganz leise. »Das sagt er und erklärt ihr, warum, Beli, haarklein erklärt er es ihr. Aber sie bricht in Tränen aus und schreit ihn an, er irre sich, diesmal irre er sich, und fleht ihn an, sie zu verheiraten und ihnen seinen Segen zu geben. Und er sagt trotzdem zu ihr ...«

Er schloss ebenfalls die Augen, dann öffnete er sie wieder. Er richtete seinen Blick auf die Katze, dann auf Belinda, die wie leblos lethargisch dalag. Und dann auf ihre Hand, die schlaff auf ihrem Hüftknochen lag, der wohlgeformt, rund, zart war ...

»Trotzdem sagt er zu ihr …«

… und auf ihren Kopf, der auf dem anderen Arm lag, der ausgestreckt war und fast unter dem Kissen verschwand. Und die drei blonden Haarsträhnen, die ihr diagonal ins Gesicht gefallen waren und den Eindruck vermittelten, diese Ruhe würde auf eine enorme Anstrengung folgen, von der sie sich nur erholen könnte, wenn sie ihre langen rußschwarzen Wimpern schließen würde. Mète atmete tief ein, in seinem Kopf hallten Marimbas …

Trotzdem sagt er zu ihr

»Er sagt zu ihr: ›Ich werde euch nicht verheiraten‹, und bricht ihr damit das Herz; dann kehrt er ins Kloster zurück. Es ist das letzte Mal, dass er und meine Mutter sich sehen. Sie und Papa heiraten ein paar Monate später in San Marino, wie meine Großeltern, die ständig auf der Flucht waren. Knapp ein Jahr später stirbt Onkel Mète an einem Schlaganfall, und ein weiteres Jahr später werde ich geboren und nach ihm benannt. Und als ich fünf war, trennten Mama und Papa sich, er hatte auf einer seiner Verkaufstouren deine Mutter kennengelernt, und vielleicht hatte er ihr einen Hut geschenkt, wer weiß … Und ein Jahr danach wurde in Urbino das Institut für Graphologie eröffnet, das den Namen von Onkel Mète trägt, der in seinem Testament meine Mutter zur Erbin aller Rechte an seinem Werk eingesetzt hatte … Rate mal, wer das Band in den Farben der Trikolore vor dem Bürgermeister mit der Schere zerschnitten hat … Es ist einfach, versuch's … Für mich ist das der wirkliche Anfang gewesen, der Augenblick, in dem sich entschieden hat, dass ich nie wie die anderen sein werde, nie … Oh, ich wäre es gern gewesen, schließlich wollen wir alle normal sein, und seit unserer Kindheit möchten wir uns nicht von den anderen unterscheiden, denn jeder Unterschied ist eine Schande ... Aber meine Mutter war jetzt eine Priesterin und weihte ihr Leben einer frevelhaften Weisheit, die hart wie ein Fels ist, Beli, hart wie ein Fels ... Oh, ich liebte sie sehr, aber weißt du, für sie bin ich nie nur ein Sohn gewesen, ich war ein *Gelöbnis*; von einem Fehler, den sie gemacht hatte, indem sie der Lust nachgegeben hatte, war nur ich ihr geblieben, und auf mich gründete sie ihren verrückten, vollkommen verrückten Plan der Erlösung ... Und deswegen fand ich mich in einem von Anfang an vorgezeichneten Leben wieder, mein Leben hatte ein präzises Ziel, das bereits feststand, als ich dieses Band zerschnitt, und das durch meinen Namen vorgegeben war oder, wer weiß, möglicherweise tatsächlich durch die glückliche Flucht meiner verdammten Großeltern. Das erklärt meine Erziehung in den Internaten, die Vorherbestimmung für die Graphologie, die religiösen Schulen, das Institut, das ich als Kind eingeweiht hatte, aber vorher sogar noch das Seminar ... Ja, Beli, ich habe ein Jahr im Seminar verbracht, nicht weil ich gezwungen worden wäre, sondern weil ich tatsächlich überzeugt war, dass ich Priester werden wollte ... Dann hatte ich jedoch eine furchtbare Offenbarung, blitzartig, so einfach wie grausam: Ich glaubte nicht, ich glaube nicht, mir fehlt der Glaube ... Ich hasse Jesus, wegen dieses unsinnigen und heiligen Fluchs des *Opfers*, den er über die Erde ausgesät hat, ein Opfer, das wie eine Gnade erfleht werden muss und ein Lebensinhalt wird, der alle anderen erdrückt ... Aber jetzt war es zu spät, denn ich hatte nur noch das, und plötzlich hatte ich nicht einmal mehr das ... Ich wollte nur für die anderen nützlich sein, doch um das zu erreichen, lehrte man mich, müsse ich mich selbst kasteien, und da ich das nicht schaffte, Belinda, da mir bewusst wurde, dass ich das nicht schaffte, begriff ich plötzlich, dass ich allem schaden würde, was ich liebte ... Ich war selbst zum Opfer geworden, doch da ich vom Altar geflohen war ...«

Er schwieg. Was soll man von den Worten halten, die er da aussprach? Dass er wegen des Marihuanas nicht bei sich war, dass sie nicht zählten? Sollte man ihnen wirklich Glauben schenken? Oder an die weise Regel glauben, dass ein Mensch, wenn er über sich selbst spricht, unter welchen Umständen auch immer, lügt, stets lügt, vielleicht nur ein bisschen, aber lügt? Er schwieg und führte die Hand an die Nase, in der er seit einer ziemlichen Weile, wie ihm schien, ein Jucken spürte; aber es war Blut. Merkwürdigerweise beruhigte ihn der Anblick des Blutes. Das ist nichts Neues, dachte er, und folglich nichts Unvorhersehbares. Er betrachtete Belinda, die immer noch schlief, und sah tatsächlich eine Schwester in ihr; doch das Böse kennt wahrhaftig kein Ende, und wie einst Kain durchzuckte ein Blitz seinen trüben Blick. Er drückte ein Taschentuch gegen seine Nase und erhob sich mühsam vom Bett.

»Ich will dir etwas zeigen«, sagte er.

Belindas einzige Antwort war ein Grunzen. Mète suchte in seiner Samtjacke und holte die Brieftasche heraus, der er zahlreiche Zettel entnahm, die er sofort wieder zurücksteckte, bis er den richtigen gefunden hatte.

»Hier«, sagte er zufrieden, »das ist das Zeichen, in dem sich mein ganzes Leben verzehrt hat. Da ist alles drin: Verlust des Schoßes, Opfer, Schrift ...«

Der Zettel schimmerte weiß zwischen seinen Fingern, während er sich wieder aufs Bett legte.

»Und Klarsicht, wahnsinnige Klarsicht ...«

Im Zimmer war es jetzt dunkel, das schwache Licht, das

durchs Fenster hereindrang, reichte nicht aus, um den Zettel zu lesen. Doch da Belinda schlief und Mète ihn unter ihre Augen legte, hielt er es nicht für nötig, das Licht anzumachen. Er würde direkt in ihren Traum eingehen, wie durch eine Art blinde Photosynthese zwischen dem schlafenden Fleisch und dem Papier …

»Und vielleicht«, flüsterte er, »vielleicht ist das *dein* Anfang …«

Er lächelte und wartete darauf, dass die Osmose zwischen dem Zettel und dem Mädchen stattfände. Er legte sich auf den Rücken und hörte auf, sich das Taschentuch auf die Nase zu drücken; es lief kein Blut mehr heraus. Anschließend ließ er seinen Blick über die glänzenden Ringe auf dem Bildschirm des Fernsehers wandern, die von weißen und reinen Fingern getragen wurden, die nur schwer mit einem Körper und einem Leben in Verbindung zu bringen waren.

Auf dem Zettel, drei Zentimeter von Belindas geschlossenen Augen entfernt, stand:

Recanati, 8. Januar 1970

Liebe Maria,
ich gebe Dir hiermit zur Kenntnis, dass die Trennung, um die wir ersucht haben, erfolgt, weil Du eingewilligt hast, sie zu unterschreiben, dass sie jedoch in Wirklichkeit ausschließlich auf meine Initiative zurückzuführen ist, während Du bereit gewesen wärst, die Beziehung fortzusetzen; ich verpflichte mich hiermit feierlich, auch wenn die künftige italienische Gesetzgebung die Scheidung erlauben sollte, nichts zu unternehmen, was zur Auflösung des ehelichen Bandes führen könnte, das uns verbindet, und keine anderen Frauen in anderen Län-

dern oder nach anderen Religionen zu heiraten, solange Du lebst.
Gezeichnet
Romano Bernardi

Eine Dornenkrone
Flugzeuge, Flugzeuge und nochmals Flugzeuge am Himmel von Rom …

Ist es möglich, dass all der Verkehr, der seit Ikarus' Zeiten am Himmel stattfindet, keinerlei Spuren hinterlassen hätte? Sollte es ausreichen, dass ein amerikanischer Wissenschaftler beschlösse, eine geeignete Substanz zu entdecken und dann die Gläser einer ganz gewöhnlichen Brille hineinzutauchen, damit die Geschichte des Himmels endlich sichtbar würde, lesbar in einer unermesslichen Hieroglyphe?

Doch in Rom, oh, wie verworren wäre in Rom die Zeichnung! Flugzeuge, Flugzeuge und nochmals Flugzeuge, ein äußerst dichtes Geflecht von Linien, gerade, gekrümmt, aufsteigend, absteigend, ein richtiges Gewirr … Und die Rundfunk- und Fernsehwellen, die von den riesigen Relaisstationen der Rai, von Radio Vatikan und von einer Unzahl privater Stationen ausgesendet werden und sich überlagern, und ihr Aufprall auf jeder der Antennen, die auf den Häusern angebracht sind … Und die Morseblitze der Funkbaken von Fiumicino, Civitavecchia, Pratica di Mare und die nüchternen Mitteilungen der Kontrolltürme der Flughäfen, die ständigen Rufe der Polizeiautos, das unverständliche Durchsagengewirr der Funktaxis, die großkotzigen Gespräche der Funktelefone in den Wagen der Reichen und Minister, die Strahlung der Isotope, die aus den Untersuchungslaboren entweicht, die Radars der Alarmanlagen der Privatanwesen:

was für eine Katastrophe! Sie alle hinterlassen ihre eigene Spur, täglich millionenfach wiederholt, sodass der Himmel über Rom durch diese Brille gesehen, sobald sie erfunden worden ist, schwarz und wie ein wirres Durcheinander erscheint, ja, wahrhaftig wie eine Dornenkrone. Eine Dornenkrone auf dem Haupt der heiligen Stadt … Und man wird mit einem Mal bemerken, dass kein Platz mehr bleibt für die Arabesken, die der Flug der Vögel zeichnet; man wird entdecken, dass am Himmel über Rom kein Platz mehr ist, um ihre lesbare Spur zu bewahren; ihr unermüdliches Kreisen wird sich als vergeblich und hoffnungslos erweisen …

Das waren Mètes Gedanken, während er sich auf die Brüstung der Tiberpromenade stützte an diesem Morgen, der wieder klar und strahlend war und überraschend mild, als hätte auch das Wetter in diesem Februar das Gedächtnis verloren und würde sich von Tag zu Tag nach unvorhersehbaren Launen ändern. (Apropos: die von den Polarsatelliten an die Wetterstationen gesendeten Signale sind ein weiteres Geflecht der Dornenkrone auf dem Kopf von Rom.) Die Gemeinde hatte die Äste der Bäume plötzlich beschnitten, und die Leute hatten sich noch nicht daran gewöhnt; sie betrachteten diese verstümmelten Formen und schüttelten den Kopf. Mète ging es nicht gut, er fühlte sich schlapp. Er betrachtete den Himmel, dann den Tiber, der Hochwasser führte, dann erneut den Himmel, und seine Augen ertrugen nur mit Mühe das aggressive Licht. In Wirklichkeit wartete er, denn er war zu früh gekommen. Er wartete darauf, dass ein schwarzer Koloss auftauchte und es verdunkelte, pünktlich wie der Tod, und den Augenblick einer telefonisch getroffenen Verabredung auslöschen würde.

Bruno, was hast du gemacht?
»Wir haben gegen den Wind gepisst«, sagte Bruno.

Er starrte noch eine Weile auf den Zeitungsausschnitt, den Mète ihm gezeigt hatte und in dem ihr Husarenstück gegen das Theater auf eine banale Geschichte maskierten Rowdytums reduziert worden war. Auf seinem großen Gesicht breitete sich sein übliches breites Lächeln aus.

»Wir haben den falschen Tag gewählt«, fügte er nickend hinzu. Und dann begann er, sein Lachen zu schnauben.

»Aber es ist trotzdem okay«, schloss er, »es ist trotzdem okay ...«

Er gab Mète den Ausschnitt zurück. Er lachte, hustete, spuckte, lachte erneut und hustete wieder. Mète steckte die Notiz in die Tasche.

»Was musst du mir sagen?«, fragte er den Riesen.

Bruno starrte ihn an, wie er es immer machte. Das gehörte zu seinem Tempo, seinen endlosen Pausen.

»Später«, sagte er. »Vorher muss ich mir einen Anzug kaufen.«

Er nickte, hustete, spuckte, lachte.

»Einen guten Anzug«, und er ließ einen Fluch folgen.

Mète folgte ihm zu einem Geschäft in der Via del Corso, eine kleine Boutique, in der es nach Aftershave roch und die Kleidung sehr teuer war. Er schwieg, obwohl er sah, dass sein Freund in die Klauen einer lockenköpfigen Verkäuferin geraten war, die fest entschlossen schien, ihn dazu zu bringen, ein Vermögen auszugeben, das Bruno im Übrigen gar nicht besaß. Tweed, Flanell, Barchent, Bruno betastete und lachte, und von Zeit zu Zeit erheischte er von Mète stumme Zustimmung, die dieser ohne große Überzeugung gewährte. Wie will er das bezahlen?, fragte er sich. Hat er etwa erneut im Toto gewonnen? Und warum kauft er ihn? Bruno schien einen dunklen Tweedanzug mit Fischgrätmuster zu favorisieren, doch es stellte sich das Problem der Größe. Die Verkäuferin verschwand über eine kleine Treppe, und als sie wieder herunterkam, schüttelte sie den Kopf, die monströse Größe, die Bruno benötigte, hätten sie nicht. Bruno verzog unter seinem mächtigen Hut bedauernd das Gesicht, während Mète nach dem Preisschild schielte, das an einem Knopf baumelte: 1 180 000 Lire.

Der einzige Anzug, den es in dem Geschäft in Brunos Größe gab, war ein jedes vernünftige Maß sprengender grauer Flanellanzug, der an die Auktionatoren der Versteigerungen im Fernsehen erinnerte. Dennoch schien Bruno auch dieser zu gefallen, er bat, ihn anprobieren zu dürfen, und verschwand hinter dem Vorhang eines Kabuffs, das kaum größer als er war. Es folgte eine Pause, in der jemand wie Damiano, dachte Mète, eine Verabredung mit der Verkäuferin ausgemacht hätte, während hinter dem Vorhang ein undeutliches Rumoren zu hören war. Endlich kam Bruno in dem Anzug heraus und drehte sich vor dem Spiegel. Durch den Kontrast zwischen dem neuen Anzug und dem schmuddeligen Schottenhemd und den Bauernstiefeln wirkte er wie ein Bauer, der sich für ein Fest herausputzt; und ein Bauer war er ja auch, dachte Mète. Nur für was für ein Fest? Bruno jedenfalls schien zufrieden, nickte und lächelte, und als Mète seine Zustimmung ausgedrückt hatte (wie hätte er sie ihm auch verweigern können?), ließ Bruno ein entschlossenes »Ich nehme ihn« vernehmen. Er hatte sich nicht einmal nach dem Preis erkundigt, und auch Mète hatte ihn auf dem Schild nicht lesen können. Daraufhin kniete die Verkäuferin vor ihm nieder, um die Hosenbeine umzustecken, und fragte ihn, ob er den Saum mit oder ohne Umschlag haben wolle. Bruno überlegte einen Augenblick, dann sagte er: »Mit Umschlag«, und verschwand im Kabuff. Als er herauskam, wieder in seinen schwarzen Wintermantel gehüllt, sagte er nicht etwa: »Ich habe einen Scherz gemacht«, sondern ließ sich auch noch eine rote Krawatte, Socken und ein hellblaues Popelinhemd geben. Und Mète flüsterte er ins Ohr, während die Verkäuferin an der Kasse die Rechnung vorbereitete: »Schuhe habe ich schon.«

783 400 Lire alles in allem, mit Skonto 780 000. Bruno holte ein zusammengerolltes Bündel Geldscheine aus der Tasche, wie man eine Machete zückt, und zählte Schein für Schein, bis die Summe erreicht war. Er nahm die riesige Plastiktüte, welche die Verkäuferin ihm reichte, steckte die Rechnung hinein und verabschiedete sich. Wegen der Hose würde er am nächsten Tag wiederkommen müssen.

Mète hatte noch immer kein Wort sagen können. Er folgte dem Freund aus dem Laden in das laute Gewühl der Via del Corso, bis er in eine Straße einbog, die zur Tiberpromenade zurückführte. Und plötzlich redete er:

»Bruno, was hast du gemacht?«

Der Koloss blieb stehen und starrte ihn schweigend an, ausdruckslos, was selten bei ihm war und einen Ausbruch vorzubereiten schien.

»Ich muss mit dir reden«, sagte er. Er blickte sich um und deutete zwischen den Marmorarkaden, dem Glaswürfel des Museo dell'Ara Pacis und den Trümmern des Augustus-Mausoleums mit dem Finger auf eine gerupft wirkende Parkanlage.

»Gehen wir dorthin«, sagte er.

»Ich habe etwas getan«, sagte Bruno und holte weitere Geldscheine aus der Tasche.

Sie hatten sich rittlings einander gegenüber auf eine Steinbank gesetzt, ihre Füße streiften über den Splitt. Die Erde bebte buchstäblich unter ihnen wegen der Bus-Endhaltestelle ganz in der Nähe, an der diese Mastodonten unaufhörlich hin und her rangierten.

»Was hast du getan?«, fragte Mète. In diesem Augenblick war er wirklich davon überzeugt, dass Bruno vielleicht eine Bank überfallen oder einen Bankautomaten geknackt hatte.

»Ich habe einen Vertrag mit dem Fernsehen unterschrieben«, sagte Bruno.

Er schwieg erneut, in einer bedrückenden Grimasse versinkend, die schwer zu deuten war.

»Du?«, fragte Mète verblüfft.

»Ja, ich. Mit der Rai. Sie haben mir eine Sendung angeboten, und ich habe akzeptiert ...«

»Was für eine Sendung?«

»Eine Nachmittagssendung, mit Quizspielen. Sonntag muss ich sie live auf Rai Uno präsentieren, sie haben mich als Gast eingeladen. Und im März fange ich an ...«

Während er sprach, starrte Bruno die Scheine in seiner Hand an. Er sprach jedes Wort deutlich aus, als würde er es diktieren, und jedes schien ihn zu betrüben.

»Ich glaub es nicht.« Mète versuchte zu lächeln.

»Aber es ist so. Sieh nur, sie haben mir sogar einen Vorschuss gegeben.«

Nein, er scherzte nicht, es stimmte. Und Mète verging das Lächeln.

»Aber wann denn?«, fragte er. »Wann ist das passiert?«

»Neulich. Sie haben sich meine Vorstellung angesehen,

haben mir gratuliert und einen Termin mit mir gemacht. Am nächsten Vormittag bin ich hingegangen und habe den Vertrag unterschrieben.«

Mète erinnerte sich plötzlich an die Heiligen Drei Könige, die er an dem Abend, an dem sie die Plakate geklebt hatten, während Brunos Vorstellung im Theater gesehen hatte. Er erinnerte sich an die düsteren Vorahnungen, die sie in ihm ausgelöst hatten mit ihren glattrasierten Gesichtern, ihren weichgespülten Haaren und ihren angenehm weichen Mänteln aus einer anderen Welt in diesem morastigen Kellerloch. *Programmgestalter der Rai*; im Nachhinein betrachtet konnten sie gar nichts anderes sein.

»Sechzig Sendungen«, sagte Bruno, »jeden Nachmittag von Montag bis Freitag, drei Monate. Ich brauche bloß den Clown zu spielen. Sechzig Sendungen, dreißig Millionen.«

»Dreißig Silberlinge«, hörte Mète sich sagen.

Bruno versuchte zu lachen oder zumindest etwas, das einem nervösen Lachen ähnelte, aus seinen inneren Höhlen herauszupressen; doch als er Mètes harten und erbarmungslosen Gesichtsausdruck sah, erstarb es sofort wieder.

»Richtig«, räumte Bruno ein, »ich habe mich verkauft.«

Ihre Freundschaft hätte in diesem Augenblick noch gerettet werden können, Mète hätte sich nur zu einem Lächeln durchringen und sagen müssen: »Das war richtig von dir«, und Bruno hätte seinen Verrat von allein bereut. Mète hätte ihn dann getröstet und ihm gesagt, es sei sein gutes Recht, das zu tun, denn das sei der Lauf der Welt, und endlich hätte sich ein erlösendes, verbrüderndes Lachen Bahn gebrochen, begleitet von Röcheln und Spucken. Doch Mète machte, wie wir gesehen haben, gerade eine schlimme Zeit durch, er übertrieb alles, er hatte das Licht des gesunden Menschenverstands ausgeschaltet, er war mit den Nerven am Ende und hatte ein unglückseliges Bedürfnis nach der Schmach und Schande anderer, in der er seine eigene vergessen konnte, die sein Herz in Brand setzte. Dieses Herz, um das sich jetzt das Fangeisen einer Erinnerung geschlossen hatte, einer einzigen, vollkommen klar und unvermeidlich, eine wirkliche Falle, die ihm keinen Ausweg ließ. Es war die Erinnerung an den Streit, den Bruno kurz vor Weihnachten mit einer Gruppe von Fernsehstars gehabt hatte, Spaßmachern ausgerechnet, Fernsehquizmoderatoren, die ihn vor einem Nachtlokal verpottet hatten, die Erinnerung an die Verachtung, den Zorn und die nicht wieder gutzumachenden Worte, die Bruno ihnen angesichts ihrer dünkelhaften Überheblichkeit ins Gesicht geschleudert hatte: »Ihr erbärmlichen Jammergestalten«, hatte er gewettert, »ich verfluche euch, euch und das Fernsehen und eure Programme und eure Zuschauer, ich verfluche euch und werde euch bis zum letzten Atemzug verfluchen, und wenn ich im Sterben liege, werde ich sagen, Doktor, bitte geben Sie mir eine Spritze, lassen Sie mich noch zehn Minuten leben …«

»… um sie noch weitere zehn Minuten verfluchen zu können!«, beendete Mète den Satz laut, denn in der Erinnerung an diese Worte waren sie zu seinen geworden, und er hatte sie laut *gegen* Bruno wiederholt, mit eisiger Härte. Ja, er hatte es getan, und wie warm war dieses Gefühl, das Mète usurpiert hatte, von einem Bruder tödlich verraten worden und das einzige reine Wesen auf Erden zu sein … Er hatte es wahrhaftig getan, er war aufgestanden und hatte den Freund im Abgrund dieses Fluchs, den er mit seinen Händen geschaffen hatte, allein gelassen; und jetzt entfernte er sich ohne jedes Mitleid, ja sogar in der Hoffnung, von dem Riesen in den Rücken geschlagen und zu Boden geschleudert zu werden, kurz, wirklich zum Opfer zu werden …

»Herrensöhnchen!«, hörte er hinter sich.

Er drehte sich um; Bruno stand auf der Bank, und jetzt ließ das Gelächter sein Gesicht rot anlaufen, und es war mit Sicherheit ein schmerzerfülltes Lachen: das Lachen eines Verfluchten.

»Mein Vater ist gestorben, nachdem er sein ganzes Leben das Land der anderen bearbeitet hatte!«, rief er lachend. »Er ist gestorben, ohne jemals ein Stückchen Land für sich gehabt zu haben, nicht einmal, um darauf begraben zu werden, weil sie ihn mit dem Rücken an die Mauer gestellt hatten!«

Er schwenkte die Tüte mit dem neuen Anzug, als wäre sie eine Waffe, und starrte ins Leere; seine Stimme übertönte den Verkehrslärm. Ein paar Passanten waren bereits stehen geblieben und sahen ihn an.

»Ich gehe ins Fernsehen, Herrensöhnchen! Dabei habe ich gar keinen Fernseher, aber ich gehe ins Fernsehen. Und gut gekleidet! Und ich kassiere dreißig Millionen, denn auf das Geld habe ich schon viel zu lange gespuckt, um solchen wie dir, den Intellektuellen, eine Freude zu machen! Und ich lebe zwischen Wanzen und Läusen. Nicht wie du mit deinen Wohnungen umsonst, eine hier, eine dort, und du brauchst nicht zu arbeiten, du bist trotzdem reich, denn ihr macht euch einen Sport daraus, aufs Geld zu spucken, ihr habt ja immer genug! Da ist es leicht!«

Für die Leute war Bruno ein Verrückter, einer der vielen, die man auf der Straße trifft und die laut vor sich hin reden. Doch für Mète war es eine offene Wunde, ein Fehler und zugleich das Buch, in dem er sein neues Leben studieren müsste, wäre er dazu fähig. Stattdessen verhielt er sich wie die anderen, blieb stehen und betrachtete den Riesen, der laut brüllte, drehte sich dann auf dem Absatz um und ging seines Wegs. Er fühlte sich gemein und ungerecht, aber auch auf eine gewisse geheimnisvolle Weise erleichtert, als entströmte dem Unrecht ein Betäubungsmittel, das es ihm leicht, fast angenehm machte, es zu ertragen. »Ich habe drei Schlangen in meiner Brust und eine Eule im Gehirn.« Lebewohl, Bruno, dachte er, ich vergebe dir nicht, ich vergebe dir nicht …

Die gigantische Stimme hinter ihm trieb ihn fort wie ein Windhauch.

»Und das Elend, das wirkliche Elend, das würde ich dich gern kennenlernen lassen. Aber nicht nur für einen Tag oder eine Woche! Ein Leben lang im Elend! Im Elend! Dann möchte ich dich sehen mit deinem … mit deinem … mit deinem …«

»Hochmut« war vielleicht das zutreffende Wort; doch es fiel Bruno nicht ein, und selbst wenn es ihm eingefallen wäre, war Mète bereits zu weit entfernt, er hätte es nicht gehört.

Worauf sich sein Leben reduzierte

Das innere Feuer, das Mète verzehrte, hatte die lebenswichtigen Organe erreicht. Nach wie vor den Ernst der Lage unterschätzend, vernachlässigte Mète jede Gesamtsicht. Es schien ihm nicht weiter schlimm, dass er das Studium praktisch aufgegeben und angefangen hatte, Drogen zu nehmen, und dass er sich von einer frevelhaften Liebe (wie sollte man es sonst nennen) hatte überwältigen lassen, und auch nicht, dass er an diesem Vormittag aus eigener Schuld einen seiner wenigen Freunde verloren hatte. Im Grunde muss man sagen, dass er sich dessen einfach nicht wirklich bewusst war, als wäre er nach wie vor der absurden Überzeugung, sein wahres Leben wäre ein anderes, obwohl er nur dieses hatte. »Der Mensch ist, was er den ganzen Tag über denkt«, sagt Emerson, und daher war Mète bereits eine Art gemalte Wüste geworden, voller Luftspiegelungen, Halluzinationen und Überfällen von Räubern auf alles, was vor ihnen glänzt.

Und so kann es nicht verwundern, dass er nach seiner äußerst harten Reaktion auf Brunos Verrat, als ginge es für ihn um Leben und Tod, nicht mehr an diesen Verrat und an diese Reaktion dachte, nachdem er wieder zu Hause und sozusagen in den Bannkreis Belindas zurückgekehrt war. Jetzt gab es dringlichere Dinge, von denen er sich verzehren lassen konnte: schnuppern, vor Sehnsucht vergehen, einen Vorstoß wagen, sich zurückziehen, vielleicht erneut einen Joint rauchen, vielleicht auch nicht, wer weiß, reden, aus der Nase bluten. Kurz, sein Leben.

Doch es wurde ein wirrer und wilder Nachmittag. Mète verbrachte ihn, indem er sich nicht von der Stelle rührte und Belinda beobachtete, die sich ganz allein beschäftigte, und zu verstehen versuchte. Als sie aus der Schule nach Hause kam, brachte sie die Bücher in ihr Zimmer und war schon wieder verschwunden. Sie blieb eine halbe Stunde fort, dann kehrte sie abgehetzt zurück und schaute sich im Fernsehen *Il mondo di Quark* an, wobei sie sich in einem Heft Notizen machte. Am nächsten Tag, erklärte sie, müsse sie im Unterricht den Inhalt der Sendung zusammenfassen. In der Sendung ging es vierzig Minuten lang um sehr alte Tiere, die ausgestorben oder vom Aussterben bedroht waren, wie der Komodowaran, der Sphenodont, der Kiwi, die Moa, der Kakapo, die Takahe, die Aldabra-Cuvierralle und das Faultier. Belinda schien sehr konzentriert zuzuhören, aber trotzdem gelang es ihr, zwischendurch zwei Telefongespräche zu führen (eines davon sicher mit Dinamo) und ebenso viele anzunehmen. Mit keinem Wort erwähnte sie die Interferenz von Radio Vatikan. Als die Sendung vorbei war, wusch sie sich eilig die Haare, trocknete sie, zog sich um und ging erneut fort. Während ihrer Abwesenheit las Mète die Notizen in dem Heft, das auf ihrem Bett liegen geblieben war; von manchen Tieren, stellte er fest, hatte Belinda nicht einmal den Namen notiert, als würde sie ihnen keine Bedeutung beimessen, während sie sie in Wirklichkeit durch das Telefonieren verpasst hatte. Über andere gab es nur spärliche Notizen, beispielsweise:

KOMODOWARAN – 45 kg – 3 m

SPHENODONT – sehr altes fleischfressendes Reptil

MOA – ausgest. Vogelart – 230 kg
3.30 m – eine Giraffe

Diese Notizen waren so konfus, dass sie sich, selbst wenn Mète sich, bevor er sie las, an ein paar Informationen über die Tiere, auf die sie sich bezogen, erinnerte, nach dem Lesen in seinem Kopf vermischten. Doch von zwei Tieren hatte Belinda überraschenderweise eine sehr viel genauere Beschreibung notiert. Das eine war der Kakapo:

Strigops habroptilus (Kakapo) – nachtaktiver Eulenpapagei – lebt in Neuseeland – flugunfähig – kein Feindverhalten – erstarrt, wenn er angegriffen wird – fast ausgestorben. Feinde: Wildkatzen, Hermeline, der Mensch. Es gibt nur noch 60 Exemplare.

Das andere das Faultier:

Das FAULTIER ist 50 000 000 Jahre alt.
Es lebt am Amazonas.
LÖSCHT SEINEN DURST, INDEM ES TAU TRINKT.
SCHÄFT 19 STUNDEN AM TAG.
Seine Geschwindigkeit beträgt 200 Meter am Tag.
Seine Verdauung dauert 8 Tage.
AUF DEN BÄUMEN IST ES AM GLÜCKLICHSTEN.

Diese Notiz schien Belinda ganz besonders wichtig gewesen zu sein, ihre Schrift war flüssig und gut leserlich, ohne Geschmiere und Abkürzungen, die alle anderen schwer lesbar machten. Mète las sie immer wieder, bezaubert von dem Gefühl des Wohlbefindens, das sie ausstrahlte, und er stellte sich vor, wie sie am nächsten Tag im Unterricht mit zuckersüßer Stimme die Faulheit dieses sonderbaren Tieres preisen würde. Dann kam Belinda zurück, und schon wieder hatte sie die Kleidung gewechselt.

Sie erklärte, sie hätte sie mit einer Freundin getauscht; jetzt trug sie eine Art großen Müllsack, der auf den Schenkeln mit einem Gummiband zusammengehalten wurde. Sie gab zu, dass der Tausch sie nicht besonders überzeuge, war aber begeistert von der »Plastikhaftigkeit« des sonderbaren Gewandes. Sie forderte Mète auf, es zu berühren, und er berührte leicht ihre Hüften, ohne dem Plastik allzu große Aufmerksamkeit zu schenken, das im Übrigen von einer obszönen Durchsichtigkeit war. Dann begann Belinda, in der Wohnung hin und her zu laufen, mit weiß der Teufel was beschäftigt, bis die Katze mit einem Krallenhieb das Kleid zerriss. Verzweifelt rief Belinda ihre Freundin an, um ihr die Katastrophe mitzuteilen, und durch den Riss konnte

Mète ein Stück ihres weißen runden Bauchs sehen. Es entspann sich ein hektisches Gespräch, an dessen Ende Belinda nicht mehr die Besitzerin des Kleidungsstücks war, das sie mit der Freundin getauscht hatte und das diese als Entschädigung behalten wollte. Daraufhin schrie sie die Katze an, doch dann erinnerte sie sich plötzlich, dass sie krank war und dass sie mit ihr zum Tierarzt musste. Sie beschloss, es sofort zu tun, doch das Telefon klingelte erneut. Mète ging ran, erkannte Dinamo und reichte den Apparat Belinda, und nach dem Anruf, bei dem sie nur stumm zugehört hatte, als erhalte sie Befehle, war nicht mehr die Rede davon, die Katze zum Tierarzt zu bringen. Sie musste jetzt zum Abendessen in die Stadt und zog sich in aller Eile zum x-ten Mal um.

Währenddessen war es dunkel geworden. Mète, der, während er Belindas geschäftiges Treiben verfolgt hatte, die Hoffnung nicht aufgegeben hatte, sie würde sich irgendwann wieder aufs Bett legen, mit der Plastiktüte, der *Flash Art*, dem Zigarettenpapier und allem Übrigen, fand sich jetzt plötzlich allein in der Wohnung wieder, mit einem Schmatz auf die Wange und großer Sehnsucht in der Brust. Ihm blieben die Katze, der Apfelduft, das zerrissene Plastikkleid und das Heft mit der Beschreibung des Faultiers; das war alles, worauf sich sein Leben jetzt reduzierte, nur das. Und in dieses Stillleben eingeschlossen wie ein Dackel, der den Türgriff nicht erreicht, schickte er sich an, einen reglosen Abend zu verbringen, in katatonischer Erstarrung auf Belindas Rückkehr wartend und von der Angst gequält, sie könnte gar nicht mehr zurückkommen. Doch es war Mittwochabend, und für den, der noch die Tage zu zählen vermag, war da etwas, an das er sich nicht mehr erinnerte …

Cuba 22, vier Minuten
Ungeduldig, wie sie ihrer Handschrift zufolge war, und vielleicht sogar noch ungeduldiger, erschien Maria Grazia wieder auf der Bildfläche. Gegen acht rief sie an, um die Verabredung um neun zu bestätigen, und wieder war sie aggressiv, nannte ihn erneut *mein Lieber*. Mète ließ den Angriff über sich ergehen, ohne zu reagieren, antwortete einsilbig und sah sich nach dem Anruf einer neuen Serie von Anstrengungen gegenüber: Zunächst einmal musste er sich ein weiteres Mal erinnern, wer diese Frau war und womit er diesen runden Hintern zu ergänzen hatte, welcher ganz offensichtlich der einzige Hinweis war, der sich seinem Gedächtnis eingeprägt hatte. Dann musste er seinen Bau verlassen und einen ganzen Abend in Begleitung einer Person über sich ergehen lassen, die ihm nicht das Geringste bedeutete, und Konversation mit ihr machen, während all seine Sinne ganz woanders waren, ihr den Hof machen und sie wenigstens dazu benutzen, um aus dem Treibsand herauszukommen, in dem er immer mehr versank. Denn genau so war es, er versank, und dieser Anruf zwang ihm eine Verschnaufpause schmerzlicher Klarsicht auf: Belinda war seine Schwester, er durfte sie nicht lieben. Außerdem würde sie in drei Tagen zu ihren Eltern zurückkehren und körperlich verschwunden sein, ohne ihm die Zeit zu lassen, endgültig wahnsinnig zu werden. Nein, ihm war diese Maria Grazia, waren alle Frauen der Welt zugedacht, aber nicht Belinda. So war es bestimmt worden, punktum.

Er rief das Funktaxi in der Gemütsverfassung eines Geistesgestörten an, der die Irrenanstalt anruft, aus der er geflohen war, um sich abholen zu lassen. »Cuba 22, vier Minuten«, wurde ihm gesagt; vier Minuten, eine Zeitspanne, die nicht der Rede wert ist, und doch geschah einiges in dieser so unbedeutenden Zeitspanne, und Cuba 22 brachte ihn nirgendwo hin.

Er wollte gerade auf die Straße hinuntergehen, schon im Mantel und Maria Grazias Adresse in der Tasche, als Dani und Mila auftauchten. Sie brachten ein Abendessen für ihn und Belinda. Mète erklärte, dass niemand da sei, und überließ den Philippino seinen Herdplatten, während er noch mit Mila, die kein Wort verstand, auf Italienisch über Enttäuschung und aufgewärmtes Essen sprach. Und auf der Straße vor seinem Hauseingang wurde er mit drei fast gleichzeitigen Ankünften konfrontiert, die sich gegenseitig verschlangen und am Ende ihn: Zuerst kam Cuba 22 an, der aber mitten auf der Via di Monserrato von den Gorillas mit der Kelle in der Hand am Weiterfahren gehindert wurde, um der spektakulären Ankunft des Ministerpräsidenten mit seiner endlos langen Eskorte die Vorfahrt zu geben. Mète schaute fasziniert zu, wie Muskelpakete Stellung bezogen, Motoren dröhnten und Blinklichter kreisten, bis der Ministerpräsident aus dem gepanzerten Wagen stieg, alle mit der Hand grüßte und mit flatterndem weißem Schal in seinem Hauseingang verschwand. Die dritte Ankunft war die von Belinda.

Plötzlich stand sie vor ihm, das Haar windzerzaust, die Nasenspitze rot wie eine Kirsche, während Cuba 22 noch immer von den Gorillas aufgehalten wurde und die Karawane des Ministerpräsidenten mit den Reifen quietschte, um sich aufzulösen.

»War *er* das?«, fragte sie ihn.

»Ja«, stammelte Mète, »aber solltest du nicht …«

»Nein«, sagte Belinda. »Kommando zurück. Gehst du gerade weg?«

Eins, zwei, drei:

»Nein«, lautete Mètes Antwort. Es ging ihm glatt über die Lippen.

»Gott sei Dank.« Belindas Gesicht leuchtete auf. »Haben wir was zu Essen da? Ich sterbe vor Hunger ...«

Cuba 22 hatte endlich freie Fahrt und bog in den Vicolo della Moretta.

»Die Philippinos sind da«, sagte Mète »Sie haben ein Abendessen gebracht ...«

»Super! Und im Fernsehen gibt es die *Rocky Horror Picture Show*. Hast du den Film gesehen?«

»Nein ...«

Mète war aufgeregt, sein Herz klopfte. Es fiel ihm ein, er müsste Cuba 22 Bescheid sagen, doch er war schon mit Belinda auf der Treppe, dann vor der Wohnungstür und dann in der Küche, umgeben von den Freudenschreien der Philippinos. Schwer zu erklären, aber er fühlte sich tatsächlich unbeschreiblich glücklich. Endgültiger Verlust des Verstandes? Nicht wirklich, denn in diesem Freudentaumel hatte er noch die Geistesgegenwart, etwas sehr Kluges zu tun: Er stahl sich in sein Zimmer und zog, um Maria Grazia zuvorzukommen und weil die Taxizentrale ihn nach seiner Nummer gefragt hatte, den Stecker des Telefons aus der Steckdose.

Der Hund, der den Knoblauch bewacht

Und jetzt seht ihn euch an, nach sechs Monaten in Rom und vier Tagen mit Belinda, unseren Mète mit seinen strengen Idealen, erklärter Feind der Kultur des guten Essens, der Vergnügungen und der Betäubungsmittel, der in der Tiefe seines Gewissens eine stürmische, verworrene, bis vor kurzem aber unerbittliche Sittenstrenge vertrat: Er hat gut gegessen (gekochte Krebse, Reis, russischer Salat, grüne Bohnen) und liegt satt auf dem Bett vor dem Fernseher und raucht glückselig Marihuana. Neben ihm, in den Meerestiefen des Zimmers, wogen Belindas florentinische Hände wie von der Strömung liebkoste Algen und zerkrümeln, vermischen und rollen, unschuldig und pausenlos. Dazwischen versinkt Belinda immer wieder in der *Rocky Horror Picture Show* und taucht wieder daraus hervor, kommentiert oder ergeht sich weitschweifig und wirr über ihre Lieblingsfilme: *Mary Poppins, Purple Rain, Frankenstein Junior, Bruder Sonne, Schwester Mond, Doktor Schiwago* (sie gesteht, geweint zu haben, als Lara am Horizont verschwindet, »auf dem Schlitten des anderen«), und Mète fühlt sich wie im Himmel, während er ihr zuhört, wie sie alle Namen durcheinanderbringt, Zeffirelli mit Fellini verwechselt und Julie Christie mit Julie Andrews in dieser phänomenalen Bewertung von Bruchstücken, die kein Ganzes ergeben. Alle Sinne umschmeichelt von einer aromatischen Trägheit, die Ohren gepeinigt von den Schrillheiten der Musik, die Augen Belindas Profil mit ihrem kaum wahrnehmbaren Flaum im Gegenlicht hingegeben, spricht Mète Gebete: »Um Gottes willen, lass es so bleiben, möge alles so bleiben wie jetzt, für immer.«

Da sein Gehirn sich bereits ein wenig an das Marihuana gewöhnt hatte, funktionierte das Unterbewusstsein sicher nicht mehr so hundertprozentig wie das erste Mal, und er trieb nicht mehr so ungestört dahin; und die Angst meldete sich wieder, er könnte verlieren, was er hatte, denn er sah Belinda und spürte sie (ihre Schultern, ihre Beine berührten einander) schon etwas weniger als Teil von sich selbst, nicht mehr wirklich als Schwester, sondern, sagen wir, als Cousine, die kommt und geht. Und je schwächer das Gefühl der Blutsverwandtschaft wurde, desto wahrscheinlicher wurde die Möglichkeit, sie zu verlieren, das unheilvolle Bedürfnis, sie auf die eine oder andere Art zu besitzen oder wenigstens so lange wie möglich bei sich zu behalten. Ihre Schönheit begann ihm jetzt wehzutun, er spürte etwas Spitzes, das sich in sein Fleisch bohrte, so etwas wie der Bohrer des Zahnarztes nach einer unzureichenden Betäubung. Mètes Sinne, sagten wir, waren glücklich und zufrieden, es bestand keinerlei Notwendigkeit, sie anzustacheln, und noch verspürte er zum Glück nicht diesen vampirhaften, unbezähmbaren Wunsch, seinen Mund auf ihren Hals zu drücken, der ihn im Abgrund der Nüchternheit so sehr quälte; dennoch flatterte ein Teufelchen über ihm, das ihn zwar nicht zu verderben vermochte, ihm aber trotzdem den Gedanken unerträglich machte, sie könnte sich mit einem anderen in ebendieser Situation befinden, mit jemandem, der sich ohne weiteres all die Wünsche erfüllen konnte, die Mète nur dadurch in sich abtöten konnte, dass er sich bis zur Bewusstlosigkeit mit Drogen zudröhnte.

»Der Hund, der den Knoblauch bewacht, frisst ihn nicht und lässt ihn nicht fressen«, so hätte Bruno es ausgedrückt mit einer seiner Bauernweisheiten. Doch Bruno war weit weg, ebenso weit wie jede andere Person, über die Mète sich hätte sehen, definieren, rechtfertigen können. In seiner Nähe war nur Belinda.

Sie schwieg jetzt schon seit geraumer Weile. Mète beugte sich über sie und bemerkte, dass sie schlief. Die *Rocky Horror Picture Show* war noch nicht zu Ende, aber das war egal, der Film hatte ihr trotzdem gefallen. Mète schaltete den Fernseher aus, auch ihm hatte der Film gefallen. Die Katze blitzte ihn durch den Schlitz ihrer Lider an und kehrte dann in ihren Fjord zwischen Belindas Beinen zurück. Und Mète sah, wie seine Hand langsam, unabhängig von ihm abhob und in Belindas Haar eintauchte. Ohne das Fluoreszieren des Bildschirms war es jetzt praktisch dunkel, und seine Hand verschwand in diesem Wildbach, der überhaupt nicht mehr blond wirkte. Doch die Hand schwieg, übermittelte Mète nicht den geringsten Eindruck von der Reise, die sie unternommen hatte, als wollte sie das Glück eines derartigen Abenteuers unbedingt für sich behalten. Daraufhin zog Mète sie heraus und ließ sie einfach nur zarte, oberflächliche Streichelbewegungen ausführen. Belinda rührte sich nicht, und im Grunde war es eine ziemlich eigenartige Situation: Mète streichelte sie, aber weder er noch sie empfanden irgendetwas, es waren totgeborene Liebkosungen ohne Zukunft. Dennoch war ihm diese Situation lieber als alles andere, und er betete erneut, sie möge nie enden, alles möge für immer so bleiben, sodass kein anderer diese Haare an seiner Stelle streicheln und etwas empfinden und Empfindungen auslösen könnte.

Dann begann die Hand ihm nach und nach wunderbare Nachrichten zu senden, betreffend Leichtigkeit, Weichheit und Länge, und Mète wurde bewusst, dass sie vorher einfach taub gewesen war, weil er blöderweise mit dem Bauch auf ihr gelegen hatte. Jetzt waren die Liebkosungen nicht mehr vergeudet, weil wenigstens er sie spürte. Belinda nicht, sie blieb ein warmer Leichnam, ein aufs Bett geworfenes Stück Friede, und Mète bedeckte sie weiterhin mit Liebkosungen, während draußen die Welt der quietschenden Bremsen und des Gehupes immer weiter von ihm wegrückte.

»Ich erinnere mich …«, murmelte er schließlich, doch dann unterbrach er sich und erhob sich. Auf wackeligen Beinen ging er auf die andere Seite des Bettes, der Belindas gefühlloses Gesicht zugewandt war. Er war darauf gefasst, dass ihm nach dieser Bewegung das Blut warm aus der Nase laufen würde, doch nichts dergleichen. Daraufhin kniete er nieder und streichelte sie erneut.

»Ich erinnere mich, wann ich dich zum ersten Mal gesehen habe«, fuhr er fort. »Meine Mutter wollte, dass ich dich beschreibe, und ich log sie an. Ich sagte ihr …«

Aufblende

Mète hörte die Schlüssel an der Wohnungstür klirren und sprang auf. Belinda rührte sich nicht, er schüttelte sie, doch sie rührte sich noch immer nicht. Schritte näherten sich durch den Flur, entschlossen, leicht. Mète machte zwei Sätze vorwärts, zwei zurück, ging um das Bett herum und war wieder am Ausgangspunkt. »Belinda«, sagte er, »wach auf, Belinda«, und währenddessen hatte sich die Tür einen Spalt geöffnet, und er spürte, wie das Blut ihm über den Mund und den Hals lief und dann große Flecke auf Belindas Haaren bildete, die nach wie vor reglos, gefühllos dalag. »Wach auf, wach auf, wach auf.« Nichts …

Die Tür hatte sich geöffnet, und das Licht ging an und blendete ihn. Eine zarte Gestalt stand in der Tür und kam auf ihn zu. Eine Frau.

»Mama …«, sagte Mète.

Als die Frau das Bett erreicht hatte, streckte sie die Hand nach Belinda aus und drehte sie auf den Rücken. Dann strich sie ihr das Haar aus dem Gesicht und betrachtete sie lange mit strengem Blick. Schließlich sah sie Mète an, der immer noch blutete und verblüfft und verzweifelt dastand.

»Sie ist schön«, sagte sie. »Warum hast du mich angelogen?«

»Sie ist tot«, stammelte Mète.

»Sie ist wunderschön … Warum hast du mir gesagt, sie sei hässlich?«

»Sie ist tot, Mama, wie du. Ihr seid beide tot …«

Und plötzlich war Mète nicht mehr in dem Zimmer, sondern draußen, unten im Hof, in dem sich Zuschauer drängten, die ihn begeistert anfeuerten. Er war im Begriff, sein Glied in eine Regenrinne zu stecken, die außen die Wand hinaufführte und in seinem Fenster endete, zwischen den Beinen Belindas, die sich stöhnend auf der Fensterbank hin und herbewegte, stöhnte, sich hin und her bewegte …

Doch herunterfallen konnte sie nicht, denn Mète sah hinter ihr seine Mutter, die sie festhielt. Und er fuhr fort, sein Glied in die Regenrinne zu stecken, immer tiefer, er spürte, wie es immer länger wurde und sich streckte, durch das ganze Rohr hindurch, das herrlich weich und warm war; und dann sah er es herauskommen, dort oben, wo Belinda es in ihrem Schoß empfing und es seinen Aufstieg in ihr fortsetzte …

Nein

Schluss jetzt. Das sollte nur eine Ahnung von den unruhigen Träumen geben, die Mète zu einem neuen Tag ohne Morgen führten, denn er wachte erst lange nach Mittag auf. Dani und Mila trieben ihn aus dem Bett, als sie, beladen mit Kartons, nicht gerade leise die Wohnung betraten. Es war Donnerstag, und sie kamen, um ihren freien Nachmittag in ihrer Ferienwohnung zu verbringen.

Freihaben bedeutete für die Philippinos vor allem, dass ihre kleine Gemeinde sich in der Wohnung in der Via di Monserrato versammelte; und daher trafen nach Dani und Mila nacheinander auch Dori, Jean, Nazario, Felicia und Ester ein. Und dann bedeutete es fröhliches gemeinsames

Putzen der Wohnung, Aufschütteln der Kissen, das Flitzen von Lumpen über den Boden, et cetera, et cetera. Und schließlich eine mucksmäuschenstille Inbesitznahme aller Zimmer, das Hören wohlklingender Musik, das Schreiben von Briefen und die Lektüre von Illustrierten. Nur dass an diesem Donnerstag etwas Neues hinzukam.

Dani hatte einen Fernseher gekauft, einen Farbfernseher mit einem 18-Zoll-Bildschirm und Fernbedienung. »Ein Wahnsinn«, sagte er; auf diese Weise würden er und seine Freunde gemeinsam die Varieté-Sendungen am Sonntagnachmittag anschauen können. Und so wurde das Schema des Donnerstags durch die Aufstellung des Totems im großen Salon durcheinandergebracht, eine Arbeit, die für einige Zeit die Fähigkeiten aller in Anspruch nahm, einschließlich Mètes, der um Rat gefragt wurde.

Und dann explodierte ein Feuerwerk an Sendungen auf dem Bildschirm, denn die Philippinos wechselten sich darin ab, mit der Fernbedienung zu spielen, und daher bemerkte Dani erst nach geraumer Weile die Abwesenheit Belindas. Ja, Belinda. Wo war sie? Sie war nicht aus der Schule nach Hause gekommen, und als Mète die Sorge des Philippinos teilte, fühlte er sich erleichtert, weil es ihm wie auch immer gelungen war, mehr als eine Stunde lang nicht an sie zu denken. Die Macht des Fernsehens, dachte er.

Jetzt jedoch dachte er sofort wieder an sie, und ihre Abwesenheit beunruhigte ihn wirklich. Nicht in der Weise, wie sie Dani beunruhigte (der sicherlich an Unglück, Fluch, Verschwendung et cetera dachte), sondern auf seine persönliche, ihn zutiefst quälende inzestuöse Weise: Eifersucht, mehr oder weniger. Wo war sie? Mit wem? Warum hatte sie nicht angerufen, um Bescheid zu sagen? Oder wenigstens zu erzählen, wie der Vortrag über das Leben der Faultiere vor der Klasse gelaufen war? Nichts zu machen, es war vielleicht möglich, dass er für eine Weile nicht an sie dachte, indem er sich mit einem Fernseher beschäftigte, aber er fühlte sich immer verlorener, war immer mehr von ihr besessen.

Und doch beruhigte er jetzt den Philippino, indem er irgendeinen unwahrscheinlichen Nachmittagsunterricht erfand und Belinda wahrhaftig *deckte*, wie es eine ihre Freundinnen getan hätte. Und es genügte schon, dass seine Märchen Dani beruhigten, damit er in einer selbstmörderischen, untröstlichen Einsamkeit versank, welche die eines Bruders, eines Liebhabers und einer Freundin war, die sie alle gleichzeitig verlassen hatte.

Erst jetzt gab Dani grünes Licht für die Putzarbeiten, und da er sich persönlich um Mètes Zimmer kümmerte, fand er zuerst das blutige Kissen im Schrank und anschließend den herausgezogenen Stecker des Telefons, denn natürlich hatte Mète beides vergessen. Er musste sich also den Kopf zerbrechen, um Erklärungen zu finden, und um den wahren Grund des Nasenblutens zu verbergen, beeilte er sich, dem Philippino beim Leeren des Aschenbechers zuvorzukommen, in dem sich in den letzten Tagen zwei, vier, sechs, acht, zehn, zwölf, vierzehn (Gesundheit ...), fünfzehn Jointstummel angesammelt hatten. Möglicherweise hatte Dani sein unbeholfenes Manöver bemerkt, aber gesagt war das nicht, auch wenn Mète, rot vor Scham und Schuldgefühl, sich dessen sicher war. Wie auch immer, lange darüber nachdenken konnte er nicht, denn kaum hatte er den Stecker wieder in die Steckdose gesteckt, klingelte das Telefon auch schon. *Maria Grazia*, dachte Mète und bedeutete dem Philippino, der den Hörer abnahm, wild herumfuchtelnd, zu sagen, dass er nicht da sei, dass er verschwunden, schwerverletzt, gestorben sei; und Dani tat, wie ihm geheißen, sagte ein paarmal »Nein«, dann ein deutliches »Nein, er ist nicht da«, und dann ein weiteres »Nein«, ein »Ich weiß nicht«, ein »Wann?« (Mète nickte zustimmend), und schloss mit einem geheimnisvollen »Im Bügelzimmer, auf einem Bügel hängend«. Dann legte er auf.

»Das war Signorina Belinda«, sagte er. »Warum wollen Sie nicht mir ihr sprechen?«

»Nein«, stammelte Mète, »ich dachte, es wäre … Von wo hat sie angerufen?«

»Aus der Villa. Ist schon komisch, Signore, wir kommen hierher, und sie geht in die Villa, um ein Kleid zu holen … Hätte sie uns Bescheid gesagt …«

»Warum hat sie nach mir gefragt? Was wollte sie?«

»Das weiß ich nicht, Signore. Jedenfalls wird sie gleich hier sein.«

Der Philippino lächelte, als er sah, das Mète die Verwirrung in Person war.

»Ist etwas passiert, Signore?«, fragte er. »Haben Sie sich gestritten?«

»Nein, nein«, murmelte Mète. »Nein …«

Nein, er tat gut daran, den Kopf zu schütteln; Nein, das war der einzig vernünftige Gedanke; Nein, anwendbar auf alles von nun an, der einzig mögliche Kommentar: Nein.

Geburt und Tod eines Liebesbeweises

Die Stunden vergingen, doch Belinda kam nicht. Das Telefon klingelte wie wild, und jedes Mal ging Dani dran und sagte, sie sei nicht da und Mète ebenfalls nicht, der ihm Grimassen machte, oder er sprach in seiner Muttersprache mit einem Landsmann, bis ein Anruf aus Amerika kam. Diesmal zögerte der Philippino nicht und reichte den Hörer an

Mète weiter, obwohl dieser ihm durch Zeichen bedeutete, er wolle nicht sprechen. Es war Virna, eine Crème caramel aus Ausrufen, die erst verstummten, als Mète ihr sagte, Belinda sei nicht da; daraufhin gab Virna ihm seinen Vater, und das Gespräch wurde ein wenig ruhiger. Zum Rapport gerufen, schilderte Mète eine idyllische Situation, eine brave und fleißige Belinda und ein glückliches Zusammenleben in der gemeinsamen Erwartung ihrer Rückkehr. Sein Vater dankte ihm und fragte ihn dann, ob Belinda mit der Katze beim Tierarzt gewesen sei (langsam nervte diese Geschichte); Mète log, sagte, sie wäre in ebendiesem Augenblick dort. Schließlich erzählte sein Vater ihm, er habe mit Virna eine wunderbare Schule in New York besucht, perfekt »geeignet« für Belinda, sodass sie gleich eine Anzahlung geleistet und sich für das nächste Schuljahr hätten vormerken lassen. Aber sie würden nach ihrer Rückkehr noch mal in aller Ruhe darüber reden, denn bevor sie so eine Entscheidung träfen, wollten Virna und er seine Meinung hören. Was Belinda dazu zu sagen hatte, schien ihn nicht zu interessieren. Am Samstagmorgen würden sie in Fiumicino landen. Es sei immer noch sehr kalt. Ein Kuss.

Samstagmorgen, dachte Mète. Noch zwei Nächte und ein Tag. Er ging zu Dani und fragte ihn, ob er einen Tierarzt kenne, zu dem er die Katze bringen könne; in dem Schlamassel, in dem er steckte, fühlte Mète sich jetzt irgendwie verpflichtet, Belindas ständiges Vergessen, ihre Versäumnisse zu decken. Dass es der Katze ganz offensichtlich prächtig ging und keinerlei Notwendigkeit für einen Besuch beim Tierarzt zu bestehen schien, änderte nichts an seiner Entscheidung; er gestand dem Philippino die Lüge seinem Vater gegenüber, entschuldigte Belinda mit einer Reihe weiterer Lügen, und der Gang zum Tierarzt wurde für ihn zu einer Art von heimlichem Liebesbeweis. Doch Dani liebte Belinda mindestens ebenso sehr wie er, vielleicht nur weniger krankhaft, und begann ihm diese Pflicht streitig zu machen, indem er behauptete, der Tierarzt hätte seine Praxis an der Cassia, in der Nähe der Villa, und Mète müsse mit drei Bussen durch die halbe Stadt fahren, während er die Sache mit seinem Auto in einer Dreiviertelstunde erledigen könnte. Natürlich würde er es niemandem sagen, die Eltern würden glauben, Belinda sei mit der Katze beim Tierarzt gewesen. Er zwinkerte ihm zu, und die Lösung, die er vorschlug, schien, unbarmherzig und gnadenlos, tatsächlich einfacher; dennoch fühlte Mète, dass es nicht das Gleiche war, und gerade diese Einfachheit raubte dieser Aktion ihre Berechtigung. Hätte er es getan, wäre es ein Geschenk gewesen, eine Überraschung, ein Kuss, gerade durch die Mühe, die damit verbunden war; wenn Dani es tat, würde es in erster Linie wie ein Vorwurf aussehen. Doch plötzlich kam ihm das alles so absurd vor, dass er nicht weiter insistierte und Dani auch diese Aufgabe überließ, so wie man den anderen plötzlich die Rechnung für das Abendessen zahlen lässt, zu dem man ihn einladen wollte, und das war der Tod seines Liebesbeweises.

Kurz darauf kam Belinda endlich nach Hause.

Ich sollte dir ins Gesicht spucken

Sie hatte gerötete Augen, Mète bemerkte es sofort, ein ausdrucksloses Lächeln kräuselte ihre Lippen, und sie trug eine grässliche Latzhose, bei deren Anblick einem schlecht wurde. Sie hatte es eilig und starrte die Traube der Philippinos im Salon an, als hätte sie vergessen, dass sie sie bereits vor drei Tagen kennengelernt hatte. Sie bemerkte nicht einmal den neuen Fernseher, der auf dem Tischchen stand und auf volle Lautstärke gestellt war, während Dori und Felicia mit der Fernbedienung spielten. Mète dagegen bemerkte die Erde, die an den Rändern ihrer schweren Schuhe klebte und darauf schließen ließ, dass sie auf dem Friedhof gewesen war. Er folgte ihr ins Schlafzimmer, wo sie im Chaos eines Koffers herumzuwühlen begann.

»Dani hat mir gesagt, dass du mich gesucht hast«, sagte er aufs Geratewohl.

»Ich?«, quiekte sie. »Ach ja. Es war wegen einer Wette.«

»Was für eine Wette?«

Belinda lachte leise, dann zwang sie sich, Mète offen ins Gesicht zu blicken, immer noch lachend.

»Was für eine Wette?«, wiederholte Mète.

»Nichts weiter. Dinamo wollte nicht glauben, dass du die Leute an ihrer Handschrift erkennst. Ich konnte ihn einfach nicht überzeugen …«

Sie lachte noch immer, obwohl sie sich zwang, ernst zu bleiben, wodurch sie wirkte, als wollte sie ihn verspotten.

»Entschuldige«, stammelte sie, »ich bin ziemlich erledigt … Ich sollte erst mal unter die Dusche gehen …«

Mète betrachtete sie ein letztes Mal, bevor er das Zimmer verließ; selbst so war sie wunderschön, knurrte sein Gehirn, nichts, weder echte Interessen noch eine Kleidung, die diesen Namen verdiente, und erst recht nicht die amerikanische Schule, auf die sie geschickt werden sollte (was sie noch nicht wusste), hätte sie noch schöner machen können.

Aus dem Flur hörte er sie rufen:

»Er hat mir sogar einen Zettel gegeben, um dich herauszufordern, ob du ihn erkennst … aber ich hab ihn verloren …«

»Wer?«, fragte Mète.

»Dinamo«, lautete die Antwort aus dem Badezimmer, und

gleich darauf beendete das Rauschen des Wassers die Kommunikation.

Die Philippinos hatten sich in der Küche versammelt, um das Abendessen vorzubereiten. Backfisch war das Hauptgericht, und der Geruch drang durch die Räume und den Flur durch die nur halb geschlossene Tür in Mètes Zimmer. Dieser betrachtete von seinem Fenster aus die chinesischen Schatten hinter dem Mattglas des Badezimmerfensters, mit denen Belinda grausame Versuchungen in das ganze Wohnhaus aussendete; und in der Tat stand außer Mète noch ein anderer Mann, ein junger Bursche mit dichtem rotem Haar, reglos an seinem Fenster und beobachtete ihren schwarzen Schatten. Mète warf ihm einen grimmigen Blick zu, der ihn in die Flucht schlug. Und so blieb er als erbarmungsloser Wächter am Fenster stehen, bis das Licht im Badezimmer ausging, woraufhin er seine motorischen Fähigkeiten wiedererlangte.

Belinda erschien in der Tür, mit seidiger Haut, den weißen Bademantel eng um den Körper gehüllt, ein lila Frotteetuch als Turban um den Kopf gewickelt.

»Was machst du heute Abend?«, fragte sie ihn und wirkte bereits erholt wie nach einem langen Schlaf.

»Ich weiß nicht«, erwiderte Mète.

»Wir gehen in einen neuen Klub namens *Antenna*. Willst du mitkommen? Es gibt eine Party ...«

»...«

»Na komm schon ... Vorher gehen wir essen, keine Ahnung wohin, aber wir können uns verabreden, gegen Mitternacht. Dinamo hat einen Haufen Leute eingeladen ...«

»Nein«, erwiderte Mète, »heute Abend ist mir nicht nach Ausgehen.«

Belinda drang nicht weiter in ihn, sie schnitt eine entzückend alberne Grimasse und verschwand in ihrem Zimmer. Vielleicht war Mète, ohne es zu merken, ein wenig schroff gewesen, doch das Schlimme war, dass er mittlerweile bei allem das Gefühl hatte, nicht zu merken, was er tat, und er hatte ständig den Eindruck, seinen eigenen Handlungen, Gesten und Worten in gewisser Weise hinterherzuhecheln.

Er setzte sich aufs Bett und versuchte nachzudenken. Jetzt, dachte er, sage ich ihr, sobald sie sich angezogen hat und gehen will, dass ich zu dieser Party kommen werde. Nein, ich bitte sie, bei mir zu bleiben. Ich sage ihr, dass es mir nicht gut geht, erzähle ihr von meinem Nasenbluten. Ich gestehe ihr, was ich für ihre Katze tun wollte. Nein, ich sage ihr, dass ich zu dieser Fete kommen werde, aber dass …

Das Telefon klingelte, und Mète war so in Gedanken versunken, dass er ohne weiter zu überlegen abnahm.

»Ich sollte dir ins Gesicht spucken!« Die Worte trafen ihn wie ein Peitschenhieb.

In diesem Augenblick warf Belinda einen Blick durch die Tür. Sie sah, dass Mète telefonierte, warf ihm eine Kusshand zu und verschwand.

Antenna

Zu glauben, er wäre noch fähig, sich zur Disziplin zu zwingen, zeugte von Naivität. Mète vermochte Maria Grazias Wutausbruch zu ertragen (er legte den Hörer auf, ohne ein einziges Wort gesagt zu haben, ein Rekord), er schaffte es, betrübt mit dem ganzen Klan der Philippinos zu Abend zu essen, er war sogar imstande, sich aufs Bett zu legen und sich eine Stunde die Fernsehauktionen anzuschauen, doch den ganzen Abend allein zu Hause zu bleiben, nein, das konnte er nicht. Das war unvorstellbar.

Und so fand er sich plötzlich auf der Straße wieder, in der eiskalten Nacht und vom Wind gepiesackt, und begann herumzuirren wie ein streunender Hund, schwankend, schrecklich allein. Der Corso Vittorio war jetzt der Kai von Kalkutta, mit Gruppen von Philippinos, Äthiopiern, Singhalesen, die sich unter den schmierigen Vordächern der Schnellimbisse drängten, die den Geruch von Fett und Reiskroketten ausströmten, mit über die Fastfood-Restaurants verstreuten Truppen, mit Zweitverwertungskinos und Pennern, die auf der Schwelle der geschlossenen Geschäfte kauerten, und mit der Gemütlichkeit von Restaurants hinter Fenstern mit karierten Vorhängen; all das begegnete Mète auf seinem Weg, während er von einer Mauer zur anderen glitt und die offenen und erleuchteten Plätze mied. Seine Augen blendeten Autos und Personen aus, als wollten sie dem Blick einen Weg öffnen, der in die Ferne projiziert und dann zurückgelegt und dann erneut nach vorn geschleudert und wiederum zurückgelegt wurde mit dem einzigen Gedanken, der in seinem Kopf brannte, einem einzigen Wort: »*Antenna*«. Doch es war noch zu früh …

Er ging weiter zur Sackgasse der Piazza Navona, durch die Gassen, in denen er anderen Vagabunden begegnete, jungen Kerlen, allein oder zu zweit, zu dritt, zu viert, die von einer Bar in die nächste stolperten wie Kugeln in einem Flipperautomaten ohne Loch. So kam er zu der *Bar del Fico*, und von draußen erkannte er Bruno, der sich mit Gregory Corso unterhielt; der Hut des Riesen überragte den Kopf des Dichters um gut eine Handbreit, und ihr Gespräch schien sich dahinzuschleppen, nur dazu zu dienen, die Zeit zu füllen, bis die Gläser wieder gefüllt wurden. Er stand eine Weile da und beobachtete den verlorenen Freund, dann ging er mit gesenktem Blick schnell an der Bar vorbei und verschwand hinter der nächsten Ecke. *Antenna, Antenna, Antenna*, hämmerte es in seinem Kopf mit der verzweifelten Verbissenheit eines SOS. Doch es war immer noch zu früh, viel zu früh.

Er streunte weiter umher, weitere Bars, weitere Fensterscheiben, weitere Zeit vergeudet mit dem Anschauen eines Boxkampfs in einer Tabaccheria. Doch am Ende landete er unweigerlich im *Hemingway*. Er war steif vor Kälte und stellte sich in eine Ecke, reglos, als wäre er ausgestopft und stünde da wie ein postmoderner Einrichungsgegenstand. Seine Augen suchten, suchten in den Zwischenräumen zwischen den Schultern der Leute. Große, wunderschöne, wohlriechende Mädchen streiften ihn, doch er bemerkte es gar nicht. Er war zu sehr von seiner Suche, vom Warten in Anspruch genommen …

»Vittorino!«, rief er plötzlich.

Der moderne Charon drehte sich nach ihm um, und seinem urugayanischen Gesicht war die Verblüffung darüber anzusehen, dass er gerufen worden war. Er war gerade erst hereingekommen und hatte seine Suche nach Fahrgästen, die er herumkutschieren konnte, noch gar nicht begonnen.

»Mète!«, sagte er.

Sie umarmten sich mit brüderlicher, absurder Herzlichkeit, die für beide jedoch ein Geschenk des Himmels war.

»Wie geht es dir?«, fragte Vittorino. »Was machst du? Was hast du Schönes vor?«

»Ich will ins *Antenna*«, erwiderte Mète, und das Eis in ihm begann zu schmelzen. »Weißt du, wo das ist?«

»Natürlich, dort wird heute Abend gefeiert. Aber sie werden uns nicht so ohne weiteres hineinlassen.«

»Versuchen wir es«, sagte Mète.

»Ich kenne die Besitzer nicht, und man braucht eine Einladung … Es gibt auch eine Party im *Olimpo*, vielleicht sollten wir besser …«

Mète schüttelte den Kopf.

»Antenna«, wiederholte er, *»Antenna.«*

Fragment eines Liebeskummers: eine Widmung

Vittorino oder der Mann, der *die Schmach nicht verschweigt*, hatte am Steuer seines Ford Granada sofort zu erzählen begonnen …

»… Du hattest recht, wirklich. Ich musste mich nur eine Weile nicht bei ihr melden, und schon hat sie ihr Verhalten mir gegenüber völlig geändert. Und neulich Abend haben wir uns wiedergesehen, und es ist etwas Unglaubliches passiert. Ich war bei der Vorstellung eines Buchs über ihren Vater, das zu seinem Todestag erschienen war, und sie war der Ehrengast im *Eliseo*. Alles, was Rang und Namen im italienischen Theater hat, war da, Minister, Journalisten, der Saal war gerammelt voll … Ich hatte mir eine Karte in der ersten Reihe besorgt, direkt vor der Bühne, und sie hat mich gleich erkannt und angefangen, mich anzublicken. Komplizenhafte Blicke, weißt du, Lächeln, und ich hab ihr mit der Hand ein Zeichen gemacht, um ihr zu bedeuten: ›nachher‹, mit anderen Worten, ›nachher komm ich zu dir, und wir unterhalten uns ein bisschen …‹ Und sie hat sich gefreut, mich wiederzusehen, das war deutlich zu erkennen. Und als die Feier vorbei war (sehr bewegend, nebenbei bemerkt), wurde sie geradezu umlagert, alle Freunde ihres Vaters umarmten sie, und ich dachte mir, das ist jetzt nicht der richtige Augenblick, zu ihr zu gehen. Und so hab ich gewartet, doch gleich anschließend fand der Empfang in der Villa Miani statt, also bin ich auch hingegangen, denn man kennt mich dort, es war also kein Problem. Ich hatte das Buch gekauft, weißt du, ich wollte sie bitten, mir was hineinzuschreiben ... Und während des Empfangs haben wir uns wieder Blicke zugeworfen, aus der Ferne, denn sie saß am Ehrentisch und konnte nicht weg. Ich hab ihr das Buch gezeigt und ihr bedeutet, ›Nachher schreibst du mir was hinein‹, und sie hat mir zugelächelt und mir ebenfalls ein Zeichen gemacht.«

»Sind wir da? Ist es hier?«, fragte Mète und deutete auf ein Gedrängel von Leuten vor einem beleuchteten Eingang.

»Nein, das ist das *Hysteria* ... Kurz, sie konnte nicht weg, und außerdem war auch ihr Verlobter da, dieser Nationalsozialist, der ihr nicht von der Seite wich. Und natürlich war sie ganz gerührt von all den Reden über ihren Vater, aber trotzdem hörte sie nicht auf, mich anzusehen, mit diesen Blicken des Einverständnisses, verstehst du, voller Vertrautheit ... Und ich dachte mir, ich schwör's dir, Mète, ich dachte mir, jetzt geh ich zu ihr und sag ihr: ›Wann heiraten wir?‹ Einfach so, um ihr was Nettes zu sagen, ich schwöre dir, ich hab ernsthaft daran gedacht ... Also hab ich mich ihr genähert, doch sie hat mir wieder mit einem Zeichen bedeutet: ›später ...‹ Und sie hatte recht, es waren immer noch zu viele Leute da. Also bin ich bis zum Schluss geblieben, bis wirklich fast alle gegangen waren, und irgendwann hab ich sie aus den Augen verloren. Ich suche nach ihr und finde sie an der Garderobe, wo sie ganz allein ihren Pelzmantel anzieht ... Und da bin ich zu ihr gegangen, aber ich hab nicht das mit dem Heiraten gesagt, das ist mir nicht mehr eingefallen ... Wir haben uns umarmt, und das war alles, aber weißt du, wenn man spürt, dass jemand ... na ja, am liebsten mehr machen würde und dich auf eine merkwürdige Weise umarmt ... Ich hab sie gefragt, ob sie mir verziehen hätte, dass ich mich die ganze Zeit nicht bei ihr gemeldet hab, und da fing sie an zu lachen. Und dann hab ich ihr das Buch gegeben, damit sie mir was hineinschreibt, und da ist etwas Unglaubliches passiert. Rate mal, was sie mir hineingeschrieben hat ... Sie hat geschrieben: ›Für Vittorino, den ich in zehn Jahren heiraten werde‹! Ich schwöre bei Gott, Mète, ich hatte mit keinem Wort erwähnt, was mir durch den Kopf gegangen war. Sie hatte den gleichen Gedanken! Telepathie, wer weiß ...«

»Ist es hier? Das da?« Mète zappelte aufgeregt auf seinem Sitz, weil er erneut eine Diskothek an der Straße entdeckt hatte.

»Nein, noch nicht ... Wir sind gleich da ... Also, was denkst du? Ist das nicht unglaublich? Weißt du, wenn ihr Verlobter nicht gleich darauf gekommen und mit ihr weggegangen wäre, ich glaube, auch sie hätte in dem Augenblick ... als wäre sie bereit gewesen ... als hätte sie wirklich den Wunsch gehabt ...«

Schöner, größer, erwachsener

Vor dem Eingang herrschte ein großes Gedrängel. Trauben junger Leute umlagerten die kleine Metalltür, auf die schwarz das Wort »Antenna« gesprüht worden war, ähnlich den Schmierereien auf den U-Bahn-Zügen. Mète bahnte sich einen Weg durch die Menge, den modernen Charon im Schlepptau, der in einem fort redete und wiederholte, es sei vielleicht doch besser, gleich ins *Olimpo* zu gehen. Mit einiger Mühe schaffte Mète es, ihn vor sich zu bugsieren, und bewegte sich weiter auf den Eingang zu, indem er ihn als Rammsporn benutzte; sie waren die beiden Einzigen, die keine Rüstung aus mit Nieten übersätem Leder trugen. Schließlich standen sie einer Türsteherin gegenüber, welche die Menge im Zaum hielt, indem sie pausenlos wiederholte: »Einladung bitte«, »Nur mit Einladung«, »Es hat keinen Zweck, ohne Einladung kommt keiner rein«. Mète versuchte sie auf sich aufmerksam zu machen, ihren Blick auf Vittorino zu lenken, doch die Türsteherin spulte gebetsmühlenartig ihre Einladungsleier herunter, ohne irgendjemanden anzublicken. Daraufhin versuchte Mète, sich heimlich hineinzuschleichen, doch ein nackter weißer Arm versperrte ihm den Weg. Mète rief: »Ich war schon drin! Ich bin nur für einen Moment herausgekommen!«, doch aus dem Höllengetümmel tönte ihm die Aufforderung entgegen: »Dann zeig mir mal die Kontrollmarke«; aber er sah das Mädchen nicht mehr, sie war in der Menge verschwunden, und er hatte das Gefühl, der Arm würde zu ihm sprechen. »Die habe ich verloren«, sagte Mète, doch das Mädchen rief erneut in die Menge: »Die Einladung bitte! Nur mit Einladung!« Mète dachte schon, er hätte es geschafft, obwohl der Arm ihn noch immer zurückhielt, denn es war ihm gelungen, einen Schritt über die Schwelle zu machen, und er konnte bereits das wogende Meer von Köpfen erkennen, hörte bereits die eintönige Klage der Musik. Doch der Arm packte ihn bei der Hand und sagte: »Versuch es gar nicht erst! Die Kontrollmarke verliert man nicht, sie wird dir aufs Handgelenk gestempelt.« Und gleich darauf wurden seine Hände umgedreht und seine beiden unbehaarten schmalen Handgelenke bloßgelegt, auf denen kein Stempel zu sehen war. »Versuch es gar nicht erst!«, wiederholte der Arm in drohenderem Tonfall und schob ihn nach draußen. Dann gelang es plötzlich jemandem, der neben ihm stand, hineinzugehen, und Mète konnte jetzt das Mädchen wieder im Ganzen sehen, das ihn jetzt anblickte: eine stämmige Person mit großen bläulichen Adern auf der Stirn und die Lippen vor Anstrengung zusammengepresst, denn Mète widersetzte sich und verteidigte seinen Platz, und falls nötig hätte er diesen weißen, etwas schlaffen Arm gebrochen.

»Bruder!«, hörte er plötzlich. »Was ist los?«

Derjenige, der ihn rief (denn er meinte ihn, daran bestand kein Zweifel), war ein großer junger Kerl mit kurzgeschorenem Haar und einer dicken schwarzen Lederjacke, deren Schultern die Zeichnung einer riesigen silbernen Uhr schmückte. Er befand sich bereits in dem Klub und kam lächelnd auf ihn zu.

»Bruder!«, wiederholte er. »Lassen sie dich nicht rein?«

Mète machte sich darauf gefasst, ordentlich mit den Fäusten oder mit Riemen oder vielleicht sogar Motorradketten bearbeitet zu werden, weil dieser Bursche ihm die Hände auf die Schultern legte und ihn weiterhin mit einer erschreckenden Selbstsicherheit anlächelte. Doch dann erkannte er ihn plötzlich: *Dinamo* …

»Betty, lass ihn rein«, sagte er zu dem Mädchen. »Er gehört zu mir …«

Keine Haarbüschel mehr, keine Koteletten, das Haar nur noch ein Schatten auf Hals und Schläfen, und doch war er es, Dinamo, vollständig verwandelt, größer, schöner, erwachsener. Der weiße Arm ging in die Höhe, das Mädchen verzog verächtlich das Gesicht, und mit einem Mal war Mète drin, fassungslos, Hand in Hand mit Vittorino, wie Totò und Peppino.

»Was suchst du in diesem Scheißladen?«, schrie Dinamo ihn an. »Erzähl mir nicht, dass du Acid House magst!«

Nach ein paar Schritten ließ Mète Vittorinos Hand los und überließ ihn sich selbst. Dinamo versuchte weiter, die ohrenbetäubende Musik zu überschreien.

»Komm mit! Ich zeig dir einen Mistkerl!«, sagte er.

Die obere Hälfte seines Gesichts war finster, die untere

lächelte, und beide strahlten eine Schönheit aus, die man in der Rockabilly-Version niemals vermutet hätte. Und doch war er es. Wie ist das möglich?, fragte sich Mète und folgte ihm, begann aber bereits zu bereuen, dass er sich nicht hatte abweisen lassen.

Das Ende der Welt

Zwanzig Minuten später raucht Mète einen Joint in Gesellschaft von Dinamo und Belinda, den Blick auf einen Würfel aus Stacheldraht gerichtet, der in der Luft hängt. In diesem Würfel macht sich ein junger Bursche wild gestikulierend an einem Steuerpult für elektronische Instrumente zu schaffen, denen er eine verblüffend eintönige Musik entlockt, sodass unter ihm auf der Tanzfläche Lederjacken, Nieten und Reißverschlüsse sich am Immergleichen betäuben. Das ist der Mistkerl, hat Dinamo ihm gerade erklärt, dieser Nando, der ehemalige Keyboarder der *Elektrischen Sägen*, der sich jetzt *Cablo* nennen lässt und sich an die House Music verkauft hat. Mète starrt ihn unentwegt an, und währenddessen beginnt die Droge zu wirken.

Es war eine Notsituation, behauptet eine innere Stimme; nachdem er die Diskothek betreten hatte, hatte er geglaubt, wie Orpheus zwischen den Schatten herumirren zu müssen, bevor er Belinda finden würde, doch stattdessen hatte er sofort vor ihr gestanden, mit Dinamo, der ihr nicht von der Seite wich, sodass ihm Zweifel kamen an dem, was sie ihm erzählt hatte, dass Dinamo sie in den Klubs immer allein lasse. Und beim Anblick ihrer nächtlichen Ausgehuniform, einem Mischmasch aus Gummi, Anhängern und einem unanständig eng anliegenden Strickkleidchen, hätte er am liebsten losgeheult, weil er tatsächlich nichts Eiligeres zu tun gehabt hatte, als hierherzukommen, um mit anzusehen, wie sie in ihrer wilden Schönheit von dummdreisten Händen begrapscht wurde. Daher hatte Mète, als das Marihuana unter seiner Nase zu tanzen begann, zugegriffen, um die maßlose Kränkung durch all diese Schönheit (von Belinda und, schlimmer noch, hinterrücks, diejenige von Dinamo) abzumildern. Und da er glaubte, begriffen zu haben, dass diese Droge tatsächlich das einzige Mittel gegen diese Schönheit war, klammerte er sich daran.

Aber es ist eine Sache, auf dem Bett im eigenen Schlafzimmer Joints zu rauchen, als Hund, der den Knoblauch bewacht, mit ihr, die neben ihm liegt, bei laufendem Fernseher, in dem Schmuck versteigert wird, und mit der Katze, die schnarcht, et cetera, und es ist eine ganz andere, es in der Schleuder einer Diskothek zu tun, die auf vollen Touren läuft. Die Wirkung ist eine ganz andere: Friede und Fortschritt dort, das Ende der Welt hier.

Denn hier gibt es Uhren, große, hohe, überall, die sich in schwindelerregender Geschwindigkeit im Gegenuhrzeigersinn drehen; und ein Regen aus Lichtkonfetti taucht die Gesichter in schillernde Farben und verwandelt sie in eisige Hologramme; und ein hysterischer grüner Lichtstrahl wirbelt gegen die Decke und zeichnet in dermaßen rasender Geschwindigkeit Figuren darauf, dass man sie so schnell gar nicht erkennen kann; und auf einem Bildschirm sieht man seine eigenen Bewegungen, aber *nicht diejenigen, die man gerade macht*, sondern diejenigen, die man gerade gemacht hat oder sogar, wer weiß, gleich machen wird; und von Zeit zu Zeit ertönt über allem eine metallische roboterhafte Stimme, die wie besessen immer den gleichen Satz wiederholt: »*Ça ne peut pas être autrement …*«

Und während der Rausch nach und nach von seinem Gehirn Besitz ergreift, entgleitet ihm die Situation immer mehr, und er hat immer stärker dieses eigenartige Gefühl, das Ende der Welt zu erleben. (Im Übrigen muss alles um ihn herum, die Musik, die auf ihn eindrischt, und er selbst, der mitten drin ist, das Ende von irgendetwas sein, und sei es nur von *seiner* Welt.)

Jetzt erscheint ihm beispielsweise Bianca, das Mädchen, das Vittorino liebt, gegen eine Säule gelehnt und das Kinn eines Androiden leckend; wogend, von Zeit zu Zeit von fluoreszierenden Stichflammen in einen Totenschädel verwandelt, leckt die Zunge im Rhythmus der Musik das Kinn, den Hals und jetzt auch das Ohr dessen, der sie gegen die Säule drückt, sich geschmeidig wie ein Afrikaner bewegt und sich an ihr reibt. Nicht weit entfernt steht auch Vittorino wie angenagelt an der Wand und verfolgt die Szene mit selbstmörderischer Aufmerksamkeit und Blicken, die in den violetten Augenschatten ertrinken. Dann überflutet ein Schaum aus Menschen den Anblick, und alles löst sich wieder auf in *Smile* und glitzernden Kettchen.

Ça ne peut pas être autrement …

»Armer Rock!«, brüllt Dinamo ihm ins Ohr, und Belinda ist jetzt verschwunden, sie ist nicht mehr da. Wo mag sie sein?

Dafür ist Vittorino wieder da.

»Hast du gesehen? Hast du gesehen, was sie macht? Sie muss verrückt sein!«

Mète sucht, sucht verzweifelt. Dinamo ist ebenfalls verschwunden.

»Dabei ist das gar nicht ihr Verlobter!«

Ça ne peut pas être autrement …

Der Pianist Alfredo (kann das sein?), ebenfalls in Lederjacke, pomadisiert, fiebrig erregt. *Gerüstet*, wie es scheint, und Mète stürzt sich ins Getümmel, wie heißt es in dem

Gedicht? *Eine drollige Kaulquappe*, wie heißt es noch? *Zappelt*, wie heißt es? *Eine drollige Kaulquappe zappelt im köstlichen Schlamm* …

Mète tanzt jetzt, er tanzt wirklich, er hat es gar nicht bemerkt, wie sollte es auch anders sein. Er bewegt den Oberkörper, schüttelt den Kopf, hebt die Knie, lässt sich von den Anremplern hin und her stoßen und betrachtet oben, über sich, den Mistkerl Nando, der alle unter sich versammelt hat, um über sie zu richten …

»Ich habe dich gesehen!«, schreit jemand ihn an.

Wer? Wer hat ihn gesehen? Wer hat ihn jetzt bei der Schulter gepackt und lächelt ihm zu? Wem mag diese zerzauste blonde Mähne gehören, dieser unschuldige engelgleiche Gesichtsausdruck?

»Bist du besoffen?«

Damiano, wie sollte es anders sein, auch er ist da, denn es ist wirklich das Ende der Welt, alle sind versammelt zum Jüngsten Gericht, niemand darf fehlen zwischen den Blitzen, den Donnerschlägen, wir werden gemeinsam sterben, drollige Kaulquappen, wie es im Gedicht heißt, im köstlichen Schlamm, heißt es so?

Jetzt zieht Damiano ihn an der Hand hinter sich her und sagt: »Komm mit«, sagt: »Gefällt dir die Anlage? Sie ist von mir«, sagt: »Ich habe eine Überraschung für dich«, sagt: »Rate mal«, und merkt gar nicht, dass Mète ihm überhaupt nicht zuhört, dass er an die achtzehnjährigen Seminaristen denkt, denen er manchmal auf der Straße begegnet, scherzend, immer fröhlich, das Gesicht schon halb erleuchtet vom Schein einer Heiligkeit, die wirklich in greifbare Nähe gerückt ist, und sollten sie sie nicht erlangen können, wird sie immer noch die Geduld trösten, das Gebet, die Enthaltsamkeit und die Gewissheit, dass die kleinen Sünden, die sie begehen mögen (»ich habe Unzucht getrieben«, »ich habe gelogen«, »ich habe das Gut meines Nächsten begehrt«), ihnen stets vergeben werden, weswegen man sie wirklich beneiden kann, wenn man an das Ende der Welt denkt, sie alle, besonders jedoch die beiden, an die Mète sich ganz genau erinnert, die in aller Eile über den Ponte Sisto gingen, eines Morgens, vor einigen Monaten, und sich gegenseitig auf den Arm nahmen, und die Sonne schien …

La femme qui louche

Schaffen wir etwas Ordnung. Während Mète an die jungen Seminaristen denkt, geschieht in der Tat etwas: Damiano hat ihn mit sich gezogen zu einer Backsteinmauer, an der ein Mädchen lehnt; er stellt sie einander vor, Hände werden geschüttelt, die Münder nähern sich den Ohren, Namen werden genannt: Beatrice, Mète, Antonio (denn neben ihr steht auch noch ein junger Mann mit Zöpfchen); das Mädchen ist groß, die wohlgeformten Schenkel sind nackt bis zu der schwarzen Jacke mit enormen Schulterpolstern, und sie schielt …

Tja, es ist noch nicht lange her, dass Mète Damiano seine Bewunderung für das schlielende Mädchen gestanden hat, das er überall zu sehen glaubt, immer mit einem anderen Mann, obwohl diese kurze Zeitspanne ihm genügt hat, die Leinen loszumachen, sich treiben zu lassen und alles zu vergessen. Und Damiano ist es gelungen, dieses Mädchen aufzustöbern; er hatte sie kennengelernt und sofort daran gedacht, sie seinem Freund zum Geschenk zu machen oder, nur für den Fall, dass Mète weiterhin unauffindbar bliebe, eventuell und um seinen Glückstern nicht zu kränken, selbst die Bekanntschaft zu vertiefen. Doch jetzt ist er glücklich, sie einander zuzuführen, ganz aufrichtig, denn so ist

Damiano nun einmal, er liebt die Fleischeslust nicht nur, er möchte auch die anderen daran teilhaben lassen. Im Grunde ist es sein Traum, den Shampooneusen zärtliche Liebesworte ins Ohr zu flüstern inmitten eines kosmischen Gemurmels von Komplimenten und Einladungen zum Abendessen, mit denen die eine Hälfte des Menschengeschlechts die andere oberflächlich verführt; und er spürt sehr genau, dass er die Pflicht hat, seine eigene Rolle zu spielen, denn eines Tages wird es dazu kommen, zumindest zwischen seinen Freunden.

Und deswegen beginnt er den Mann mit dem Zöpfchen, der das Mädchen begleitet, in ein Gespräch zu verwickeln, und es gelingt ihm sogar, ihn mit sich zu nehmen, um ihm Gott weiß was für eine Steuerung für das Licht zu zeigen und Mète mit der Schielenden allein zu lassen. Doch schaffen wir noch mehr Ordnung ...

An diesem Punkt müssen wir von Mètes Schwäche für den Silberblick reden, eine Schwäche, die er übrigens mit Descartes teilte. Die Konvergenz der Augen oder allein schon eine große Nähe zur Nase üben auf ihn ganz automatisch eine Anziehungskraft aus, die jede Gemütsverfassung, so katastrophal sie auch sein mag, durchbricht. Einer dieser sogenannten absoluten Stimuli, die geeignet sind, ihn wiederzubeleben. Nehmen wir an, er hätte eines Tages einen Unfall und fiele ins Koma: eine *femme qui louche* an seinem Bett, und die Herzkurve auf dem Monitor schlägt wieder aus. Wie bei dem Philosophen aus der Touraine geht diese Vorliebe aus den Mäandern seiner frühen Kindheit hervor, als Mète in zärtlicher Liebe einem Mädchen in seinem Alter zugetan war, das unter einer Fehlstellung der Augen litt. Eine Liebe, die im Übrigen erwidert wurde, nach der Grundschule jedoch ein jähes Ende fand (sie wurde vom sozialen

Aufstieg ihres Vaters, der Bankier war, mitgerissen) und das typische Brandzeichen eines Traumas hinterließ; und die Verwirrtheit, die ihn beim Anblick schielender Augen überfällt, ist ihm seitdem geblieben und hat sich mit der Macht eines genetisch erworbenen Merkmals in ihm festgesetzt und mit den Jahren in ein echtes sexuelles Lockmittel verwandelt. (Vor allem Belinda, obwohl sie nicht wirklich schielt, im Gegenteil, sie schielt überhaupt nicht, hat dennoch nah beieinanderstehende kleine Augen und gehört damit zu dieser Sorte Mädchen.)

Und daher ist Mète trotz Belinda, der Droge, der apokalyptischen Visionen, des Neids auf die jungen Seminaristen, der Enge des Ortes und der übertrieben lauten Musik in ein Gespräch mit dem Mädchen vertieft. Und das Verlangen, das Mète lange für sie, die *femme qui louche*, genährt hatte, wenn er ihr nachts in den Klubs begegnet war und sie angesehen hatte, stets kurz davor, sie anzusprechen, ohne es je geschafft zu haben, dieses letzte *gesunde* Verlangen für eine Person von anderem Blut, das in seinen Phantasien überlebt hatte, bevor Belinda sie mit ihrem Kriegswagen erobert und sich von dem Phantasma, das sie immer gewesen war, in ihre unumschränkte Herrin verwandelt hatte, dieses Verlangen, sagten wir, spürt er jetzt in seinen Lenden wiedererwachen, gerade rechtzeitig, genau in dem Augenblick, da es für immer zu erlöschen beginnt. Denn jetzt saugen ihre sphinxhaften Augen ihn vollständig in diesen einzigen Punkt in der Luft, diesen alten, teuren unsichtbaren Punkt, wo die schielenden Mädchen ihre heikelste Intimität aufbewahren; und jetzt sagt das Mädchen ihm, ja, auch sie habe ihn oft nachts in den Diskotheken gesehen; jetzt wiederholt sie ihm ihren Namen, Beatrice, berührt leicht sein Ohr mit ihren Lippen; und endlich werden Zettel und Stifte hervorgeholt, um die Telefonnummern auszutauschen. Unter Mètes benebeltem Blick rundet sich im Blinken der Lichtblitze eine neue Handschrift …

Ein Schlafwandler, traurig und verblüfft

Der Mann mit dem Zöpfchen kam zurück, allein, und nahm das schielende Mädchen mit sich. Benommen, aber auch irgendwie zufrieden, begann Mète wieder im Aquarium des Klubs herumzuschwimmen, das ihm jetzt nicht mehr die Vorahnung einer Katastrophe vermittelte. Allenfalls eine leichte Besorgnis.

In Wirklichkeit waren seine Augen fieberhaft auf der Suche nach einem Spiegel.

Denn was ihm vor allem Sorgen machte, war sein Aussehen. Wie sah sein Gesicht aus? Er fuhr sich mit der Hand über das Gesicht und spürte keine Bartstoppeln, obwohl er sich nicht erinnern konnte, sich in letzter Zeit rasiert zu haben. Er fuhr fort, sich überall zu betasten, Haare, Hals, Kleidung; auf diese Weise konnte er sich der Illusion hingeben, dass sein Aussehen vollkommen normal war. Bis er sich auf einem Bildschirm sah.

Wir sagten es bereits, einer der Spezialeffekte, die in dieser Diskothek installiert worden waren, um die Leute zu verblüffen, war ein System zeitversetzt sendender Videokameras, was dazu führte, dass die Bilder, die auf den Bildschirmen zu sehen waren, der Realität ein paar Sekunden hinterherhinkten, wie Erinnerungen an Dinge, die gerade erst stattgefunden haben. Mète ließ sich davon verwirren, denn er wusste nicht, wo die Videokamera war, die ihn aufnahm, und er hatte das Gefühl, den Verstand zu verlieren, weil er Bewegungen machte, die nicht mit denen übereinstimmten, die er auf dem Bildschirm sah, sodass er anfing, an sich selbst, an seiner Existenz zu zweifeln, die ihm, auf diese Weise verwandelt, mit einem Mal wirklich ungewiss vorkam. Dieser Mechanismus demütigte ihn so sehr, dass er sich nicht einmal mehr für sein Aussehen zu interessieren vermochte, zumal er plötzlich zu allem Überfluss in einer Ecke des Bildschirms etwas sah, das ihm überhaupt nicht gefiel …

Damiano, ja, und Belinda, zusammen und klein, weit weg von ihm, tuschelnd und lachend, als hätte sich zwischen ihnen eine skandalöse Vertrautheit entwickelt.

Er drehte sich abrupt um und stellte zu seiner Verblüffung fest, dass sie praktisch hinter ihm standen. Sie lächelten, und Damiano sagte sogar irgendetwas zu ihr …

Er blickte wieder auf den Bildschirm, auf dem Damiano und Belinda noch weit weg waren, in der Menge, und lachten, vielleicht sogar über ihn, der im Vordergrund komische Grimassen schnitt. Und jetzt, erst jetzt, zeigte der Bildschirm, dass sie zu ihm kamen und dabei immer noch lachten, bestimmt über ihn, der sich endlich abrupt umdrehte und zu seiner Verblüffung feststellte …

»Gefällt es dir?«, fragte Damiano. »Das war meine Idee!«

Wie auch immer sein Aussehen bis zu diesem Augenblick gewesen sein mochte, Mète spürte, dass er jetzt in einem Anfall von Eifersucht erstarrte. Belinda mit Damiano, weiß der Teufel seit wann, lachend, sich berührend, sich wer weiß was ins Ohr flüsternd. Mètes Phantasie mutierte ebenfalls zu einer Videokamera, die in der jüngsten Vergangenheit und auch in der Zukunft stöberte und ihm weitere scharfe, im Grunde aber normale, natürliche Bilder zeigte, von ihr und ihm, wie sie sich kennenlernen, sich verabreden, zusammen ans Meer fahren, in einem funkelnagelneuen roten Alfa Romeo. Sie sind wie füreinander geschaffen, sie sind vielleicht die beiden einzigen Personen, die sich nicht gegenseitig schaden können …

Endlich tauchte Dinamo aus einer Phosphoreszenz auf und befahl Belinda, ohne ein Wort zu sagen, mit einem Zeichen, ihm zu folgen. Er zwinkerte Mète, der ihn anstarrte, zu, machte aber nicht den Eindruck, als hätte er die telepatische Mitteilung empfangen, die Mète ihm sendete: Sei eifersüchtig, du darfst es sein, sei eifersüchtig auf die beiden, sei eifersüchtig …

Dafür hatte Damiano sich verfinstert, eifersüchtig vermutlich auf Dinamo. Und für einen gesunden Geist war dies auch tatsächlich die einzige erlaubte Eifersucht; Dinamos Ankunft hatte Belinda blockiert, sie war ebenfalls abrupt ernst geworden, vielleicht noch ein paar Worte auf den Lippen, die sie nicht mehr zu sagen vermochte.

Auf dem Bildschirm wiederholte Dinamo in genau diesem Augenblick sein herrisches Zeichen, und Belinda hatte es wohl gesehen, denn gleich darauf schickte sie sich an, sich zu verabschieden. Erneut bemerkte Mète eine zu große Vertrautheit, als sie Damiano umarmte (es schien ihm eine ähnliche Umarmung zu sein, wie diejenige, mit der er und das schielende Mädchen sich verabschiedet hatten und der üblicherweise am nächsten Tag ein Anruf folgte). Zusätzlich erstarrte er, aber erst recht erstarrte er, als Belinda ihn umarmte und seine Wangen leicht mit ihren atztekenroten Lippen berührte, ihn mit ihrem Apfelduft betäubte und ihm mit äußerster Grausamkeit ins Ohr flüsterte:

»Hör mal«, flüsterte sie, »ich werde wohl heute Nacht nicht nach Hause kommen …«

Und dann sahen Mète und Damiano, wie sie, solarisiert durch ein Blitzlichtgewitter, das gerade in diesem Augenblick von oben auf sie abgefeuert wurde, in hündischem

Gehorsam hinter Dinamo hertrottete. Sie folgte ihm durch die Menge, ohne dass er sich auch nur im Geringsten um sie kümmerte, da er sich mit einem Skinhead unterhielt, der in der Zwischenzeit aufgetaucht war. Als sie verschwunden war, blieb Mète nur der Bildschirm, um ihr noch nahe zu sein.

Und während er auf das zeitversetzte Bild starrte, klammerte Mète sich an die unvernünftige Hoffnung, sich selbst zu sehen, wie er etwas zu ihr sagte, irgendetwas Unwiderlegbares, womit er sie überzeugen könnte, nicht mit Dinamo zu gehen und nie mehr mit Damiano zu tuscheln, sondern für immer bei ihm zu bleiben und ihm vielleicht einen echten Kuss zu geben, ihn um die Taille zu fassen und sich mit ihm zu entfernen, während Dinamo und Damiano fassungslos dastehen und sie auf dem Bildschirm verschwinden sehen würden. Doch Mète sah nichts von all dem auf dem Bildschirm, der ihm mitleidlos lediglich die Bewegungen und Gesten zeigte, die bereits vollzogen worden waren, ohne auch nur das Geringste zu verändern …

Es mag seltsam klingen, aber das war die größte Enttäuschung für Mète. Und auch für Damiano zerbrach wohl eine Phantasie auf diesem Bildschirm, denn wie Mète starrte er stumm auf ihn, bis Belinda auch dort verschwunden war.

Dann sagte er: »Das ist wirklich sehr schade …«

Ein Streit, war Mètes letzte Hoffnung. Draußen vor der Diskothek eine Eifersuchtsszene, würde Damiano auch nur ein Zehntel der Eifersucht empfinden, die Mète hatte erstarren lassen …

»A propos«, sagte Damiano, »wie ist es mit der Schielenden gelaufen? Du erzählst ja gar nichts.«

… Ein Streit, wie er aus heiterem Himmel, heftig, wie er zwischen Jugendlichen ausbricht, ohne große Worte, ohne viele Erklärungen. Und Dinamo lässt sie stehen, ganz allein, mitten auf der Straße …

»Bin ich ein Freund oder nicht? Was macht ihr, werdet ihr euch treffen?«

… und wenn er im richtigen Augenblick dazukommen würde (denn in solchen Fällen, dachte er, kam es darauf an, den richtigen Augenblick zu erwischen), könnte er sich bei ihr einhaken, bevor sie hinter ihm herrennen oder Dinamo es sich anders überlegen und zurückkommen würde, und er würde sie nach Hause begleiten, im Taxi, und er könnte sie unversehens, ja, er könnte sie …

»Ruf sie gleich an, schmiede das Eisen, solange es heiß ist! He, ich rede mit dir!«

Mète hatte sich unbemerkt aus dem Staub gemacht und Damiano einfach stehen lassen, ohne sich zu verabschieden, denn er hatte nur einen Gedanken, gerade noch rechtzeitig den Ausgang dieser Höhle zu erreichen, gerade noch rechtzeitig, denn es war eine Frage von Sekunden, ja, ohne jeden Zweifel, eine Frage von Sekunden …

Als er nach draußen kam, drängte sich immer noch eine kleine Menschenansammlung vor dem Eingang; Mète blickte allen forschend ins Gesicht, vergeblich, und war mit zwei Sätzen auf der Straße. Er blickte nach rechts, nach links, zwei trostlose Perspektiven. Er machte ein paar Schritte in die eine Richtung, ein paar in die andere, kehrte zu der Menge vor dem Eingang zurück und sprang erneut auf die Straße. Sein Kopf tat ihm jetzt weh, und seine Schläfen pochten. Er atmete tief durch. In der Zwischenzeit hatte es geregnet, und ein nasser Wind ließ den Schweiß auf seinem Nacken gefrieren. Mète wusste nicht, wo er war, er hatte keine Ahnung. Vollkommen fertig, tödlich verletzt, verloren, machte er sich auf den Weg; eine Ampel blinkte orange, und dorthin wollte Mète jetzt gehen, ohne besonderen Grund. Er wirkte wie ein Schlafwandler, traurig und verblüfft.

»Mète!«, rief ihn eine schwache Stimme.

Eine Pause.

»Mète!«

Vittorino saß in seinem Wagen, dessen Fenster beschlagen waren, gehüllt in leise Saxophonmusik. Er wirkte noch erledigter, besiegter und verlorener als Mète.

»Entschuldigung«, sagte er, »aber ich habe es vorgezogen, draußen auf dich zu warten. Ich konnte nicht mehr ...«

Die Wagentür öffnete sich vor Mète, der wortlos einstieg und sie wieder schloss.

»Sie ist wirklich nicht normal.« Vittorino schüttelte den Kopf. »Es ist sinnlos ...«

Er startete den Motor, fuhr los und sagte ebenfalls kein Wort mehr. Mète schaltete den Kassettenrekorder aus, und nach all dem Höllenlärm herrschte endlich tiefe Stille, während der Wagen durch die Nacht brauste, die jetzt nur noch von Einsamkeiten bevölkert wurde.

Doch es war in erster Linie eine Telefongeschichte

Synthetisches Schlagzeug und die Stimme von Prince:

Time ...
Time ...
(blendet sich aus)

»Ciao. Dies ist der Anrufbeantworter von Beatrice Plana. Ich bin nicht zu Hause. Hinterlasse mir eine Nachricht, und ich rufe dich zurück, wenn sie nett ist. Sprich nach dem Signalton. Danke.«

Bip.

Mète legte sofort auf, ohne ein Wort zu sagen, und starrte auf den Zettel, auf den das schielende Mädchen Name, Adresse und Telefonnummer geschrieben hatte. Natürlich waren es viel zu wenige Worte, um ihnen irgendwelche Informationen entnehmen zu können, außerdem waren sie auf die Schnelle geschrieben worden, im Dunkeln, auf einem Knie, mitten in der Menge, die einen ständig anrempelte; dennoch sprang der Schnörkel der Mythomanie ins Auge, der jedes der wenigen Worte in einem sehr ausgeprägten geraden vertikalen Schlenker beendete. Vielleicht war es Zufall, doch das Zeichen passte zu der absurden Ansage auf dem Anrufbeantworter, die außerdem mit einer schmachtenden Stimme aufgenommen worden war, als wollte das Mädchen den Eindruck erwecken, wer weiß was zu tun …

Andererseits waren das vollkommen marginale, fast reflexartige Feststellungen; in Wirklichkeit interessierte ihn ihre Seele nicht, auch nicht, ob sie mythoman, dumm, hochmütig, skoliotisch war oder eine Veranlagung für Venenentzündungen hatte. Sie war schön, sie schielte, sie hatte ihm ihre Telefonnummer gegeben, das genügte. Sie anzurufen war eine Art Imperativ geworden, nachdem Belindas Zimmer die ganze Nacht über trostlos leer geblieben war; und das war für Mète ausschlaggebend gewesen.

Das waren seine Gedanken gegen elf Uhr vormittags, während er völlig entkräftet auf dem Bett lag, als sein Telefon zum ersten Mal klingelte.

Damiano …

Er wollte wissen, wie es ihm gehe, warum er so überstürzt den Klub verlassen habe, wie es mit der Schielenden gelaufen sei. Er wollte, dass Mète ihm dafür dankte, dass er sie ihm vorgestellt hatte. Er wollte ihn dazu bringen, sie sofort anzurufen. Doch Mète gönnte ihm diese Genugtuung nicht und erzählte ihm auch nicht, dass er das Mädchen gerade vergeblich angerufen hatte; im Grunde hatte er das Gefühl, dass sein Freund um den heißen Brei herumredete und zögerte, offen zu sagen, was er wirklich wollte.

Damiano ließ nicht locker, beharrte darauf, dass Mète die Schielende sofort anrufen solle …

»Warum bedrängst du mich so?«, fragte Mète genervt. »Ich rufe sie an, wenn mir danach ist …«

»Ja, also«, erwiderte Damiano, »wenn sie dich nicht interessiert, dann rufe ich sie an …«

Mète hörte seinen Freund kichern, seine Stimme klang leicht lüstern. War es das, fragte er sich, was Damiano so schwer fiel zuzugeben? Wollte er die Schielende anrufen? Mète fragte ihn ganz unverblümt.

»Ich habe einen Scherz gemacht«, erwiderte Damiano, »du begreifst nie, wenn ich scherze …«

Sicher, er scherzte, doch abgesehen davon, dass er ihm trotz des scherzhaften Tons eigentlich etwas anderes sagen wollte, hatte Mète jetzt begriffen, was Damiano immer noch auszusprechen zögerte.

»Wenn du ein echter Freund wärst …«, sagte Damiano.

Na also.

»Hör zu«, unterbrach Mète ihn schroff, »du hast wegen Belinda angerufen. Ist es so?«

»Was hat Belinda damit zu tun …«

»Möchtest du, dass ich mich revanchiere, indem ich dir meine Schwester gebe? Möchtest du einen Tauschhandel machen? Willst du, dass ich dich einlade, wenn auch sie da ist, sodass du ihr ganz *zufällig* begegnen kannst, oder ist es dir lieber, dass ich sie dich allein treffen lasse, vielleicht nachdem ich ihr von dir erzählt habe, um dir den Weg zu ebnen? Sag schon …«

Damianos Protest ließ etwas auf sich warten, aber manchmal ist auch ein Zögern verräterisch.

»Was fällt dir ein?«, sagte er endlich. »Ich …«

»Ich kenne dich, Damiano. Du hast dir meine Schwester in den Kopf gesetzt, und du kannst nichts dagegen machen. Nur ist Belinda leider kein Püppchen, sie gehört mir nicht, verstehst du, ich kann sie nicht einfach eintauschen, außerdem kehrt sie morgen zurück nach Hause. Aber wie ich festgestellt habe, kommt du ganz gut allein zurecht, du brauchst keinen Kuppler, um sie rumzukriegen …«

»Mète, bist du verrückt geworden? Wovon redest du?«

»Hör mir zu. Es ist nichts dabei, wenn Belinda dir gefällt, sie ist wunderschön … Ich würde mir nur wünschen, dass du so viel Taktgefühl hättest, mich nicht zu bitten, den Kuppler zu spielen, und mir als Gegenleistung auch noch eine schöne Belohnung anbietest … Von mir aus kannst du anbaggern, wen immer du willst, Belinda anrufen, die Schielende, auch beide gleichzeitig, wenn dir danach ist. Aber bitte lass mich da raus …«

Damiano schwieg am anderen Ende der Leitung. Mète konnte sich ganz genau seinen verblüfften, vielleicht sogar aufrichtig empörten Gesichtsausdruck vorstellen; doch das änderte nichts an der Tatsache, dass das, was er gesagt hatte, seine Logik hatte und dass es früher oder später hatte gesagt werden müssen.

»Das ist alles«, sagte Mète.

»Geh zum Arzt, Mète. Du musst dir den Kopf angestoßen haben …«

»Okay. Ciao.«

Mète legte auf, seltsam befriedigt. Denn er war sich vollkommen sicher, dass er ins Schwarze getroffen hatte; auch wenn die Art und Weise, wie er Damianio die Meinung gegeigt hatte, brutal und ungehörig wirken mochte, Mète hatte seine Gründe. Er war keineswegs verrückt …

Blieb allerdings die Tatsache, dass die Eifersucht ihn dazu gebracht hatte, auch mit dem letzten Freund, der ihm noch geblieben war, zu brechen, und das wegen etwas, das gar nicht passiert war, das nichts als ein Hirngespinst war und das im Übrigen auch er getan hatte und immer noch tat, jedoch ohne die Unschuld, die jeden, der Belinda begehrte, rettete, nur eben ihn nicht.

Ich Armer, dachte Mète, der sich bewusst wurde, wie sehr diese ganze Geschichte ihn zugrunde richtete.

Doch es war, jetzt wissen wir es, in erster Linie eine Telefongeschichte. Seit zwei Wochen hatte sich alles in den Leitungen der Telefongesellschaft entwickelt, und es war verhängnisvoll, dass in diesem Augenblick, da Mète endgültig in seinen Fehlern versunken war, erneut das Telefon klingelte.

Wenn es Damiano ist, bitte ich ihn um Entschuldigung, dachte Mète, als er den Hörer abnahm. Wenn es Bruno ist, bitte ich ihn um Entschuldigung. Wenn es Maria Grazia ist, bitte ich sie um Entschuldigung. Wenn es die Genossenschaft der Funktaxis ist, bitte ich sie um Entschuldigung …

»Beatrice Plana«, sagte eine Stimme.

Dieser Verrückte kennt mich …

Überspringen wir die Höflichkeiten und kommen wir sofort zu einer sehr eigenartigen Frage:

»Hast du mich vorhin angerufen«, fragte Betrice Plana, »ohne eine Nachricht zu hinterlassen?«

Diese Frage brachte Mète in Verlegenheit.

»Was sagst du?«, stammelte er.

»Vorhin«, wiederholte das Mädchen, »hat jemand bei mir

angerufen, ist an den Anrufbeantworter geraten und hat aufgelegt. Warst du das?«

Wie Beatrice es angestellt hatte, diesen Joker zu ziehen, wird ein Geheimnis bleiben. Ein Trick? Intuition? Reiner Zufall? Zauber? Mète wusste es nicht. Doch wie immer die Wahrheit auch aussehen mochte, dieses Geheimnis machte es ihm einfach, ja geradezu kinderleicht, eine Verabredung mit ihr auszumachen. Zu kinderleicht in gewisser Weise, sodass es einem verdächtig vorkommen könnte; denn wenn eine Frau den Wunsch eines Mannes erfüllt, ohne sich zu zieren, ist die Wahrscheinlichkeit groß, dass in Wirklichkeit er einen Wunsch von ihr erfüllt. Das scheint keinen Unterschied zu machen, doch in Wirklichkeit ist der Unterschied gewaltig. Aber Mète verfügte nicht mehr über genügend Klarsicht, um derartige Nuancen schätzen zu können, und nach dem Telefongespräch beschränkte er sich darauf, sich erhört zu fühlen.

Denn die Verabredung war getroffen worden, und zwar noch für denselben Abend.

Während er sich anzog, fragte er sich, wie er die Zeit bis dahin ausfüllen könnte. Was sollte er tun? Sofort weggehen und den ganzen Nachmittag draußen verbringen oder zu Hause bleiben, als wäre nichts geschehen, und sollte Belinda sich herablassen, früher oder später nach Hause zu kommen, vor ihrer sommersprossigen Nase die Wohnung verlassen am letzten Abend, den sie gemeinsam verbringen könnten? Gewiss, das wäre ihm am liebsten gewesen, zumal die Verabredung mit der Schielenden ihm irgendwie an Wert zu verlieren schien, wenn Belinda nicht wenigstens darüber informiert wäre. Doch war er imstande, und das war der springende Punkt, sich einem weiteren Duell mit ihr zu stellen? Wenn Belinda, sobald sie nach Hause käme, wieder einen ihrer langweiligen hektischen Nachmittage verbringen würde, beschäftigt mit tausend überaus dringenden Nichtigkeiten, die ihr nicht einmal die Zeit ließen, ihn anzusehen, wäre das nicht eine weitere unnötige Demütigung? Und wenn sie überhaupt nicht zurückkäme, vollkommen vergessend, dass dies ihr letzter Tag bei ihm war, warum sollte er sich dann der x-ten Qual eines vergeblichen, nutzlosen Wartens aussetzen? Käme sie jedoch nach Hause und würde ihn, nehmen wir einmal an, herzlich umarmen und sofort mit der kleinen Plastiktüte am Finger in seinem Zimmer erscheinen, sich mit ihrer ganzen aufreizenden Unschuld auf dem Bett ausstrecken und anfangen zu mischen, zu zerkrümeln und zu rollen, während im Fernseher die Versteigerungen laufen, ohne Ton, den Hörer am Ohr, geschähe all dies, würde Mète ihr dann möglicherweise ein weiteres Mal mit Haut und Haare verfallen und die Schielende augenblicklich vergessen oder sich höchstens so weit an sie erinnern, dass er den Telefonstecker herauszöge?

Nein, was Belinda auch immer täte, für ihn war es eine Bedrohung. Mète hatte inzwischen erkannt, dass er schwach, verdorben und dumm war, und gerade deswegen musste er sie meiden, solange der Himmel ihm noch eine Chance bot, sich zu retten. Nur ein Verrückter würde behaupten, es sei besser, an diesem Nachmittag zu Hause zu bleiben. Nur ein Verrückter.

Tortzdem fiel es ihm sehr schwer zu gehen. Er tat es schließlich, nach ein paar albern-kindischen Spielchen mit dem Schicksal (wenn das Telefon in den nächsten fünf Minuten nicht klingelt, wenn die Taube in den nächsten dreißig Sekunden nicht vom Fensterbrett fliegt, wenn ich es nicht schaffe, einen Kopfstand zu machen, ohne mich an die Wand zu lehnen, et cetera) und nachdem er eine Art

Telegramm auf Belindas Kopfkissen gelegt hatte (»Den ganzen Tag außer Haus. Auch zum Abendessen. Vielleicht auch nachts. Wenn wir uns nicht mehr sehen, ciao. Mète«), verließ er die Wohnung; doch als die Gorillas ihn die Straße hinunterlaufen sahen, war er die Personifizierung des letzten Verses eines Liedes, das ihn vor vielen Jahren frustriert hatte, dieses wütenden und verzweifelten Verses: »Aber dieser Verrückte kennt mich, denn er hat etwas Wahres gesagt ...«

Bushaltestelle

Es regnete in Strömen. Regenschnüre prasselten auf die von Schlaglöchern aufgerissenen Straßen nieder, auf denen sich die Räder der Autos quälten. Schon bildeten sich große Pfützen an den Gullys der Kanalisation, die das Wasser nicht mehr aufnehmen konnte, und lebhafte kleine Sturzbäche schlängelten sich an den Bürgersteigen entlang, auf denen aller möglicher Unrat trieb; die Gullys waren kurz davor herauszuspringen; die Dachböden begannen feucht zu werden, die Keller vollzulaufen; die kaiserlichen Ruinen wurden unterspült; die Grundmauern der Kirchen schwollen an durch eindringendes Wasser; die rostigen Dachrinnen sprudelten wie Springbrunnen; an den Kreuzungen bildeten sich hakenkreuzförmige Staus; der Himmel verdunkelte sich am hellichten Tag. Und Mète wusste nicht, wo er hin sollte.

Zu Bruno konnte er nicht mehr, um die eintönigen Gewohnheiten der Mauerasseln zu beobachten, und mit Damiano hatte er es sich ebenfalls verscherzt, sodass er sich auf dem Filmbetrachter in seinem Laden keine lustigen Filme mehr anschauen konnte. Pater Mayer in seiner Eigenschaft als Priester oder als Graphologe aufzusuchen, so unverschämt wollte er nicht sein, wo Vittorino wohnte, wusste er nicht, und sonst hatte er niemanden. Trotzdem konnte Mète nicht den ganzen Nachmittag im Freien bleiben, der Regen hätte ihn bis auf die Knochen durchnässt, er musste also eine Lösung finden. Er dachte an die Museen, an die Meisterwerke der Stadt, die er noch nicht besucht hatte, aber das war unmöglich, überlegte er sich, es war ihm absolut unmöglich, in einem solchen Augenblick die achselzuckende Gleichgültigkeit der Kunst zu ertragen. Die Geschäfte widerten ihn an. Im Regen ging er von einer Bar zur anderen weiter und entfernte sich immer mehr, klatschnass, müde und immer noch versucht, nach Hause zurückzukehren und auf Belinda zu warten. Bis sein Blick, als er in einer Toreinfahrt Schutz vor einem noch heftigeren Regenguss suchte, auf das Schild einer Bushaltestelle fiel:

079 Staz. Lido Centro –
P.ta S. Paolo – Piazzale
Flaminio – C. di Francia –
Cimitero Flaminio

Er blieb in der Toreinfahrt, bis der Bus kam, und sprang ohne Fahrkarte hinein. Drinnen mischte er sich unter Frauen aus dem Volk und Studenten mit Mänteln und Rucksäcken, die einen intensiven Geruch nach nassem Hund ausströmten, und überließ sich seinen Gedanken, den Blick auf die Staus gerichtet, während der Bus langsam nach Norden fuhr.

In Wirklichkeit spielte er ernsthaft mit dem Gedanken, Dinamos Anpflanzung auf Calis Grab zu zerstören, so wie die Amerikaner es mit den Kokaanpflanzungen in Bolivien machen wollen, ohne es jemals zu tun. Diese Idee reizte und erschreckte ihn zugleich, sie erschien ihm gerecht, gleichzeitig aber auch gemein; doch vor allem lenkte sie ihn von seinen Fluchtgedanken ab, denn sein Geist bewegte sich schon wieder auf diesem blonden toten Gleis, auf dem keine Bewegung, kein Manöver und keine Idee den finalen Zusammenprall verhindern konnte. Vielleicht verhexten ihn die Einsamkeit, die graue Melancholie des Regens, die entfremdende Langsamkeit des Busses, und einen langen Augenblick sah Mète nur seine Schuhe, die auf der Erde des Grabes herumtrampelten, die herausgerissenen Pflanzen und sein wütendes Gesicht im strömenden Regen, in einer trostlosen Landschaft aus Kreuzen.

Zum Glück weckte ihn eine kleine Frau mit einem verblichenen schäbigen Schal, die ihn fragte, ob er beabsichtige, an der nächsten Haltestelle auszusteigen, Mète blickte sich um und wusste plötzlich wieder, wo er war; er sah, dass der Bus sich an der Kreuzung der Via Cassia und der Via Flaminia befand, und erinnerte sich, dass es noch einen Ort gab, wo er hingehen konnte, um sich zu regenerieren, ganz in der Nähe, und während er, ohne nachzudenken, antwortete, nein, er würde nicht aussteigen, stieg er aus und rempelte mit der Schulter die kleine Frau an, die ihn ansah, als wäre er ein Schwachkopf.

Ein Ort, wo er hingehen konnte, um sich zu regenerieren

»Signore!«, rief Dani. »Was für eine Überraschung!«

Mète begrüßte die Philippinos, die gerade dabei waren, Suppe und Salate herzurichten. Dann versuchte er, sich in die anderen Zimmer zu verdrücken.

»Aber sehen Sie nur, wie nass Sie sind! Sie werden sich erkälten!«

Dani folgte ihm gnadenlos, bis Mète ihm versichert hatte,

dass er sich sofort umziehen, einen Anzug seines Vaters anziehen werde. Doch für das, war er eigentlich vorhatte, brauchte er keinen Anzug.

»Oh, die Sauna, Signore. Das ist eine ausgezeichnete Idee!«

Gemeinsam legten sie den üblichen verschlungenen Weg in den Keller zurück, und Mète wurde mit allem Nötigen versorgt. Der Philippino nahm die nasse Kleidung mit und versprach, sie sofort reinigen zu lassen.

»Wir wollten«, fügte er hinzu, »sowieso gleich aus dem Haus gehen. Wir haben einen Termin beim Tierarzt, wegen der Katze.«

Bevor er ging, hängte er einen grauen Anzug an den Kleiderständer im Umkleideraum, den er mit einem frischen Hemd, Wollsocken und blitzblank polierten Schuhen vervollständigte. Von Zeit zu Zeit waren dumpfe Schläge, Dröhnen, Flaschenzuggeräusche zu hören; bevor er die Sauna betrat, blieb Mète einen Augenblick stehen, um zu hören, was da vor sich ging.

»Das sind die Arbeiter, Signore«, erklärte Dani. »Sie sind noch nicht fertig, und morgen kommt die Herrschaft zurück. Sie werden bis spät in die Nacht arbeiten.«

Endlich ging Dani und versprach, gleich zurückzukommen, nachdem der Tierarzt die Katze untersucht hätte. Mète verschwand in der Sauna.

Er war entschlossen, den ganzen Nachtmittag dort zu verbringen, bis es Zeit wurde, sich mit dem schielenden Mädchen zu treffen. Daher ging er in kurzen Abständen hinein und hinaus und wechselte Saunagänge mit kräftigen kalten Duschen ab. Dann begann er, länger drinzubleiben, und wenn er herauskam, ließ er sich in den sprudelnden Whirlpool gleiten, in dem das Wasser ununterbrochen zwischen kalt und warm wechselte. Und diese Erquickung löste jeden Knoten, jeden Klumpen Schmerz und Unglück und verwandelte seinen Körper in einen immer frischeren und lebendigeren Teig, der glücklich auf die Stimulierungen reagierte. Er legte sich mehrmals auf die Ruheliege, eingemummelt in weiche Handtücher, und nach und nach leerte und reinigte sich sein Geist. Und als die Erleichterung ihren Höhepunkt erreicht zu haben schien, stürzte er wieder in die Sauna, um erneut zu schwitzen und sie noch mehr auszukosten, während er beinahe einschlummerte. Belinda war jetzt nur noch ein schwarzer Punkt, der im Begriff war, sich aufzulösen …

Dani kehrte zurück, und dies war der einzige Hinweis darauf, dass die Zeit weitergelaufen war. Er brachte einen Kristallkrug mit kaltem Kräutertee, und während Mète trank, hörte er in dem Dämmerzustand, in dem er sich befand, wie Dani über seine wundertätige Wirkung auf das Herz und die Männlichkeit sprach.

»Was hatte die Katze?«, brummte er aus den Tiefen des Handtuchs.

»Nichts, Signore. Sie hat nichts«, sagte Dani lächelnd und fügte hinzu: »Ihre Kleidung wird bis Dienstag fertig sein. In den Taschen waren Zettel, ich lege sie Ihnen hier hin …«

Die Zettel, darunter auch der mit Beatrice Planas Adresse, schimmerten weiß auf dem Schränkchen.

»Möchten Sie eine Massage, Signore?«, fragte der Philippino auf gut Glück. »Eine schöne orientalische Massage? Mila versteht sich ausgezeichnet darauf …«

Kurz darauf kneteten und zwickten Milas Hände Mètes Körper und ölten ihn ein, und er ließ sich durchwalken, immer sanfter und mandarinhafter in seiner Leere. In der Helligkeit seines Gehirns war jetzt Platz für strahlende Gedanken; die Hände dieser Frau, die das Leben in ihrem

Schoß trägt, dachte er, schenken mir das Leben wieder. Ein anderes Ich, dessen war er sicher, würde aus all den Zeremonien dieses Nachmittags hervorgehen, und Mète fühlte sich wie ein Knetgummimännchen in den Händen eines Schöpfers, der es, weil es ihm beim ersten Mal nicht geglückt war, wieder zusammenballt und dann neu formt. Er dachte an seinen Vater, daran, dass dieser sich nur dann einer solchen Behandlung hätte hingeben können, wenn er versucht hätte, der Versuchung zu widerstehen, Frau und Sohn für immer zu verlassen. Damals war Mila noch nicht bei ihnen gewesen, Dani ebenfalls nicht, aber das Wohlbefinden, ach, das Wohlbefinden …

Nach der Massage begab Mète sich noch einmal in die Sauna. Er war jetzt eingeölt, gelöst, entwässert, nichts Blasphemisches war mehr in ihm. Und während der letzten eiskalten Dusche begann sich endlich ein neuer Horizont vor seinen Augen zu zeigen, vor dem er sich abhob, geheilt und im Begriff, seine Frische über ein attraktives Mädchen auszugießen, das es ihm ebenfalls mit Frische vergelten würde, ohne dass irgendetwas in seinen Handlungen, Gedanken und Wünschen ungesund wäre …

Er wusch sich die Haare, zum ersten Mal vielleicht seit vier Tagen. Er rasierte sich sorgfältig und reizte seine Haut anschließend mit Rasierwasser. Dann zog er langsam die Kleidungsstücke seines Vaters an und genoss ein ganz neues Gefühl von reinem, edlem und teurem Stoff auf seiner Haut, den er bis dahin in den Schaufenstern nicht einmal betrachtet hatte. Der Anzug passte ihm perfekt. Schließlich ging er ins Haus hinauf und bat um einen Mantel, und er bekam einen, der angenehm weich und dunkel war und passend zum Anzug. Dann blieb er einen Augenblick stehen und blickte durch das große Fenster nach draußen …

»Signorina Belinda hat angerufen«, sagte Dani, »um zu sagen, dass ...«

Doch Mète hörte ihm nicht zu. Er war durch die Glastür nach draußen gegangen, auf die große Terrasse, die den Garten säumte. Es hatte aufgehört zu regnen, und ihm war, als hörte er in der Dunkelheit den Atem jeder Pflanze und nähme die Dämpfe wahr, welche die Erde, nachdem sie ihren Durst gestillt hatte, dem Himmel zurückgab.

Und für einen langen Augenblick fühlte er sich selbst als Erde.

Don Giovanni, a cenar teco m'invitasti

Beatrice Plana wohnte in einem Patrizierhaus in der Via Sistina, das in lauter Miniappartements aufgeteilt worden war. Mète wurde, nachdem er aus dem Taxi gestiegen war, mit einem Klingelbrett konfrontiert, auf dem die Namen dicht an dicht angeordnet waren, als handelte es sich um eine Liste von Märtyrern des Widerstands. Das Mädchen teilte ihm durch die Sprechanlage mit, er solle in den dritten Stock hochkommen, und als er oben war, rief sie ihm durch die einen Spaltbreit geöffnete Tür zu, er solle sie entschuldigen und es sich bequem machen. Ihre Stimme kam aus einem verborgenen Zimmer, zusammen mit dem Geräusch von fließendem Wasser.

Das Appartement war von affektierter Eleganz, die ihm das Aussehen einer Bonbonniere verlieh mit seinem Teppichboden, dessen Rosa so makellos war, dass man sich fragte, ob er jemals betreten worden war. An den Wänden zogen sich Regale entlang, in denen eine gähnende Leere von Büchern herrschte und die nur dazu benutzt wurden, Blumenvasen, Modezeitschriften und eine eigenartige Sammlung von gläsernen Nilpferden zu beherbergen. Aus dem anderen Raum entschuldigte sich das Mädchen immer wieder und bat ihn, sich einen Drink einzuschenken, doch Mète hatte anderes zu tun, denn er hatte eine große Platte mit Fotos entdeckt, auf denen Beatrice Plana in allen möglichen Posen in die Kamera lächelte. Mit einem schwarzen Hund zwischen den Beinen vor einem Eisengitter; in einem Sommerskianzug, die Lippen mit einer weißen Paste eingeschmiert; tiefbraun und topless auf dem Deck einer Motorjacht; in schmachtender Pose im Unterrock auf einem Bett liegend; im Halbdunkel eines Pariser Cafés in der Nähe der Metrostation Odéon; auf einer Bank sitzend, den Kopf nach hinten geworfen, vor der Skyline von Manhattan; erneut oben ohne mit einer großen Muschel in der Hand an einem blendendweißen Strand; umgeben von einer Gruppe lachender Windsurfer, in einem Kaleidoskop bunter Segel; und in hundert anderen Posen, die unmöglich alle beschrieben werden können. Auffällig war, dass sie auf allen Bildern den Mittelpunkt bildete, während die Männer um sie herum, immer andere, stets unweigerlich in der unscharfen Lächerlichkeit absoluter Zufälligkeit verharrten. Es sind so viele, dachte Mète, dass möglicherweise keiner von ihnen je wirklich dabei gewesen ist.

Es gab auch ein paar Großaufnahmen ihrer grünen schielenden Augen, die natürlich Mètes Aufmerksamkeit auf sich zogen.

Endlich erschien Beatrice Plana vor seinen Augen, und es lässt sich nicht leugnen, sie war wunderschön. Ihr kastanienbraunes Haar wurde im Nacken von dem langen schwarzweißen Stachel eines Stachelschweins zusammengehalten. Sie trug eine dekolletierte, gerade geschnittene violette Jacke, unter der sich über der Brust schwarze Spitze bauschte. Schwarz waren auch die Steghose, welche die

Beine bis zur halben Wade modellierte, und die pailletten-glitzernden Ballerinas, in denen ihre Füße steckten. Die Augen, die durch die leichte blaue Schminke, wie es Mète schien, noch enger zusammengerückt wurden, funkelten, als wären sie von einem speziellen (und für eine solche Gelegenheit aphrodisischen) Augenwasser entzündet worden. Diese Erscheinung ließ die auffällige Eleganz, die Mète im väterlichen Anzug ausstrahlte, sofort normal erscheinen, was sein Unbehagen milderte und seinen Bewegungen eine gewisse Natürlichkeit verlieh. Andererseits ermutigten ihn die Mühe und Sorgfalt, die das Mädchen aufgewendet hatte, um sich für ihn schön zu machen, sich zu benehmen, wie er es einem Mädchen gegenüber noch nie getan hatte, mit Gesten und Verhaltensweisen, die ihm bei anderen stets absolut lächerlich vorgekommen waren.

Mète hatte das eigenartige Gefühl, dass die geckenhafte Kleidung, die er trug, ihn ganz automatisch zu einer gewissen Oberflächlichkeit in seinem Verhalten veranlasste.

Um zu dem Restaurant zu gelangen, das das Mädchen erwähnte und das Mète zu kennen vorgab (in Wirklichkeit hatte er nie davon gehört), benutzten sie ihren Wagen, einen Peugeot 205, den ihr übernervöser Fahrstil in einen Torpedo verwandelte. Während sie dahinbrausten, unterhielten sie sich, über die Party am Abend vorher und über die sintflutartigen Regenfälle am Nachmittag, und Mètes Augen glitten an den Rändern der Gebäude entlang, die sie schwungvoll hinter sich ließen, landeten auf dem Profil des Mädchens und verloren sich in der gelblichen Wolkendecke am Himmel, die wie eine Matte durchzuhängen schien; vielleicht ist es endlich so weit, dachte er und begann sich zum ersten Mal als Teil dieses heiteren Meeres von Geschöpfen zu fühlen, die jede Nacht in die Stadt schäumten, bereit, sie in Besitz zu nehmen, sie auszuquetschen, von den dunklen Fersen der Randgebiete bis zum glänzenden Herzen des Zentrums, mit dem einzigen Ziel, sich zu amüsieren, und ihre Körper waren so erregt und ihre Köpfe so leer, dass sie sich tatsächlich amüsierten. Und genau das hatte dieser lange Nachmittag mit seinen orientalischen Behandlungen im Übrigen bewirkt: erregter Körper und leerer Kopf; und zum ersten Mal, seit er in Rom war, ertappte sich Mète jetzt dabei, dass er Rom liebte. Er hatte es nicht mehr nötig, die Stadt kennenzulernen, sich ein Urteil über sie zu bilden, sie mit seinen inneren Trieben in Einklang zu bringen, er war vielmehr wirklich bereit, *ihnen zu glauben*, den Versprechen auf Befriedigung, die ihr Glanz mit jedem Blick verhieß, Versprechen, für die das Mädchen an seiner Seite bürgte, das ihn durch die regennasse, vor Leben sprühende Stadt voller Lichter, Schönheit und Leichtigkeit fuhr, einer Zeit entgegen, in der die Dinge vielleicht von ganz allein geschähen und alles leichter wäre und man daher vielleicht aufhören könnte zu denken.

Unbeschreibliches

Es war die erste Verabredung, diejenige, bei der man sich verstellt und auf Teufel komm raus den besten Eindruck machen möchte …

Mète hatte sich für die einzige Verstellung entschieden, die ihm keine allzu große Mühe machte, nämlich den Schweigsamen zu spielen, der sich allerdings für die Probleme der anderen interessiert und eine gewisse Weisheit und Überlegenheit durchschimmern lässt; auf diese Weise konnte er sich darauf beschränken, Fragen zu stellen und Rotwein zu trinken und dem Mädchen die Aufgabe überlassen, von sich zu erzählen. Was Beatrice mit größter Freude zu tun schien, denn es war schnell klar, dass das einzige Thema, bei dem sie nicht zu bremsen war, sie selbst war.

Sie arbeitete für eine Public Relations Agentur, und das erklärte teilweise die große Anzahl immer anderer Männer, in deren Begleitung sie gesehen wurde. Sie liebte ihre Arbeit, weil sie, wie sie sich ausdrückte, so abwechslungsreich sei und ihr erlaube, viel zu reisen, nach New York, nach Paris und nach Barcelona, wo sie sich Aufträge für die 1992 stattfindenden Olympischen Spiele erhoffe. Zur Zeit hetze sie von einem Auftrag zum nächsten, was ihre ganzen Urlaubspläne auf exotischen Inseln mit unaussprechlichen Namen zunichtegemacht habe.

»Ich arbeite wirklich zu viel«, sagte sie, »es ist unbeschreiblich …«

Dieses »es ist unbeschreiblich« war das *Bonmot*, das sie benutzte, wenn ihr Redeschwall sie an die Grenzen ihrer sprachlichen Möglichkeiten brachte, um Sätze zu stützen, die ins Wackeln gerieten, oder andere zu beenden, die abrupt oder unbefriedigend zu enden drohten. Sie schien gar nicht zu bemerken, wie oft sie darauf zurückgriff, und nach einer Weile löste diese Anhäufung von *Unbeschreiblichem* bei Mète, der fest entschlossen war, auf jegliche Analyse zu verzichten, eine gewisse Bestürzung aus. Die Erinnerung an die drei Schnörkel der Mythomanie, die Mète in ihrer winzigen Handschriftenprobe aufgefallen waren, blitzte wieder auf, als würde in einer entlegenen Ecke seines Gehirns sein Erkenntnisdrang sich melden, sodass er unbewusst seine Diagnose verfeinerte.

In Wirklichkeit aber hatte er das Gefühl, ihr einfach nur zuzuhören und sie vor allem anzusehen, während sie kleine Bissen aß und in einem fort redete, verwirrt lediglich durch die Tatsache, dass er ihre Schönheit nicht in ihrer Gesamtheit zu erfassen vermochte, da sein Blick unweigerlich an ihren schielenden Augen kleben blieb, die ihn in autistischer Verwirrung anstarrten und ihn rührten, während ihr übriger Körper eine wollüstige erotische Unverfrorenheit ausstrahlte.

Im Zusammenhang mit Barcelona enthüllte Belinda ihm plötzlich, dass sie väterlicherseits Katalanin sei, und fügte mit einer gewissen Geringschätzung hinzu, dass die Planas in jener Gegend seit elf Generationen *Dons* waren. Von diesem Vater zeichnete sie nur ein sehr skizzenhaftes grausames Porträt eines kahlköpfigen, noch immer nicht mild gewordenen Tyrannen, obwohl sie sich seit mehr als zwanzig Jahren seinem Einfluss entzogen hatte, indem sie zuerst bei der Mutter, die aus Turin stammte, gelebt und dann die erste Gelegenheit ergriffen hatte, durch die Arbeit als Model in Mailand vollständige finanzielle Unabhängigkeit zu erlangen. Diese Geschichte der finanziellen Unabhängigkeit lag Beatrice sehr am Herzen, und sie sprach ausführlich über die Schwierigkeiten, mit denen ein schönes und reiches Mädchen im Leben zu kämpfen hat, wenn es auf paradoxe und so komplizierte Weise für die Hässlichkeit wirbt, dass »es einfach unbeschreiblich ist«.

Währenddessen setzten Mètes rebellische graue Zellen ihre verknüpfende Arbeit fort, und das Phantombild von Beatrice, das sich daraus ergab, war alles andere als beruhigend. Dennoch schenkte er zunächst aus reiner Voreingenommenheit weiterhin dem anderen gefallsüchtigen und immer unzutreffenderen Bild Glauben, welches das Mädchen selbst von sich entwarf.

Sie habe eineinhalb Jahre als Privatdetektivin in Verona gearbeitet. Sie trainiere regelmäßig mit der automatischen Pistole auf dem Schießplatz. Sie ließ durchblicken, dass sie eine Liebesaffäre mit Sting gehabt habe. Jeden Monat überweise sie zweihunderttausend Lire auf ein Konto, das sie eigens auf den Namen ihres kleinen Bruders Matteo eröffnet habe, den ihre Mutter *ihr gegeben habe* (das waren ihre exakten Worte) dank ihrer letzten Verbindung mit einem Dirigenten; jetzt sei Matteo erst vier und habe ungefähr sechs Millionen, aber wenn er groß sei, werde dieses Geld ihm ermöglichen, sich dem Einfluss seiner Eltern zu entziehen, und auch ihn in die wunderbare Welt der finanziellen Unabhängigkeit katapultieren …

Das Einzige, was Mète trotz allem nicht umhin konnte festzustellen, war, dass Beatrice ihm, als sie das Restaurant verließen, noch keine einzige Frage darüber gestellt hatte, wer er sei, woher er komme, was für eine Arbeit er mache. Das war in der Tat seltsam, doch Mète kam es in diesem Augenblick ganz gelegen, dem keine allzu große Bedeutung beizumessen.

Nach dem Abendessen schlug Beatrice ihm eine dieser unergiebigen Touren durch die Diskotheken im Zentrum vor, die sie vermutlich, aus beruflichen oder anderen Gründen, mit jedem ihrer Begleiter machte. Mète ließ sich darauf ein, benommen von ihrem Geschwätz und nach wie vor verhext von ihrem *Schielen* und aufgegeilt von der Spitze, die sich in ihrem Dekolleté bauschte. In dieser Nacht gefiel es ihm, sich als Auserwählter zu fühlen, der ihre Schönheit genießen durfte, ohne irgendwelche Gewissenbisse haben und ohne sie sich durch etwas anderes als einfach nur durch seine Gegenwart verdienen zu müssen …

Sie zogen durch ein paar Nachtlokale, die Mète nicht kannte, alle ekelerregend elegant und voller Politiker, doch sie blieben nie lang genug, um sie sattzukriegen; kaum waren sie drin, tranken sie etwas am Tresen und verschwanden sofort wieder, nach Art der Spanier, für die vor allem die Gastfreundschaft zählt. Ohne Eile, wie ihm schien, zogen sie mehr als zwei Stunden von einem Lokal zum nächsten, während sie jetzt über Magie und die Kräfte des Geistes redeten, denn Beatrice hatte schließlich zugegeben, dass sie von Kindheit an über gewisse Fähigkeiten verfüge, weswegen sie am Vormittag auch Mète an seinem Schweigen auf dem Anrufbeantworter erkannt habe. Hellsichtigkeit …

Sie waren jetzt beide betrunken, doch auf jene aristokratische Art, welche die Formen der Welt nicht hässlich macht, sondern verschönert; und mit dem lebhaften Wunsch, zumindest von Seiten Mètes, immer tiefer in die Vertrautheit einzudringen, die das Mädchen ihm aus irgendeinem geheimnisvollen Grund nach wie vor gewährte. Er fasste sie um die Schultern und drückte sie beim Gehen an sich. Er streichelte ihren Hals, ihr Haar, und sie ließ ihn gewähren. Er sagte ihr, dass sie schön sei. »Du auch«, lautete Beatrices Antwort.

Schön? Er? Das war ein fragwürdiges Kompliment. Doch wie auch immer, Mète und Beatrice küssten sich leidenschaftlich, an die Wagentür des Peugeot 205 gelehnt. Und sie trennten sich nicht, donnerten zusammen zur Via Sistina und angeheitert weiter zu ihrer Wohnung, um ihre Sammlung von gläsernen Nilpferden zu bewundern und in ihre Welt unbeschreiblicher Dinge einzutauchen.

Angst?

Die Erkenntnis, dass Beatrice Plana verrückt war, zögerte Mète bis zum letzten Augenblick hinaus; während er im Halbdunkel neben ihr auf dem Sofa saß und sie erzählte, wie sie in New York überfallen worden sei, bemühte er sich nach wie vor verzweifelt, in ihr eine Belohnung für all seine

Qualen zu sehen, attraktiv, in unmittelbarer Reichweite, nur darauf wartend, genommen zu werden. Es ist so weit, dachte er, es ist so weit, und seine Aufmerksamkeit richtete sich ausschließlich darauf, die Glut des Kusses zu bewahren, den sie auf der Straße ausgetauscht hatten, und sorgfältig den entscheidenden Augenblick zu wählen, ohne den Meldungen der Partisanen Gehör zu schenken, die sich in seinem Gehirn verbarrikadiert hatten und ihm immer wieder einhämmerten, sie ist verrückt, sie ist verrückt und gefährlich …

Doch genau in dem Augenblick, da er ihren schielenden Blick auf sich gerichtet spürte und erkannte, dass der Augenblick gekommen war, seinen ausgehungerten Körper zu stärken, verspürte Mète einen Angstschauer und den heftigen Wunsch, sich aus dem Staub zu machen. Aber sein Körper hatte sich bereits auf ihren gleiten lassen, sein Mund machte bereits Jagd auf sie, und all seine Sinne hatten bereits wie eine komplizierte Falle zugeschnappt. Es war zu spät.

Beatrice reagierte auf seinen Überfall mit einer Drehung, ähnlich einer Parade beim Fechten, doch er hatte sie fest in einem griechisch-römischen Griff, und damit war ihr Widerstand auch schon beendet. Stattdessen begann ein hektisches Küssen und Saugen, dann ein Seufzkonzert, und schließlich verschlangen ihre Gliedmaßen sich eine Weile ineinander; doch als sich für Mète nur noch die Frage des *Wo* stellte, Sofa, Fußboden, Wand, Bett, und seine Hände, zwei unbezähmbare Maulwürfe, sich bereits einen Tunnel zwischen den Gummibändern gruben, machte Beatrice plötzlich eine heftige Drehbewegung, erstarrte und löste sich aus seinen Armen.

»Nein«, rief sie, »geh weg, ich will nicht!«

Mète tauchte aus den Tiefen auf, in die er versunken war, als er sie nicht mehr unter sich spürte. Ein Wangenknochen tat ihm weh, vermutlich hatte er einen Stoß mit dem Kopf erhalten.

»Hast du kapiert?« Beatrice war unerbittlich. »Hau ab, auf der Stelle!«

Er sah sie verblüfft an, soweit er sie im Halbdunkel erkennen konnte, und sah, dass sie die Hand nach dem Telefon ausstreckte.

Zerzaust, zerknittert, aber unbeirrbar, wählte Beatrice die 3875, unter dem Blick von Mète, der es noch immer nicht fassen konnte und sich wünschte, dass es vielleicht ein Scherz wäre, eine Art Spiel, denn das konnte sie ihm doch jetzt nicht antun ...

»Bitte ein Taxi in die Via Sistina 39 ...«

... Und auch wenn sie es ihm tatsächlich anzutun beabsichtigte, konnte er jetzt unmöglich nach Hause zurückkehren, denn Belinda war da, und in diesem Zustand, erregt, ,wie er war, hätte er wer weiß was anstellen können. Nein, »Quod turget, urget«, sagt eine mittelalterliche Weisheit; wusste die verrückte Beatrice das nicht?

»Meine Nummer ist sechs sie ...«

Hoppla, der Hörer flog auf das Sofa. Dann ging es dem Telefon an den Kragen, das Mète ihr aus den Händen riss und zu Boden schleuderte, wo es krachend und klingelnd zerschellte. Und jetzt?, dachte er und starrte sie an. War Mète tatsächlich bereit, Gewalt anzuwenden und sie zu vergewaltigen? Und wenn ja, hätte er die physische Kraft dafür?

Doch das war nicht mehr nötig. Beatrice hielt stolz seinen Blick aus und zog dann in Zeitlupe den Stachelschweinstachel aus ihrem Haar, das auf die Schultern fiel. Mète fürchtete einen Augenblick, sie könnte ihn ihm irgendwo in den Körper rammen, doch der Stachel nahm den gleichen Weg wie das Telefon und landete in einer Ecke des Fußbodens. Das Mädchen machte einen Schritt auf ihn zu und schnappte ihn an dem Punkt, an dem ihre Augen sich trafen, und plötzlich wusste Mète, dass alles, was er gewollt hatte, von ihr gewollt gewesen war. Als er sie umarmte, wusste er, dass in Wirklichkeit sie ihn umarmte, als er sie küsste, dass sie ihn küsste. Erneut hörte er eine innerliche Warnung, einen Appell, sich aus dem Staub zu machen, doch die Mechanismen, die in seinem Körper in Bewegung gesetzt worden waren, hinderten ihn daran.

Mète war jetzt ein fügsames Opferlamm, das zum Altar geführt wurde. Beatrice nahm ihn an der Hand und führte ihn ins Schlafzimmer. Sie forderte ihn auf, sich hinzulegen, und zog ihn vollständig aus, ohne ein Wort zu sagen. Dann zog sie ihre Jacke aus, ihre Schuhe, ihre Steghose, ihre Strumpfhose, ihren Slip, behielt jedoch das Korsett mit den sich bauschenden Spitzen an, und in dieser raffinierten Halbnacktheit begann sie einen absurden Tanz der Annäherung, wobei sie einen Satz sagte, der ihm das Blut gefrieren ließ:

»Schwör mir«, flüsterte sie, »dass du, was immer du heute Nacht sehen wirst, morgen vergessen haben wirst …«

Mète schwor es. Vor seinen Augen wogte, immer näher kommend, ihre Scham, eine kleine schwarze, auf bedrohliche Weise überzeugende Wolke, und er machte sich darauf gefasst, um sie herum jeden Augenblick furchtbare Narben, Verbrennungen auftauchen zu sehen oder die dreimal ins Fleisch gebrannte 6. Die Partisanen hatten die Kontrolle über seinen Geist wiedererlangt, doch sie vermochten das, was da begonnen hatte, nicht mehr aufzuhalten, sie konnten ihn nur noch mit jener Angst salben, die Beatrice nicht vor ihm gehabt hatte. »Sie ist verrückt«, hämmerten sie ihm ein, »und du bist ihr ausgeliefert ...«

Doch Mète nahm sie in dieser Nacht, nahm sie immer wieder, wild und wütend, sich in sie ergießend, »befleckend auch das Siegel ihrer Stimme«, wie die Archonten es mit Eva getan hatten, und er sah nichts Schreckliches; aber er hatte jetzt Angst, denn er spürte, dass sie ihn nahm und sich in ihn ergoss.

Kopf hoch?

SAM. 5:54. Die bläulich schimmernde Digitaluhr des Videorekorders ...

Angst empfand Mète jetzt nicht mehr, sie war verflogen. Beatrice drehte ihm den Rücken zu, reglos, friedlich schlafend, und Mète fühlte lediglich eine große Traurigkeit in sich, und das Herz war ihm schwer. Keine Reue, auch keine Ruhe; Melancholie. In wenigen Stunden würde Belinda aus seinem Leben verschwunden sein, puff, ohne zu wissen, dass sie es vernichtet hatte ...

SAM. 5:55.

Mit einem Mal verspürte er das dringende Bedürfnis, ihr einen Brief zu schreiben. Jetzt, sofort, nackt, wie er war, zwischen den Resten dieses vergeblichen dionysischen Ritus, der sie vermählt hatte, an einem unbekannten Tischchen sitzend, an der Seite eines mehr oder weniger geistesgestörten schlafenden Mädchens; er hatte jetzt, erst jetzt das Gefühl, zum ersten Mal klar und deutlich die Worte im Kopf zu haben, die er ihr sagen wollte, und dass seine Liebe für sie nicht mehr unaussprechbar war, dass sie erklärt oder wenigstens erzählt werden konnte ...

SAM. 5:56.

Mète bewegte sich langsam, ließ sich unter den Laken

vorsichtig zum Bettrand gleiten, um Beatrice nicht zu wecken; doch als seine Schienbeine bereits vom Lufthauch eines kleinen Heizstrahlers, der auf einem Schemel stand, liebkost wurden, sah er etwas in die Höhe schnellen, einen weiß schimmernden Wirbel, und spürte einen plötzlichen Schmerz zwischen seinen Beinen.

Eine kalte Hand hatte seine Genitalien gepackt.

»Geh nicht weg«, sagte Beatrice zu ihm.

Ihre schielenden, einschüchternd weit aufgerissenen Augen harpunierten ihn aus einer Entfernung von weniger als zehn Zentimetern, und das ganze Mädchen war ihm jetzt schrecklich nahe gerückt, fast klebte es an ihm. Ihre Hand war noch immer wie ein Schraubstock, und Mète war wie gelähmt.

»Wo wolltest du hin?«

»Nirgendwo …«, stammelte Mète.

»Dann bleib hier. Siehst du?«

Lächelnd deutete das Mädchen auf sein Glied, das sie fest umschlossen hielt und das überraschenderweise sehr zum Missfallen von Mètes übrigem Körper hart wurde.

»Du willst ja gar nicht gehen«, zischte sie.

Mètes armes kleines Herz hämmerte eine wilde Tarantella in seiner Brust; seine Hände legten sich vorsichtig und behutsam wie diejenigen eines Sprengmeisters auf ihre Hand.

»Ich muss …«, sagte er mit schwacher Stimme, »ich muss auf die Toilette …«

Endlich löste Beatrice ihren Griff und brach in Gelächter aus.

Vor dem Waschbecken verfluchte Mète das absurde Phänomen, das sich da gerade ereignet hatte, und ließ kaltes Wasser über seine Genitalien laufen, wie er es De Niro in einem Film über den Boxer Jake La Motta hatte tun sehen. Es funktionierte. Anschließend zog er die Unterhose an, die er geistesgegenwärtig vom Boden aufgehoben hatte, bevor er das Schlafzimmer verlassen hatte. Er war empört und wütend und brauchte eine Weile, um sich zu beruhigen, während er sich im Spiegel betrachtete. Schluss jetzt, dachte er und entschloss sich, sofort in das andere Zimmer zurückzukehren, sich anzuziehen und zu gehen und dem Mädchen die Hände zu brechen, sollte sie es noch einmal wagen, ihn anzufassen.

Doch als er ins Schlafzimmer kam, saß Beatrice, den Kopf zwischen den Händen, auf dem Bett und weinte leise. Mète ging zu ihr, und sie warf sich ihm in die Arme, immer heftiger schluchzend. Es sei nicht wahr, dass die Arbeit gut laufe, sie hasse sie. Und es gebe auch keinen kleinen Bruder Matteo, sie habe sich immer einen gewünscht, so wie sie sich immer ein Kind gewünscht habe, aber beides habe sie nicht bekommen. Sie verdiene nicht genug, um leben zu können, ohne ihre Mutter um Geld zu bitten. Rom sei eine grässliche Stadt, die Einsamkeit mache sie fertig. Die Männer gingen immer vor Tagesanbruch, hinterließen ihr eine Nachricht und schickten ihr Blumen. Alles sei so oberflächlich, so sinnlos! Sie bekomme keine Arbeit mehr als Model, mit neunundzwanzig sei sie bereits zu alt! Sie müsse sich binnen eines Jahres die Augen operieren lassen, sonst …

Mète hielt sie während dieses endlos langen Ausbruchs die ganze Zeit in den Armen. Er gelangte immer mehr zu der Überzeugung, dass er so schnell wie möglich gehen musste, doch ihre warmen Tränen, die über seinen Hals und seine Brust liefen, rührten ihn. Er streichelte sie, bis sie sich etwas beruhigt hatte, und schaute ihr dann dabei zu, wie sie auf einem Taschenspiegel zwei Linien Kokain zog und sie mit einem goldenen Röhrchen, das sie sich in die Nasenlöcher steckte, einsog. Mète begnügte sich damit, die starke Mischung aus Gerüchen zu erschnuppern, die ihr Körper ausströmte, und fand sanfte, überzeugende, verzweifelt optimistische Worte, für die Beatrice ihm sehr dankbar war. »Du bist anders«, sagte sie zu ihm.

SAM. 7:06.

Schließlich gelang es Mète, sich anzuziehen, in die Kleidung seines Vaters zu schlüpfen, die ihm jetzt einfach nur absurd vorkam. Als ihm bewusst wurde, dass er sie gleich verlassen würde, sah er Beatrice wieder in ihrer ganzen Schönheit, während sie das Schlafzimmer aufräumte, nur mit einem weißen T-Shirt bekleidet, und vielleicht verspürte er noch einmal das schwache Feuer eines unbestimmten Gefühls für sie; doch die Schönheit erinnerte ihn sofort an eine andere Schönheit, und Mète spürte, wie der Abgrund Belindas sich erneut öffnete, den die Notsituation vorübergehend geschlossen hatte.

SAM. 7:19.

Außer dem, das Mète im Wohnzimmer zertrümmert hatte, gab es noch ein zweites Telefon im Schlafzimmer. Und Beatrice rief ihm brav ein Taxi. Und als sie den Hörer auflegte, lächelte sie und sagte etwas Unbeschreibliches.

»Cuba 22«, sagte sie. »In drei Minuten.«

Was bedeutet das?, fragte sich Mète. Er war am Ende, misstraute allem, was bedeutete *ausgerechnet* Cuba 22? Was steckte dahinter? Und der strahlende Blick des Mädchens, ihr Grinsen jetzt, welche neue Drohung lag darin?

Auf der Schwelle küsste er sie, versprach ihr, sie am nächsten Tag anzurufen, sie am Donnerstag ins Konzert von Frank Sinatra mitzunehmen und am Sonntag zu den Castelli zu begleiten und stimmte ihr in allem zu, damit die drei Minuten zwischenfallfrei verstrichen. Doch als er sich schließlich von ihr verabschiedete, entschlüpfte ihm eine unglückliche Phrase.

»Kopf hoch«, sagte er zu ihr.

Ihr Gesicht versteinerte augenblicklich. Sie presste die Kiefer zusammen. Die vom Kokain geweiteten Augen blitzten.

»Kopf hoch?«, schrie sie. »*Kopf hoch?* Wen glaubst du eigentlich, vor dir zu haben? Wen möchtest du bemitleiden?«

O Gott, nein, jetzt beginnt alles von vorn ... Mète versuchte, durch die Tür zu entwischen, doch Beatrice stellte sich ihm in den Weg und schloss sie.

»Ich tu dir leid? Und was soll das heißen, ›Kopf hoch‹? Du hast Mitleid mit mir?«

»Beatrice«, sagte Mète, »das Taxi ist da ...«

»Ich scheiß auf das Taxi! Du gehst hier nicht weg, bevor du mir nicht gesagt hast, was du wirklich von mir denkst! Ich tu dir leid? Ich will hören ... ah!«

Es war ganz offensichtlich die Nacht der Gewalt für Mète. Diesmal hatte er ihr keine Komplimente gemacht, er hatte sie am Arm gepackt und von sich gestoßen, gegen das Regal, von dem drei gläserne Nilperde fielen.

»Das Taxi ist da!«, brüllte er und war schon fort.

Ausgerechnet Cuba 22; er konnte es nicht eine Minute, ja nicht einmal dreißig Sekunden länger warten lassen. Cuba 22 ...

»Kopf hoch?«, kreischte Beatrice, während Mète die Treppe hinunterstürmte. »Das kannst du deiner Schwester sagen, Kopf hoch! Ich pfeif auf dein Mitleid, verdammtes Arschloch. Arschloch! Ihr seid alle Arschlöcher!«

Der Taxifahrer hatte ein gutmütiges Mondgesicht. Das Gesicht eines Mannes, der zu verzeihen weiß.

Alles abgeschrieben

Belinda saß am Küchentisch, im grauen morgendlichen Sieben-Uhr-Vierzig-Licht. Sie hatte sich einen Milchkaffee gemacht, sich Zwiebackscheiben mit Butter und Marmelade geschmiert, einen Orangensaft gepresst und das alles ganz allein. Auf einem Stuhl lag ihr Rucksack, vollgestopft mit Büchern.

»Du hast mir Angst gemacht«, sagte sie, als Mète hereinkam, ohne allerdings auch nur im Geringsten ängstlich zu wirken.

Mète starrte sie an, und sein Herz krampfte sich zusammen. So viel Liebe, und er ließ sie allein frühstücken …

»Was für eine Eleganz!«, bemerkte Belinda, ihn von Kopf bis Fuß musternd.

»Der Anzug …«, Mète errötete, »der Anzug gehört Papa …«

»Die Katze ist weggelaufen«, informierte sie ihn.

»Wie, weggelaufen?«

»Sie ist nicht mehr da …«

Mète setzte sich neben sie und versuchte, *versuchte*, denn er war nicht sicher, ob es ihm gelingen würde, ihr die Geschichte mit der Katze zu erklären; doch die Resignation, die er bei ihr wahrgenommen hatte, diese weise, engelhafte, heldenhafte Langmut desjenigen, der schon alles abgeschrieben hat und sich darauf beschränkt, festzustellen und mitzuteilen, dass die Dinge, die einem lieb sind, nicht mehr da sind, zu zerstören wäre ein echtes Verbrechen gewesen.

»Wie nett«, kommentierte Belinda, »vielen Dank.«

Belinda war müde, vielleicht ebenso müde wie Mète, doch anders als er hatte sie sich einen Moment der Ruhe gegönnt und konnte ihm eine Tasse Kaffee anbieten. Die Milch musste beim Kochen übergelaufen sein. Mète bemerkte einen weißen Schaumfleck um die Herdplatte. Eine letzte Spur von ihr, dachte er, sie ja nicht wegwischen. Sie war müde, aber auch hellwach, und jetzt betrachtete sie ihn mit dieser Unaufmerksamkeit, die der Neugier vorangeht, ohne je in sie einzumünden. Sie fragte ihn nicht, was er die ganze Nacht gemacht habe, wo er gewesen, warum er so gekleidet sei. Wie immer akzeptierte sie die Dinge, ohne mehr wissen wollen, als würde in der Unwissenheit die starke Batterie pulsieren, die ihre Schönheit immer, auch jetzt, erstrahlen ließ. Dennoch hatte Mète das absurde Gefühl, sie könnte den Geruch einer anderen Frau an ihm wahrnehmen und in ihrem phlegmatischen Blick (ja, vielleicht, möglich war es) wüde jetzt eine Spur von unbestimmter, stummer, fast amüsierter Eifersucht glimmen, als zählte sie jetzt auch Mète zu den abgeschriebenen Dingen und wäre auf ihrem so ganz und gar oberflächlichen Weg, diesem geheimnisvollen Weg, der sich stets vom Wind der Erkenntnis fernhielt, zu dem Ergebnis gekommen, dass auch er für sie verloren war. Und das war die grausame Wahrheit, denn Mète war tatsächlich verloren.

Er dagegen konnte es sich nicht verkneifen, ein paar überflüssige Fragen zu stellen: Warum sie schon so früh auf sei? Weil sie plötzlich aufgewacht sei, erwiderte sie, noch vor Tagesanbruch, aus einem Albtraum aufschreckend, und sie habe danach nicht mehr einschlafen können. Was für ein Albtraum? Weißer Brei sei vom Himmel geregnet und habe die Leute in Marshmallowpuppen verwandelt, die alles zertrümmert hätten, und auch Mète sei in dem Albtraum vorgekommen und (Belinda wusste nicht, ob sie es erzählen sollte) von den Puppen verprügelt worden und gestorben. An dieser Stelle sei sie aus dem Schlaf geschreckt. Mète hätte sie am liebsten gefragt, ob sie sich erinnere, wann genau sie aufgewacht sei, um zu überprüfen, ob der Zeitpunkt mit dem übereinstimmte, zu dem er den Drang verspürt hatte, ihr zu schreiben (5:55), und das schielende Mädchen sich auf ihn gestürzt und daran gehindert und ihn gepackt hatte, als wollte sie …

Aber warum hätte er das tun sollen? Was hätte er damit bewiesen? Alles, was zählte, war, dass Belinda gleich gehen würde, schon stand sie auf, spülte die Tasse, wischte, ach, den Milchfleck auf dem Herd weg, spülte auch Mètes Tasse wie eine brave kleine Ehefrau und griff nach dem Rucksack mit den Büchern wie eine Tochter …

»Also, ich geh dann«, sagte sie kichernd. »Die Pedells werden ganz schön dumm aus der Wäsche gucken, wenn sie mich so früh ankommen sehen …«

Die Pedells! Mète versuchte sie sich vorzustellen, versuchte sich vorzustellen, wie Belinda aussehen könnte, gesehen mit den Augen eines Pedells.

»Dann«, sagte er, »sehen wir uns also nicht mehr …«

»Und wieso nicht?«, fragte Belinda überrascht. »Fährst du weg?«

»Nein, ich wollte damit sagen, dass das Flugzeug von Papa und Virna bald landen wird. Und du kehrst nach Hause zurück …«

»O nein.« Belinda schüttelte den Kopf. »Ich hatte vergessen, es dir zu sagen. Sie kommen erst morgen Nachmittag. Sie haben gestern Abend angerufen. Da das Flugzeug eine Zwischenlandung in Paris macht, haben sie beschlossen, eine Nacht zu bleiben, um sich ein bisschen zu amüsieren.«

Sie lachte erneut und ging zur Wohnungstür.

»Wir sehen uns später« sagte sie und ging hinaus.

Mète rührte sich nicht. Er war zu müde, um zu jubeln oder zu verzweifeln, außerdem war er nicht sicher, wofür er sich entscheiden sollte. Ohne diese Frage zu beantworten, ließ er sich aufs Bett fallen, und ohne die Schuhe auszuziehen, verfiel er in einen bleiernen Schlaf.

Telephonic sleep

»... allo?«

»Ciao. Ich bin's ... Hast du meinen Annruf erwartet?«

»Ich wollte dich um Entschuldigung bitten ... Es tut mir leid. Ich weiß nicht, was mich geritten hat ... es ist unbeschreiblich ...«

»... war sehr schön mit dir ... Das wollte ich dir sagen. Warum sagst du nichts? Bist du wütend auf mich?«

»Nein, es ist nur**************ein bisschen schlafen**********

»... dir das nur sagen ... Ich bin eine Idiotin gewesen, entschuldige ... Nur das ... Und dir einen Kuss schicken ...«

»Ciao

»Hallo?«

»Ich bin's noch mal, entschuldige. Da ist noch was ...«

MARSHMALLOWS

»... Angst, schwanger geworden zu sein, und deswegen ...«

»... bist du sicher, dass du aufgepasst hast?«

»Ja ...«

»Dann entschuldige ... Ich schwöre, ich lass dich jetzt schlafen. Nur, ich musste dich das einfach sagen hören ...«

»Ciao.«

»Bis später ...«

»Hallo?«

»Hallo? Mète?«

»Ja ...«

»Guten Tag.«

»Wer ist am Apparat?«

»Ich bin's, Pater Mayer ...«

»Hallo? Hörst du mich?«

»Ja, guten Tag …«

»Hast du geschlafen?«

»Nein, ich … war … beim Frühstücken …«

»Ah, dann störe ich dich …«

»Nein, nein, Pater … ich bin fertig … Was gibt es?«

»Nichts, ich hatte nur nichts mehr von dir gehört … Wie geht es dir?«

»Gut … *************

»… mir etwas überlegt: Der Name könnte lauten: ›Flüchtigkeit‹ … Das wäre weniger metaphorisch, was meinst du?«

»Ich verstehe, was Sie meinen …«

»›Verschäumtheit‹ klingt nicht gut … ›Flüchtigkeit‹ dagegen scheint mir geeigneter. Bist du einverstanden?«

»Ja, Pater, Sie haben recht … **************************

»… ich habe keine Zweifel mehr. Wenn du entsprechend hart arbeitest, könntest du es auf der Tagung in Urbino im Juni vorstellen … Was meinst du, wirst du das schaffen?«

»Ich werde es versuchen …«

»Natürlich wirst du es schaffen. Du musst das Zeichen nur physiologisch stärker unterfüttern. Was bedeutet ›Flüchtigkeit‹, oder was bedeutet es für die Muskelmasse? Und für das Nervensystem? Das ist der springende Punkt …«

»Gewiss …«

»Sobald ich die Prüfungen hinter mir habe, könnte ich dir auch helfen …«

»Danke, Pater …«

»Ach, noch etwas …

»… lies es noch einmal aufmerksam, denn ich glaube, es hat viel mit deinem Zeichen zu tun …«

»Ich werde es noch mal lesen, Pater. Danke …«

»Und lass ab und zu von dir hören. Außer Donnerstagabend bin ich immer zu Hause …«

»Ich werde Sie anrufen, versprochen …«

»Dann noch einen schönen Sonntag.«

»Ebenfalls. Bis bald.«

Der Stecker des Telefons war ganz in seiner Nähe, unter dem Bett, zusammen mit der Verlängerungsschnur. Mète streckte den Arm aus, tastete blind auf dem Fußboden herum, ohne seinen Körper zu bewegen, und fand ihn. Er zog ihn heraus und gute Nacht.

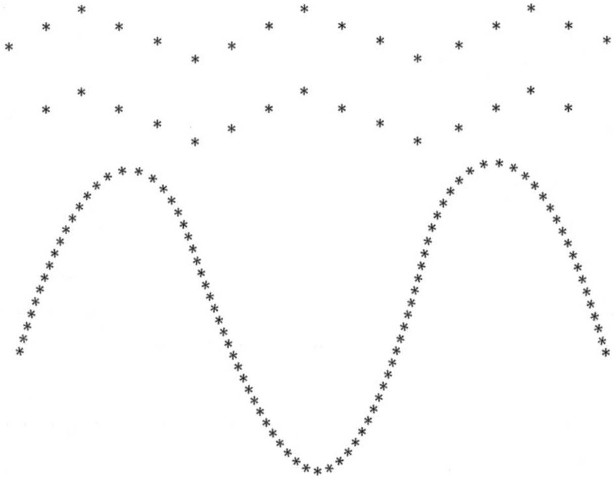

Obszön, aber nicht vulgär

Es war nach vier, als Mète mit schmerzenden Füßen erwachte. Er band die Schuhe auf, zog sie aus und entledigte sich auch der übrigen eleganten Kleidungsstücke seines Vaters. Dann setzte er sich nackt aufs Bett. Er hatte etwas Wunderschönes geträumt ...

Und jetzt?

Er spitzte die Ohren; sie war da, hinter der Wand, er konnte sie deutlich hören. All ihre unverwechselbaren kleinen Geräusche, von Eisen gegen Eisen, von knisterndem Plastik, ungeschicktem Umgang mit dem Kassettenrekorder und Quietschen und Knirschen; es war wirklich das Ticken einer Zeitbombe, deren Explosion jemand mit einer kleinen Drehung um einen Tag hinausgeschoben hatte ...

Mète hatte einen wunderschönen und obszönen Traum gehabt.

Er ließ den Blick durch das Fenster in den kleinen Hof des Hauses schweifen, über die kümmerlichen Geranientöpfe, die Zimmerpflanzen, die hinausgestellt worden waren, damit sie etwas frische Luft bekamen, und das, was er von den dunklen Einrichtungen der anderen Wohnungen erhaschen konnte, und er sah noch einmal seinen Traum mit der Wehmut, die normalerweise den Erinnerungen vorbehalten ist; ein wunderschöner Traum, obszön, aber nicht vulgär. Vulgär, wenn überhaupt, erschien ihm der Schmerz, den der Traum gelindert hatte, dieser Schmerz, den Mète Tag für Tag wie eine Uniform tragen musste. Doch sein Traum ...

Wieder ins Zimmer zurückgekehrt, richtete sein Blick sich auf den Spiegel, und Mète sah einen zu knochigen, zu krummen nackten Körper, einen Körper, den die Jugend nur gestreift hatte; was konnte dieser Körper anderes tragen als einen vulgären Schmerz des Alterns beim Erwachen aus Träumen? Ich bin alt geboren, dachte er.

Dann, plötzlich, lautere Geräusche vom Eingang her. Die Tür, Schritte, schrille Stimmen, Gelächter. Um besser hören zu können, drückte Mète sein Ohr gegen die Wand, und nackt, wie er war, wirkte er tatsächlich wie ein riesiges Insekt. »Auberginen«, schnappte er auf und »Verkehr« und »zum Glück sind die Arbeiter«, alles aus dem Mund von Dani. Ein paar unverständliche Laute von Belinda. Hin und Her in der Küche. Türen, die geöffnet und geschlossen wurden. »In Paris geblieben.« Erst als die Stimmen näherkamen, ins Wohnzimmer und dann in Belindas Zimmer, konnte Mète etwas Vernünftiges verstehen.

Die Philippinos hatten ein Abendessen gebracht, das er und Belinda sich aufwärmen konnten. An diesem Abend würden sie bei der Herrschaft von Jean arbeiten, wo ein großer Empfang stattfinden würde. Sie mussten jetzt so viel Geld wie möglich verdienen. Sie hofften, dass es ein Junge werden würde. Wo Mète sei? Er schläft, antwortete Belinda. Ah, dann müsse man leise sprechen …

… es ist etwas wärmer geworden in den letzten Tagen …

… im Februar reifen auf dem Land in der Umgebung von Manila, Baguio und Quezon City die ersten Melonen, und die Tabakpflänzchen beginnen zu sprießen …

… hier sprießen die Pflänzchen auch, sagte Belinda.

… vielleicht ist der Winter vorbei …

Die Geräusche waren jetzt präziser und erbarmungsloser. Sich an der Wand entlangdrückend, empfing Mète sie jetzt ganz deutlich: Geräusche von Koffern, Koffern, die gepackt werden …

… ob Belinda morgen zusammen mit Dani ihre Eltern vom Flugplatz abholen wollte?

… eine Überraschung …

… die beiden großen Koffer heute, die kleinen morgen …

… auch den Korb der Katze …

… den Rucksack aber erst morgen …

Jetzt gingen sie. Die Stimmen entfernten sich, wurden zu einem Gemurmel am anderen Ende der Wohnung. Die Eingangstür öffnete sich, noch ein leises Murmeln, dann schloss sie sich schwer. Die Schritte Belindas, die in ihr Zimmer zurückging …

Und jetzt?

Mète zog sich hastig an, das, was er immer trug, mit dem leichten Ammoniakgeruch der billigen Reinigung am Corso Vittorio. Jetzt war er endgültig in sich zurückgekehrt, eingesperrt in seinen so vulgären Schmerz.

Und jetzt?

Zum Beispiel der Telefonstecker: Würde Mète so verrückt sein, ihn wieder einzustecken, sodass ein Klingeln Belinda aufscheuchen und sie unweigerlich in eine Samstagabendpirouette hineinziehen würde? Und war es wirklich vernünftig, sich dem spartanischen Zwang auszusetzen, in seinem Zimmer zu bleiben und ihren Lockungen zu *widerstehen*, diesem blonden Rumoren in dem anderen Zimmer, das zum letzten Mal real war, während Mète sich danach mit der Erinnerung daran würde begnügen müssen?

In seinem Traum waren er und Belinda ebenfalls allein zu Hause gewesen und hatten sich am Himmel und in den Herzen, mit den Körpern und im Schlaf umschlungen, und alles war geschehen, wirklich alles, und zum ersten Mal hatte es keine Spur von Schuld gegeben.

»Belinda?«

»Ja?«

Mète öffnete die Tür, und da kauerte sie vor ihm auf dem Bett, in sich versunken, als würde sie lesen, doch sie hielt kein Buch in der Hand.

»Woran denkst du?«, fragte er sie.

»An nichts …«

Dennoch wirkte sie satt, zufrieden mit dem Nichts. Sie rauchte nicht, und Mète nahm auch keinen Marihuanageruch im Zimmer wahr. Ihre Kleidung bestand aus einer Aufeinanderfolge von horizontalen Streifen: die nackte Haut des Halses und der Schultern, der Stoff eines die Brust betonenden Unterhemds, wieder Haut, des Bauchs, dann das elastische Gewebe einer schwarzweiß gestreiften Hose und die silbernen Turnschuhe, die schimmerten, als wären sie aus Stanniol. Die einzige vertikale Bewegung war ihr Haar, das golden auf ihre Schultern fiel. Und nun war auf dem Bett auch Mète …

»Du hast geschlafen …«, sagte Belinda bewundernd.

»Und was hast du gemacht?«

»Nichts …«

Jetzt streckte Mète die Beine auf dem Bett aus und lehnte den Rücken an das große Kopfende aus Messing; er saß neben ihr, aber es hatte bereits etwas Definitives, in gewisser Weise Besitzergreifendes.

»Und die Schule?«, fragte er sie.

»Wir haben die Schulaufgabe in …«, sie hatte das Fach bereits vergessen, »… in Französisch zurückbekommen. Fünfeinhalb.«

Mète wurde sich bewusst, dass er keine weiteren Fragen stellen durfte, denn alles, was dieses Nichts überlagerte, konnte sich gegen ihn wenden. Doch das Schweigen empfand er als Verbündeten. Im Übrigen schwieg Belinda sich auch über die Dinge aus, die gerade erst geschehen waren, ein Beweis, dass sie keine Bedeutung hatten. Sie schwieg, lächelte, kaute ihre Nägel, das waren die Dinge, die für sie zählten. Und wann, fragte Mète sich, kommen die Plastiktüte, das Zigarettenpapier, das Vergessen?

»Hör mal«, sagte Belinda, »ich hab nie genau gewusst ...«

»Ja?«

Was sollte er an ihr betrachten? Mète musste ständig den Blick von ihr abwenden, als würden die Stellen, auf die er ihn richtete, verbrennen.

»Die Nägel ...« Belinda blickte auf und starrte ihn an. »Soll man sie runterschlucken, oder spuckt man sie aus?«

»Das hängt davon ab ...«, erwiderte Mète.

Der um den Knauf gewickelte Rosenkranz.

»Wovon?«

Der Mund. Die Decke, die schöne Kassettendecke, die abblätterte und die Virna früher oder später würde restaurieren lassen müssen.

»Das hängt davon ab, was dir lieber ist ...«

»Ich würde sie lieber runterschlucken, aber das soll der Gesundheit schaden ...«

Das Geräusch der Zähne war zu hören, die einen Nagel abkauten, nicht nervös allerdings, sondern konzentriert; das Nägelkauen war eine Beschäftigung, die Belinda in diesem Augenblick voll und ganz in Anspruch nahm.

»Dann schluck ich ihn jetzt runter«, verkündete sie nach einer Weile.

Mète nickte, und Belinda schluckte.

»Angeblich soll es den Blinddarm reizen ...«

Der weiche Flaum auf ihren Unterarmen. Die Zeichnung

der angezogenen Beine. Der Hals. Die Hüften. Der Rucksack. Die Sommersprossen. Der Bauch, der nackte Bauch …

»Hör mal«, sagte Mète, »wollen wir ein bisschen rauchen?«

»Ja, warum nicht …« Belinda senkte den Kopf. »Aber ich hab kein Gras mehr.«

Wieder diese gleichmütige Feststellung, dass etwas verloren, zu Ende war. Doch während für sie, den Engel der Langmut, auch das Ausgehen der Droge nur ein Verlust wie so viele andere war, war es für Mète ein harter Schlag, als habe er angefangen, am Hochtrapez zu schwingen, und entdeckt, dass unter ihm kein Netz gespannt ist …

»Ah«, murmelte er.

Es wurde Abend. Belinda neben ihm schwieg. Er verschlang sie mit den Augen. Sie waren isoliert in der Welt dieses Schlafzimmers. Die Substanz, die ihn harmlos machte, war ausgegangen. Und die angenehme Wärme einer Erleichterung senkte sich auf Mète herab, die einer Machtlosigkeit, die sich bald einstellen würde, eines kurz bevorstehenden Übergriffs.

Es war ein Vorteil

Eigenartiges, fruchtbares Schweigen …

Die Körper rutschten nach und nach in die horizontale Position und modellierten einen immer endgültigeren Abdruck auf der Bettdecke; immer noch getrennt, aber zumindest parallel, als wären sie im Einklang. Belindas silberne Schuhe flogen auf den Boden. Mètes Blicke schossen hin und her. Diejenigen Belindas konzentrierten sich auf die Fingernagelsplitter.

»Ach!«, sagte Belinda plötzlich. »Weißt du, was ich gefunden habe?«

Sie drehte sich auf die Seite und streckte sich langsam aus.

»Radio Vatikan im Radio …«

Ihre Hand erreichte den Apparat auf dem Nachttisch und schaltete ihn ein. Ein polyphoner Gesang erfüllte das Zimmer.

»Hörst du?«, sagte Belinda. »Vorhin haben sie sogar das Evangelium gelesen.«

Sie legte sich wieder auf den Rücken und sah Mète stolz an.

»Aber«, sagte sie kichernd, »ich höre es lieber im Telefon.«

Bei diesen Worten sah Mète plötzlich, wie sie erstarrte; wohlgemerkt, so, wie Belinda erstarren konnte, das heißt unmerklich, und doch so, dass ihr Gesichtsausdruck sich veränderte.

»Oh«, rief sie, »das Telefon!«

Sie setzte sich auf, Mète ebenfalls. Wie kam sie plötzlich auf das Telefon?

»Das hatte ich ganz vergessen …«

Sie stand auf und schlüpfte hastig in die Schuhe, ohne sie richtig anzuziehen. Das war's dann, dachte Mète, sie hat sich wieder an das Telefon erinnert …

»Musst du jemanden anrufen?«, fragte er, jede Silbe einzeln betonend, während ihm blitzschnell ein ganzer Schwall von Befehlen durch den Kopf schoss: Sag-ihr-dass-es-ausgesteckt-ist, sag-ihr-*nicht*-dass-es-ausgesteckt-ist, lass-sie-glauben-dass-es-kaputt-ist, behaupte-dass-es-abgestellt-worden-ist …

»Nein«, erwiderte Belinda, »es ist nur, ich hab vorhin den Stecker rausgezogen, während du geschlafen hast …«

Und jetzt hatte Mète eine Erleuchtung: Er schwieg. Er stellte ihr keine Fragen mehr und ließ sie machen, und als er sah, dass sie in Richtung Wohnzimmer verschwand, regten sich leidenschaftliche Gefühle in seinen Lenden. Ganz offensichtlich hatte Belinda die Verlängerungsschnur aus dem Stecker in der Wand im Wohnzimmer gezogen. Aber warum hatte sie das gemacht?

Die Erleuchtung war noch nicht vollständig …

»Entschuldigung«, sagte Belinda, als sie ins Schlafzimmer zurückkam, »vielleicht hast du einen Anruf erwartet …«

Schweigen, Mète antwortete nicht, schüttelte lediglich den Kopf und zwang sich mit aller Kraft, mit ungeahnter Kraft zum Schweigen. Denn das Telefon war zweimal ausgesteckt, aber nur einmal wieder eingesteckt worden, und dieses Missverhältnis empfand Mète plötzlich als Vorteil, ohne genau zu wissen, inwiefern, doch er war sicher, dass es ein Vorteil war, und Reden würde ihn nur zunichtemachen. Belinda hatte sich wieder auf dem Bett ausgestreckt. Sie wirkte nachdenklich, nicht mehr abwesend und leer wie vorhin. Er konnte sie jetzt länger ansehen, ohne ständig den Blick abwenden zu müssen. Das war schon mal ein Vorteil, eine Stärke.

»Wenn es klingeln sollte«, murmelte Belinda, »könntest du dann vielleicht drangehen?«

Sie sprach mit kaum hörbarer Stimme, ihre Worte gingen fast unter im polyphonen Gesang von Radio Vatikan.

»Und wenn man nach mir verlangt« fügte sie hinzu, »könntest du sagen, dass ich nicht da bin?«

Ein erfahrener Physiologe hätte bemerkt, dass Mètes Augen in diesem Augenblick auf symptomatische Weise geweitet waren, und weiter hätte er festgestellt, dass die Muskeln seines Gesichts sich leicht zusammenzogen und unmerklich zitterten. Ein ganz leichtes Zittern der Lippen, die weiterhin geschlossen, fest verschlossen blieben. Doch

Belinda bekam natürlich nichts von alledem mit, sie sah nur, dass er freundlich nickte.

Die Kirchenmusik erfüllte das ganze Zimmer, ja durchströmte es. Es war dunkel geworden, doch keiner von beiden machte Licht.

Die Zeit war gekommen …

Die Ansteckung

Die alten Griechen nannten den Augenblick, in dem sich alles entscheidet und nach dem der Gang der Ereignisse nicht mehr aufzuhalten ist, *kairos*. Genau dieser Augenblick war für Mète nun gekommen. In Wirklichkeit hätte er noch …

Ja, er hätte noch Belindas Bruder sein können, dieses kalte, hypnotisierende Schweigen durchbrechen und mit ihr reden, ihr zuhören und sie endlich dazu bringen können, ihm die Hoffnungen anzuvertrauen, die sie im doppelten Boden ihres leeren Lebens verwahrte, denn es musste ja welche geben, und die Probleme, die Bitterkeiten, in diesem Sturm der Beinamen, der schulischen Probleme, der Neugierden, der Ängste, der Hautausschläge und der Probleme mit den Eltern, der über jeder Pubertät tobt. Er hätte Belinda noch als eine Person betrachten können und nicht als eine Verführung, die ihm den Atem verschlug und die Adern seines Halses schwellen ließ …

Allerdings nur noch für kurze Zeit.

Sehr kurze Zeit …

Und jetzt nicht mehr.

Denn jetzt hatte Mète die Hand nach ihr ausgestreckt, aufs Geratewohl, und er hatte einen Körper gefunden, und er streichelte ihn, sanft, unwiderruflich, Belindas glatten, glänzenden, verschwimmenden, märchenhaften Körper, so lang schon qualvoll erträumt, gemieden und begehrt; und während er ganz langsam die Augen rollte, begegnete er ihrem Blick und fand darin eine Mischung aus Benommenheit und sanftem Zynismus, die mörderischste Verlockung; und ein verzweifeltes »Ich liebe dich« war ihm bereits im Hals stecken geblieben, zusammen mit allem, was zwischen ihnen hätte ausgesprochen, gestanden, begriffen werden können, doch jetzt war es zu spät, dazu würde es nicht mehr, nie mehr kommen. Wenn Mètes Verlangen dem Körper galt, war kein Platz mehr für das Reden, und nach dem Schweigen musste er mit Belinda auch die Bewusstlosigkeit, die Unwissenheit und das Leben teilen, gelebt als dichte Folge von Schlägen auf den Kopf, die einem niemals Zeit lassen, zu sich zu kommen, und deren letzter sie gemeinsam auf diesem Bett betäubt hatte, auf dem sie es *tun* könnten, ohne allerdings zu wissen, was sie taten …

Und sanft, unwiderruflich hatte auch Belindas Hand sich auf Mètes Körper gelegt und seine Liebkosungen erwidert. Das war die Belohnung, endlich kam sie, und Mète war jetzt teuflisch glücklich, den Preis des Schweigens und der Bewusstlosigkeit zu zahlen. Lächelnd dachte er an Pater Mayer, an sein krankes Grinsen, an seine knirschenden Knochen, an die letzten Worte, die er an dem Morgen zu ihm gesagt hatte, als er mehr oder weniger noch geschlafen hatte, so fern schon und zerfasert; ach, hätte der alte Priester, der hinfällige Lehrer ihn jetzt sehen können, wie er Belindas weißen Bauch streichelte, ihre Brust berührte, mit den Fingern über ihre Lippen strich. Und sie ließ sich liebkosen, ja erwiderte seine Liebkosungen. Warum? Mète wusste es nicht, aber das hatte keine Bedeutung; was zählte, das waren die Herzen, die immer heftiger schlugen, auch ihres, Mète spürte durch ihr Fleisch hindurch, tief in ihrem

Fleisch, wie es trommelte. Flüchtigkeit, Verschäumtheit, was bedeuteten schon die Namen, jetzt, da er sich hineingestürzt hatte? Jahrelang hatte er sich über Hunderte von Büchern gebeugt, sich die Augen über Tausenden von Handschriften verdorben, und alles Analysieren hatte ihn diesem Geheimnis nicht so nahe gebracht wie jetzt, da er es nicht mehr sah, sondern selbst Teil davon wurde. Und was für ein wunderbarer Verrat war das, der des ausersehenen Schülers, der sich der Prophezeiung entzieht, des Sohnes, der das Blut verleugnet, als hätte sich Johannes beim Taufen im Jordan plötzlich nach hinten fallen und sich reglos und glücklich von der Strömung forttreiben lassen, vor allen Juden, einschließlich Jesus, die am Ufer zurückgeblieben wären, ohne das Sakrament empfangen zu haben …

Doch Mète vereinigte sich jetzt mit Belinda in der Vorhölle, in der nur der vollzogene Akt existierte, und auch diese Gedanken kräuselten sich; aus Großbuchstaben wurden Kleinbuchstaben, aus Druckschrift Handschrift, der Füllfederhalter verwandelte sich in einen Kohlestift, einen Bleistift und schließlich in die zittrige Spur eines Fingers auf der beschlagenen Fensterscheibe des Geistes. Am Ende lösten sie sich auf in ihrem warmen Atem, dessen Hauch Mètes ganzes Fühlen und Empfinden auf einen Mund konzentrierte, der jetzt nur noch einen Millimeter von seinem entfernt war. Er schloss die Augen. Das war die Ruhe, das Ende des inneren Aufruhrs, die Auslöschung der Unzufriedenheit …

Es wäre vergeblich, mit Worten Mètes Ekstase zu schildern, während er Belinda küsste; man würde in einem Sumpf absoluter Superlative versinken, von Zitaten anderer Ekstasen, von unbeholfenen und tröpfelnden Sätzen, die bestenfalls einmal als Zitate in der vergeblichen Schilderung wieder anderer Ekstasen enden würden. Doch in Wirklichkeit sind die Worte der Ballast, den die Ekstase abwirft. Und es hätte auch keinen Sinn, die Bewegungen der beiden Körper zu beschreiben, die sich umschlangen, denn sie nahmen sie überhaupt nicht wahr; wir müssten Lippen erwähnen, weichen Flaum, der sich sträubt, Aromen, Gerüche, fassungsloses Erstaunen, doch das wäre immer noch zu genau, zu minutiös, geradezu pedantisch angesichts des Chaos zweier unabhängiger Geister, die in einer Welt ohne Bilder, Klänge und Gedanken herumtappen, die nur von den drei rüpelhaftesten Sinnen regiert wird und der nur eine sehr kurze Dauer beschieden ist. Denn dieser Kuss schien nicht enden zu wollen, und ihm folgten, wie Catull zählt (da haben wir unser Zitat), weitere hundert Küsse und dann wieder hundert und noch einmal hundert Küsse; doch so, wie es einen Augenblick gegeben hatte, in dem die Ekstase begonnen hatte, gab es einen, in dem sie abebbte, und Dunkelheit, Schweigen und Chaos lichteten sich, wie sie sich zugespitzt hatten.

Das, was das Licht in Mètes Gehirn wieder anschaltete, war ein Flüstern, das Belinda ihm zweimal wiederholen musste, bevor er einzelne Worte zu erkennen vermochte:

»*Ich-werde-dir-Unglück-bringen ...*«

Blitzartig wurde Mète sich bewusst, dass sie nackt waren, dass Belindas Körper sich weiß unter ihm ausbreitete und dass er dabei war, in sie einzudringen. Zwei kleine Augen leuchteten auf, wie ihm schien, fast unmenschliche Weise vor ihm, so weit waren sie aufgerissen, glühten und starrten ihn an. Ihr Kopf war ins Kissen gedrückt, und auf ihrem Gesicht zitterte eine Grimasse, die nicht so sehr Lust, sondern äußerste, sich erinnernde Aufmerksamkeit auszudrücken schien. Und neben Belindas Händen, die das Kopfende des Bettes umklammerten, schaukelte Danis Rosenkranz. Und im Radio, das noch immer auf Radio Vatikan eingestellt war, wurde der abendliche Rosenkranz auf Latein von einer weiblichen Stimme mit starkem deutschem Akzent gebetet, der entsetzlich streng klang:

Visitationis Mysterium:
Maria Virgo Elisabeth visitat
et magnificat Dominum …

Mein Gott, dachte Mète, ich tue ihr Gewalt an …

Ave Maria gratia plena
Dominus tecum
Benedicta tu in mulieribus …

Doch nein, ihr warmer Körper krümmte sich, um ihn aufzunehmen, ihre Beine umklammerten seinen Rücken, um ihn festzuhalten, das war keine Gewalt. Und doch war es Gewalt, trotz der Küsse, mit denen Belinda seine Brust bedeckte, es war Gewalt, denn jetzt hatte Mète, ebenso wie er sie erlangt hatte, im Bruchteil eines Augenblicks seine Bewusstlosigkeit verloren. Und daher fürchtete er wieder zu sehen und zu hören, wie er sich Fragen stellte.

Sancta Maria Mater Dei
ora pro nobis peccatoribus
nunc et in hora mortis nostrae …

Belinda dagegen blieb unverwundbar, denn sie verstand es, unbegrenzt lange in der Vorhölle zu bleiben, aus der Mète gefallen war. Sie war imstande, diese Dinge tun, vermochte sich ihnen mit Haut und Haaren hinzugeben, und wenn es

Gewalt war, vermochte sie sie zu ertragen, und wenn nicht, ertrug sie es ebenfalls, denn alles, was zählte, war das Betäubungsmittel, das von dem vollzogenen Akt freigesetzt wurde. Sie hasste das Leben und zog es bei weitem vor, sich von ihm betäuben zu lassen, als es auch nur eine Sekunde lang zu betrachten, und wenn der Moment gekommen war (für sie war er allerdings immer gekommen), war sie imstande, es tun, jetzt zum Beispiel war sie imstande, sich hin und her zu bewegen, die Beine und die Lippen zu bewegen, wie sie ihre Finger zu bewegen wusste, um die Joints zu verfertigen, auf so skandalös sachkundige Weise, dass Mète darunter litt und sich fragte, wer ihr das alles beigebracht hatte …

Gloria Patri et Filio
et Spiritu Sancto …

Oh, auch er wollte das Leben hassen … allerdings war er nicht imstande, sich ihm zu entziehen wie sie, er hatte sich frevelhafterweise dazu verleiten lassen, doch es war ihm schlecht bekommen, außerdem war er nicht einmal imstande, wirklich das Leben zu hassen, denn in dem Augenblick, da er den Höhepunkt seiner Verderbtheit erreicht hatte, entglitt ihm alles, auch der Körper, ja, dieser reine und wunderbare Körper, er hatte jetzt das Gefühl, ihn lediglich aufs Geratewohl an sich zu reißen, ihn zu kompromittieren. Nein, Mète *liebte,* das war etwas anderes, und das Gefühl, das er für Belinda empfand, war rein, konnte nicht auf diese Weise, durch Benutzung, befriedigt werden, nur weil es sich ergeben hatte, dass er auf ihr lag und in sie eindrang. Für ihn war es wichtig zu reden, er brauchte Gründe, musste wissen, *warum.* Warum ließ Belinda sich auf diese

Weise nehmen, von ihm, warum hatte sie sich nicht vor seinen behaarten Pfoten in Sicherheit gebracht?

Inventionis Mysterium
Puer Jesus de iis,
quae Patris ipsius sunt, sollicitus …

Nur das zählte jetzt: Warum? So war ihre Liebe nicht mehr wert als ein Autounfall, und es war ja auch keine Liebe, Belinda liebte ihn bestimmt nicht, es handelte sich lediglich um eine Anwandlung, der sie (aus Trägheit? Schwäche? Unterwerfung? Gleichgültigkeit? Perversion? Verzweiflung? Warum?) nicht zu widerstehen gewusst hatte (hatte widerstehen können? Wollen?) … Wirklich, was bedeutete die körperliche Liebe, wenn sie nicht durch Worte bezeugt wurde? Und wie stellt man es an, dass sie einem nicht durch die Finger rinnt, Sekunde um Sekunde, wie stellt man es an, ihre Brust, ihre Hüften, ihr wallendes Haar festzuhalten, damit sie nicht fortfliegen? Nein, in der Welt musste man nur sagen: »Ich liebe dich«, musste sich an der Hand nehmen und lange Spaziergänge machen und reden, sich gegenseitig helfen, und wenn man das Leben hasste, musste man es sich wenigstens eingestehen, »ich hasse das Leben«, »ich auch«, es sagen, und dann erst sich küssen, nichts anderes zählte, nichts. Man musste sich zuerst begegnen, sich erkennen, das war nicht die richtige Handlungsweise …

Pater noster qui es in Caelis
sanctificetur Nomen Tuum
adveniat Regnum Tuum …

Es gab sie, die richtige Handlungsweise, es gab sie für alle, auch für sie beide, Mètes Großeltern hatten es bewiesen, die sich verbunden hatten, obwohl alle sie verdammt hatten, und eine Tochter zur Welt gebracht hatten und gemeinsam in die Cesane geflohen und glücklich gemeinsam gestorben waren; und sie hatten gewusst, was sie taten, oh, sie hatten es genau gewusst. Es gab sie, die richtige Handlungsweise, und Mète hatte sie verraten, indem er sich nur einen zusätzlichen Schmerz verschafft hatte, einen vulgären Akt ohne Trost, den man sofort wieder ausstreicht, nachdem man ihn vollzogen hat, aber warum? Was würde von der feuchten Lust bleiben, die jetzt Belindas Gesicht verzerrte? Und von Danis Rosenkranz, der immer stärker schaukelte und gegen die Wand schlug? Und von den obszönen Stößen ihrer Lenden gegen seine? Und von diesem schwachen, erstickten Schrei, unfassbar auch er, obwohl sie ihn ausstieß? Was für eine Verschwendung, was für ein Verbrechen …

Ave Maria gratia plena
Dominus tecum
benedicta tu in mulieribus
et benedictus fructus ventris Tui
Jesus …

Und auch Mètes opalisierender Samen, der Samen, der anderswo Leben schenken würde und der auf dem Körper gestorben war, aber *außerhalb*, Gott sei dank, *außerhalb* ihres Schoßes, was würde von ihm bleiben?

Ein Fleck auf den bestickten Laken, Mète, den du morgen entfernen musst, allein diesmal, ohne jemanden um Hilfe bitten zu können, mit Bürste und Seife und kochend heißem Wasser aus der Wanne, die erste demütige Handlung vielleicht in deinem Leben. Falls du fähig bist, sie zu tun, wenigstens das …

VIERTES KAPITEL

Es fürchteten sich die Leute sehr und sprachen zu ihm: Warum hast du das getan? Denn sie wussten, dass er vor dem Herrn floh, denn er hatte es ihnen gesagt. Da sprachen sie zu ihm: Was sollen wir denn mit dir tun, dass das Wasser stille werde und von uns ablasse? Denn das Meer ging immer ungestümer. Jona sprach zu ihnen: Nehmt mich und werft mich ins Meer, so wird das Meer still werden und von euch ablassen. Denn ich weiß, dass um meinetwillen dies große Ungewitter über euch gekommen ist.

Der Prophet Jona, 1,10 – 12

Die Wache

Die »Wachfolter« hätte, zumindest nach dem Willen ihres Erfinders (Ippolito Marsili) einen entscheidenden Wendepunkt in der Geschichte der Folter bedeuten sollen: ein modernes System, um Geständnisse zu erpressen, ohne dem Körper grausame Verletzungen zuzufügen. Dem Gefolterten werden keine Wirbel, keine Knöchel, keine Gelenke gebrochen oder ausgerenkt, nur die Nerven sollten angegriffen werden. Sie bestand darin, den mutmaßlichen Schuldigen wach zu halten; es handelte sich praktisch um eine Folter durch Schlafentzug …

Das war der Text der Erklärung, den Mète unter der Vergrößerung eines Stichs las. Er befand sich im Museo di Criminologia, wenige Schritte von seiner Wohnung entfernt, in der Via Giulia. Er besuchte die Ausstellung »Instruments de torture et de mort à travers les âges«. Es war Sonntag, gegen Mittag, und Mète hatte die ganze Nacht kein Auge zugetan.

Auf dem Stich war ein gefesselter nackter Mann dargestellt, der mit Hilfe einer Seilwinde in die Höhe gezogen und dann auf eine spitze Holzpyramide abgesenkt wurde, dessen Spitze exakt gegen seinen Anus drückte. Das unheimlichste Detail dieser Zeichnung war für Mète die Gestalt eines Mannes, der bequem an der Seite saß und, ohne sich im Geringsten für die Szene, die sich vor seinen Augen abspielte, zu interessieren, mit einem langen Gänsekiel in einem dicken Buch schrieb.

Mète hatte am Eingang des Museums einen schweren Koffer abgestellt. Die Stunden der Nacht hatte er schlaflos neben Belinda, die schnarchte, im Bett verbracht, und der anbrechende Tag hatte einen Mète vorgefunden, der bereit war fortzugehen. Seine wenigen Dinge hatte er in den Koffer gequetscht, seine Bücher und die graphologischen Instrumente hatte er allerdings dagelassen, und im Morgengrauen war er bereits auf der Straße gewesen mit der Absicht, in den ersten Bus zur Stazione Termine zu springen und dort in den ersten Zug, der ihn aus Rom fortbringen würde. Doch er hatte es nicht geschafft …

In Wirklichkeit hatte er es nicht einmal aus dem Centro Storico hinaus geschafft. Irgendetwas Klebriges hatte ihn in diesem Stückchen Welt zurückgehalten und ihn dazu gebracht, den Augenblick seiner Abreise hinauszuzögern. Und so kam es, dass Mète, als es Morgen wurde über dem Corso

Vittorio und sich eine endlose Karawane von fröhlich hupenden Anhängern des Fußballvereins von Neapel über ihn ergoss, immer noch auf dem Bürgersteig stand und sie an sich vorbeiziehen sah. Über dem Campo de' Fiori hatte ein mattes Licht an einem fahlen Sciroccohimmel gezittert, und Mète hatte zwischen desorientierten Touristen auf seinem Koffer gesessen. Die Glocken zahlreicher Kirchen auf beiden Seiten des Tibers hatten zu zahlreichen Messen geläutet, und Mète hatte mittendrin an dem Baugerüst gelehnt, mit dem seit ewigen Zeiten der Ponte Sisto eingerüstet war. Anstatt sich von seiner Wohnung zu entfernen, hatte Mète sich ihr ganz allmählich wieder genähert, indem er die Rolltreppe der Tiberpromenade hinuntergefahren, an der Kirche Sant' Egidio degli Orefici vorbeigangen und wieder in der Via Giulia gelandet war, den Koffer eines Reisenden in der Hand, eines Reisenden jedoch, der zurückkehrte. Auf einem Transparent, das wie ein Zielband gespannt war, hatte er von der Ausstellung im Museo di Criminologia gelesen. Etwas weiter vorn hatte er an der Mauer auch das Plakat gesehen, auf dem ein anderer Stich abgebildet war, auf dem ein Mann an einer Gabel starb, die man ihm zwischen Hals und Brustbein in den Körper gerammt hatte. Er hatte den Koffer weitere hundert Meter geschleppt, ihn am Eingang des Museums in Verwahrung gegeben und war hineingegangen.

Es war niemand dagewesen, nicht einmal ein Aufseher hatte die Säle überwacht, und Mète hatte alle Folterinstrumente berühren können, die ungesichert ausgestellt waren: der *Brustreißer*, der *Storch*, die *Birne oral, rektal* und *vaginal*, die *Eiserne Jungfrau*. Es handelte sich mit Sicherheit um Nachbildungen, kein menschliches Wesen dürfte jemals mit den Objekten gefoltert worden sein, die Mète berührt hatte und die neutral, kalt, ausdruckslos auf ihn gewirkt hatten. Sollten sie wirklich, und sei es in ferner Vergangenheit, mit den Körpern von Männern und Frauen in Berührung gekommen sein, dann hätten die Moleküle des Holzes, die Kristalle des Eisens für immer die Wärme ihrer Leiden bewahrt.

Er hatte aufmerksam alle Erklärungen gelesen, welche die Werkzeuge begleiteten; die einzige, in der die Sünde des Inzests erwähnt wurde, war die »Wachfolter«. Er hatte sich kaum davon trennen können und lange und ausgiebig das Folterinstrument, den Stich, das nackte Opfer, das gefesselt darüber hing, und den Mann, der daneben saß und in sein Buch schrieb, betrachtet. Er hatte sich den Prozess vorgestellt, das Autodafé, welches das Urteil verkündet hatte, die Anzeige, die das Opfer denunziert hatte, und als Auslöser all dessen eine Handlung, einen vollzogenen Akt, und er hatte sich gefragt, ob der Verurteilte dabei ein bisschen Frieden empfunden hatte, wenigstens während er die Sünde begangen hatte, denn das war der springende Punkt …

Und während dieser ganzen Zeit hatte er es nicht geschafft fortzugehen.

Im Gegenteil: Nachdem er das Museum verlassen hatte, näherte er sich erneut seiner Wohnung, indem er in den Vicolo della Moretta ging. Die beiden Gorillas sahen, wie er im Zeitlupentempo angeschlichen kam, den Koffer in der Hand, und ihr Gesichtsausdruck vermittelte auch ihm durch eine Art Empathie das Gefühl, tatsächlich von einer langen Reise zurückzukommen. Sie grüßten ihn und fragten ihn, wo er gewesen sei. Am Meer, erwiderte er. Sie fragten ihn, wie es seiner diabeteskranken Schwester gehe. Sie fragten ihn, ob es sich um einen erblich bedingten chronischen Diabetes handele. Einer von ihnen hatte eine kleine

Cousine mit der gleichen Krankheit, die mit neun Jahren schon gelernt habe, sich selbst Insulin zu spritzen. Mète ging ins Haus.

Unter der Treppe gab es einen dunklen und stinkenden Raum, in dem die Hausbewohner ihren Müll ließen, der dann von der Müllabfuhr abgeholt wurde. Dort stellte Mète seinen Koffer ab und ging hinauf.

Das Erste, was er sah, war Belindas restliches Gepäck, das in der Diele stand, der Rucksack, der Kassettenrekorder, zwei Bügel, an denen Kleider hingen, eine Tüte mit schmutziger Wäsche. Dann sah er Mila, die energisch das kleine Bad putzte. Und dann Dani, lebhaft wie immer, der Mète nach seiner Meinung zu verschiedenen Themen fragte: das Wetter an diesem Vormittag, die Wirkung von Milas Massage, die Rückkehr seines Vaters und Virnas.

»Ach«, sagte er dann, »es gab zwei Anrufe für Sie …«

Er zog einen Zettel aus der Tasche.

»Signor Damiano«, sagte er, »bittet Sie um Rückruf … Und Signor Bruno bittet Sie, Sie sollen ihn sich unbedingt im Fernsehen anschauen, um 14 Uhr 40 … Wer ist das, ein Sänger?«

In diesem Augenblick sah er Belinda, die mit einem Knäuel, o weh, Laken auf ihn zukam. Sie trug ein Nachthemd, das sie nach Tagesanbruch angezogen haben musste, denn als Mète gegangen war, war sie nackt gewesen …

»Ciao«, sagte sie und küsste ihn auf die Wange.

Das Knäuel bildete eine Art Kissen zwischen ihren Körpern, und dann steckte Belinda es in die Tüte mit der schmutzigen Wäsche. Und als er spürte, wie ihr Haar ihn streifte, und ihren Apfelduft wahrnahm, begehrte er sie wieder wie vorher; und als er sie so ruhig, noch halb verschlafen sah, vielleicht ein ganz klein wenig nachdenklicher, aber nur ganz, ganz wenig, eigentlich überhaupt nicht, und die Öffnung der Tüte betrachtete, in der die Laken verschwunden waren, bestätigte sich für Mète, was er im Grunde bereits wusste und weswegen er sich so schlecht fühlte: So wie geschehen war, was geschehen war, war in Wirklichkeit nichts geschehen.

Die Harfenmusik der Pause

14 Uhr 35: Mète und Belinda vor Danis neuem Fernseher, im Halbdunkel des Wohnzimmers …

Wenn dies der Mechanismus war: ein ständiger Übergang von einer Betäubung zur nächsten, dann hätte jetzt alles von vorn beginnen können. Und dies *war* der Mechanismus, Mète wusste es, denn er hatte sich ihm unterworfen. Nur dass nichts von vorn beginnen würde, im Gegenteil, alles würde in ein paar Minuten im Bruchteil einer Sekunde enden, und in ihm würde für immer die gewaltige Bürde der Erinnerung, des Bedauerns bleiben, und sollte es ihm eines Tages gelingen, sich davon zu befreien, die gewaltige Bürde eines Lebens, das er ohne diese Erinnerung, dieses Bedauern würde leben müssen …

Auf dem Bildschirm glänzten die Federn und die nackten Beine der Tänzerinnen. 14 Uhr 36, 37 …

Belinda hatte Bruno nie gesehen und hatte keine Ahnung, wer er war. Sie wusste nicht, dass Mète sogar eine gigantische Freundschaft verloren hatte. Und doch hatte ein Satz genügt: »Ein Freund von mir tritt im Fernsehen auf«, und sie hatte sich auf das Sofa gekauert, bereit, sich von Mètes innerer Aufgewühltheit, seiner Ängstlichkeit, seiner Bitterkeit anstecken zu lassen. Wie immer ohne zu wissen, warum. 14 Uhr 38.

Das Ballett war zu Ende, langer Applaus brandete auf.

Das aufgedunsene Gesicht des Moderators erschien auf dem Bildschirm und verzerrte sich ohne jede Scham in den absurdesten Grimassen. Gelächter. Eine Schar kleiner Mädchen hüpfte um ihn herum und stieß leise Schreie aus, 14 Uhr 39. Erneuter Applaus, und jetzt erschien eine schon etwas verwelkte, mit Schmuck behängte Journalistin, vielleicht eine Freundin von Virna, die auf der Sesselkante saß …

In diesem Augenblick klingelte in Mètes Zimmer das Telefon. Er und Belinda sahen sich verblüfft an, und gerade jetzt fuhr die Kamera auf Bruno zu, der eingesunken auf dem weißen Gästesofa saß, riesig in seinem funkelnagelneuen grauen Anzug.

»Das ist er«, murmelte Mète.

Das Telefon hörte nicht auf zu klingeln. Die Journalistin erging sich in einem selbstgefälligen Vortrag über die Entdeckung von »vielversprechenden Schauspielern« und »neuen Komikern«, die man dem Fernsehen verdanke.

Bruno lächelte.

Dani lief in Mètes Zimmer, um ans Telefon zu gehen.

»Wenn es für mich ist, sag bitte, dass ich nicht da bin.«

Doch nicht Mète bat darum, er wäre auch gar nicht dazugekommen, denn Belinda war ihm zuvorgekommen. Schon wieder, dachte er, warum will sie nicht angetroffen werden? Was ist passiert? Inzwischen hatte die Journalistin ihre Einleitung beendet, jetzt war die Reihe an Bruno …

Ich habe Ihnen zwei ganz einfache kleine Dinge zu sagen …

»Signore«, sagte Dani, »es ist für Sie …«

Mète sah den Philippino an und blickte dann wieder auf

den Bildschirm, wo die Großaufnahme von Bruno Italien mit Falten und schierem Fleisch überschwemmte.

Nur zwei kleine Dinge diesem großen Fernsehpublikum …

Mète war aufgestanden und ging rückwärts, die Augen starr auf den Fernseher gerichtet …

»Tut mir leid, Signore. Ich hätte vielleicht sagen sollen, dass Sie beschäftigt sind …«

Und es liegt mir schon lange auf der Seele, es zu sagen …

Er ging weiter rückwärts, Schritt für Schritt, bis der Fernseher vom Türpfosten verdeckt wurde. Es ist besser so, dachte er, das ist ein Zeichen, ich soll es nicht sehen …

Der Hörer lag auf dem gemachten Bett.

»Hallo?«

»Sag mir nur eines«, schrie eine Stimme im Hörer, »machst du das immer so?«

Nein, dachte Mète jetzt, es sich anders überlegend, warum soll ich es nicht sehen? Ich will es sehen …

»Beatrice«, sagte er, »kannst du mich in zehn Minuten zurückrufen? Ich bin gerade beschäftigt …«

»Nein, das kann ich nicht! Ich habe schon genug gewartet!«

»Dann rufe ich dich gleich zurück …«

»Nein, nein, ich hab schon verstanden. Ich wusste es …«

Mètes Hände fummelten wie besessen an dem kleinen Fernseher auf dem Nachttisch. UHF, VHF, er schaffte es einfach nicht, den richtigen Sender zu finden …

»… du bist ein Schwein wie die anderen, du bist sogar noch schlimmer, du bist ein Feigling! Du haust einfach ab …«

»Beatrice, also wirklich …«

Wo war er nur? Wieso schaffte er es nicht, Rai Uno zu finden?

»… Ein Anruf, mehr verlang ich ja gar nicht. Ein paar Worte! Sag zumindest, dass es ein Scherz war, dass du dir nichts aus mir machst. Denn so benimmt man sich nicht. Das ist keine Art, andere zu behandeln!«

Und doch erschien es nicht, auf keinem Kanal in diesem Fernseher erschien Brunos riesiges Gesicht. War die Sendung schon vorbei?

»… Aber das wirst du mir büßen, du gemeiner Feigling! Ich hab mich nach deiner Adresse erkundigt, ich weiß, wo du wohnst! Du kannst einer Frau nicht gewisse Dinge sagen, nur um sie ins Bett zu kriegen, und dann einfach abhauen! Und sollte ich schwanger geworden sein, ich schwör dir, dass …«

»Beatrice«, wetterte Mète, »du bist verrückt, verstehst du? Ich habe überhaupt nichts zu dir gesagt, du hast die ganze Zeit geredet, du hast alles ganz allein gemacht! Es ist nichts geschehen, verstehst du? Nichts. Du solltest nicht mich anrufen, du solltest besser einen Arzt rufen und dich in eine Klinik einweisen lassen, denn du bist eine wahnsinnige Mythomanin. Und ich sagte dir, dass ich beschäftigt bin!«

Nachdem er den Hörer aufs Telefon geknallt hatte, rannte er ins Wohnzimmer.

Belinda starrte mit offenem Mund auf den leeren Bildschirm, auf dem eine Schrifttafel um Entschuldigung bat für die Programmunterbrechung, während Harfenmusik zu hören war. Sie blickte Mète an, ohne etwas zu sagen. Sie wirkte verwundert, verblüfft …

»Was ist passiert?«

Doch Belinda schwieg noch eine Weile, lächelte lediglich auf eigenartige Weise und starrte wieder auf den Fernseher.

»Er hat geflucht«, sagte sie.

»Wie, geflucht?«

»Er hat angefangen zu lachen und Flüche auszustoßen, ich schwör's dir, haufenweise, einen nach dem andern, nur Flüche, bis die Sendung unterbrochen wurde ...«

»Signorina!« Die Stimme Danis. »Wir werden uns verspäten! Das Flugzeug landet gleich!«

Und es war sonnenklar, warum Belinda immer über alles lachen konnte, auch jetzt, denn sie lachte, verwundert, ohne jede Unverschämtheit, aber sie lachte: Sie war niemals schuld.

Auf dem Bildschirm war noch immer die Entschuldigung für die Unterbrechung zu lesen, begleitet von der engelhaften Harfenmusik ...

Für immer in der Magliana

Die endlose Abfolge roter Ampeln, der Verkehrslärm, die bröckelnden Ziegelfassaden ...

Der 719 fuhr durch Monteverde. Mète betrachtete durch das Fenster die zermürbende Reihe von Gebäuden, die immer dichter wurde, trist und verblichen, in gleichförmigen würfelförmigen Blöcken. Ein paar dicke Regentropfen fielen auf die Fensterscheibe; sie schlängelten sich schräg über das Glas, zitternd im Wind, und explodierten in einem Kranz von Rinnsalen. Keine der Personen auf den Bürgersteigen hatte einen Regenschirm dabei.

Belinda war gegangen.

Ein trister Verfall ohne Vergangenheit dieser Anblick, der nur von den grünen und trotzdem tödlichen Inseln der zahlreichen Krankenhäuser unterbrochen wurde, ehemalige Sanatorien mit dem Doppelkreuz der Lega Antitubercolare im Wappen und im Wind flatternden Fahnen. Mète erinnerte sich, dass er die gleichen Wappen, vielleicht auch die gleichen Fahnen in dem Sanatorium gesehen hatte, in dem seine Mutter gewesen war. Und lange davor auch, in seiner Kindheit, auf den Briefmarken, die in der Schule vom Roten Kreuz verteilt worden waren. Er hatte auf jedes seiner Hefte eine geklebt, überzeugt, dass sie wertvoll seien.

Seine Mutter war gestorben …

Das Gefühl der Verwahrlosung verstärkte sich noch, als der 719 seine endlose Fahrt fortsetzte und durch das Bauchaos einer ehemaligen Landschaft fuhr, die in jüngster Zeit überfallartig mit Mietskaseren überzogen worden war, die noch monströser waren und die ganze Gegend verschandelten, eine Art Verbrechen, das sich wie eine Infektion ausbreitete. Und über diese Landstraßen der Randgebiete wälzte sich ein absurder, irrationaler, irrsinnig normaler Verkehr …

Bruno hatte sich um Kopf und Kragen geredet …

Schon einmal hatte Mète sich in dieses Randgebiet gewagt, um Bruno zu besuchen, und jetzt hatte er genau das vor Augen, woran er sich erinnerte: dröhnende Überführungen, Eisenbahnen, Himmelsfetzen zwischen den Dächern, Benzinreklamen, Zumutungen aus Wellblech, klägliche, von den Entwässerungspumpen trockengelegte Tiberreste, absolute Regellosigkeit, Abwesenheit jeglicher Zivilisation. Zwölf Kilometer nördlich, zwischen Vatikanstadt und dem Parlament der Republik, bereitete Rom pausenlos Gesetze, Enzykliken, weltliche und religiöse Regeln vor und verbreitete sie über die ganze Nation, über die gesamte christliche Welt; doch die Magliana? Wer würde die Magliana zivilisieren?

Eines war jetzt sicher, Bruno würde nie mehr hier herauskommen. Mal angenommen, dass er nicht ins Gefängnis gesteckt würde für das, was er getan hatte, würde er für immer hier in diesem Desaster bleiben, zusammen mit Tausenden von anderen Immigranten, die sich daran gewöhnt hatten und es vielleicht sogar liebten. So unmöglich es auch schien, sein ganzes Leben in einer solch bedenklichen Umgebung zu verbringen, für viele war es so. Und auch für Bruno würde es so sein.

In einem dichten Wald von Autobahnpfeilern stieg Mète endlich aus dem Bus. Er ging eine Weile eine Straße entlang, die durch Bauarbeiten aufgerissen war. Es hatte aufgehört zu regnen. Der Himmel über ihm war zerknittert, salmiakfarben; Möwen kreisten dort oben, deren Schreie sich in das Echo der Fußballergebnisse mischten, das von tausend Transitorradios verstärkt wurde. Mète ging weiter und blieb schließlich am Ende einer ansteigenden Sackgasse vor dem Eingang eines niedrigen Gebäudes stehen, das zwischen den Kiefern zweier Betonungeheuer eingeklemmt war. Auf den Türgriff aus eloxiertem Aluminium war erst kürzlich geritzt worden: JA ZUR FOTZE. Mète ging hinein.

Er stieg über eine Treppe, deren grobe Stufen bröckelten, zwei Stockwerke hinauf, blieb auf einem Treppenabsatz stehen, wo es nach Schimmel roch, und drückte auf die Klingel der einzigen Tür, die sich wie das Zirpen einer Zikade anhörte. Niemand öffnete. Er klingelte noch einmal und wartete. Dann ließ er sich mit dem Rücken an der Mauer, deren Putz abblätterte, nach unten gleiten und setzte sich auf den Boden.

»Steh auf. Es wimmelt von Ungeziefer ...«

Mète hatte eben die Augen geschlossen und öffnete sie jetzt wieder im Halbdunkel; Brunos riesiger Körper versperrte ihm die Sicht. Die Schlüssel klirrten an der Tür, und Mète erhob sich, doch als er neben dem Koloss stand, war der Größenunterschied so erheblich, dass er das Gefühl hatte, er müsste noch einmal aufstehen.

»Es ist Ungeziefer dabei, das beißt«, sagte Bruno und öffnete die Tür. Er trat ein, warf den Hut auf ein Tischchen und setzte sich, ohne Licht zu machen, in einen Sessel am Fenster. »Aber nicht in der Wohnung«, fügte er hinzu. »Ich vernichte sie.«

Mète schloss die Tür hinter sich. Die Wohnung war nicht viel größer als ein Handtuch. Keine Heizung, nur wenige Möbelstücke, ein völlig verrosteter Herd.

Es dämmerte. Draußen geschah nichts, was Brunos starren Blick gerechtfertigt hätte. Da waren nur Unkraut, das sich wild im Wind hin und her bewegte, und ein großer Haufen Kies. Bruno hustete, und Mète ging zu ihm, um ihn zu betrachten; er starrte noch immer nach draußen, aber das Funkeln in seinen Augen war verschwunden, und kein Gelächter verzerrte seine Gesichtszüge. Dennoch oder gerade deswegen wirkte er ruhig und friedlich. Mète traute sich nicht, das Schweigen zu durchbrechen.

»Hast du mich vorhin gesehen?«, fragte der Riese.

»Ja ...«

Erneutes Schweigen. Unheimliche Geräusche waren in der Wohnung zu vernehmen, fernes Knirschen. Mète ließ im Dämmerlicht den Blick durch den Raum wandern: Socken, die über dem Fußende des Bettes hingen, Bücher, überall Zigarettenstummel ...

»Hat man alles gut verstanden?«, fragte Bruno.

»Ja …«

»Wie lange hat es gedauert, bis sie sich ausgeblendet haben?«

Mète spürte, wie ihm dumme Tränen in die Augen traten, während er sich bemühte zu lächeln.

»Eine ganze Weile«, murmelte er, »und du hättest ihre Gesichter sehen sollen …«

O Bruno, rief sein Herz, *ich habe es nicht gesehen*; es geschehen ungeheuerliche Dinge in der Welt, schreckliche, wunderbare, in unmittelbarer Nähe, sodass sie unser Leben für immer prägen, doch wenn sie geschehen sind, bemerken wir, dass sie uns lediglich gestreift haben, und müssen uns damit begnügen, uns vorzustellen, sie wären nie geschehen …

»Und dann haben sie für zehn Minuten unterbrochen, pling, pling, pling, pling, pling, pling, nur Harfenmusik …«

Bruno kräuselte die Falten zu einem Lächeln. Endlich löste er den Blick vom Fenster, richtete ihn aber auch jetzt nicht auf Mète, sondern nach unten, auf ein Paar Schuhe, als wären sie der Ort einer anderen Überlegung. Jeder Gedanke hatte im Übrigen seinen exakten Punkt in dem Raum um ihn herum.

»Damit hatten sie nicht gerechnet«, sagte er.

Seine Worte verwandelten sich ohne vorhergehendes Gelächter in hartnäckigen, vulkanischen Husten; und Mète lief zum Waschbecken, um ein Glas mit Wasser zu füllen.

Bruno trank.

Dann beugte er den Kopf nach hinten und schloss die Augen. Sein schwerer Atem verbreitete sich im Zimmer wie Musik. Mète entfernte sich und setzte sich aufs Bett; auf einem Stapel Zeitungen bemerkte er die grüne Aktenmappe mit den Analysen der Handschriften von Belinda, ihrem Vater und Virna, die er ihm vor einem Jahrhundert zur Aufbewahrung gegeben hatte. Er nahm sie in die Hand.

»Es wird dunkel, geh nach Hause«, sagte Bruno. »Ich habe zu tun …«

Sein Profil zeichnete sich vor dem Fenster wie eine Bergkette ab. Es war das Profil eines Mannes, der unwiderruflich allein war. Mète erhob sich vom Bett und ging zur Tür.

»Bruno«, sagte er, »ich gehe …«

Ein Seufzer war zu hören.

»Pass auf dich auf …«

Bruno nickte kaum wahrnehmbar.

»Das Leben ist ein Blitz, ein Funke.«

Und er war ein Nichts

Erneut der 719, in die entgegengesetzte Richtung …

Mète öffnete die grüne Aktenmappe und nahm Blätter heraus, die zu drei Konvoluten zusammengefasst waren. Zwei davon legte er sofort zurück, das dritte hob er unter das zitternde Deckenlicht. Er blätterte ein wenig, bevor er zu lesen begann:

DIE WESENTLICHEN ZEICHEN	
RUNDHEIT (Güte)	5/10
WINKEL A (Groll)	3/10
WINKEL B (Zähigkeit)	2/10
GEDRUNGENHEIT II (Reizbarkeit)	6/10
HÄLT DIE ZEILE (Stärke)	2/10
STEIGEND/FALLEND (Amoralität)	8/10
BUCHSTABENGRÖSSE (intellekt. Prof.)	4/10
BUCHSTABENABSTAND (Großzügigkeit)	9/10

UNREGELMÄSSIGKEIT (wirre Gedanken) 9/10
VERSCHÄUMTHEIT (vorübergehende Errungenschaften) 10/10

Er blätterte erneut, bevor er wieder zu lesen begann:

KOMBINATION DER GRAPHOLOGISCHEN ZEICHEN

Abgesehen von der VERSCHÄUMTHEIT ist das wesentliche Zeichen mit dem größten Grad an Ausgeprägtheit der BUCHSTABENABSTAND mit 9/10, was praktisch einem maximalen Grad an GROSSZÜGIGKEIT entspricht. Dieses Zeichen dominiert daher das Subjekt. Es muss jedoch darauf hingewiesen werden, dass die Kombination mit den anderen Zeichen auf fast einseitige Weise die verschwenderische Seite dieses Zeichens überbetont.

Denn die 8/10 der Neigung zur AMORALITÄT, die noch verstärkt wird von den 9/10 BREITE SCHRIFT, schließen aus, dass die GROSSZÜGIGKEIT sich auf moralisch wertvolle Handlungen bezieht. Angesichts des Gewichts dieser beiden Zeichen muss man sogar sagen, dass die moralischen Werte dem Subjekt in Wirklichkeit gleichgültig sind.

Mète blickte für einen Augenblick auf, da er das Kreischen von Bremsen hörte. Der Fahrer machte eine unanständige Geste durch seine Fenstertür und sagte etwas zu Mète, das dieser nicht verstand.

Sobald die 7/10 SEXUELLE ANSPRECHBARKEIT ins Spiel kommen, bezieht die GROSSZÜGIGKEIT sich auf diesen Bereich und liefert das Subjekt der Wollust aus.

Die 7/10 NACHGIEBIGKEIT führen dazu, dass das Subjekt nachgibt oder schenkt, auch wenn es dies gar nicht will. Und die 9/10 WIRRHEIT DER GEDANKEN verstärken diese Tendenz noch, denn sie verhindern jede Möglichkeit methodischen Verhaltens und ebnen der VERSCHÄUMTHEIT den Weg.

Das Maximum an VERSCHÄUMTHEIT schließlich besiegelt diese Tendenz, die man als maßlose Verschwendung bezeichnen muss.

Interessant ist auch, dass keines der Zeichen, die eine solche Neigung normalerweise ausbalancieren, hier ausreichend präsent ist, um dies zu tun; gewiss nicht die GÜTE (RUNDHEIT 5/10), die zu einem gewissen Grad an Nachdenklichkeit führen würde, hier aber von der HINGABEFÄHIGKEIT (SCHRÄGHEIT 7/10) und der NACHGIEBIGKEIT erstickt wird.

Und auch nicht die INTELLIGENZ, die mit den 4/10 BUCHSTABENABSTAND eher unterdurchschnittlich ausgeprägt ist …

Der Bus ruckelte, hielt an der Haltestelle, an der Mète hätte aussteigen müssen, und fuhr wieder los; Mète hatte sich nicht gerührt, er war so sehr in seine Lektüre vertieft, dass er nichts mitbekommen hatte.

ZUSAMMENFASSUNG

Sehr schwacher Charakter, geleitet, könnte man sagen, von einem einzigen Stern, dem der Entschlussunfähigkeit. Leicht beeinflussbar, wankelmütig, durchaus herzensgut, ohne aber über die notwendigen Mittel zu verfügen, sich auch nur ein Minimum an Disziplin aufzuerlegen. Sehr ausgeprägte Neigung zur Sinnlichkeit und Wollust, aktiv und vor allem passiv, und gerade diese Eigenschaft steht bei dem Subjekt an erster Stelle, dank der GROSSZÜGIGKEIT und ihrer Satelliten und dem gleichzeitigen Fehlen einer Veranlagung zu moralischem Verhalten.

Über alle Maße bereit zu geben, kann das Subjekt unbewusst bei den anderen beständig den Wunsch wecken zu besitzen. Indem es alles gewährt, was von ihm verlangt wird, läuft es Gefahr, seine persönliche Würde aufs Spiel zu setzen. Das Verhalten der anderen dem Subjekt gegenüber ist daher von grundlegender Bedeutung.

Seine unbewusste Verführbarkeit auszunutzen und es zu Abscheulichkeiten zu verleiten, die zu verweigern es nicht imstande ist und die es als solche nicht zu erkennen vermag, wäre daher niederträchtig, gemein und schändlich.

Als er vom letzten Blatt aufblickte, starrte Mète eine Weile vor sich hin. Dann drehte er sich um und stellte fest, dass er seine Haltestelle verpasst hatte.

Nachdem er ausgestiegen war, warf er als Erstes die Aktenmappe in einen Müllcontainer. Dann machte er sich auf den Weg, überquerte langsam die Piazza Venezia und war ein Nichts im Schatten der riesigen weißen Schreibmaschine des Vittoriano.

Mète hörte ein Schluchzen

Bevor Mète seinen Koffer aus dem Raum unter der Treppe holte, blickte er im Hof nach oben; das Küchenfenster war erleuchtet. Das mochte auf reine Vergesslichkeit zurückzuführen sein, zumal hinter keinem anderen Fenster Licht brannte, doch der Gedanke, dort oben könnte jemand sein, von dem er sich verabschieden könnte, und es war ihm egal, ob es Belinda wäre, Dani würde ihm schon genügen, oder jetzt auch sein Vater oder Virna, vorausgesetzt, er konnte dem Betreffenden sagen: »Ich bin hier gewesen, und jetzt gehe ich fort«, dieser Gedanke trieb ihn die Treppen hinauf. Auch irgendeiner der Hausbewohner, die er in den letzten sechs Monaten nur widerwillig im Treppenhaus oder bei den Briefkästen gegrüßt hatte, wäre ihm recht, Colantuono zum Beispiel oder Pes oder Delogu oder Sarandrea, der Hausbesitzer, der überzeugt war, er würde zur Untermiete hier wohnen, oder, warum nicht, Terence Hill, den er einmal in die Wohnung gegenüber der seinen hatte gehen sehen (na ja, eigentlich Virnas und im Grunde Sarandreas), und er wusste bis heute nicht, ob er dort wohnte oder ob er einfach nur zum Abendessen eingeladen gewesen war, kurz, irgendjemand, von dem er sich verabschieden konnte …

Kaum hatte Mète die Wohnung betreten, hörte er ein Schluchzen. Abgesehen von der Küche war die ganze Wohnung dunkel, doch aus dem Verschlag der Philippinos drang ein schmaler, sehr schmaler Streifen Licht …

Auch das Schluchzen kam von dort; stoßweises, unterdrücktes Schluchzen in zwei verschiedenen Tonalitäten, ein Duett. Plötzlich ging das Schluchzen in einen kurzen abgehackten Dialog über, in dem die Stimmen von Dani und Mila weinerliche Sätze in ihrer Sprache stammelten, bevor sie erneut in Schluchzen ausbrachen, leiser diesmal.

»Dani«, sagte Mète laut.

Er stand in der Wohnzimmertür, wie gelähmt von der Angst, die immer stärker wurde in ihm; was war da los, um Gottes willen, was jetzt schon wieder?

»Ja, Signore«, hörte er aus dem Verschlag. Dann leises Getuschel, Seufzen, Schnäuzen und Dani trat aus der niedrigen Tür, während drinnen weiterhin ein kaum wahrnehmbares Schluchzen zu hören war.

»Die Herrschaften sind gut angekommen«, stammelte der Philippino. »Sie sind in der Villa und erwarten Ihren Anruf …«

»Was ist passiert?«, frage Mète.

Dani ging eilig an ihm vorbei, als wollte er fliehen, und verschwand in der Küche, wo er daranging, die Spüle zu putzen, obwohl sie bereits vor Sauberkeit glänzte.

»Was ist los?«, wiederholte Mète. »Warum weint ihr?«

»Oh, Signore …«

Der Philippino ließ sich auf einen Stuhl fallen und brach erneut in Tränen aus.

»Signore …«, schluchzte er, »Signore …«

Mète war zutiefst betürzt. Er ging zu ihm, traute sich aber nicht, ihn zu umarmen, während der kleine Philippino seinen Tränen freien Lauf ließ. Sein Gesicht war ganz verschwollen, die Augen gerötet.

»Dani«, stammelte Mète, »was ist passiert?«

»Oh, Signore …« Dani schüttelte den Kopf und beruhigte sich ein wenig. »Etwas Schreckliches, Signore, und es ist meine Schuld …«

Er stand auf, schwankte leicht im Neonlicht und warf sich Mète in die Arme, der Mühe hatte, ihn zu stützen.

»Ich habe erfahren …«

»Was, Dani? Was hast du erfahren?«

»Neulich, Signore … Mila hatte mir nicht gesagt, dass sie für die Röntgenaufnahmen …«

Wieder weinte er leise an Mètes Schulter, der ihm jetzt über das lange glänzende Haar strich und sich unbewusst noch weigerte zu verstehen.

»Was für Röntgenaufnahmen?«, fragte er.

Dani löste sich von seiner Brust und schaffte es jetzt, fest auf seinen kurzen Beinen zu stehen, den Blick gesenkt.

»Von der Katze, Signore«, sagte er mit festerer Stimme. »Ich habe keinen Parkplatz gefunden, daher habe ich sie vorgeschickt, ich Unglücksmensch … Ich dachte, ich könnte in der Zwischenzeit zur Reinigung gehen, um Zeit zu sparen. Zehn Minuten, Signore, um zehn Minuten zu sparen …«

Er blickte auf, und es war jetzt ein trockener Schmerz, die Tränen waren getrocknet.

»Mila versteht kein Italienisch, und vor kurzem hat sie mir gesagt …« Er seufzte. »Ich habe sofort den Tierarzt angerufen, zu Hause, er ist ein Freund von Signora Virna … Er sagt, dass er sie gefragt habe, ob sie schwanger sei, bevor er die Röntgenaufnahmen gemacht hat, aber Mila hat ihn nicht verstanden … Sie hat nicht daran gedacht, dass, wenn sie die Katze im Arm hält …«

Mète war erstarrt, er konnte kaum atmen. Dani senkte erneut den Kopf und fuhr sich mit der Hand langsam durch die Haare.

»Warum nur?«, schimpfte er. »Wie kann ein Mann nur so verrückt sein, seine Frau allein zu lassen, nur um zehn Minuten zu sparen? Ich weiß nicht, was ich jetzt machen soll, denn es ist sicher, dass das Kind aufgrund der Strahlung, die es abbekommen hat, missgebildet zur Welt kommen wird …«

»Dann lasst es nicht zur Welt kommen«, sagte Mète mit zitternder Stimme.

»O nein, Signore, nein …« Dani wich zurück. »Ich habe dem Papst die Hand geküsst, das kommt nicht in Frage …«

»Lasst es nicht zur Welt kommen, Dani, ich beschwöre dich. Der Papst weiß nicht, was er sagt. Es gibt ein Gesetz, das es euch erlaubt, und es ist ein gutes Gesetz, denn euer Kind hat das Recht, genauso gesund wie alle anderen geboren zu werden.«

»Aber wir können es doch nicht töten ... Es hat doch keine Schuld ...«

»Eben! Ihr tötet es nicht, Dani. Und du hast auch keine Schuld, du hast keinerlei Schuld ... Lasst es nicht zur Welt kommen, ihr werdet ein anderes bekommen, gesund, schön ... Oh, ich weiß, das, was ich sage, muss schrecklich für dich klingen, aber überleg mal, noch schrecklicher ist die Vorstellung, dass ein kleines Menschenwesen von der ersten Sekunde seines Lebens an leiden wird und dass ihr euer ganzes Leben lang sein Leiden teilen werdet, überzeugt davon, eine Schuld zu sühnen, die es gar nicht gibt, denn du hast keine Schuld, Dani, die einzige Schuld wäre, es zur Welt kommen zu lassen ...«

Auch Mète versagte jetzt die Stimme. Nun war er es, der sich an den Philippino klammerte, und er hatte einen so verstörten, erschütterten Gesichtsausdruck, dass Dani ganz erschrocken war.

»Signore ...«

»Sprich mit Mila, erklär es ihr. Ihr habt keine Schuld.«

»Ich weiß nicht, ob ich den Mut habe ...«

»Ich beschwöre dich, Dani, ich flehe dich an ...«

In diesem Augenblick blitzte in der Dunkelheit das Weiß in den Augen von Mila auf, die nähergekommen war und jetzt in der Tür stand und ihren Mann anstarrte, der mit Bitten bestürmt wurde auf Italienisch, einer ihr unverständlichen Sprache.

Es gab noch einen Unschuldigen

Wer hätte die Katze zum Tierarzt bringen sollen, da Belinda es nicht gemacht hatte? Und wem gehörte die Kleidung, die Dani in die Reinigung gebracht hatte, als er Mila allein zum Tierarzt hatte gehen lassen? Und wer hatte Bruno provoziert, wer hatte ihn ins Verderben getrieben? Und wer hatte nach all diesen Freveltaten und Versäumnissen schließlich die schlimmste Schandtat begangen, in der vergangenen Nacht, unter diesem Dach, im Nebenzimmer?

Bäuchlings auf dem Bett liegend, hätte Mète am liebsten geweint oder geschlafen, aber er konnte es nicht. Er betrachtete die Decke hoch über sich, die Reste der Fresken und die großen Feuchtigkeitsflecken. Diese Wohnung, diese Wohnung war verflucht. Ihre dekadente Schönheit, ihr allmählicher Verfall, indem sie zerbröckelte, sich leerte, aber doch die Erinnerung an ein Glück bewahrte, das um jeden Preis hier drin, vor langer Zeit, von seinem Vater und Virna, verliebt und jung, gelebt worden war ...

Das Telefon klingelte, und Mète zog den Stecker heraus. Da die Hand schon mal auf dem Nachttisch lag, schaltete er den Fernseher an und suchte Rai Uno, den Sender, den Bruno verwüstet hatte. Er drückte Tasten, drehte Knöpfe, ließ sich durch diese kleine Bilderwelt treiben, die immer gleich blieb, gnadenlos, als wäre nichts geschehen. Da waren sogar die Schmuckauktionen, die Großaufnahmen der weißen Finger, die eingeblendeten Preise. Und neben dem Apparat lag noch immer Danis Exemplar von *Flash Art*. Mète erinnerte sich genau, wann er es ins Schlafzimmer mitgenommen hatte, um es zu lesen, vor Monaten. Es war der erste Sonntag gewesen, an dem Dani seine Freunde wieder in die Wohnung eingeladen hatte, auf seine Diskretion vertrauend. An dem Vormittag hatte Mila ihr Gesicht aus einem Foto ausgeschnitten und auf den heiligen Christophorus geklebt, den sie ihrem Mann geschenkt hatte: GEH UND KEHRE ZURÜCK.

Mète war auch damals unglücklich gewesen, aber es war echter Kummer gewesen, eine gesunde Trauer um seine Mutter, die gerade gestorben war. Belinda war damals noch ein Phantom gewesen, und für ihn hatte es keinen Zweifel gegeben, dass es immer so bleiben würde. Es war die Zeit, da man mit den Gewissensbissen noch spielen konnte und überhaupt nicht wusste, was das war.

Plötzlich sahen seine erschöpften kleinen Augen etwas Flüchtiges über den Bildschirm laufen wie ein Tier, das die Straße überquert. Doch dieses Tier hatte ihn wohl gebissen, bevor es weggelaufen war, und es war anscheinend giftig gewesen, denn Mète war hochgeschreckt auf seinem Bett und hatte sich, die Augen weit aufgerissen, gesagt, nein, das kann nicht sein, ich habe nicht richtig hingeschaut, Schluss jetzt, mein Gott, Schluss …

Er war jetzt hellwach, drückte die Nase fast an den Bildschirm, auf dem zwei klauenartige rosa lackierte Fingernägel einen kleinen glitzernden Ring hielten.

»Fünf birmanische, farblich einheitliche Saphire …

Viereinhalb Gramm achtzehnkarätiges Gold …

Swarovski-Saphire, Achtung …«

Bis das Band erneut erschien und über den Bildschirm lief zwischen den eingeblendeten Preisen, Telefonnummern und Firmennamen:

DRINGEND BLUT AB RH – FÜR SIGNOR DAMIANO MALAISI IM POLIKLINIKUM ROM …

Es gab also tatsächlich noch ein unschuldiges Opfer …

»Ich habe Blutgruppe 00, ich bin Universalspender ...«

Mète war durch die halbe Stadt gerannt, um diesen Satz zu sagen, und als er das Poliklinikum erreicht hatte, hatte er eine Barriere von »Sie wünschen?« überwinden müssen, mit denen er von Pförtnern, Krankenpflegern und Sanitätern bombardiert worden war. Schließlich war er in die Urologie geschickt worden, wo er erneut hatte kämpfen müssen, bevor er einen Arzt aufgetrieben hatte, der bei dem Namen Damiano Malaisi die Stirn gerunzelt hatte. Er war sehr aufgeregt und vermittelte beim Sprechen die ganze Zeit den Eindruck, als wollte er mit seinem Gegenüber streiten.

Sein jetziges Gegenüber war ein Anästhesist, ein junger, aber vollkommen kahlköpfiger Mann; er hatte ihn in einem kleinen Sprechzimmer Platz nehmen lassen und blickte ihn lächelnd an.

»Beruhigen Sie sich«, sagte er.

»Aber was hat er denn?«, fragte Mète. »Was ist passiert?«

»Sind Sie ein Verwandter?«

»Ich bin ein Freund«, erwiderte Mète und fügte hinzu: »Er hat keine Verwandten. Was ist passiert? Wie geht es ihm?«

»Es geht ihm besser. Er hat einen Unfall gehabt, mit massivem Blutverlust ...«

»Was für eine Art Unfall?«

»Er ist operiert worden«, fuhr der Arzt fort. »Er hat das Schlimmste überstanden, aber er hat viel Blut gebraucht. Haben Sie Blutgruppe 0 positiv oder negativ?«

»Ich habe Blutgruppe 00«, wiederholte Mète, »ich bin Universalspender. Was für ein Unfall?«

»Hören Sie, die Gruppe reicht nicht. Wir brauchen Blutgruppe Rhesus-negativ ...«

Mète wurde langsam ungeduldig.

»Ich bin Universalspender, haben Sie verstanden?«, sagte er wütend. »Was hat Ihr Rhesus damit zu tun? Und warum wollen Sie mir nicht sagen, was Damiano passiert ist?«

Der Arzt blickte ihn streng an und fuhr sich mit der Hand über den kahlen Schädel.

»Beruhigen Sie sich«, sagte er noch einmal, »Sie sind sehr aufgeregt.«

»Natürlich bin ich aufgeregt! Sie halten mich hier mit Haarspaltereien auf, während Damiano *dringend* mein Blut braucht, und Sie sagen mir nicht einmal, was ihm passiert ist! Würden Sie mir bitte sagen, was für einen Unfall er gehabt hat! Was für eine Operation?«

»Hören Sie, in diesem Zustand können Sie niemandem Blut spenden. Ich sagte schon, Ihrem Freund geht es besser, er hat die Operation gut überstanden, und vielleicht können wir morgen schon zu einer günstigen Prognose gelangen …«

»Aber was für eine Operation denn? Wollen Sie mir das gefälligst sagen?«

Der Arzt hob die Hand in einer Geste, die wohl beschwichtigend gemeint war, auf Mète aber wegen des rasierten Schädels bedrohlich wirkte.

»Tut mir leid, aber mehr kann ich Ihnen nicht sagen. Und was das Blut betrifft, wir haben noch Reserven, wir haben den Aufruf nur sicherheitshalber gemacht. Beruhigen Sie sich, vertrauen Sie mir. Es gibt keinen Grund, sich so aufzuregen.«

In Mètes Blick lag eine Verstörtheit, die den Arzt wohl so sehr bewegte, dass er sich neben ihn setzte und mit sanfterer Stimme sagte

»Die Sache mit dem Rhesusfaktor ist nicht so einfach. Ich

werde es Ihnen erklären, und in der Zwischenzeit beruhigen Sie sich …«

Mète wollte aufspringen, doch der Blick des Anästhesisten hinderte ihn daran; und, ehrlich gesagt, auch seine Hand, die sich auf seine Schulter legte.

»Ihr Freund hat die Blutgruppe AB, was bedeutet, dass er Universalempfänger ist, weil er sowohl Blut der Gruppe A als auch der Gruppe B bekommen kann. Und grundsätzlich auch der Blutgruppe 0, weil Personen mit dieser Blutgruppe, vereinfacht gesagt, als Universalspender gelten. In Wirklichkeit jedoch sind sie es nur dann, wenn sie Rhesus-negativ sind. Deswegen habe ich Sie nach Ihrem Rhesusfaktor gefragt …«

Er seufzte tief, als wäre er noch nicht geduldig genug.

»Ihr Freund ist Rhesus-negativ«, fuhr er fort. »Wenn nun jemand, dessen Blut Rhesus-negativ ist, eine Transfusion mit Rhesus-positivem Blut erhält, entwickelt er Antikörper dagegen. Einmal kann man das machen, wenn ein Notfall vorliegt, aber kein zweites Mal, denn das würde unweigerlich zu einer Hämolyse führen. Das heißt zur Auflösung der roten Blutkörperchen, die das übertragene Blut nicht als eigenes erkennen. Können Sie mir folgen?«

Mète nickte. Er hatte sich bereits beruhigt, denn im Grunde übte das Wissen, selbst wenn es sich um Dinge wie Transfusionen und Blutgruppen handelte, immer noch eine geheimnisvolle Überzeugungskraft auf ihn aus.

Der Arzt lächelte und fuhr fort.

»Als wir das Blut von Signore Malaisi analysiert haben, stellten wir fest, dass er diese Antikörper bereits entwickelt hat, ein Zeichen, dass er schon einmal Rhesus-positives Blut erhalten hat. Das kann Jahre her sein, wann spielt keine Rolle …«

»Mit vier Jahren«, stammelte Mète, »hatte er einen Autounfall, und sein Leben hing eine Woche lang am seidenen Faden. Damals starben seine Eltern …«

»Sehen Sie.« Der Arzt sprach jetzt wie ein Grundschullehrer. »Wenn Sie Rhesus-positiv sind, können Sie ihm trotz Blutgruppe 0 kein Blut spenden.«

»Ich weiß nicht, ob ich Rhesus-positiv oder -negativ bin«, murmelte Mète, »ich wusste nur, dass ich Universalspender bin …«

Der Arzt stand auf und klatschte in die Hände.

»Wir werden es bald wissen«, sagte er. »Wir müssen Ihr Blut sowieso analysieren, bevor Sie spenden können. Um sicherzugehen, dass es nicht infiziert ist, verstehen Sie?«

Er blickte Mète an, der noch immer niedergeschlagen auf seinem Stuhl saß.

»Haben Sie sich etwas beruhigt?«

Mète nickte.

»Dann können wir gehen. Ganz ruhig, es besteht kein Grund zur Eile.«

Sie verließen das Sprechzimmer und gingen schweigend einen langen menschenleeren Flur entlang. Es war übrigens fast Mitternacht. Dann blieben sie vor einem Aufzug stehen und warteten.

»Doktor«, sagte Mète, »sagen Sie mir, was ihm passiert ist?«

»Das darf ich jetzt noch nicht.« Der Mann breitete die Arme aus. »Glauben Sie mir, so ist das Gesetz. Ich bin nur berechtigt, mit den nächsten Verwandten zu reden.«

»Aber ich habe Ihnen doch gesagt, dass …«

Der Aufzug kam, und das Geräsch, das die Türen machten, ließ Mète auf jeden weiteren Protest verzichten.

Sie betraten das Transfusionszentrum, wo ein Krankenpfleger mit einer Nadel in Mètes Zeigefinger stach und einen Tropfen seines Blutes zwischen zwei Glasplättchen drückte. Dann verschwand er mit dem Arzt hinter einer Tür. Mète saß jetzt mutterseelenallein in einem Sessel in einer Ecke.

Obwohl er sich tatsächlich etwas beruhigt hatte, hatte er das Gefühl, an einem entscheidenden Wendepunkt seines Lebens angekommen zu sein. Ihm brummte der Kopf, und sein Gehirn schien wie eine Pflaume um diesen Rhesusfaktor herum verschrumpelt zu sein, der plötzlich zum Stein seines ganzen Lebens geworden war. So groß die Schuld, die auf seinem Gewissen lastete, auch bereits sein, was immer Damiano auch geschehen sein mochte (früher oder später würden sie es ihm schon sagen), all das hing jetzt von diesem Rhesusfaktor ab. Er *musste* negativ sein, sagte er sich immer wieder, zwangsläufig, ansonsten …

Er zuckte zusammen in seiner Benommenheit, als er an den Fluch dachte, an die nicht auszuschließende Möglichkeit, es könnte wirklich Teufel mit dreizinkigen Gabeln, Hexen, böse Geister geben und die Flüche könnten tatsächlich Unglück bringen, was bedeuten würde, dass sein Blut wirklich infiziert wäre, mit einer Infektion, die in diesem Labor kein Mikroskop würde erkennen können. Und dieser Zweifel nagte jetzt zum ersten Mal ernsthaft an ihm, denn das ganze Wissen, das dafür verantwortlich war, dass er sich diese Frage bisher nie gestellt hatte, hatte sich als nutzlos erwiesen. Doch auch dieser Zweifel ging jetzt in den größeren ontologischen Zweifel hinsichtlich seines Rhesusfaktors ein. Sollte er positiv sein, wäre Mète verloren und, warum nicht, ebenfalls infiziert, ansteckend, vom Teufel besessen; wenn nicht, wäre er wenigstens immer noch tatsächlich *Universalspender*, wie er immer geglaubt hatte, und es gäbe noch einen Funken Hoffnung. Es gäbe immer noch die Möglichkeit zu spenden, uneingeschränkt, *universal* …

Der kahlköpfige Arzt kam durch die Tür …

»Es ist möglich«, sagte er.

»Es ist negativ?« Mète sprang auf.

»Neagtiv«, sagte der Arzt lächelnd. »Sie hatten recht, Sie sind Universalspender.«

»Hier entlang«, sagte der Krankenpfleger und öffnete eine andere Tür.

Mète starrte den Arzt an und atmete tief durch.

»Na sehen Sie«, sagte dieser und drückte ihm die Hand, »jetzt können Sie ganz beruhigt sein.«

»Doktor«, zischte Mète, »sagen Sie mir jetzt, was ihm passiert ist?«

Der Arzt senkte den Blick.

»Später … Wenn man Ihnen Blut abgenommen hat.«

»Ist er denn wenigstens wirklich über den Berg? Sie sagten doch, er habe die Operation gut überstanden …«

»Er ist über den Berg. Ihr Blut braucht er nicht mehr.«

Ein letztes Lächeln, und der Arzt ging. Mète folgte dem Krankenpfleger durch die letzte Tür in dieser Geschichte.

Ein schöner Punkt

Tick. Tack. Tick. Tack …

Der Beutel, der sein Blut aufnimmt, bewegt sich hin und her wie ein auf Adagio gestelltes Metronom. In der Beuge seines rechten Arms steckt eine mit einem Pflaster überklebte Nadel, und von dort transportiert ein durchsichtiger Schlauch das Blut zu dem schwankenden Beutel. Tick. Tack. Sein Blut ist dunkel, fast schwarz.

»Entschuldigung …«, sagt Mète zu dem Krankenpfleger.

»Ja?«

Der Raum ist ziemlich groß, ein halbes Dutzend anatomisch geformte Liegen wie diejenige, auf der Mètes Körper liegt, stehen darin. Ein starker, betäubender Äthergeruch liegt in der Luft. Zahlreiche Apparate, Regale, Reagenzglasständer, Schränkchen und Wandschirme stehen herum und erwecken einen Eindruck von Unordnung. Trotzdem ist es blitzsauber.

»Wissen Sie, was Signor Damiano Malaisi passiert ist? Der, für den ich gerade Blut spende?«

Der Krankenpfleger blickt ihn verschmitzt an. Er ist ein braungebrannter kleiner Mann, aus den Ärmeln seines grünes Kittels schauen behaarte Unterarme heraus. Er hat sanfte, feine, sehr römische Gesichtszüge.

»Sind Sie gute Freunde?«, fragt er.

Tick. Tack. Der Beutel füllt sich langsam, Mète fühlt sich leer, ausgepumpt.

»Wir sind wie Brüder«, flüstert er, »er hat niemanden auf der Welt außer mir ...«

Der Krankenpfleger lächelt, blickt zur Seite und macht plötzlich ein finsteres Gesicht.

»Also, das ist 'ne üble Geschichte ...«, sagt er.

Er senkt den Blick.

»Amputation des Penis ...«

TICK. TACK. TICK. TACK. Mète spürt, wie seine Schläfen zu brennen beginnen; es verschlägt ihm regelrecht die Sprache.

»Aber sie haben ihn wieder angenäht«, fügt der Krankenpfleger hinzu. »Wissen Sie, das funktioniert manchmal, das heißt Replantation ... Es reicht, dass der Penis nicht beschädigt ist, und seiner war in 'nem Superzustand ...«

TICK. TACK.

Der Krankenpfleger nickt, seufzt, blickt zur Seite.

»Ich hab mit dem Sanitäter gesprochen, der wo ihn abgeholt hat, und der hat mir alles erzählt. Er wär selber beinah umgekippt, dabei ist er eigentlich hart im Nehmen … Und Ihr Freund, wenn stimmt, was der Sanitäter mir erzählt hat, ist ein Mordskerl. Stellen Sie sich vor, nachdem er ihm abgeschnitten worden war, hat er doch tatsächlich den Mumm gehabt, sofort die 113 anzurufen … und dann hat er den Penis genommen, hat sich in die Küche geschleppt und ihn ins Gefrierfach gesteckt. Ich schwör's, sie haben ihn in der Küche gefunden, hat er mir erzählt, ohnmächtig und die Hand mit dem Penis im Gefrierfach. Deswegen haben sie ihm das Ding wieder annähen können, weil es hat nicht eine Zelle gefehlt. Aber er hat, sagt er, fast sein ganzes Blut verloren, wären sie nur 'ne Sekunde später gekommen, wär er verblutet, der Arme …«

Der Krankenpfleger blickt Mète an, senkt den Kopf und macht eine Handbewegung.

»Damit Sie's wissen«, sagt er, »ich verletz gerade meine Schweigepflicht …«

Er klopft gegen den Beutel, in den Mètes Blut immer dunkler läuft.

»Aber morgen«, fügt er hinzu, »steht es sowieso in der Zeitung.«

TICK. TACK. Der Krankenpfleger stellt ein Reagenzglas mit Blut in den Ständer. Seine kaputten Holzschuhe schlurfen über den Fliesenboden. Mète folgt ihm mit den Augen, er kann sich jetzt kaum noch bewegen.

»Wie geht's Ihnen?«, fragt der Krankenpfleger. »Wir haben's fast geschafft …«

TICK. TACK. TICK. TACK.

»Aber wer ist das gewesen?«, flüstert Mète. «Wissen Sie das?«

»Seine Tussi. Er sagt, wie sie gekommen sind, ist sie noch dagewesen, splitterfasernackt, die Geflügelschere in der Hand, und hat geflennt. Die Bullen haben sie mitgenommen, und sie hat nicht mal den Versuch gemacht abzuhauen. Sie ist total durchgeknallt ... Dabei ist sie schön, hat der Sanitäter gesagt, jung ... Vielleicht kennen Sie sie ja, wenn Sie sein Freund sind. Sie schielt, sagt er, aber schön ...«

Mète hat sich auf seiner Liege aufgesetzt, mit starrem Blick, wie in Ekstase, überwältigt von einer fernen Sanftheit, er hat den Mund geöffnet, um etwas zu sagen, doch er sagt nichts, schließt ihn aber nicht. Er spürt die Nadel, nimmt sie deutlich wahr in seiner geschwollenen Vene, spürt ihre Vampirbisse, die ihn aussaugen, im gierigen Rhythmus des Pendels, und er zwingt sich, sich zu bewegen, an dem Schlauch zu ziehen, versucht verzweifelt, ein bisschen Schmerz zu empfinden, doch sein Gehirn hat gerade eine absolute Ruhe verordnet, die ihn durchströmt und gnadenlos ruhigstellt. Es gelingt ihm, den beiden haarigen Armen auszuweichen, die ihn festhalten wollen, er steigt von der Liege, macht einen Schritt oder doch eher, nein, es gelingt ihm nicht, ihm bleibt gar nicht die Zeit dazu, denn er hat es jetzt eilig, und er ist vollkommen leer und schwankt, nach hinten, nach vorn, wieder nach hinten, und schließlich fällt er, in die Arme, die nach ihm ausgestreckt sind, fällt in all diese Haare, fällt, *wie ein toter Körper fällt*.

Und hier machen wir einen schönen Punkt.

EPILOG

Habet etiam colores ignorantiarum.
Es gibt auch Farben der Unwissenheit.
Tertullian

Das schwarze Band einer asphaltierten Straße durchschneidet seit kurzem die Ebene, die von den endlos in den Himmel ragenden Stämmen der Kokospalmen durchsiebt wird. Linkerhand säumen die Bäume den weißen Streifen des Strandes, der bespült wird vom Schaum des ruhigen Sulu-Meeres; rechterhand erstreckt sich der Palmenwald, in den direkt am Straßenrand ein winziges, aus fünf Pfahlbauten bestehendes Dorf eine Schneise schlägt. Das Licht ist strahlend rein, der Himmel dunkelblau. Die Sonne des achten Breitengrads beginnt langsam unterzugehen.

Mète hockt vor einem der Pfahlbauten auf seinen Absätzen und klemmt eine große Kokosnuss zwischen zwei Steine. Er hat sich sehr verändert; die braungebrannten Beine und Arme, die immer noch dünn sind, aber durchzogen von glänzenden Muskelsträngen, lassen ihn wie eine große Heuschrecke aussehen; die nackten schwieligen Füße sind bedeckt von tiefen weißen Rissen; das Haar ist an den Schläfen vollständig abrasiert und auf dem Kopf nicht viel länger, abgesehen von einem glanzlosen salzigen Haarbüschel, das im Wind flattert: ein ausgefranster Bart umrahmt sein Gesicht.

Um ihn herum gackern Hühner, wühlen schwarze Schweine und schreien barfüßige Kinder, deren Köpfe ebenso kahlgeschoren sind wie seiner. Graue, abgemagerte Hunde beschnuppern die in den Boden gerammten Bambusrohre, auf denen die Hütten mit grünen Wänden aus miteinander verflochtenen Blättern errichtet wurden. Im Schatten einer Kokospalme kauern zwei zierliche Frauen mit olivfarbenen orientalischen Gesichtern neben drei mit Bananenblättern zugedeckten Körben und lachen. Weiter entfernt diskutiert eine Gruppe von Männern, die im Kreis um zwei flammend rote Kampfhähne sitzen, die sie trainieren. In der Luft schwebt ein starker süßlicher Geruch wie von fortgeschrittener Gärung. Überall funkeln die Farben der Unwissenheit.

Mète nimmt das Bolo aus dem hölzernen Kasten und hebt die Klinge, die in der Sonne glänzt. Dann versetzt er der grünen Schale der Nuss zwei kräftige präzise Hiebe, die einen Spalt verursachen. Er packt die Nuss, die ziemlich groß ist und vage einem weiblichen Becken ähnelt, und führt den Spalt an den Mund. Er schließt die Augen und trinkt; zwei kleine Bächlein weißer Milch rinnen ihm über den Hals.

Plötzlich schreit ein Kind:

»Jeepney! Jeepney!«

Von der Straße dringt Motorengeräusch zu ihnen, und sofort taucht ein eigenartiges Transportmittel auf, halb Jeep, halb Kastenwagen, gespickt mit Antennen und Fähnchen, die sich im Wind biegen. Alle Kinder laufen zur Straße. Der Jeepney kommt näher, der Motor verstummt, und die Ebene wird zugedröhnt mit wildem, ekstatischem Rock'n'Roll. Nur die Männer, die mit den Hähnen beschäftigt sind, setzen unbeeindruckt ihre Diskussionen fort.

Mète jedoch ist aufgesprungen und zu den beiden Frauen unter der Palme gegangen. Er nimmt einen der drei Körbe und lädt ihn sich schwungvoll auf die Schulter.

»Salamat …«, sagt eine der beiden Frauen zu ihm und senkt den Kopf. Dann nimmt sie zusammen mit der anderen einen der beiden noch übrigen Körbe; unter den Bananenblättern sind undeutlich Fische zu erkennen.

Der Jeepney scheint ein altes Militärfahrzeug zu sein, das neu lackiert worden ist in grellem Rot und Silber. Die Kinder drängen sich um ihn und berühren die glänzenden Verchromungen und die Dutzenden von Aufklebern, mit denen er über und über bedeckt ist: Jesus am Kreuz, Marlon Brando, das Logo von Levi's, die Madonna, Madonna, Bruce Springsteen. Auf dem Sitz neben dem Fahrer schaut unter einem zusammengerollten Patronengurt eine verrostete Maschinenpistole hervor. An der Antenne des Radios baumelt ein Rosenkranz. Auf der Windschutzscheibe prangt ein Name, RALPH, der sich mehrmals auf der Karosserie wiederholt. Keine Türen, keine Kotflügel, aber ein Metalldach, das die hintere Ladefläche bedeckt, auf die der Fahrer geklettert ist, um den Korb hinaufzuheben, den Mète ihm reicht.

»He, Mète! Dire Straits!« Er deutet auf das Autoradio. *»Do you like?«*

Doch Mète ist schon wieder weg, um den dritten Korb zu holen.

Ralph folgt ihm kopfschüttelnd mit den Augen, während er beginnt, die Körbe mit einem Strick auf dem Dach festzubinden. Er ist ein junger Mann mit pockennarbigem Gesicht, einer großen pomadisierten Haartolle à la Elvis Presley, einem T-Shirt, dessen Ärmel bis zu den Schultern hochgekrempelt sind, und einer auffälligen Parabolbrille, die er auf den Kopf geschoben hat. Seine mandelförmigen Augen sind umgeben von tausend Lachfältchen, und er lächelt ständig.

Die beiden Frauen setzen sich auf die hintere Ladefläche; ein alter Mann mit behaartem Gesicht, der Mühe hat hinaufzuklettern, weil er ein Huhn mit zusammengebundenen Beinen in der Hand hält, gesellt sich zu ihnen. Mète hebt den dritten Korb hoch, mit ausgestreckten Armen und zitternden Muskeln, bis Ralph ihn aufs Dach hebt und zusammen mit den beiden anderen festbindet.

»Salamat …«, wiederholt eine der beiden Frauen.

Ralph sieht Mète an, der sich die Hände, die von den Fischen fettig geworden sind, abwischt, und verzieht das Gesicht.

»Dire Straits«, wiederholt er und deutet einen Tanzschritt an. Mète nickt und dreht sich um, um zu der Hütte zurückzukehren.

»He, Mète!«, ruft Ralph. Dann zieht er schalkhaft etwas Weißes aus der Tasche seiner Jeans, wedelt damit, und sein Lächeln wird breiter.

»May sulat ka …«, sagt er.

Es ist ein Umschlag. Mète blickt, geblendet von der Sonne, Ralph an, der den Unschlag über seinem Kopf hin und her bewegt.

»Sulat?«, fragt er. Er ist überrascht. Er streckt die Hand nach dem Umschlag aus, doch Ralph zieht ihn mit einer blitzschnellen Bewegung weg und hält ihn hoch über seinen Kopf.

»Huo, sulat.« Er lacht. *»Ka sulat halin sa America!«*

Mète hat aufgehört, sich zu strecken, Ralph wedelt mit dem Brief in zu großer Höhe, sodass Mète ihn nicht erreichen kann.

»Halin sa New York!«, insistiert Ralph. Er amüsiert sich

noch eine Weile mit dem Umschlag und lässt ihn schließlich fallen. Mète schnappt ihn sich.

»Salamat …«, sagt er.

»Nakakadto ka sa New York?«, fragt Ralph ihn, springt vom Dach und fügt hinzu: *»Big Apple?«*

»*Wala*«, erwidert Mète und schüttelt den Kopf. Dann entfernt er sich ein paar Schritte, bleibt stehen und betrachtet den Umschlag; er ist zerrissen und zerknittert. Auf der Rückseite stehen drei Adressen, von denen zwei durchgestrichen sind:

ERMÈTE BERARDI
~~c/o Hector Padilla Rizal Manila~~
Philippines

La Salle Mission Lanao del Norte
~~Mindanao~~

Marawi – P.O. Box
Lanao del Norte

Doch die Handschrift der ersten Adresse ist unverwechselbar. Der Stempel trägt das Datum des 22. September 1989; der Brief war mehr als vier Monate unterwegs, doch paradoxerweise, gegen alle Wahrscheinlichkeit, hat er ihn schließlich erreicht. Mète öffnet den Umschlag langsam, während Ralph, an den Jeepney gelehnt, ihn nach wie vor lächelnd anstarrt. Die Dire Straits elektrisieren noch immer die Ebene und übertönen die Schreie der Kinder, das Grunzen der Schweine und das Glucksen des Huhns, das der Alte an den Beinen umklammert.

Lieber Mète, ich sitze in der Bar der Pennsylvania Station und habe gerade einen Zug verpasst. Ich sollte über das Weekend zu einer Freundin nach Newport fahren, aber ich glaube, dass ich jetzt nicht mehr fahren werde. Es ist heiß. Da vorn ist ein Betrunkener, der mich früher oder später bemerken und mich belästigen wird. Im Augenblick beschimpft er einen Mann, der sich geweigert hat, ihn von seinem Bier trinken zu lassen. Hoffen wir, dass er mich so spät wie möglich bemerkt.

Die Schule hat wieder angefangen, Mète, und wir haben jetzt einen Geschichtslehrer, der *fast* wie Du ist. Er heißt Stephen und ähnelt Dir sehr, er ist traurig und finster und wortkarg wie Du. Es heißt, er ist der jüngste Lehrer am College, schreibt Bücher und ist ein halbes Genie. Auch deswegen erinnert er mich an Dich.

Ich kann schon nicht mehr auf Italienisch schreiben, Mète, es fällt mir schwer.

Da Mète sich beobachtet fühlt, blickt er vom Brief auf. Ralph hat sich nicht einen Millimeter bewegt und lächelt ihn immer noch an, in aller Seelenruhe die beiden Frauen und den alten Mann auf dem Jeep ignorierend, die auf ihn warten.

Ich habe Dir letztes Jahr bestimmt hundert Briefe geschrieben, als ich neu auf dem College war und Heimweh hatte. Aber ich fand sie alle idiotisch und habe sie weggeschmissen. Und außerdem wusste ich nicht, wo ich sie hinschicken sollte, denn Dani hat nur die Adresse, die Du ihm gegeben hast, als Du weggegangen bist, aber seine Freunde haben ihm gesagt, Du wärst nicht mehr in Manila, aber sie wissen nicht, wohin Du gegangen bist.

Wo bist Du, Mète? Wie geht es Dir? Wie soll ich es anstellen, Dir diesen Brief zu schicken? Ich will ihn nicht wie die anderen wegschmeißen, obwohl er schrecklich ist und schlecht geschrieben. Ich möchte nur, dass Du ihn bekommst, ich verlange gar nicht, dass Du mir antwortest. Vielleicht könntest Du aber Papa schreiben. Er ist sehr traurig, seit Du weg bist. In diesem Sommer habe ich vier Wochen mit ihm und Mama in Sabaudia verbracht (sterbenslangweilig), und einmal hat er sogar geweint, ich schwör's Dir, als er von Dir sprach. Er ist sehr betrübt und überzeugt, dass Du ihm böse bist. Ich habe ihn noch nie so gesehen. Wirklich, und solltest Du jemals diesen Brief kriegen, schreib ihm. Er kann nichts dafür. Ich gebe mich damit zufrieden, Dich mir vorzustellen (ich stelle mir vor, wie Du die armen Kinder unterrichtest, wie Sting in dem Video) und Dich ein bisschen in unserem neuen Geschichtslehrer wiederzufinden.

Ah, wichtig: Mila ist wieder schwanger. Ja, aber Du weißt ja gar nicht, dass sie das erste Kind vor zwei Jahren verloren hat; sie musste abtreiben, und das war eine Tragödie. Dani hat gesagt, wenn dieses auf der Welt ist, kehren sie auf die Philippinen zurück. Vielleicht seht Ihr Euch dann. Er schreibt mir oft, auch ihm fehlst Du sehr.

So, jetzt mache ich Schluss, das Blatt ist vollgeschrieben, und der Betrunkene kommt auf mich zu. Ich mach mich besser aus dem Staub, ich geniere mich so, wenn ich belästigt werde. Ciao.

Belinda

Mète blickt erneut auf, langsam, und diesmal sind seine Augen tränenfeucht. Ralph steht immer noch da, und als er sieht, wie bewegt Mète ist, hört er augenblicklich auf zu lächeln.

»May mala in bala nga noticia sa sulat?«, fragt er besorgt.

Doch Mète fasst sich sofort und schenkt dem Philippino zum ersten Mal ein Lächeln.

»Wala«, sagt er langsam. *»Ma-ayo ang noticia.«*

Ralph lächelt ebenfalls wieder. Auf seinem pockennarbigen Gesicht bilden sich hundert kleine Schatten, wie auf einem Basrelief. Er geht zu Mète und schielt auf den Brief, den dieser noch geöffnet in der Hand hält.

»Sin-o ang nagsulat sa imo?«, fragt er ihn. *»Halin sa New York?«*

Auch die Kinder haben das Interesse an dem Jeep verloren und sind zu den Schweinen zurückgekehrt. Der alte Mann macht ungeduldig Zeichen mit der Hand.

»Ang«, stammelt Mète, *»akon utod nga babaye ...«*

Seine leicht zitternde Stimme spricht jedes Wort langsam und deutlich aus.

»Imo utod nga babaye?«, fragt Ralph verblüfft. *»Wala mo ini masugid nga may utod nga babaye!«*

Mète starrt auf ein Stück Meer jenseits der Straße, in der Ferne, zwischen den Kokosplamen.

»Sabaylo may ara«, sagt er.

»Ano ang pagtauad san ›babaye‹ sa italiano?«

»Genatawag ›sorella‹.«

»So-de ...«

»So-re-lla ...«

»So-re-la ...«

Ralph kichert und wiederholt leise das Wort. Der Alte beginnt ungeduldig auf die Hupe des Jeeps zu drücken.

»Wait!«, schreit Ralph mit einem drolligen Akzent. *»Just a moment!«*

Mète steckt das Blatt in den Umschlag zurück.

»So-re-la …«, bedrängt Ralph ihn. *»Magulang o manghod?«*

»Manghod.«

»Pila siya ka tuig?«

»Dicinueve.«

»Ah …« Ralph strahlt. *»Guapa?«*

»Huo.« Mète nickt lange. *»Siya blonde …«*

Mit den Händen deutet er an, wie Haar auf die Schultern fällt, und die Augen des Philippinos beginnen zu leuchten.

»Blonde?« Ralph lässt einen Pfiff ertönen. *»Nagaistar sa New York?«*

»Naga escuela sa New York …«

Der Alte hupt in einem fort und schreit mit heiserer Stimme, doch die Dire Straits und das Hupen übertönen seine Stimme. Ralph zeigt ihm den Stinkefinger und fährt fort, Mète auszufragen, immer neugieriger.

»Sin-o ang ngalan niya?«, fragt er.

Mète schließt die Augen und seufzt tief.

»Belinda«, erwidert er.

»Belinda?« Ralph wirkt aufgeregt, euphorisch. *»Belinda?«*

»Huo. Belinda.«

»Belinda«, wiederholt Ralph. *»So-re-la Belinda!«*

Wie elektrisiert beginnt er vor Mète zu tanzen, und ein Päckchen Zigaretten fällt ihm aus einem der hochgekrempelten Ärmel des T-Shirts. Er hebt es auf, macht eine Drehung und ist mit einem Sprung hinter dem Steuer seines Jeeps. Er startet, lässt den Motor aufheulen und dreht die Musik noch lauter.

»Bery nice, Belinda!«, schreit er. *»Bery nice!«*

Und er schmatzt einen Kuss in die Luft.